Kristine Getz

POPPY

Thriller

Aus dem Norwegischen
von Günther Frauenlob

Ullstein

Besuchen Sie uns im Internet:
www.ullstein.de

Deutsche Erstausgabe im Ullstein Taschenbuch
1. Auflage Juli 2022

Titel der norwegischen Originalausgabe: *Poppy*
First published by Aschehoug, Oslo, Norway
Umschlaggestaltung: zero-media, München
Titelabbildung: arcangel/ © ALMA GONZALEZ
Gesetzt aus der Quadraat Pro powered by *pepyrus*
Druck und Bindearbeiten: CPI books GmbH, Leck
ISBN 978-3-548-06578-6

Für die Giraffe und den Elefanten.
I did it.

I promise you will get old
I promised you everything
To protect you wherever you go
I'll give you this diamond ring

Aus »Promises« von Badly Drawn Boy

Prolog

Das Mädchen liegt regungslos da, nur der Schimmer der Zigarettenglut fällt auf das Gesicht. Die Augen geschlossen. Die kleine Hand unter der Wange zur Faust geballt. Die rosa Lippen etwas geöffnet, sodass die Milchzähne zu sehen sind. Das Kleid ist hellblau, die Schuhe schwarz, und die Söckchen haben einen Spitzenrand. Sie ist eine kleine Puppe.

Der seidenweiche Arm leistet keinerlei Widerstand. Lässt man ihn fallen, klatscht er einfach so auf den Boden. Alles ist perfekt.

ERSTER TAG

SONNTAG, 16. JUNI 2019

Jens Wiig.
Tjuvholmen, Oslo

Sonntagmorgen

Dicke Regentropfen peitschten auf den Fjord und prasselten auf die Veranda. Jens Wiig stand am bodentiefen Fenster und starrte auf den Platz unterhalb der Wohnung. Eine Touristengruppe hatte unter dem Vordach des Fischrestaurants auf der anderen Seite des Kanals, ganz am Ende von Aker Brygge, Zuflucht gesucht. Er reckte den Hals, aber von seiner Frau und seiner Tochter war noch nichts zu sehen.

Es war bereits fünf nach zehn. Wo blieben sie nur? Sie waren doch nur einkaufen gegangen.

Das Telefonat mit der Reporterin von Radio Norge lag bereits hinter ihm. Wie alle anderen hatte auch sie sich für die »Stalkeraffäre« interessiert, wie der Vorfall inzwischen von allen genannt wurde, und wissen wollen, wie es der Familie nach all der Dramatik der vergangenen Woche ginge und ob Lotte Zeit für ein paar Fragen habe.

»Vermutlich nicht, ich bedaure das sehr«, hatte Jens geantwortet, »aber als Geschäftsführer von *LottesLooks* kann vielleicht ja auch *ich* Ihre Fragen beantworten.«

Gleich nachdem sie die Drohung per E-Mail erhalten hatten, ergänzt durch Nahaufnahmen von seiner Frau und seiner Tochter, hatte er Kontakt mit der Polizei aufgenommen. Kurz darauf war ein hünenhafter Beamter bei ihnen aufgetaucht, Mons Tidemand, dessen schroffes Verhalten seiner Körpergröße in nichts nachstand.

Jens erzählte der Reporterin von Radio Norge, dass die Polizei den Fall sehr ernst nehme und Lotte den Rat gegeben habe, den Inhalt der Drohungen nicht an die Presse zu geben.

Auf die Frage, ob es eine Theorie für mögliche Täter gebe, hatte er der Journalistin nach einer Kunstpause gesagt: »Dazu kann ich Ihnen leider keine Auskünfte geben.« Nach ein paar Jahren im Business kannte er das Spiel: *Was teilen Polizei und Familie der Öffentlichkeit nicht mit?* Die Presse würde zu spekulieren beginnen, und Spekulationen führten zu mehr Aufmerksamkeit, wogegen er nichts einzuwenden hatte.

Jens stieg über die Kabel der Scheinwerfer und des anderen Equipments und klappte an der Kücheninsel seinen Laptop auf. Das Foto von seiner Frau im Bett mit der Geburtstagskrone auf dem Kopf hatte bereits fünftausend Likes. Seit Poppys Geburt war auf Lottes Blog nicht mehr so viel los gewesen. Damals, vor etwas über zwei Jahren, hatte die Boulevardzeitung VG in ihrer Onlineausgabe getitelt: »Ein rauer Start – Lottes neugeborene Tochter kämpft ums Überleben!« Jetzt, zehn Tage nachdem dieselbe Zeitung über den Stalker berichtet hatte, brodelte es noch immer in den Kommentarbereichen der sozialen Medien.

Endlich hörte er die beiden auf den Flur poltern. Er klappte den Laptop zu und vergewisserte sich, dass der Akku der Kamera geladen war. Bevor er seine Frau mit einer romantischen Geburtstagsfeier überraschen konnte, mussten sie ein paar Werbefotos schießen.

Jens stand auf und ging zu ihnen in den Flur. Lotte legte die Sicherheitskette an der Tür vor, noch ehe sie ihrer Tochter aus der nassen Jacke half. Sie hatte diese Kette am Tag ihres Einzugs vor fünf Jahren installieren lassen. Schließlich zog auch sie ihre Jacke aus und streifte die winzigen Schuhe ab. Ihre Füße waren wirklich so klein wie die eines Kindes. War im Laden irgendetwas vorgefallen? Jens' Kiefer spannten sich an. Sollte das einer der schwierigen Tage werden? Keine der beiden würdigte ihn auch nur eines Blickes. Poppys große grüne Augen waren auf ihre Mutter gerichtet.

Er sog Lottes Duft ein, als sie ohne jede Art von Gruß an ihm vorbeiging. Am Ende des Flurs warf sie einen Blick über die Schulter, als fürchtete sie, dass jemand plötzlich durch die Tür brechen könnte. Ihre Paranoia war in der Woche nach der Stalkeraffäre noch stärker geworden, neu war sie mitnichten. Doch er hatte nie erfahren, was oder wer Lotte so beunruhigte. Sie wollte nicht darüber reden: »Die Vergangenheit ist vergangen. Was jetzt zählt, sind wir drei, Jens.«

Poppy hatte sich noch nicht gerührt, sie stand noch immer mit klitschnassen Haaren im Flur, die Puppe, die ihr bis aufs Haar glich, fest an die Brust gedrückt.

»Freust du dich darauf, Mama zu überraschen, Popps?« Jens sprach betont laut, um sicherzugehen, dass seine Frau ihn hörte, und sah mit flehendem Blick zu seiner zweijährigen Tochter. Vielleicht war das Geburtstagsfest ja doch noch zu retten. Dann streckte er seine Arme aus, um sie in die

Luft zu werfen, damit Poppy alle mit ihrem trillernden Lachen beglückte.

Zauberhaft, kommentierten die Leute, wenn es Jens gelang, Lotte und Poppy in solchen Momenten einzufangen: *Ihr zwei Engel bringt Licht in meinen Tag!* Heute hatte seine Tochter aber eigene Pläne. Mit ernster Miene schob sie sich an ihm vorbei, hastete ihrer Mutter hinterher und setzte sich dicht neben Lotte auf den Hanfteppich, der nur wenige Stunden, nachdem sie ihn ausgerollt und den Link zu dem Hauptsponsor des Blogs, Bambus, geteilt hatten, ausverkauft gewesen war.

Wir sollten jetzt mit den Fotos beginnen, dachte Jens, blieb aber stehen und studierte die Mädels. Die Züge der Kleinen waren schön und weich, und Lotte wirkte neben ihr eher wie eine große Schwester als wie ihre Mutter.

Beide trugen weiße Loungeanzüge, der seiner Frau war am Bauch etwas zu kurz. Sein Blick ruhte auf dem kleinen weißen Polster rund um ihren Nabel. Er spürte ein Zucken in seiner rechten Hand, mit der er die Photoshopwerkzeuge für die Bildbearbeitung steuerte, und sein Zeigefinger drückte ganz von selbst in die Luft, als wollte er Lottes Haut straffen und sie auch *in real life* perfektionieren.

Die beiden flüsterten miteinander, steckten die Köpfe zusammen und lachten. Jens fiel ein Stein vom Herzen. Die Party ist gerettet, dachte er, es wird doch noch der perfekte Geburtstag werden.

Er war ein guter Fotograf und hatte es diesen Fähigkeiten zu verdanken, dass er die Magie zwischen Mutter und Tochter immer wieder perfekt einfing und sie die Freude und Liebe so auch mit anderen teilen konnten. Die beiden lachten noch immer. Jens hatte keine Ahnung, über was sie sprachen oder was so lustig war. Früher hatte ihn so etwas eifersüchtig machen können, eifersüchtig auf Poppy, da sie Lotte auf eine Weise verstand, die ihm selbst fremd war, und weil sie immer, absolut immer in ihre Nähe durfte.

Er lächelte, hatte, ohne es wirklich zu registrieren, Instagram geöffnet und die Kamera auf Frau und Tochter gerichtet. Jens war durch den Bildschirm Zeuge eines zauberhaften Moments geworden, gemeinsam mit 444.000 Followern.

Lotte Wiig.
Tjuvholmen, Oslo

Sonntagmorgen

Lotte Wiig drehte den Deckel von der Nuss-Nougat-Creme, starrte auf das Glas und dachte an die Sponsorenvereinbarung, die Jens ohne Rücksprache mit ihr eingegangen war. »Nicht gerade der ideale Partner, aber wir können es uns nicht leisten, auf die halbe Million Kronen zu verzichten. Erst recht, wenn wir dafür nur ein paar Bilder pro Woche posten müssen.«

Sie nahm das Buttermesser und versuchte, sich zu beruhigen. Das Unbehagen und die Unruhe, die beim Einkaufen über sie gekommen waren, hatten eigentlich nichts mit der Tatsache zu tun, dass ihre Tochter mit diesen Produkten posieren musste.

Nach der E-Mail von dem Stalker hatte die Polizei Lotte mit einem stillen Alarm ausgestattet und versichert, sie würden sofort zur Stelle sein, wenn sie diesen Alarm auslöste. Heute wäre es fast so weit gewesen, denn vor dem Laden hatte jemand ihren Namen gerufen. Vermutlich war das nur ein Fan, aber trotzdem war es ihr nur mit äußerster Mühe gelungen, die Contenance zu wahren. Sie hatte den Buggy mit ihrer weinenden Tochter hastig durch den Regen geschoben, während sie hinter sich hörte: »*Lotte! Lotte! Lotte!*« Als sie endlich im Fahrstuhl nach oben in ihre Wohnung gewesen waren, hatte sie das Gmail-Konto geöffnet, von dem Jens keine Ahnung hatte, und Alex eine Nachricht geschickt:

> *In Tjuvholmen hat gerade jemand meinen Namen gerufen. Mehrmals. Das muss er sein! Erst hat er unbemerkt Fotos von uns gemacht, und jetzt verfolgt er mich. Ich habe Angst!*

Poppy saß auf dem hässlichen, aus irgendeinem Recyclingmaterial hergestellten Bambus-Sofa und hatte die beige Decke wie ein Zelt über sich gezogen, sodass nur ihr süßes ernstes Gesicht und ein paar dunkle Haarsträhnen zu sehen waren. Neben ihr lag die Tiara, die sie nicht aufsetzen wollte, trotzdem hatte Jens es irgendwie geschafft, sie unter dem Hashtag #prinzessin mit auf einige Fotos zu mogeln. Poppys Blick klebte an Lotte. Auch sie wirkte beunruhigt.

Lotte versuchte zu lächeln, damit ihre Tochter sich entspannte, aber die Angst steckte so tief in dem kleinen Körper, dass ihre Lippen nicht gehorchten. Das Handy lag neben dem Brotkorb, aber sie wagte es nicht zu überprüfen, ob Alex bereits geantwortet hatte. Nicht, wenn Jens so dicht neben ihr an seinem Laptop saß.

»Was machst du da eigentlich?« Lotte schnitt zwei Scheiben vom Brot und steckte sie in den Toaster, obwohl das eigentlich gar nicht nötig gewesen wäre.

»Ich checke das Blog-Ranking«, antwortete er, ohne sie anzusehen. »Wir sind ganz an der Spitze, und das zum neunten Mal in Folge. Das ist echt unglaublich!«

Lotte warf einen Blick auf das gerahmte Foto über dem Esstisch: Jens auf dem Tenniscourt, Arme und Schläger in einer Siegerpose nach oben gereckt. Wie sehr sie seine aktive Zeit zurücksehnte. Erst nach dem Ende seiner Tenniskarriere hatte Jens dieses brennende Interesse an ihrem Business und ihrer Leidenschaft entwickelt. Der Modeblog, den sie in seiner aktiven Zeit als Leistungssportler begonnen hatte, war danach mit neuem Fokus zu einem Gemeinschaftsprojekt geworden, einem Familienbetrieb, der sie alle finanzieren musste. Der Blog war zu ihrem Leben geworden.

Die beiden Brotscheiben sprangen aus dem Toaster. Sie beschmierte sie mit einer übertrieben dicken Schicht Schokocreme, legte das Messer beiseite und holte tief Luft. Den nächsten Schritt wollte sie so schnell wie möglich hinter sich bringen. »Legen wir los?«

Jens nickte und lächelte übereifrig. Schon am Morgen, als er ihr Obst ans Bett gebracht hatte, war er ihr auf die Nerven gegangen. Geburtstag. Große Pläne. Überraschungen. *Freust du dich? Bist du gespannt? Rate mal, was wir heute machen werden!* Lotte wünschte sich einzig und allein, dass der Tag bald vorüber war.

Ihr Mann nahm die Kamera und schraubte das Teleobjektiv ab, das er draußen benutzt hatte. Sein Blick suchte nach dem Normalobjektiv. »So langsam wird die Zeit knapp! Bist du bereit, Poppy?«

Poppy flüsterte ihrer Puppe unter der Decke etwas zu, vielleicht erfuhr nur diese Puppe, was sie wirklich dachte.

Dass die Kleine mit zwei Jahren und zwei Monaten noch

immer nur durch Blicke und einfache Laute kommunizierte, zum Beispiel eine Art *Mmmm*, das sie als »Mama« identifizierten, beunruhigte sowohl Jens' Mutter Marie als auch die Angestellten der Kita.

Während Jens ein paar Testfotos schoss und den Scheinwerfer etwas anders ausrichtete, nahm Poppy die Scheibe in die Hand und führte sie zum Mund. Sie riss ihn unnatürlich weit auf, als wollte sie wirklich abbeißen. Ihr Blick sagte dabei mehr als deutlich: Ich tue das nur für dich, Mama. Weil du mich darum bittest. Lotte schnürte sich der Hals zu.

In diesem Moment leuchtete Jens' Telefon auf dem Tisch auf. Auf dem Display erschien *Marie/Mama*. Lotte empfand eine wohlige Genugtuung dabei, das Handy einfach umzudrehen und sich die gestresste Reaktion ihrer Schwiegermutter vorzustellen, dass sie ihren Sohn jetzt nicht erreichen konnte. Zum ersten Mal, seit zerplatzende Luftballons sie am Morgen geweckt hatten, war ihr Lächeln ehrlich.

Poppy hatte, wie es sich für ein professionelles Model gehörte, den Mund noch immer geöffnet, und Lotte träumte von all den wunderbaren Dingen, die einmal über die kleinen Lippen kommen würden: »Halt die Klappe, Oma« oder »Misch dich nicht ein, Marie Wiig« waren in Lottes Vorstellung die ultimativen ersten Sätze ihrer Tochter.

»*That's a wrap!*«, rief Jens mit der überdrehten Fotografenstimme, die er sich inzwischen angeeignet hatte. »Ich hab total vergessen, dir zu sagen, dass Tante Carmen angerufen hat. Sie will schrecklich gerne mit dir feiern, und da haben wir überlegt, morgen nach der Kita Sushi zu holen?«

»Klingt nett«, sagte Lotte, räumte die Teller ab und warf

die Scheiben mit der Schokocreme in den Mülleimer. Es verschaffte ihr ein Gefühl der Erleichterung, dass sie endlich fertig waren.

»Wunderbar, jetzt musst du hier aber warten, bis wir mit unserer Überraschung kommen.« Jens setzte sich Poppy auf die Schultern und verschwand mit ihr im Schlafzimmer. »Aber nicht gucken!«

Endlich allein! Mit klopfendem Herzen schloss Lotte hinter den beiden die Tür, ließ sich zwischen Kücheninsel und Anrichte auf den Boden sinken und drückte den Rücken an die Spülmaschine. Mit ihrem Fingerabdruck entsperrte sie das Handy. Vielleicht bildete sie sich das alles nur ein, es könnte aber wirklich der Stalker gewesen sein. *»Lotte, Lotte, Lotte!«*

Die Inbox zeigte eine Antwort von Alex an. Allein der Anblick des Namens beunruhigte sie. In den letzten zehn Tagen hatten sie zum ersten Mal seit drei Jahren wieder über E-Mail Kontakt. Ausgegangen war das von Lotte.

Vielleicht hat dich da nur einer deiner Follower erkannt? Ich bin noch immer auf der Suche, aber der ist echt verdammt schwer zu finden. Aber noch mal: Die Wahrscheinlichkeit, dass er tot ist oder irgendwo im Ausland im Gefängnis sitzt, ist größer, als dass er da bei dir in Tjuvholmen herumläuft. Ich halte dich auf dem Laufenden, sollte ich etwas finden. Ich hoffe, du kannst die Angst ein bisschen beiseiteschieben. Wenigstens heute.

PS: Guck dir mal das Bild an, das ich angehängt habe. Den Kuchen backe ich immer zu deinem Geburtstag. Wenn du ein

Stück willst, treffe ich dich (oder euch?), wann und wo immer du willst.

Lotte drückte sich das Handy auf die Brust. Ihr Herz hämmerte, als sie sich für einen Moment vorstellte, wie es sein würde, wenn sie sich trafen oder wenn sie Alex Poppy vorstellte.

Sie lauschte dem Lachen ihrer Tochter aus dem Schlafzimmer und zog den eingelaufenen Baumwollpulli etwas nach unten. Als die Narben auf ihrer Brust zum Vorschein kamen, ließ sie den Stoff los, der sich gleich wieder zusammenzog. Vor drei Jahren, als die meisten Blogger noch Werbung für Billigklamotten gemacht hatten, die die begrenzten Ressourcen der Welt verbrauchten und schon nach einem Abend in der Stadt in die Tonne wanderten, hatte Jens darauf bestanden, umweltfreundliche Marken zu bewerben – und damit voll ins Schwarze getroffen. Nachdem sie einen Vertrag mit Bambus unterzeichnet hatten, war auf ihrem Blog schlagartig mehr los gewesen, und auf Instagram hatte sie innerhalb kürzester Zeit Tausende neue Follower gehabt: *Cool, dass du dich engagierst. Super, Lotte!* Das Problem war nur, dass sie in ihrer neuen Rolle als Vorkämpferin für die Umwelt draußen nun nicht mehr in anderen Sachen gesehen werden durfte und all ihre Schätze hatte wegpacken müssen – Taschen, Schuhe und Accessoires von angesehenen Designern, selbst genähte Kleider und einzigartige Vintage-Funde von Reisen mit Alex. Ihr wahres Ich konnte sie seither nicht mehr zeigen.

Für Jens zählte nur das Geld. Seine eigentliche Motivation war dabei, dass sie – nein, er selbst – besser verdiente als sein großer Bruder Jesper, der Arzt war: »So gut wie jetzt ist es dir doch wohl noch nie gegangen, nicht wahr, Lottemama?«

Sie öffnete den Anhang der E-Mail. Eine Schokotorte. Genau so, wie sie sein sollte. Die Glasur war dicker als der Boden, und oben auf dem Kuchen prangten fünfundzwanzig brennende Kerzen. Noch vor einem Jahr hatte sie Alex' Glückwünsche nicht einmal gelesen und die E-Mails gelöscht, ohne sich die Bilder anzuschauen. Doch nach der Sache mit dem Stalker war der Kontakt notwendig gewesen. Niemand sonst wusste davon. Das Tapsen von Poppys Schritten auf dem Parkett erinnerte sie daran, dass sie lächeln und gespannt wirken musste, als hieße sie den Rest dieses großen Tages wirklich willkommen.

Ihre Tochter trug ein neues Kleid, und unter dem hellrosa Stoff erkannte sie die Blümchen des neuen Badeanzugs. Roter Mohn. *Poppy flower*. Ein Ausflug zum Strand oder ins Badeland? Dabei hätte sie ihre Kleine am liebsten nur an sich gezogen und ihr ins Ohr geflüstert: Sollen wir zwei zu Hause bleiben, einen Schokoladenkuchen backen, eine Kissenburg bauen und die Welt da draußen für einen Moment aussperren?

»Bist du bereit?« Jens lächelte geheimnisvoll. »Du wirst diese Überraschung lieben!«

Auszug aus dem MamaForum:

Vor 16 Minuten. Von FräuleinFein:
Happy Birthday, Lotte! Fantastische Bilder von Mutter und Tochter auf der Bettkante. Ein Morgen mit Luftballons! Sie sehen sich vielleicht nicht besonders ähnlich, aber sie sind beide unglaublich hübsch. Wie zwei Puppen. Jens weiß sicher, was für ein Glück er hat. Er rückt seine Mädels immer ins beste Licht. ☺

Vor 15 Minuten. Von Anonym:
Bin ich die Einzige hier, die das ein bisschen zu idyllisch findet? Ein bisschen ZU perfekt?

Vor 11 Minuten. Von BabyMama:
Sie macht das genau richtig, wenn du mich fragst. Ich bin all die Mütter echt leid, die für ihren »Mut« gerühmt werden, ihre Monster von Kindern mitten in einem Wutanfall vor einem Berg Abwasch zu filmen. Lotte zeigt, dass das Mama-Sein im Großen und Ganzen etwas Fantastisches ist und Spaß macht!

Vor 9 Minuten. Von Neuer Nutzer:
Ganz deiner Meinung, BabyMama! Was für ein herrlicher Geburtstagsmorgen. Eine Frage an alle, die Lotte besser als ich kennen (ich bin hier noch neu): Wo kommt sie eigentlich her, ich meine, was hat sie für einen Background? Der Blog hat zwar eine »Über mich«-Seite, auf der sie schreibt,

dass ihr Leben angefangen hat, als sie Jens getroffen hat, und dass er ihr Märchenprinz ist? Romantisch ist das ja schon, aber neugierig wird man trotzdem.

Vor 2 Minuten. Von FräuleinFein:
Keine Ahnung! Scheint, als wäre ihre Vergangenheit geheim. Sollte sie bewusst versucht haben, diese Zeit in ein mystisches Licht zu rücken, ist ihr das wirklich gelungen. Bin selbst auch neugierig.

Emer Murphy.
Grünerløkka, Oslo

Sonntagmorgen

Es war drei Minuten nach elf. Zeit für die Medikamente. Emer drückte die beiden Pillen aus der Blisterpackung auf die Küchenarbeitsplatte: die blaue gegen die Angst und die weiße gegen die psychotischen Schübe. Auf den ersten Blick unschuldige kleine Dinger, dabei waren die Pillen in Wahrheit der Grund dafür, dass sie wie ein Zombie hier herumstand, in löchrigen Tights und mit nachlässig hochgesteckten weißen Haaren, und fast schon stolz darauf war, einen Karton Saft geöffnet zu haben.

Seit sie vor sieben Tagen die Psychiatrie nach sechs langen Wochen verlassen hatte, waren die Stunden und Minuten nur in Zeitlupe vergangen. Gegen die Anweisung ihres Arztes war sie die ganze Zeit über in der Wohnung geblieben und kein einziges Mal rausgegangen. Der Arzt hatte ihr Luft, Sonne, Normalität verschrieben, vor allem Normalität, nur arbeiten sollte sie noch nicht. Ihre Arbeit im Präsidium schien in immer weitere Ferne zu rücken.

Auf der Anrichte lagen die frischen Küchenkräuter, mit der Frøya am Abend zuvor die Tagliatelle dekoriert hatte. Die Pastamaschine stand noch im Spülbecken, und auf dem Boden, der plötzlich zu schwanken schien, klebten noch Reste des Mehls, mit dem sie die Nudeln gemacht hatte.

Emer hielt sich an der Anrichte fest und heftete den Blick auf das rote, leise summende Radio. Sie atmete so, wie der Pfleger es ihr gezeigt hatte, bis die Wellen verebbt waren. Zum tausendsten Mal stellte sie fest, dass die Pillen die Normalität – *die Normalität* – unmöglich machten.

»Sie müssen sich erst daran gewöhnen«, hatte der Psychiater gesagt, als Emer ihm zu erklären versucht hatte, dass sie mit diesen Pillen nicht sie selbst war. »Haben Sie ein bisschen Geduld, Sie werden sich bald besser fühlen.« Lügen, alles Lügen. Nach mehreren Wochen, in denen sie nur so dahingedämmert war, erwog sie wirklich, die kleinen Scheißer im Klo runterzuspülen, um endlich einen klaren Kopf zu bekommen. Die »Episode« zu verdrängen, an die sie sowieso keine Erinnerung hatte, und weiterzumachen wie zuvor. Emer starrte auf die Tabletten, während sie das Saftglas leerte. Neunzig Prozent der Flüssigkeit fand den Weg in ihren Mund, der Rest triefte auf den Beipackzettel, den sie so oft gelesen hatte, dass sie den wichtigsten Teil – die Nebenwirkungen – auswendig kannte. Sie konnte akzeptieren, dass ihre Feinmotorik eingeschränkt war und sie aufgrund der Medikamente einen solchen Durst hatte, dass ihre Zunge ganz trocken und rissig wurde. Ja, sogar den Schwindel ertrug sie. Nicht aber diese träge Benommenheit. Ihr Hirn lief in einem viel zu niedrigen Gang, alle Bewegungen musste sie gegen einen unsichtbaren Widerstand ausführen. Sie, die es gewohnt war, mit Highspeed durch die Tage zu hetzen, lebte jetzt wie in zähem Sirup.

Sie stellte das Radio lauter, um das Brummen von Frøyas Föhn im Badezimmer zu übertönen. Als Emer sich vor ein paar Stunden aus dem Bett geschlichen hatte, hatte ihre Lebensgefährtin sie für einen Moment festgehalten, als hätte sie etwas auf dem Herzen gehabt. Doch dann hatte sie sie losgelassen. Hatte sie den Mut verloren?

Ein übertrieben freundlicher Wettermann berichtete, dass der Regen, der sich über die Hauptstadt ergoss, nur ein Schauer war und die Sonne schon bald wieder zum Vorschein kommen werde. Es sollte sogar ein außergewöhnlich warmer Sonntag werden.

Dann zwitscherte eine andere Stimme, dass die Ermittlungen der Polizei in Zusammenhang mit dem Drohbrief, den die populäre Mama-Bloggerin Lotte Wiig vor zehn Tagen erhalten hatte, noch zu keinem Ergebnis geführt hätten. »Wir haben mit dem Ehemann und Manager von *LottesLooks* gesprochen, Jens Wiig.« Emer zog die Augenbrauen zusammen. Warum kam der Name ihr so bekannt vor? Sie legte die Stirn an die Scheibe und sehnte sich nach dem Alltag im Präsidium, während dieser Jens Wiig unterstrich, dass Emers Kollegen den Fall sehr ernst nähmen, er aber natürlich nichts über die Theorien der Polizei sagen könne.

»Es wird darüber spekuliert, dass der Stalkerfall in Zusammenhang stehen könnte mit dem Verschwinden von Isabella Baxter in Skillebekk vor vier Wochen. Haben Sie dazu einen Kommentar?«

Jens Wiig zögerte etwas mit der Antwort: »Es kann wohl nicht ausgeschlossen werden, dass es da womöglich eine Verbindung gibt.«

Der Föhn wurde ausgeschaltet. Emer öffnete den Kühlschrank und fand unten in der Schublade eine Packung Türkisch Pfeffer. Sie öffnete sie mit einer Schere, um Kraft zu sparen. Das erste Bonbon zerkaute sie direkt. Ein Vermisstenfall in Skillebekk und ein Stalker in Tjuvholmen?

Sie verfluchte die Medikamente, während sie zitternd die richtigen Tasten zu treffen versuchte, um Lotte Wiig zu googeln. Der erste Treffer führte sie zu dem Blog. Der zweite zu einem Artikel in der VG: »Stalker: Mama-Bloggerin und zweijährige Tochter erhalten Drohbriefe.« Emer klickte den Artikel an. Er war am Donnerstag der Vorwoche publiziert worden. Sie überflog die Bilder von Lotte, einer jungen Frau mit vollem blonden Haar. Auf dem ersten schob sie einen Buggy, auf dem zweiten stand sie mit einer Gießkanne in der Hand auf einem Balkon. Vor ihr am Geländer das kleine Mädchen. Es war etwas dunkler als sie. Sogar Emer, die in der Regel nicht registrierte, ob Kinder »süß« waren oder nicht, erkannte, dass dieses Kind außergewöhnlich hübsch war. Wie eine Puppe. Genau wie die Mutter, wenn deren Züge auch etwas schmaler waren. Als sie Lotte heranzoomte, wusste sie, dass es da irgendein Detail gab, das sie früher sicher gleich wiedererkannt hätte. Gerüche, Stimmen, Namen und Gesichtszüge wurden für gewöhnlich in ihrem Hirn archiviert, ohne dass sie dafür etwas tun musste. Frustriert rieb sie sich mit der Faust die Stirn. Die Bloggerin war sicher oft in den Medien gewesen, aber da war noch etwas anderes, etwas Konkreteres.

Emer ging zurück zu dem Google-Suchergebnis und klickte den Link an, der zu dem Blog führte. Poppy, kurz davor, in ein Brot mit Schokocreme zu beißen, Lotte mit grünem Saft in der Hand, vermutlich nach dem Training, weiter zurück, weiter … schließlich wusste sie, warum ihr der Name so bekannt vorgekommen war. Emer scrollte sich durch drei Jahre alte Blogbeiträge über Geburtsvorbereitungen und Ultraschallbilder. Lotte mit zunehmend dickem Bauch. Eine junge werdende Mutter mit einem Stubenwagen im Wohnzimmer. Ein Vater, der ein Bambus-Bett zusammenschraubte. Eine weiße Schaukel, nein, *die* weiße Schaukel, an einem geflochtenen Seil. Ihr Blick huschte zu dem Haken, der noch immer im Flur an der Decke verschraubt war, und konzentrierte sich dann wieder auf den Bildschirm. Den Body aus biologischer Baumwolle findet ihr hier, das Stillkissen mit Buchweizenfüllung hier, und die Stoffwindeln, die für die Umwelt so gut sind, könnt ihr hier bestellen. Ach ja, und eine Anleitung, wie man die einfach und schneller wieder sauber bekommt, gibt es hier.

Emer füllte ein Glas Wasser, lehnte sich an die Anrichte und versuchte, sich zu konzentrieren. Vor knapp drei Jahren hatten Frøya und sie einige dieser Links angeklickt. Sie hatten Lotte Wiigs Ratschläge gelesen, was alles mit in die Krankenhaustasche musste, und eine lange Liste ausgedruckt. Emer erinnerte sich, wie sie sich aus einer Besprechung mit ihrer Chefin Katja Wiberg gestohlen hatte, um zusammen mit der hochschwangeren Frøya im Zentrum nach einem Öl für wunde Brustwarzen und Stilleinlagen aus Lanolinwolle zu suchen, wobei sie ein völlig albernes und für sie vollkommen uncharakteristisches Bedürfnis verspürt hatte, mit absolut allen anwesenden Verkäuferinnen zu reden.

Im Gegensatz zu Poppy Wiigs Schaukel lag Lucias unberührt in dem gelben Zimmer. Emer musste ein paarmal blinzeln, sie hatte Angst, dass Frøya aus dem Bad kommen und sie beim Heulen erwischen könnte. Sie klickte sich noch einmal zurück zu dem VG-Artikel über den Stalker und scrollte zu dem Bild, auf dem Lotte und Poppy auf dem Balkon die Blumen gossen. Das kleine Mädchen mit den großen grünen Augen sollte einen Stalker haben? Mit zwei Jahren und zwei Monaten?

Auszug aus dem MamaForum:

Vor 22 Minuten. Von Ano:
Erinnert sich noch jemand, in welchem Monat Lotte war, als sie den Notfall-Kaiserschnitt machen lassen musste? Ich frage nur, weil eine enge (und ängstliche) Freundin von mir heute ins Krankenhaus eingeliefert wurde und dringend einen Lichtblick braucht.

Vor 17 Minuten. Von BabyMama:
Poppy wurde 14 Wochen zu früh geboren (SSW 26+2) und wog 845 Gramm. Ich meine, sie wäre 31 cm groß gewesen, vielleicht waren es aber auch 32? Für Wochen hieß es *touch and go.* (Gott sei Dank sind wir über Insta auf dem Laufenden gehalten worden!) Als sie das Krankenhaus endlich verlassen durften (von mir war übrigens die Mütze mit den Mohnblüten, die Poppy trug, ich hatte sie über einen Kurierdienst ins Krankenhaus schicken lassen), haben meine Schwester und ich eine Flasche Champagner geköpft. Alles, alles Gute für deine Freundin, @Ano. Es wird schon alles gut gehen!

Vor 10 Minuten. Von Ano:
Vielen, vielen Dank @BabyMama. Eine ebenso schöne wie inspirierende Geschichte. Meine Freundin ist in der 29. Woche, und ich hoffe, dass es mit ihrer kleinen Prinzessin so gut läuft wie mit Lottes.

Emer Murphy.
Grünerløkka, Oslo

Sonntagmorgen

Frøya stand im Türrahmen und sah sie an. Emer wurde rot, als hätte sie etwas Dummes gemacht. Unter den engen Jeans ihrer Lebensgefährtin zeichnete sich ihr runder Po ab, und durch den Stoff des T-Shirts schien der rosa BH durch. Ihre Haut hatte einen goldenen Schimmer und war vollkommen faltenfrei, dabei war sie mit bald siebenunddreißig ein paar Jahre älter als Emer. Alles an ihr war sanft und zart, weshalb es für Emer vollkommen unverständlich war, dass Frøya von ihren Kollegen in der Anwaltskanzlei nur »das Messer« genannt wurde.

»Sag mal, ist nicht das Wichtigste an diesen Medikamenten, dass du sie auch wirklich nimmst?« Frøya nickte in Richtung der Pillen auf der Arbeitsplatte. »Du weißt doch, was sonst wieder passiert! Dagegen sind die Nebenwirkungen doch wohl Peanuts, oder? Verstehst du das, Emer?«

Frøya goss ihr ein Glas Orangensaft ein und stellte es mit einer ungeduldigen Geste vor sie auf die Anrichte. Demonstrativ steckte sich Emer die Tabletten in den Mund, schluckte und streckte die geschwollene Zunge, so weit es ging, heraus.

»Übertreiben musst du auch nicht.« Es tropfte etwas Saft auf den Boden, und Frøya nahm einen Lappen und wischte die Tropfen weg. »Ich will doch nur dein Bestes. Außerdem verstehe ich wirklich, wie schwer das für dich sein muss. Du bist es gewohnt, die Starke zu sein und alles unter Kontrolle zu haben, und jetzt sollst du plötzlich akzeptieren, dass du krank bist.«

Frøya hatte leicht reden. Gemeinsam mit den Ärzten hatte sie die Führung übernommen, sie bestimmte die Regeln, sodass Emer sich geradezu entmündigt fühlte.

»Es würde dir guttun, mal loszulassen«, fuhr ihre Lebensgefährtin fort, »und zu lernen, zu deinen Gefühlen zu stehen.«

Emer starrte auf ihre Füße. Die Zehennägel waren lang geworden. Schon als kleines Mädchen hatte ein Teil von ihr sich immer danach gesehnt, sich fallen zu lassen und einer Sache ganz hinzugeben. Die Angst war aber immer stärker gewesen, und so hatte sie bis zu ihrem Zusammenbruch vor sechs Wochen allen Versuchungen standgehalten. Was war bei dem Fall, den Mons nur »den Albtraum« getauft hatte, so anders gewesen? Oder war sie komplett ausgebrannt? Hatte sie einfach keine Kraft mehr gehabt, Widerstand zu leisten? Die Konsequenzen hatte sie jetzt zu tragen.

Sie zwang sich, ihren Blick zu heben. Die Haut rund um Frøyas dunkle Augen zuckte. Da war noch mehr. Was traute sie sich nicht zu sagen?

Emer suchte nach irgendeiner Ablenkung, um sich dem Unbehagen nicht stellen zu müssen. »Du hast doch früher diesen Blog verfolgt, oder?«, fragte sie und schob ihr iPad über den Tisch. Auf dem Bildschirm trug Poppy Wiig ein Krönchen auf dem Kopf und stand neben einem überreich verzierten Marzipankuchen in Form einer riesigen roten Blüte, die beeindruckend naturgetreu aussah. Das Bild war an ihrem zweiten Geburtstag vor ein paar Monaten aufgenommen worden. Frøya warf kurz einen Blick in Richtung Schlafzimmer.

»Ja, ich habe den Blog verfolgt, als Lotte schwanger war. Und als sie dann auf die Neugeborenen-Intensivstation mussten, war ich ... ja vielleicht ein bisschen besessen davon.«

»War Poppy eine Frühgeburt?«

»Ja, ein paar Wochen lang war ihr Zustand kritisch.« Frøya bekam hektische rote Flecken auf den Wangen. »Ist es nicht schrecklich, dass dieses Kind, das wirklich ums Überleben gekämpft hat, jetzt von seinen eigenen Eltern in Gefahr gebracht wird? Jeden Tag aufs Neue.«

»Wie meinst du das?«, fragte Emer, beugte sich vor und stützte die Ellenbogen auf den Tisch.

»Das arme Mädchen hat keinerlei Privatleben. Es wird von morgens bis abends gefilmt und lächelt mit gesponserten Kleidern mit gesponserten Butterbroten in der Hand.« Frøya holte tief Luft. »Zwei Jahre alt und ein lebendes Reklameplakat! Es ist wirklich so, als spielte sie die Hauptrolle in einer Realityshow, ohne sich da selbst angemeldet zu haben!«

Emer starrte ihre Freundin mit weit aufgerissenen Augen an. Frøya sprach für ihre Verhältnisse ungewöhnlich schnell. Sie erinnerte sie an eine junge Frau aus der Gruppentherapie, die bei ihrer ersten Begegnung voller Enthusiasmus über ihre eigenen Worte gestolpert war und dabei so frenetisch gestikuliert hatte, dass sie dem Patienten neben sich einen Schlag aufs Auge verpasst hatte. Drei Tage später hatte sie apathisch in sicherem Abstand von dem Mann mit dem blauen Auge gesessen, eine mit Medikamenten stillgelegte, betäubte Version ihres alten Ichs.

»Dabei sind sie vorher von einer Reihe von Leuten gewarnt worden«, fuhr Frøya fort. »Letzte Woche haben sie jetzt auch noch Drohbriefe bekommen, aber weißt du was, die machen trotzdem weiter!«

»Da kam gerade etwas über diese Stalkeraffäre im Radio.« Emer nahm sich ein weiteres Bonbon, um den fiesen Geschmack der Tabletten wegzubekommen. »Da war auch die Rede von einem Vermisstenfall in Skillebekk. Was ist da passiert?«

»Isabella Baxter.« Ihre Lebensgefährtin nickte. »Vier Jahre alt. Sie ist aus ihrem Garten verschwunden, um dann einen halben Tag später wieder aufzutauchen. Unverletzt.«

»Wo ist sie gewesen?«

»Das weiß niemand.« Frøya nahm eine Cremetube aus der Tasche am Boden, cremte sich die Hände ein und fuhr sich mit den Fingern durch die Haare. »Die Wiedervereinigung mit ihren Eltern ist auf Youtube von mehr als einer Million Menschen verfolgt worden.«

»War Mons dabei? Hatte er den Fall?«

Schon im nächsten Moment bereute Emer ihre Worte. Die Magie war gebrochen.

Frøya sah sie lange an. Besorgt.

»Du sollst noch nicht wieder an die Arbeit denken, du bist krankgeschrieben. Und apropos …« Sie holte tief Luft, und Emer wandte sich halb ab und dachte *here we go*, jetzt kommt das, was sie sich vorher mir zu sagen nicht getraut hat. »Ich muss nach Bergen und werde die ganze Woche weg sein. Das hat sich ziemlich kurzfristig ergeben, aber Monica will mich bei einem Fall dabeihaben.«

Frøya arbeitete hart daran, Partnerin in der großen Kanzlei zu werden, in der sie angestellt war. Sie sagte etwas von einem gewaltigen Vertrauensbeweis, einer Riesensache.

»Du lässt mich allein?« Emers Finger umklammerten die Tischplatte. Die Knöchel traten weiß hervor. Frühere Lebensgefährten hatten ihr den Vorwurf gemacht, zu selbstständig zu sein. »Es ist so unsexy, dass du mich nie für irgendetwas brauchst«, hatte Bjørnar gesagt. Er wäre jetzt mehr als glücklich, dachte sie und spürte, wie sehr ihr der Gedanke, allein zu Hause zu sein, Angst machte.

»Ich weiß, das ist schlechtes Timing, wirklich schlecht«, sagte Frøya flehend. »Aber du verstehst das doch, oder? Du hast doch auch immer alles für deine Karriere getan.«

Emer fragte sich, was sie machen würde, wenn die Rollen vertauscht und Frøya die Kranke wäre. Würde sie ihre Freundin nur mit ihren blauen und weißen Pillen allein lassen?

Vielleicht. Höchstwahrscheinlich.

»Natürlich. Du musst fahren. Ist doch klar.«

»Meinst du das auch wirklich ernst?«

Emer nickte und fragte sich, ob Frøya den Rollkoffer im Flur wieder auspacken würde, wenn sie sie anflehte zu bleiben.

»Danke, dass du mich verstehst.«

Frøya stand mit hängenden Armen da, erleichtert und doch auch voller Scham. Gleichzeitig blitzte in ihren Augen eine beneidenswerte Erwartung auf. Sie sollte an einem Riesenfall mitarbeiten und vielleicht sogar befördert werden.

Nie zuvor hatte sich die Wohnung derart klaustrophobisch angefühlt.

»Kannst du diese Tage nicht nutzen, um wieder zu dir zu kommen?« Frøya suchte ihren Blick. »Emer, ich verstehe ja, dass du deiner Großmutter gerne Glauben schenken würdest. Alles wäre so viel einfacher, wenn Marceline recht hätte und das, was dir widerfahren ist und was so viel in dir kaputt gemacht hat, eine ... ja, eine Gabe wäre. Sollte das so sein, könntest du die Medizin ignorieren und einfach wieder an die Arbeit gehen. Weitermachen wie bisher, nicht wahr?«

Emer musste sich zusammenreißen, um nicht enthusiastisch zu nicken. In Gedanken war sie bereits zurück im Präsidium und stellte Mons tausend Fragen. Wo hatte Isabella Baxter sich in diesen zwölf Stunden aufgehalten? Gab es Verdächtige im Stalkerfall?

»Jeder versteht das ...«, begann Frøya, wurde aber vom Telefon unterbrochen. »Das ist meine Chefin, sorry. Gib mir zwei Sekunden.«

Sie verschwand in den Flur.

Wenn Marceline recht hätte ... Emer dachte an ihre Kindheit, in der es nur die Großmutter und sie gegeben hatte. Ständig hatten Fremde bei ihnen Schlange gestanden, wenn sie von der Schule nach Hause gekommen war, manchmal sogar im Hausflur. Damals war Mary Murphy noch nicht auf die Idee gekommen, sich einen Künstlernamen zuzulegen, *Marceline Bandini*. Damals hatte sie auch noch keine sozialen Medien gebraucht, um die Fans um sich zu scharen. Die Frauen – es waren wirklich ausschließlich Frauen – waren einfach in ihre blaue Küche gekommen, ohne dass in der Zeitung auch nur eine einzige Anzeige gestanden hatte. Jeden Tag hatte Emer auf dem Fußboden ihre Hausaufgaben gemacht und dabei dem erwartungsvollen Flüstern und Schluchzen all jener gelauscht, die über ihre Großmutter Kontakt mit geliebten Verstorbenen aufnahmen. Aber wie emotional diese Wiedervereinigungen auch waren, um Punkt sechs Uhr war der Arbeitstag zu Ende gewesen, und dann hatte ihre Großmutter alle vor die Tür gesetzt. »Morgen früh um neun geht es weiter. Wer zuerst kommt, mahlt zuerst. Und Wechselgeld hab ich keins.«

Anschließend hatte Großmutter den wöchentlichen Stew aufgewärmt, eine Art Schmortopf mit Wurzelgemüse und einem ordentlichen Schuss Guinness. Emer kam immer die Ehre zu, die Hunderter zu zählen, bevor sie die Scheine zusammenrollten und gemeinsam mit der dicken Goldkette, die Großmutter von ihrer Oma geerbt hatte, in einer leeren Fischgratinpackung ganz hinten im Gefrierschrank versteckten: »Der letzte Ort, an dem jemand nach Wertsachen suchen würde.«

»Alles in Ordnung? Du bist so blass.« Frøya war zurück.

»Es geht mir gut.« Emer streckte ihren Rücken durch.

»Was ich sagen wollte, ist, dass jeder verstehen kann, wie verlockend es ist, die Symptome einfach zu übersehen«, sagte ihre Lebensgefährtin. »Aber Liebling, ist das auf lange Sicht wirklich richtig?«

Die Tränen kamen gegen Emers Willen.

»Als du eingeliefert wurdest, hattest du komplett die Kontrolle verloren«, fuhr Frøya fort, während sie ihre Tasche schulterte, in den Flur ging und den Griff ihres Rollkoffers nahm. »Willst du wirklich riskieren, dass das wieder passiert?«

»Nein.« Sie hörte kaum ihre eigene Stimme. Dann kniff sie die Augen zusammen, um die wenigen Bilder zu verdrängen, die sie von ihrem Zusammenbruch hatte: der Besprechungsraum, Mons, die Sanitäter und die psychiatrische Notaufnahme.

»Dann kannst du nicht auf deine Großmutter hören.«

Eine kurze Umarmung, und sie war weg. Der Vanilleduft ihrer frisch gewaschenen Haare hing noch in der Wohnung. Emer lehnte sich an die Wand, ehe sie nach unten auf den Boden rutschte. Das Telefon in ihrer Tasche piepte. Erst nach drei zitternden Versuchen hatte sie es entsperrt. Frøya schrieb ihr vermutlich aus dem Aufzug eine Nachricht:

Danke für dein Verständnis. Und um auf deine Frage zu antworten: Ja, Mons war dabei. Er stand im Garten in Skillebekk, als Isabella Baxter in die Arme ihrer Mutter stolperte.

Emer rappelte sich auf und ging in die Küche, um sich die

Sache in Skillebekk auf Youtube anzugucken, als sie eine zweite Textnachricht erhielt. Sie erwartete weitere Erklärungen, warum die Dienstreise so wichtig war, oder eine Ermahnung, auf ihre Ernährung und genügend Schlaf und Ruhe zu achten, da sie jetzt ja nicht mehr jeden Morgen einen gesunden Smoothie ans Bett gebracht bekäme, aber auf dem Display stand: *Großmutter*. Plötzlich kamen ihr Bilder aus dem Krankenhaus kurz nach ihrer Einweisung in den Sinn. Sie hatte schwindelig und benommen auf der Bettkante gesessen und einen der Ärzte angestarrt, als ihre Großmutter zu Besuch gekommen war. »Meine Enkelin ist gesünder als Sie oder irgendeiner Ihrer Mitarbeiter! Sollte sie krank sein, liegt das nur an all dem Gift, das Sie in sie reingepumpt haben!«

Ihr Herz klopfte schneller, als sie die Nachricht las:

Hast du schon gegessen, Elfchen? Brunch im Theatercafé in knapp einer Stunde?

Marie Wiig.
Bygdøy, Oslo

Sonntagvormittag

Marie Wiig hatte den Treppenabsatz zum ersten Stock bereits erreicht, als sie abrupt stehen blieb und nach hinten zurückwich, bis sie das Geländer im Rücken spürte: *Wo waren die Bilder von Olav Christopher Jenssen geblieben?* Von einem Tag auf den anderen war Kunst für mehrere Hunderttausend Kronen durch Fotografien in Plakatgröße ersetzt worden, die sie aus Lottes Blog kannte. Ihre Enkelin bedeckte die ganze Wand.

»Das Bild rechts hängt vielleicht ein bisschen schief, aber die Eingangshalle war so … so unpersönlich. Das brauchte ein bisschen Wärme.« Sverre stand unter dem Kronleuchter und wedelte mit einem Hammer herum. Die stahlgrauen Augen studierten Poppy: am Ufer unten im Garten mit einem Eimer Muscheln zwischen den dicken Beinchen; vor dem geschmückten Weihnachtsbaum im Ferienhaus in Hemsedal; und in der Hängematte auf Hvaler, den Kopf auf ihrer Lieblingspuppe.

Marie Wiigs Ehemann lächelte, er war sich gar nicht bewusst, was für ein Glück er hatte, dass seine Beziehung zu seiner Enkelin – und seiner Schwiegertochter – so unkompliziert war. Er hatte aber auch nicht die leiseste Ahnung von dem, was Marie wusste.

»Du wirkst gestresst.« Sverre sah in seinem weißen Leinenpullover unerträglich entspannt aus. Es war einer von zehn identischen Pullovern, die er irgendwo billig gekauft hatte, nachdem er seine exklusive Garderobe beim Secondhandladen der Heilsarmee abgegeben hatte. Der erste Schritt des »materiellen Reinigungsprozesses«, den er vor zehn Monaten nach der TIA begonnen hatte. Die vorübergehende Durchblutungsstörung seines Gehirns hatte mehr Folgen gehabt als erwartet.

»Nein, nein.« Sie schüttelte den Kopf und rieb sich die plötzlich verschwitzten Hände an der Lederhose ab.

»Freust du dich auf deine Freundinnen?« Ihr Mann fragte, als wäre ein Lunch zu Hause bei Guro für Marie noch immer alltäglich. Als wäre alles normal.

»Natürlich.« Früher hätte sie eingeräumt, nervös zu sein, und ihre Sorgen sicher mit ihm geteilt, aber in seinem jetzigen Zustand verstand Sverre das alles nicht mehr. Die Ärzte hatten sie vor potenziellen Veränderungen der Persönlichkeit gewarnt, aber auch gesagt, dass diese meistens vorübergehend seien. In Sverres Fall schien das anders zu sein, denn inzwischen war bald ein Jahr vergangen, und doch wirkte der Mann unter dem Kronleuchter in vielen Aspekten noch immer wie ein Fremder auf sie. Er führte sich auf, als wäre das Leben, das sie über fünfunddreißig Jahre aufgebaut hatten, einzig und allein Maries Sache, ja als wollte er daran nicht mehr teilhaben. Sverre, der früher so sozial gewesen war und Gesellschaften, gutes Essen und exquisiten Wein geliebt hatte, schämte sich jetzt dafür, sich in all den Jahren im Wettstreit mit Nachbarn und Freunden »so schrecklich aufgeplustert« zu haben, wie er es nannte. Für ihn waren das mit einem Mal alles »oberflächliche Snobs ohne Perspektive und Tiefe«.

Dass die wiederkehrenden Einladungen von Freunden plötzlich ausgeblieben waren – die Strandparty bei den Sands und das Krebsessen bei den Gustavssons –, hatte er, im Gegensatz zu ihr, mit stoischer Ruhe hingenommen. Als Marie Ende Mai verzweifelt gefragt hatte, ob es ihm nichts ausmache, dass ihnen nur noch die kalte Schulter gezeigt werde, hatte er nur geschnaubt und gemeint, sie würde überreagieren.

Aber das tat sie nicht. Den Beweis für ihre Ausgrenzung hatte sie erhalten, als sie mit ihrer Schwägerin vor ein paar Wochen essen war. Carmen hatte für sie beide das Saisonmenü des Kochs bestellt und darauf bestanden, auch die zugehörigen Weine zu bestellen, obwohl es ein ganz normaler Mittwoch gewesen war: »Du brauchst das, glaub mir.« Zutiefst beunruhigt, hatte Marie dem Kellner zugenickt und nicht im Traum damit gerechnet, dass sie aus eigenem Antrieb auch noch das eine oder andere Glas Cognac nachbestellen würde. Kurz darauf hatte eine Bekannte, die sie beide hätte begrüßen müssen, am Tisch haltgemacht und Carmen umarmt, Marie aber nur distanziert zugenickt. Mit einem Mal war sie nur noch Statistin eines Gesprächs über die »Wiedervereinigung in Skillebekk« gewesen.

»Ich kenne Grete Baxter, also die Großmutter, die auf die kleine Isabella aufgepasst hat, als sie verschwand. Sie ist nur noch ein Wrack«, hatte die Frau Carmen erzählt. »Die

Schwiegertochter hat ihr noch nicht verziehen, obwohl ja alles gut ausgegangen ist.«

Diskret hatte Marie das Glas trockenen Montrachet ausgetrunken. Warum zogen sich alle zurück? Die Antwort hatte Carmen ihr beim Hauptgang gegeben, sodass Marie jetzt ganz genau wusste, was hinter ihrem Rücken vorging und worüber ihre Freundinnen redeten.

»Morgen kommen ein paar Leute, um sich die Autos anzusehen. Ich will die Dreckschleudern noch waschen, bevor Jens gegen zwei Uhr Poppy herbringt.« Sverre warf rasch einen Blick auf die Uhr. Marie zuckte zusammen. Sie hatte nicht im Traum damit gerechnet, dass Sverre Ernst machen und seine liebsten Besitztümer wirklich verkaufen würde: fünf Autos, die in einem temperatur- und feuchtigkeitsregulierten Zelt in einer Spezialgarage wohnten. Sie öffnete den Mund, um zu protestieren, aber die App sagte ihr, dass das Taxi, das sie zu ihrer Freundin Guro in Frogner bringen sollte, nur noch zwei Minuten entfernt war. Sie hatte keine Zeit mehr, und ihr Mann würde ihr ohnehin nicht zuhören.

Sverre strich mit der Hand über den Sessel, der schon seit ihrer Kindheit in der Bibliothek stand. Marie hatte ihn mit schwarzem Leder beziehen lassen.

»Der Service bei Allkopi war übrigens überraschend gut«, sagte er und straffte den Klettverschluss seiner schrecklichen Sandalen, bevor er die Haustür öffnete. »Der junge Mann, der mir geholfen hat, meinte, Poppy sei ein wirklich hübsches, nein, ein *außergewöhnlich* hübsches Kind. Der hat das nicht zum ersten Mal gemacht.«

Sverre ging nach draußen. Oben von der Wand starrte Poppy Marie aus großen grünen Augen an.

Die App gab ein Piepen von sich, das Taxi wartete draußen. Sie nahm ihre Tasche und warf einen letzten Blick auf die neuen »Kunstwerke« – ein Inbegriff dessen, was ihr Leben zerstörte. Eigentlich müsste Jens ein schlechtes Gewissen haben, dachte sie und schob ihre Füße in die Gucci-Loafers. Bei all dem, was seine Frau ihm genommen hatte, musste er sie doch verabscheuen?

Sverre war nirgends zu sehen, als Marie an der Garage vorbei zu dem wartenden silberfarbenen Mercedes lief. Vermutlich rollte ihr Mann gerade den Gartenschlauch aus. Das Gras war nach dem morgendlichen Regen noch nass, und Marie freute sich, dass die Sonne endlich schien. Andererseits bedeutete das, dass sich jenseits der Fliederhecke wieder die Nackten stapeln würden. Als die Idee für den Nacktbadestrand vor ein paar Jahren zum ersten Mal lanciert worden war – beteiligt an der FKK-Initiative waren unter anderem die Hammers von gegenüber gewesen –, hatte ihr Ehemann den Großteil der Nachbarschaft gegen diesen Wahnsinn aufgebracht. Doch trotz Sverres Engagement war der Protest gescheitert, und mittlerweile schien es Sverre sogar egal zu sein, dass nur wenige Meter von ihrem privaten Anleger entfernt, wo sie mit ihrem Enkelkind Würstchen grillten, haarige Hinterteile und, ja, baumelnde Schwänze zur Schau gestellt wurden.

Ihr Gärtner hatte vorgeschlagen, die Fliederhecke durch Thujen zu ersetzen, damit man nicht mehr hindurchblicken konnte. Marie hatte das aber abgelehnt. Eine richtige Mauer wäre ihr da schon lieber.

Sie stieg ins Taxi und nickte dem Fahrer zu, der Kurs auf das Zentrum nahm. Nervös fragte sie sich, ob ihre Freundinnen sich ihr gegenüber so verhalten würden wie früher? Carmen hatte ihr das zugesichert, obwohl einige über die Äußerungen ihres Mannes sicher nicht gerade glücklich waren.

Was hatte Sverre noch einmal über den Mann im Copyshop gesagt? Dass er diese Abzüge nicht zum ersten Mal gemacht habe?

Zuerst hatte Marie gedacht, dass auch andere Großeltern plakatgroße Fotos *ihrer* Enkelkinder aufhängten. Doch jetzt wurde ihr bewusst, warum sie gestutzt hatte. Was, wenn der Angestellte damit ganz konkret die Bilder von Poppy gemeint hatte? Waren wirklich Fremde mit *exakt* demselben Anliegen wie Sverre zu ihm gekommen?

Emer Murphy.
Theatercafé, Oslo

Sonntagvormittag

»Ich möchte Sie nicht belästigen, aber könnten wir so ein Shelfie machen?« Der Fremde räusperte sich, schüttelte beschämt den Kopf und korrigierte sich selbst: »Ich meine natürlich *selfie*.«

Emer, die gerade ihre Großmutter umarmen wollte, ließ die Hände fallen und trat einen Schritt zurück.

»Aber sicher doch!« Marceline Bandini sprang von ihrem Stuhl am Fenstertisch auf. Sie trug wie immer Kleider mit tierischem Muster, dieses Mal waren es Tigerstreifen. Ihre Haare umrahmten frisch geföhnt und mit Haarspray fixiert ihr breites Gesicht.

»Das Bild wird sicher besser, wenn du es machst, Elfchen.« Marceline nahm dem Mann das Handy aus der Hand und reichte es Emer, während sie ihr zuzwinkerte – eine Entschuldigung dafür, dass sie ihre Enkelin warten ließ, und eine Erinnerung daran, dass Marceline Bandini es sich nicht erlauben konnte, ihre Fans zu enttäuschen oder wie eine Diva zu wirken.

Der Mann strahlte übers ganze Gesicht. Marceline zog ihre orange Bluse zurecht, sodass ihr beachtliches Dekolleté, das Emer nicht geerbt hatte, zum Vorschein kam.

Emer machte zehn oder zwölf Fotos und verfluchte ihre Finger, die das Handy einfach nicht still halten wollten.

»Danke, mein Schatz.« Nach vierzig Jahren in Norwegen war der irische Akzent ihrer Großmutter noch immer deutlich zu hören, besonders bei ihren Fernsehauftritten, was die Medien aber nur charmant fanden. Emers Haare waren nach der Dusche noch immer feucht, sie nahm das Haarband ab und versuchte, die Strähnen, die in den letzten Wochen fast zu Dreadlocks geworden waren, mit den Fingern zu kämmen. Allein die Fahrt in der überfüllten Straßenbahn von Grünerløkka hierher ins Zentrum war eine solche Herausforderung gewesen, dass sie sich kaum vorstellen konnte, jemals wieder arbeiten zu können.

Marceline studierte die Schnappschüsse, und ihr Gesicht hellte sich auf. »Das hier ist doch süß! Und fühlen Sie sich frei, das auch auf Instagram zu posten, wenn Sie wollen!«

Mit dem Telefon in der Hand und einem pflaumenfarbenen Lippenabdruck auf der breiten Stirn verschwand der Fremde im Restaurant. Marceline breitete endlich die Arme aus.

»Komm her, mein Elfchen.« All die Gefühle und die Angst vor der ungewissen Zukunft, die Emer mit Netflix und Türkisch Pfeffer zu betäuben versucht hatte, waren mit einem Mal wieder da. Sie hatte nicht die Kraft, die Starke zu spielen, und erlaubte es sich, in den weichen Körper zu versinken, wobei sie den Duft der Räucherstäbchen einsog, der schon seit jeher in den Kleidern ihrer Großmutter hing. Nach ein paar Sekunden, die sich wie Minuten anfühlten, flüsterte Marceline: »Es ist fantastisch, dich wieder draußen in der Welt zu sehen.«

»Aber?« Emer wich einen Schritt zurück.

Marceline lächelte traurig, streckte die Hand aus, als wollte sie Emers Ohr berühren, ließ sie dann aber wieder fallen.

»Aber das stimmt doch nicht, was sie sagen. Psychose? Das ist doch Schwachsinn!«

Emer sehnte sich danach, ihr einfach recht zu geben. Andererseits wusste sie, dass sie am Tag ihrer Einweisung komplett die Kontrolle verloren hatte. Das hatte Frøya ihr gesagt. Für sie selbst fühlte es sich so an, als wären diese Stunden aus dem Gedächtnis gelöscht worden. Müde und leer, schüttelte sie den Kopf und rieb sich das ungeschminkte Gesicht. »Können wir essen? Was meinst du, haben die vielleicht noch einen anderen freien Tisch?«

»Aber das ist mein Stammtisch.«

Beide zuckten zusammen, als jemand fest an die Scheibe klopfte: Drei Teenager formten mit Daumen und Zeigefinger Herzen und riefen: »Wir lieben deine Show, Marceline!«

Marceline drückte ihre Lippen an die Scheibe und wurde von drei Handys fotografiert, bevor die Mädchen kichernd weitergingen.

»Jostein, mein Lieber!« Marceline hielt einen jungen, glatt rasierten Kellner mit schwarzer Weste fest, der ein Tablett mit Colaflaschen balancierte. »Können wir heute einen anderen Tisch bekommen? Meine Enkelin möchte nicht mit mir gesehen werden.«

Emer verdrehte die Augen. Es ging nicht um Scham, das wusste die Dramaqueen ganz genau, Emer wollte einfach nicht, dass Kollegen vorbeikamen und falsche Schlüsse zogen. Das Letzte, was sie gebrauchen konnte, waren Gerüchte, dass sie jetzt vollkommen durchgedreht war und mit der »*einzig wahren Wahrsagerin Norwegens*«, die jeder aus ihrer Fernsehshow »*Seelengespräche*« kannte, in Verbindung stand.

Jostein führte sie durch das Lokal, ging an der mittig liegenden Bar vorbei. An den Tischen ringsherum wurde getuschelt, und immer wieder hörte Emer hinter sich: »Weißt du, wer das war?« Ein Mann mit braunen Augen, einem lang gezogenen Grübchen im Kinn und dichten Haaren erinnerte sie an ihren Partner bei der Polizei. Es war jetzt zehn Jahre her, dass Mons Tidemand nach einer sechswöchigen Suspendierung in den Dienst zurückgekehrt und von der Dezernatsleiterin Katja Wiberg mit den ernüchternden Worten empfangen worden war: »Tidemand, das ist Murphy. Deine neue Partnerin.«

Eigentlich war Emer damals noch viel zu unerfahren gewesen. Niemand, nicht einmal sie selbst, hatte wirklich verstanden, warum ausgerechnet ihr diese gefragte Stelle angeboten worden war. Dass die Sache einen Pferdefuß aufwies, hatte sich aber schnell gezeigt.

»Ich halte diesen ewigen Druck von oben nicht mehr aus«, hatte Wiberg bei ihrer ersten Begegnung zu ihr gesagt. »Tidemand ist eine tickende Zeitbombe, und immer muss ich die Konsequenzen tragen. Sieh zu, dass du ihn unter Kontrolle hältst.«

Wenn andere sich herausnahmen, aus einem Zeugen

mit exzellenten Verbindungen zu den Eliten der Gesellschaft die Wahrheit herauszuprügeln, wurden sie auf der Stelle gefeuert; nicht so Mons. Katja Wiberg hatte ihr die Zusammenhänge erklärt und zwischen den Zeilen durchblicken lassen, dass sie nicht auf Mons verzichten, er aber auch nicht so weitermachen könne. Schon auf der Polizeischule hatten Gerüchte über Tidemand kursiert. Einige nannten ihn eine lebende Legende, andere verdrehten nur die Augen und meinten, sein »*badass*«-Image sei doch wohl von gestern. Ein übles Klischee. Emer hatte stumm in Katja Wibergs Büro gesessen, sie kannte Mons zu diesem Zeitpunkt nur aus einer Nachrichtensendung, in der er einen Journalisten bei einem Beitrag brüsk zur Seite gestoßen hatte. Sie hatte aber gehört, dass er immer wieder Vereinbarungen einging, die sich über alle Regeln und moralische Kodizes hinwegsetzten, um die Informationen zu bekommen, die er brauchte. Trotzdem wurde er in den Medien als Held gefeiert. Wenig überraschend zeigte er sich Emer gegenüber nicht gerade von seiner heldenhaften Seite. »Verdammte Scheiße! Ich brauche keinen Babysitter!«, lautete sein Kommentar, aber den hatte er auch nicht bekommen. Nicht ein einziges Mal hatte sie ihn an Katja Wiberg verraten. Ihr Partner hatte sie – während er im selben Stil weitergemacht hatte – zwei Jahre lang als unerwünschtes Anhängsel behandelt, bis sie ihm bei einem Einsatz endlich zeigen konnte, dass sie weit mehr war als das. Zwei Wochen vor seinem fünfzigsten Geburtstag hatte Emer einen Junkie mit stecknadelgroßen Pupillen, Kratzspuren im Gesicht und einer geladenen Glock 17 in der Hand davon abbringen können, den nur zwei Meter vor ihm stehenden Mons zu erschießen. Danach hatte ihr Partner ihr mehr und mehr Respekt entgegengebracht. Und jetzt, dachte sie und musste eine Träne wegblinzeln, war das alles vermutlich wieder vorbei.

»Ist das hier versteckt genug, mein Elfchen? Oder sollen wir um einen Paravent bitten?«, fragte Marceline und legte sich die Stoffserviette über den Kopf. Emer schnappte sie sich, legte sie sich auf den Schoß und warf einen Blick auf die Speisekarte, die sie seit Langem auswendig kannte.

»Es ist schon nach eins, also Nachmittag, da können wir es uns erlauben, deine Freiheit ... ein bisschen zu feiern!« Marceline grinste sie breit an. »Bring uns Champagner, Jostein!« Emer erstarrte. Die ermahnenden Worte des Psychologen klangen ihr noch im Ohr. »Es wäre wirklich besser, wenn Sie in dieser Zeit keinen Alkohol trinken würden.« Sie sollte ablehnen, das wusste sie ganz genau, andererseits hatten schon die Medikamente, die sie nahm, eine Kluft zwischen sie und ihre Großmutter getrieben. Marceline bezeichnete die Pillen als Gift und vertraute den Ärzten nicht. Deshalb lächelte sie nickend: »Champagner hört sich gut an.«

Der Kellner schenkte ihnen ein und stellte die Flasche in den Kühler.

Während der Mann mit Marceline plauderte, dachte Emer an die alte Wohnung mit den eingefrorenen Schätzen in der Fischgratinpackung. Damals hatte sie am Wochenende höchstens einmal eine Limo bekommen, während ihre

Großmutter sich dann vielleicht ein Bier gegönnt hatte. Jetzt gab es Champagner im Theatercafé, und Marceline Bandini residierte in einer riesigen Wohnung in Majorstuen mit Dachterrasse, Konsultationszimmer und einem privaten Büro mit einer frei stehenden roten Badewanne darin. Die Räumlichkeiten waren immer wieder in den Boulevardblättern zu sehen.

»Prost!«

Jostein verschwand, und Marceline nahm Emers Hand. Sie sagte nichts, Emer wusste aber ganz genau, was ihre Großmutter auszudrücken versuchte: »Du bist nicht krank. Meine Gabe ist auch deine Gabe.« Zum x-ten Mal versuchte Emer, die Worte des Arztes zu verdrängen: »Das ist genetisch bedingt. Gibt es in der Familie jemanden mit einer psychiatrischen Diagnose?« Frøyas ebenso müde wie resignierte Antwort hatte gelautet: »Emers Eltern sind bei einem Autounfall ums Leben gekommen, als Emer noch klein war, über sie kann ich nichts sagen – aber ihre Großmutter ist Marceline Bandini.«

Blicke waren gewechselt und Schlüsse gezogen worden. Irgendwann war der Psychiater dann zu der Diagnose »stressbedingte Psychose« gekommen. Getriggert durch die Tatsache, dass Frøya und sie vor zwei Jahren ihr Kind verloren hatten, ihre kleine Lucia. Auf ihre mühsam dem tauben Hirn abgerungenen Fragen hatte er Emer zu erklären versucht, dass solch verspätete Reaktionen möglich seien, es handele sich dabei um eine Form von posttraumatischem Stress. Marceline hatte sogleich protestiert und war daraufhin mit Gewalt auf den Flur befördert worden. »Aus Rücksicht auf die Patientin müssen wir Sie bitten, sich fernzuhalten.«

»Ich werde den Koch bitten, etwas Vegetarisches für Sie zu zaubern.« Jostein war zurückgekommen und nahm die Butter vom Tisch. Die Augen der Großmutter, ebenso lila und intensiv wie Emers, wendeten sich von ihr ab und richteten sich stattdessen auf den Kellner. Schlagartig fiel Emer das Atmen leichter.

»Ach, und möchten Sie vielleicht ein bisschen Olivenöl zum Brot?«

»Wunderbar, gerne, mein Lieber«, sagte Marceline. Fleisch widerte sie an, Marceline behauptete, wenn sie ein Stück Fleisch äße, nähme sie auch die Angst der Tiere in sich auf. »Todesangst und Sauce béarnaise sind keine gute Kombination.«

Emer folgte Jostein mit den Augen, und erneut blieb ihr Blick an dem Mann hängen, der Mons so ähnlich sah. Sie hatte ihren Partner nicht mehr gesehen, seit er mit einem halben Kilo Türkisch Pfeffer im Krankenhaus aufgetaucht war. Sein Besuch war eine der wenigen klaren Erinnerungen, die sie an die Tage in der Klinik hatte. Sie hatte es sehr zu schätzen gewusst, dass er gekommen war, und während Mons erzählt hatte, waren ihre Gedanken immer wieder um die Frage gekreist, was eigentlich geschehen war, bevor der Rettungswagen sie geholt hatte.

»Wann beginnst du wieder zu arbeiten?« Marceline lächelte warm und streckte ihre Hand über den Tisch aus, um Emers spitze Ohren zu berühren. Als Kind hatte Emer sie immer versteckt, bis sie als Teenager »Herr der Ringe« gelesen hatte. Sie schüttelte den Kopf, als könnte sie damit ihre neue Schwäche vertreiben, und spürte die Angst: *Wie soll ich dem Druck standhalten? Wer war dabei, als ich kollabiert bin? Wissen meine Kollegen etwas, das ich nicht weiß?*

»In einer Woche«, sagte sie leise, nahm eines der noch warmen Brötchen, riss es zitternd auseinander, tunkte es in Olivenöl und Salz und steckte es sich in den Mund. Dabei verschwieg sie ganz bewusst, dass der Polizeiarzt sie erst wieder gesundschreiben musste und sie es noch nicht einmal gewagt hatte, sich einen Termin geben zu lassen. Außerdem war die Rede von einem reduzierten Pensum und einer Eingewöhnungsphase gewesen. Vermutlich hieß das nichts anderes, als dass sie einen Halbtagsjob haben würde, im Büro.

Marceline schloss die Augen und schüttelte langsam den Kopf. Ihre stark geschminkten Augenlider vibrierten.

»Nein.«

»Nein? Wie meinst du das?«

»Das wird keine Woche dauern. Nicht einmal einen Tag. Sie brauchen dich ... schon bald.«

Emer richtete sich auf.

Marceline legte den Kopf zur Seite. Es sah aus, als lauschte sie, und was sie hörte, schien ihr nicht zu gefallen.

»Ich bin unsicher ...« Marcelines perfekt geschwungene Augenbrauen, die ihre Assistentin ihr jeden Morgen nachzog, hoben sich. Emer starrte sie an, das Glas in der Hand, und scherte sich nicht darum, dass sie zitterte und dass Champagner aufs Tischtuch tropfte. Es kribbelte warm in ihrem Bauch, und aus der Watte in ihrem Kopf wurde Erwartung: Sie brauchten *sie* im Präsidium? Schon bald?

Marceline räusperte sich und zog die niedrige Stirn in Falten: »Kann das etwas mit dem kleinen Mädchen zu tun haben, über das sie in den Nachrichten gesprochen haben?«

Emer Murphy.
Polizeipräsidium, Oslo

Sonntagnachmittag

Die Fahrstuhltüren öffneten sich, und der Kriminaltechniker mit Schirmmütze nickte ihr kurz und wortlos zu, bevor er die Kabine verließ. Vor sechs Wochen hätte er sie nicht nur gegrüßt, sondern sicher einen Small Talk gehalten. Sein verändertes Verhalten war wohl nur dadurch zu erklären, dass er alles mitbekommen hatte und mehr über ihren Zusammenbruch wusste als Emer selbst. Es war vollkommen idiotisch gewesen, direkt ins Präsidium zu fahren, dachte sie. Aber die Worte ihrer Großmutter hallten noch immer in ihrem Kopf wider: *Kann das etwas mit dem kleinen Mädchen zu tun haben?*

Die Frage war nur, mit welchem? Soweit sie wusste, gab es aktuell zwei Fälle, in denen es um kleine Mädchen ging. Eines war in Skillebekk verschwunden, und das andere lebte in Tjuvholmen und wurde von einem Stalker belästigt.

Die Fahrt mit der Straßenbahn vom Nationaltheater zum Präsidium hatte problemlos geklappt. Emer hatte alle um sich herum ignoriert und sich auf das Video auf ihrem Handy konzentriert. Frøya hatte wirklich recht: Die Wiedervereinigung von Isabella Baxter mit ihrer Mutter war so herzzerreißend, dass Emer fast ihre Haltestelle verpasst hätte. Auf dem Weg zum Präsidium sah sie sich das Video noch ein paarmal an. Die Baxters wohnten in einem weißen Townhouse in Skillebekk. Die Aufnahme zeigte einen Fernsehjournalisten, der Mons auf der Straße vor dem Haus interviewte. Um sie herum standen ein paar uniformierte Beamte und eine Reihe von Schaulustigen. Ganz plötzlich hatte der Journalist das Interesse an dem Gespräch verloren und sich verwundert auf etwas konzentriert, das hinter Mons' Rücken vor sich ging. Selbst durch das Rumpeln der Straßenbahn hatte Emer die Stille wahrgenommen, die sich vor vier Wochen über Skillebekk gelegt hatte, als Nachbarn und Journalisten Platz für ein kleines Mädchen machten, das in hellen Kleidern und mit einem roten Täschchen über der Schulter in Richtung Gartentor lief. Die Mutter, eine blasse Frau in weißem Bademantel, stolperte ihrer Tochter entgegen, nahm sie in ihre Arme und drückte sie schweigend an sich. Isabella Baxter war unverletzt. Aber wo hatte sie sich den halben Tag lang aufgehalten?

Emer schloss die Augen und träumte von dem Wasserspender, der oben im Flur auf sie wartete. Es war kurz nach halb sechs. In neunzig Minuten brauchte sie ihre nächste Medikamentendosis. Sie stellte den Wecker ihrer Uhr auf sieben und schrieb: *Pillen*.

Fünfte Etage. Die Türen öffneten sich. Sie holte tief Luft und trat zögernd auf den Korridor, den sie sonst immer nur entlanghastete. Leer.

»Murphy?« Katja Wibergs hoch aufgeschossene Gestalt tauchte am Ende des Flurs auf. Die Dezernatsleiterin, die sich sonst immer nur in Seidenblusen und schmale Bleistiftröcke hüllte, trug Uniform. Ihre blonden Haare waren in einem straffen Knoten zusammengefasst.

»Ich komme gerade von einer eilig einberufenen Sitzung mit der Polizeiführung. Ein fantastisches Vorspiel zu dem Sonntagsessen mit der Schwiegerfamilie, die gleich bei uns zu Hause eintrudelt.« Katja Wiberg riss sich den Uniformschlips herunter, als würde er ihr die Luft abschnüren, und streifte die Schuhe mit den breiten, niedrigen Absätzen ab. Die Chefin engagierte sich dafür, dass mehr Frauen, sie selbst eingeschlossen, in Führungspositionen kamen, und räumte offen ein, dass sie alles dafür tun würde, Polizeichefin ihres Distrikts zu werden: »Sobald Børre einsieht, dass allen außer seiner Frau damit gedient ist, dass er in Pension geht.«

Aus rein egoistischen Gründen hoffte Emer, dass sie die Stelle nicht bekam und im Dezernat blieb, denn Katja Wiberg war – solange man Resultate lieferte – eine gute Chefin. Sie hatte einen messerscharfen Verstand und einen ausgeprägten Sinn für Gerechtigkeit, und ihr Team war ihr wirklich wichtig. Nichts hatte Emer mehr Bestätigung gegeben, mehr Endorphin freigesetzt, als die hohen Erwartungen, die an sie gerichtet wurden, zu erfüllen. Damit wir weiterhin die höchsten Aufklärungsraten liefern können, müssen wir uns von den schwächsten Gliedern trennen, lautete die strenge, aber effektive Philosophie ihrer Vorgesetzten. Um die perfekten Resultate zu bringen, arbeitete Wiberg nur mit den Besten. Emer schluckte.

»Ein sinnloses Treffen mit hoffnungslosen Männern«, murmelte die Dezernatsleiterin und wischte sich etwas

Wimperntusche weg. »Du bist noch eine Woche krankgeschrieben. Was machst du hier?«

Emers Durst wurde unter Katja Wibergs Blick noch schlimmer, das Sprechen tat ihr weh, aber trotzdem brachte sie die Worte über die Lippen: »Ich wollte nur etwas holen.«

Sie schwang den rechten Arm in Richtung des Büros, das sie sich mit Mons teilte. Ob er wohl da war? Dann versteckte sie die Hände hinter dem Rücken, um nicht als das schwache Glied identifiziert zu werden. Jemand, von dem ihre Chefin sich bedauerlicherweise – und das täte ihr wirklich leid – trennen müsste. Das Gesetz schützte Emer, aber was Katja Wiberg als notwendig erachtete, setzte sie auch um. Für so etwas fand sie immer eine kreative Lösung. Sie nahm ihren Job ernst, und dass ihr Team Resultate lieferte, war ihr wichtiger als das Ego ihrer Mitarbeiter. Aus demselben Grund durfte auch Mons bleiben. Schon bei ihrer ersten Begegnung hatte Wiberg Emer verstehen lassen, dass niemand eine höhere Aufklärungsrate habe. Katja Wiberg wusste, dass sie Mons brauchte, nicht aber, dass sie auch von Emer abhängig war – oder dies auf jeden Fall gewesen war. Emer kniff sich fest in den Arm, um nicht zu weinen, wobei ihre Gedanken zum fünfzigsten Geburtstag ihres Partners gingen. Das war noch vor seiner Scheidung gewesen. Seine Einladung hatte sie überrascht, auch wenn sie ihm kurz davor das Leben gerettet hatte. Wie alle anderen hatte ihre Chefin sich durch Reden und Tapas getrunken, bis sie irgendwann aufgestanden war und gesagt hatte, dass dem Dezernat, nein, dem Präsidium, nein, der Bevölkerung von ganz Oslo damit gedient sei, dass die tickende Zeitbombe ihre Stellung behielt. Und nachdem sie wieder Platz genommen hatte, war kaum hörbar der Nachsatz gekommen: »So rechtfertige ich diese Entscheidung jedenfalls vor mir selbst.«

»Jetzt mach doch nicht so ein ängstliches Gesicht! Das ist kein Todesurteil, Murphy.« Katja Wiberg studierte sie beinahe belustigt. »Nimm deine Medizin, und sorg dafür, dass du genug Schlaf bekommst. Und schwups, bist du wieder da.«

Wo?, wollte Emer fragen. An einem Schreibtisch mit Papierkram oder mit Mons draußen auf den Straßen?

Schwere Schritte näherten sich, und Wiberg beugte sich zu Emer vor: »Meine Schwester ... sie hatte auch so eine ...«

Sie unterbrach sich selbst und hob den Blick. Der mächtige Körper von Emers Partner näherte sich. Er hatte den Blick auf das Handy gerichtet und hielt einen Strauß weißer Rosen im Arm. Wie immer trug er ein schwarzes T-Shirt und die Armeehose mit den vielen Taschen. Seine braunen Haare waren etwas lang geworden, der Pony stand hoch, als hätte er sich gerade mit den Fingern durch die Haare gestrichen. An den Füßen trug er ein neues Paar Joggingschuhe, ein schwarz-weißes Modell aus einer Sammlung, die mittlerweile mehrere Dutzend Paar Schuhe umfasste, die er abwechselnd trug. Die teureren Sammlerobjekte wagte er nicht anzuziehen, die lagen in Originalkartons in einem extra designten Schrank.

Emer hoffte, dass Mons ihre Chefin auf andere Gedanken bringen würde, wobei es sie eigentlich interessierte, ob Wibergs Schwester tatsächlich auch zwangseingewiesen worden war. Könnten sich in diesem Fall ihre persönlichen Erfahrungen positiv auf Emers eigene Situation auswirken, dürfte sie dadurch auf mehr Verständnis hoffen? Oder musste sie das Gegenteil fürchten?

Emer starrte auf die Blumen und wurde sich plötzlich bewusst, welchen Tag sie hatten. Den 16. Juni. Genau vor zwei Jahren hatte Mons' Ex-Frau den Abschiedsbrief von ihrem Sohn Philip erhalten, der sich auf einer Reise durch Asien befunden hatte. Danach war kein Lebenszeichen mehr von ihm gekommen.

»Murphy? Aber was ...« Mons sah vom Telefon auf, und tiefe Lachfalten gruben sich in sein Gesicht.

»Mons!« Emer räusperte sich. Die starke Reaktion überraschte sie, und sie fürchtete, dass ihr die plötzliche Sehnsucht nach einer Umarmung – als hätten sie sich an einem ganz normalen Sonntagvormittag hier auf dem Flur getroffen – anzuhören war. Mons' braune Augen richteten sich auf Katja Wiberg, und er zog die Brauen hoch, als wollte er sie fragen, ob er etwas verpasst habe. »Ist sie zurück?«

Ja, wollte Emer rufen, flehen, denn seit sechs Wochen hatte sie sich nicht mehr so entspannt gefühlt, als sei sie erst jetzt richtig nach Hause gekommen.

»Ich wollte nur ...«, brachte sie heraus, ehe ihr Gesicht an Mons' T-Shirt gedrückt wurde und seine starken Arme sich zu einer seiner seltenen Umarmungen um sie legten.

Katja Wiberg räusperte sich. »Ich muss noch ein paar E-Mails schreiben, bevor ich nach Hause gehen kann, um dann für zwölf hilflose Leute zu kochen.« Sie löste den Dutt im Nacken, schüttelte die Haare und nahm ihre Schuhe mit. »Und du solltest auch sehen, dass du loskommst.«

Emer nickte enttäuscht und rieb sich die plötzlich juckende Nase. Sie hatte gesagt, dass sie etwas holen wolle. Vielleicht sollte sie die Bluse mitnehmen, die noch im Schrank im Büro hing.

»Ja, verdammt«, ihr Partner sah auf seine Uhr, und Emer realisierte, dass ihre Chefin ihn gemeint hatte. Die Rosen. Natürlich. Er wollte die Familie zu einer Gedenkstunde für Philip treffen.

»Begleitest du mich zu meinem Auto, Murphy?« Die Garage lag im Nachbargebäude, und Mons ging bereits mit langen Schritten zum Aufzug. Sie verwarf den Gedanken an ihre Bluse und musste wie immer beinahe rennen, um mit ihm Schritt zu halten. Für sie war das derart zur Gewohnheit geworden, dass sie zum Leidwesen von Frøya selbst in ihrer kleinen Wohnung immer nur im Laufschritt unterwegs war.

»War es die ganze Zeit so ruhig?«, fragte Emer, die die leeren Flure bemerkt hatte, und sah zu Mons auf, wohl wissend, dass er nicht über seinen Sohn reden wollte.

»Na ja, eigentlich hatten wir genug zu tun.«

Emer musste konkreter werden. »Ich habe das Video aus Skillebekk gesehen. Als Isabella Baxter nach Hause gekommen ist.«

»Ach ja? Ibrahim hat mir schon gesagt, dass das viral gegangen ist.« Mons kratzte sich den muskulösen Oberarm, der bald so braun gebrannt sein würde, wie Emers Haut es nie wurde. »Die Großmutter der Kleinen hat auf sie aufgepasst. Sie musste kurz irgendwas im Haus erledigen, während Isabella im Garten gespielt hat. Als sie wieder nach draußen kam, war das Mädchen weg.«

Am Aufzug hielt Mons Emer die Tür auf und ließ das Telefon in die Tasche am rechten Oberschenkel seiner Cargohose gleiten – ein Kleidungsstück, das er als praktisch bezeichnete, das aber zu zahllosen Verspätungen geführt hatte, da er in den unzähligen Taschen nie fand, was er suchte, dafür aber immer wieder Kaugummis mit Weichspülergeschmack und gewaschene Fünfhunderter zum Vorschein brachte. Und einmal auch eine weniger willkommene Überraschung in Form eines Plastikbeutelchens mit weißem Pulver, von dem sie nie ganz verstanden hatten, wie und warum es in Mons' Hosentasche gelandet war. Noch dazu, weil sich der Inhalt etwas später als Puderzucker erwiesen hatte.

»War die Kleine traumatisiert, als sie nach Hause kam?«, fragte Emer.

Mons erzählte, Isabella sei in erster Linie verzweifelt darüber gewesen, dass ein Krönchen, das sie liebte, verschwunden war. »Auf die Frage, wo das denn geblieben sein könnte, wollte oder konnte das Kind nicht antworten. Die ärztlichen Untersuchungen haben keine Anzeichen auf physische Gewalt oder sexuelle Übergriffe gegeben. Die Mutter meinte aber, die Kleine wirke ungewöhnlich ruhig, weshalb eine Blutprobe genommen wurde, aus der dann hervorgegangen ist, dass das Kind Reste von Schlafmitteln im Blut hatte.«

»Sie wurde also betäubt?«, fragte Emer überrascht.

»Nun, nicht direkt«, antwortete Mons. »Isabella hat mit

der Tasche ihrer Großmutter gespielt. Die stand noch draußen auf dem Tisch. Der Inhalt lag auf dem Rasen verstreut, darunter auch eine halb volle Packung Schlaftabletten. Die Großmutter wusste nicht genau, wie viele Pillen darin waren, bevor die Schachtel in die Hände der Kleinen kam, nahm aber an, dass Isabella zwischen ein und drei Pillen genommen haben könnte.«

»Wo kann sie geschlafen haben? Ihr habt die Gegend doch sicher abgesucht?«

Sie betraten die Garage, in der auch die Einsatzfahrzeuge standen. Der militärgrüne Jeep ihres Partners, er nannte ihn die Kröte, parkte weiter hinten.

»Ja, und in den zwölf Stunden hätten wir sie eigentlich auch finden müssen«, sagte Mons resigniert. »Wir fürchteten deshalb schon eine Entführung, aber dann war sie ja plötzlich wieder da, und …«

Emer hörte laufende Schritte hinter sich, konnte aber nicht schnell genug reagieren. Als der Erste der vier Beamten an ihr vorbeirannte und sie an der Schulter anrempelte, verlor sie die Balance. Wieder spürte sie, wie ihr Gesicht an den Brustkorb ihres Partners gepresst wurde.

»Sorry, Murphy!«, rief jemand, bevor eine Autotür zugeschlagen wurde und die grauen Wände plötzlich im Blaulicht badeten.

»Was war denn mit Isabellas Eltern? Wo waren die denn?«, fragte Emer.

»Im *Samana Spa* in Holmestrand«, antwortete Mons und blickte den Einsatzfahrzeugen hinterher, die sich in schnellem Tempo entfernten.

Auszug aus dem MamaForum:

Vor 18 Minuten. Von BabyMama:
Bin ein kleines bisschen eifersüchtig auf Lotte. Auf dem Weg in ein Spa! Hat sie nicht auch letztes Jahr im *Samana* gefeiert? Ich wünschte, mein Mann wäre so romantisch wie Jens und würde mich auch mal in einen Whirlpool mit Champagner entführen.

Vor 15 Minuten. Von FräuleinFein:
Aber was ist dann mit Poppy, darf die nicht mitfeiern?

Vor 11 Minuten. Von BabyMama:
Wirf mal einen Blick auf Insta. Da gibt es ein Bild mit ihrem Großvater draußen auf Bygdøy. Poppy in einem neuen süßen Badeanzug mit Mohnblüten #Übernachtung

Lotte Wiig.
Samana Spa, Holmestrand

Sonntagnachmittag

Lotte lag auf der Massagebank. Das Gesicht in ein Loch gepresst, kämpfte sie gegen den Drang an, sich kurz zu entschuldigen und in ihrem Handy nachzuschauen, ob ihr Schwiegervater ihr ein Update geschickt hatte. Die Spa-Angestellte, sie hatte sich als Iselin vorgestellt, war völlig ungeschminkt, trotzdem schien ihre Haut keine Poren zu haben. Die junge Frau räusperte sich kurz und begann dann mit Lottes rechtem Oberschenkel. Jens ermahnte sie immer wieder, wie wichtig es sei, sympathisch herüberzukommen. Auf Instagram war Lotte einmal vorgeworfen worden, sie wirke überlegen und arrogant. Allem Anschein nach war sie an der Betreffenden vorbeigegangen, ohne ihr auch nur ein Lächeln zu schenken. Jens hatte die hässlichen Worte gelöscht und die Frau blockiert, die Episode hatte ihn aber gestresst: »Die Sponsoren dürfen nicht lesen, dass du die Mundwinkel hängen lässt. Du musst immer nett sein, zu allen!«

»Arbeiten Sie schon lange hier, Iselin?« Lottes Stimme war leise, sie sprach direkt zum Fußboden.

»Knapp zwei Jahre. Ich habe Ihnen schon einmal eine Gesichtsbehandlung gegeben und Sie massiert …« Iselin unterbrach sich selbst.

Die lavendelduftende Luft wurde plötzlich schwer. Lotte hätte sich an sie erinnern müssen.

»Ja, natürlich! Wir haben uns letztes Jahr hier getroffen, nicht wahr!«, rief sie übertrieben enthusiastisch. »Ich habe anschließend krass viele Komplimente auf Instagram bekommen. Die Leute meinten, meine Haut sähe so frisch aus!«

Lottes Herz schlug so hart, dass Iselin es hören musste. Vor genau einem Jahr hatte sie schon einmal hier gelegen, vielleicht sogar auf exakt derselben Bank, während Jens im Nebenraum behandelt worden war. Vierundzwanzig Jahre alt. Damals war alles gesponsert worden, weshalb Jens sie mit Kamera und Telefon in der Hand herumgejagt und gebeten hatte, ihren Followern auch noch die Suite zu zeigen. Mit lauter Stimme hatte er sie dabei gefragt: »Schatz, wie viele Kamine haben wir hier eigentlich?« Und sie hatte drei Finger in die Höhe gehoben und voller Enthusiasmus zurückgerufen: »Einen im Schlafzimmer, einen auf der Terrasse und einen im Bad. Das ist der reinste Wahnsinn!«

Heute war alles anders. Jens hatte dieselbe Suite reserviert, aber da er dieses Mal selbst bezahlt hatte, konnte Lotte die langstieligen roten Rosen in der Vase im Zimmer still bewundern und die Erdbeeren und Schokoladentrüffel ohne Publikum essen. Nachdem sie Poppy bei Sverre in Bygdøy abgeliefert hatten, war sie ziemlich beunruhigt ins Auto gestiegen. Der Gedanke, mit Jens allein zu sein, beschäftigte sie. Ihr Mann machte sie mehr und mehr nervös. Doch als sie drei Viertel der Champagnerflasche getrunken hatten und sich beeilen mussten, um nicht zu spät zum

Lunch zu kommen, hatten sie gelacht, und bei Wildreissalat und Sorbet hatte dann auch der Wein seine Wirkung getan, sodass sie beide wirklich entspannt am Tisch sitzen konnten.

Es musste bald fünf Uhr sein. Was Poppy jetzt wohl machte, und ob Marie von ihrem Mädelstag schon zurück war? Leichte, weiche Schritte näherten sich über den Flur. Sie verkrampfte, lauschte, während die Schritte sich wieder entfernten.

Zweimal hatte Lotte ziemlich deutlich gesagt, dass sie nicht an der Innenseite ihrer Schenkel massiert werden wolle, trotzdem waren die Hände der Masseurin plötzlich unangenehm nah an ihren Narben. Die Haut wurde nach oben zu den Pobacken geschoben, und in Gedanken hörte sie schon, was Iselin nach der Arbeit ihren Freundinnen erzählen würde: »Das ist wirklich wahr. Und Cellulitis hat sie auch. Dieser Jens Wiig scheint ein Ass in Photoshop zu sein, das muss man ihm lassen.«

»Entspannen Sie sich.« Iselin versuchte, ihre Beine durch kleine, schnelle Bewegungen zu lockern, und Lotte versuchte, tief in den Bauch zu atmen.

Als sie zu Hause aus der Tiefgarage gefahren waren, im Kofferraum die drei riesigen Taschen, war sie kurz davor gewesen, Jens zu bitten, den ganzen Kurztrip abzublasen. Damit Poppy nichts hörte, hatte sie Jens zugeflüstert: »Können wir sie jetzt wirklich allein lassen? Was ist mit diesem Stalker?«

Jens hatte überraschend mild erwidert, dass dieser Polizist, dieser Tidemand, doch gesagt habe, sie sollten ganz normal weiterleben.

»Denk doch auch mal an dich. Was brauchst du jetzt?«, hatte er gefragt und seine Hand auf ihr Knie gelegt. Auf dem Munkedamsveien hatte er ihr dann verraten, welche entspannenden Anwendungen auf sie warteten.

Trotzdem hatte Lotte auf der E18 gegen eine wachsende Hysterie angekämpft: Hätte sie am letzten Donnerstag, als die Polizei bei ihr gewesen war, mehr sagen müssen? Ging sie ein zu großes Risiko damit ein, ihn nicht einmal zu erwähnen?

Poppy machte sich ganz lang, um sie mit ihrer kleinen Hand beruhigend zu streicheln, und Jens warf Lotte einen warnenden Blick zu und flüsterte: »Deine Paranoia darf nicht auf andere abfärben!«

Sie fuhren von der Autobahn ab, und in Strandnähe sah Lotte immer mehr Familien mit aufblasbaren Badetieren, Strandtaschen, Kühlboxen und breiten Sonnenhüten. Poppy beobachtete die Kinder, die sich ihre Badetücher wie Supermannumhänge um die Schultern gebunden hatten und in Richtung Wasser stürmten.

»Sie braucht ihre Großeltern«, sagte Jens, als sie am Kongsgården vorbeifuhren. »Es ist wichtig, dass sie Zeit mit der Familie verbringt, sie hat ja nur diese eine. Du hattest dazu ja nie die Möglichkeit.«

Lotte passte immer auf ihre Worte auf, weshalb Jens das eigentlich gar nicht hätte wissen können. Spontan hatte sie ihn damit konfrontieren wollen, doch dann war es ihr glücklicherweise gelungen, sich zusammenzureißen und weiter stur nach vorne zu schauen. Das Kribbeln in ihrer Brust ließ aber nicht nach. *Du hattest dazu ja nie die Möglichkeit* konnte natürlich eine Deutung ihrer Geheimnistuerei sein, schließlich hatte sie ihm nie gesagt, wer sie war und woher sie kam, aber sie wusste es besser. Jens hatte sich verplappert. Er musste in ihrer Vergangenheit gegraben haben.

»Sie können sich dann umdrehen.« Iselins Stimme klang vollkommen neutral. Lotte öffnete die Augen und bemerkte, dass sie geweint hatte. Ihre Tränen hatten eines der Teelichter, die in einer Schale unter der Bank schwammen, gelöscht. Sie fuhr sich rasch mit der Hand über das Gesicht und legte sich widerwillig auf den Rücken. Die Narben auf der Brust waren im Gegensatz zu denen an den Schenkeln alt und kaum mehr zu erkennen. Jens retuschierte sie auf den Fotos, ohne sie auch nur mit einem Satz zu kommentieren.

Als sie in Bygdøy auf den Hof fahren wollten, hatte Sverre einen nassen Schwamm auf die Frontscheibe ihres Autos geworfen und gerufen: »Der Hof ist voll, ihr müsst oben an der Straße parken!«

Er hatte Poppy mit gestreckten Armen über seinen Kopf gehoben und lachend so getan, als wollte er sie in einen Eimer Seifenwasser tauchen.

»Herzlichen Glückwunsch zum Geburtstag!«, sagte er und zog Lotte an sich. Eine für ihn vollkommen neue Angewohnheit. »Marie ist bei so einem Lunch. Sie kommt erst in ein paar Stunden wieder zurück.«

Als sie ein Bild für Instagram vorgeschlagen hatte, war Sverre gleich Feuer und Flamme gewesen und hatte sich mit seinem Sohn, Poppy und ihrer Puppe vor dem Haus aufgebaut. Sein Entgegenkommen schien Jens wirklich zu rühren, so viel Aufmerksamkeit war er von seinem Vater nicht gewöhnt.

»Wir müssen dann los, wenn wir noch pünktlich zu unserer Reservierung kommen wollen«, hatte Jens lächelnd gesagt. »Wir sehen uns morgen!«

Lotte hatte ihre Tochter an sich gedrückt und ihr wie ein Mantra den Satz zugeflüstert, den sie ihr schon als Baby immer ins Ohr geraunt hatte: »Wohin du auch gehst, mein kleines Mädchen, ich passe auf dich auf.« Oben am Tor hatte sie einen letzten Blick auf Poppy geworfen. Die Kleine hatte sich den nassen Schwamm geschnappt. Dann hatten sie und Jens sich in den weißen Lexus mit der Aufschrift *LottesLooks* gesetzt und waren in Richtung *Samana Spa* gefahren.

Iselin legte ein weiches Kissen unter Lottes Kniekehlen, hob ihre Beine an und begann, sanft über ihre Unterschenkel zu streichen, als hätte sie bei der heftigen Cellulitebehandlung all ihre Kraft verloren. Lotte beneidete Jens, der jetzt draußen an der frischen Luft war und einen klaren Kopf bekommen konnte. Als er ihr nach dem Lunch den weißen Bademantel gereicht hatte, um dann selbst Trainingssachen anzuziehen, war sie stutzig geworden. Wollte ihr Mann, der Facials und all diesen Kram viel mehr liebte als sie, denn keine Behandlung? Wer ging denn joggen, nachdem er Champagner und Wein getrunken hatte? Jens hatte als Erklärung nur auf die nagelneue Pulsuhr gezeigt: »Die Arbeit ruft. Du musst die hier Dienstagmorgen deinen

Followern präsentieren. Und da sollte ich die ja wohl vorher getestet haben.«

»Hatten Sie einen schönen Geburtstag bisher?« Die Frage verriet, dass Iselin den Blog verfolgte und die Bilder vom Morgen gesehen hatte.

»Ja, es war sehr schön.« Während des Frühstücks im Bett hatte Carmen angerufen und ihnen bezaubernd falsch ein Ständchen gesungen, das sie alle zum Lachen gebracht hatte. Poppy hatte vor Freude in die Hände geklatscht. Für Lotte war Carmen viel mehr als nur Jens' Tante. Sie war wirklich eine enge Freundin geworden.

Laute Stimmen drangen vom Flur herein. Dann stieß etwas dumpf gegen die Wand. Iselin hörte mit der Massage auf. »Tut mir leid«, sagte sie nach ein paar Sekunden. »Diese Geräusche haben mich an ... Haben Sie diesen Skillebekk-Fall verfolgt?«

»Mein Gott, ja.« Vor einem Monat, es war ein Sonntag gewesen, hatten Lotte und Jens statt des Films, den sie sehen wollten, den ganzen Abend über die Nachrichten verfolgt. Als Isabella Baxter dann plötzlich wieder aufgetaucht war, noch dazu in den Kleidern, für die Poppy Werbung machte, war Jens vom Sofa aufgesprungen und hatte wie bei einem Wimbledonfinale gebrüllt:

»Wahnsinn! Das ist *live*? Das geschieht genau jetzt!«

Die Hände der Masseurin verschwanden von ihren Beinen. Sie gestikulierte wild, als sie sagte: »Wir haben auch damals so ein dumpfes Klopfen von draußen gehört. Das war echt schrecklich. Anja Baxter lag hier, ich meine, genau hier auf dieser Bank, als wir die Nachricht erhielten.«

Lottes Herz hämmerte, und ihre Stimme überschlug sich. »Sie waren hier?«

»Ich hatte ihr gerade eine Gesichtsmaske abgewaschen, als eine Kollegin in den Raum stürzte. Sie hatte einen Anruf von Anjas Schwiegermutter erhalten.« Iselins Stimme war jetzt lauter, sie sprach freier. Diese Geschichte hatte sie schon mit vielen Leuten geteilt, vielleicht sogar mit Journalisten. Wieder waren draußen vom Flur Stimmen zu hören.

»Sie können nicht einfach ...« Jemand schrie laut, als die Tür des Behandlungszimmers aufgerissen wurde und Jens hineinstolperte. Seine Augen schienen aus dem Kopf zu quellen, und die Hose war voller Schlamm. Er hatte Atemnot.

Eine gefühlte Ewigkeit verging, bis er endlich in der Lage war, ein paar unzusammenhängende Satzfetzen von sich zu geben: »Papa lag auf dem Küchenboden. Sie finden sie nicht!«

Jens stützte sich mit den Ellenbogen auf den zitternden Oberschenkeln ab. Sein Gesicht verzerrte sich zu einer Grimasse, und die Adern an Stirn und Schläfen traten hervor. Lotte rollte sich von der Massagebank und verhedderte sich in dem Laken trat, das über ihr lag.

Ihr Mann schien kurz davor, die Fassung zu verlieren: »Poppy ist weg!«

Auszug aus dem MamaForum:

Vor 9 Minuten. Von GuteMutter:
Jetzt ist Lotte wieder auf Insta. Poppy steht zwischen ihrem Vater und Großvater vor dem Haus der Großeltern auf Bygdøy #Übernachtung. (Ihr wisst schon, diese fantastische Villa, die vor ein paar Jahren in Elle Decor vorgestellt wurde.)

Hm ... ich liebe es ja, dieser Familie zu folgen, aber jetzt, wo sie einen Stalker haben, hatte ich gehofft, dass sie ein bisschen vorsichtiger wären!

Vor 6 Minuten. Von BabyMama:
Das riecht ein bisschen nach Neid, @GuteMutter! Ich finde es toll, dass Lotte und Jens ihr Trauma hinter sich lassen und zur Normalität zurückfinden!

Vor 2 Minuten. Von Anonym:
Neid? Glaubst du, die Ermittler, Kriminaltechniker und Taucher, die gerade auf dem Grundstück der Großeltern angekommen sind, sehen das genauso? Schalte mal die Nachrichten ein, @BabyMama. Da läuft eine Livesendung von Bygdøy.

Aus dem Twitteraccount der Polizei:

Mädchen, zwei Jahre alt, dunkle Haare, grüne Augen, Badeanzug mit roten Blumen, verschwunden auf Bygdøy. Wir bitten um Hinweise!

Emer Murphy.
Bygdøy, Oslo

Sonntagnachmittag

Jetzt versau es bloß nicht, dachte Emer, überwältigt von dem Chaos, das in Sverre und Marie Wiigs Garten herrschte. Kriminaltechniker in weißen Anzügen trugen Material über den Vorplatz ins Haus. Sie wich einen Schritt zurück, um den Tauchern nicht im Weg zu stehen, die auf dem Weg zum Wasser waren. Marie Wiig sah den Männern mit geröteten, feuchten Augen nach. Auf ihrer Stirn stand Schweiß, trotzdem schlang sie die Arme um den Körper, als würde sie frieren.

Noch immer unter Schock aufgrund der Tatsache, plötzlich wieder an einem Tatort zu stehen, wenn auch nur inoffiziell und testweise, versteckte Emer ihre zitternden Hände und richtete ihre Aufmerksamkeit auf Poppys Großmutter. »Wann haben Sie Ihre Freundinnen zum Lunch getroffen?«

»Um zwei Uhr. Wir waren bei Guro Jørgensen zu Hause. In Frogner.« Marie schüttelte den Kopf und fuhr sich mit der Hand über die vollen, breiten Lippen. »Um halb sechs habe ich ein Taxi bestellt, etwa eine Viertelstunde später war ich zu Hause.«

»War die Haustür verschlossen?«

»Ja.« Marie atmete heftig ein. »Ich bin durch die Eingangshalle in die Küche gegangen, und Sverre ... er lag auf dem Boden. Er hatte vor zehn Monaten eine TIA. Und eben ... eben hatte er ein ganz schiefes Gesicht und war bewusstlos und ... hatte sich in die Hose gemacht.« Die Worte erstickten in einem Schluchzen. »Die Ärzte hatten damals gesagt, dass das noch einmal passieren könne, aber ich ...«

Marie sah zum Gartentor, wo sich Reporter, Nachbarn und schaulustige Strandgäste versammelt hatten.

»Poppy war weg«, flüsterte sie. »Einfach ... weg.«

Polizeistreifen suchten die umliegenden Grundstücke ab. Emer sah sich um. Wie weit konnte eine Zweijährige aus eigener Kraft kommen? Unter normalen Umständen sollte sie in der Nachbarschaft zu finden sein. In den meisten Fällen traf das zu. Vielleicht rannte sie einem Schmetterling hinterher oder lag irgendwo schlafend unter einem Trampolin. Aber Poppy Wiig hatte etwas, das die meisten anderen Kinder nicht hatten: einen Stalker. Mons war mit den Ermittlungen beauftragt worden, und schon während sie vom Präsidium aus losgefahren waren, hatte er die umfassende Suche organisiert. »Es kann sich um eine geplante Entführung handeln«, hatte er warnend gesagt und die Drohung des Stalkers wiederholt: *Ich habe das schon einmal getan. Und ich kann es wieder tun.* Ließen sich die zwei Sätze, die Lotte per E-Mail erhalten hatte, mit dem Verschwinden von Isabella Baxter in Verbindung bringen?

»Ich muss Jens anrufen, die beiden müssten jetzt bald hier sein.« Marie hob das iPhone an, das sie in der Hand hielt. Die Fingerknöchel traten weiß hervor. Unsicher lief sie in Richtung Wasser. In der Nachmittagssonne glänzte ihre Lederhose wie geschmolzene Schokolade. Mons stand mit verschränkten Armen auf dem gepflasterten Platz vor der Garage. Er redete mit den beiden Beamten, die zuerst am Tatort gewesen waren.

»Ich habe wenig Zeit, ich kann dich aber noch zu Hause vorbeibringen. Ich muss sowieso in deine Richtung«, hatte Mons gesagt, nachdem Emer vor einer Stunde in der Garage ihr Gleichgewicht wiedergefunden und den mit Blaulicht davonrasenden Einsatzfahrzeugen hinterhergeblickt hatte.

»Tidemand!« Sie drehten sich um, und hinter ihnen stand Katja Wiberg – noch immer in Uniformrock. Anstelle des blauen Hemdes trug sie aber eine halb zugeknöpfte puderrosa Bluse. Beide erkannten sofort, dass etwas passiert sein musste.

»Wir haben gerade die Nachricht erhalten. Auf Bygdøy ist ein Kind verschwunden«, sagte sie.

»Verdammt!« Mons legte die weißen Rosen auf seinen Wagen.

»Es handelt sich um Poppy Wiig.« Katja Wibergs Stimme klang bedauernd, als sie weiterredete: »Warst du nicht zu dem Schluss gekommen, dass der Stalker nicht ermittelt werden kann und die Drohung vermutlich keine Gefahr darstellt, sodass es ausreicht, die Familie mit einem Notfallknopf auszustatten?«

Emer hielt die Luft an, als ihr aufging, dass das kleine Mädchen, auf das sich ihre Großmutter bezogen hatte, nicht Isabella Baxter, sondern Poppy Wiig war. Sie begann zu zittern und hätte sich am liebsten gleich in einen Streifenwagen gesetzt.

»Ich weiß, dass du familiäre Pläne hast, Tidemand«, Katja Wiberg hatte sich die Bluse zugeknöpft und nickte in Richtung der Blumen, »aber ...«

»Ich komme mit nach Bygdøy«, sagte Mons. »Ich gebe nur eben Ulla Bescheid.«

Emer richtete sich an ihre Chefin und redete, ohne nachzudenken, als wäre sie nicht krankgeschrieben. Sie rechnete mit einer brüsken Ablehnung, der Ermahnung, dass sie noch das offizielle Okay des Polizeipsychologen brauchte, aber Katja Wiberg schloss nur kurz die Augen, sah dann rasch zu Mons und nickte. »Los, seht zu, dass ihr wegkommt.«

Jetzt galt es zu beweisen, dass die Entscheidung ihrer Chefin richtig war.

»Tidemand!« Ein Beamter stand am Rand eines gepflegten Steinbeets und hielt ein Handy hoch. »Die Hundestaffel ist in fünfzehn Minuten da, und ich habe das Rote Kreuz am Telefon. Willst du mit denen sprechen?«

Emer schirmte mit der Hand die Sonne ab, trat einen Schritt zurück und studierte die herrschaftliche zweistöckige, weiß gestrichene Villa mit den schwarzen Türen und Fensterläden und der Dreiergarage. Sie war selbst noch nicht im Haus gewesen, hatte unterwegs auf dem Blog aber Bilder von der Küche gesehen, in der Sverre Wiig zusammengebrochen war. Sandfarbene Wände mit Kunstdrucken, eine Kücheninsel, umgeben von hohen Barhockern, und ein direkter Zugang zu einer Terrasse mit eingebautem Grill.

Sie nahm ihr Telefon, öffnete den VG-Artikel und betrachtete die Fotos, die der Stalker von Lotte und Poppy auf ihrer Terrasse in Tjuvholmen gemacht hatte. Lotte goss die Blumen, während Poppy direkt in Richtung Fotograf blickte. Sie zoomte die kleine Hand ein, das Kind hatte sie angehoben.

Emer sah sich nach ihrem Partner um und zuckte zusammen, als sich der Timer ihres Handys meldete: *Pillen*. Es war sieben. Während sie die Packung aus der Tasche der grauen Jeans holte, fing eine Person ihre Aufmerksamkeit ein. Ein schwarz gekleideter Mann mit karamellfarbenen Haaren stand, nein, schlich an der Fliederhecke entlang. Nervös? Ängstlich? Um seinen Hals hing eine Kamera. War das ein übereifriger Reporter, der über die Absperrung geklettert war?

»He! Gehen Sie zurück hinter die Absperrung!« Emer rief so laut, dass sie husten musste, und zeigte in Richtung Gartentor. Der Mann drehte sich um und begegnete ihrem Blick, bevor er sich nach einem Fluchtweg umsah. Er war nervös und schien Angst zu haben, verfluchte Angst. Instinktiv rannte sie über den Rasen auf ihn zu, während der Mann sich herumwarf und sich durch die Fliederhecke drückte. Sie stürmte hinter ihm her, ignorierte einen scharfen Schmerz an der Stirn und registrierte, dass ihr Blut über die Wange rann. Auf der anderen Seite der Hecke schrien ihr zwei nackte Frauen, die umringt von Kindern am Strand saßen, etwas zu. Emer verstand die Worte nicht und sprang über eine Schale mit geschnittener Wassermelone. Der Mann stolperte über ein gestreiftes Handtuch und rappelte sich auf, wobei ihm die Kamera gegen den Rücken schlug. Emer kam immer näher, sie war selbst überrascht, welche Energie sie hatte. Wie sehr sie das Adrenalin vermisst hatte, seit sie im Krankenhaus gewesen war. Großmutter hat recht, dachte sie, sie brauchen mich. Heute.

Emer streckte die Hand aus und bekam die Kapuze des Mannes zu fassen, doch der Stoff rutschte ihr durch die Finger. Beim zweiten Mal packte sie fester zu, riss ihn nach hinten und sprang über den Mann, um nicht unter ihm zu landen. Hinter sich hörte sie einen Kollegen rufen:

»Hoffentlich weiß sie, was sie tut.«

Auszug aus dem Pädophilenforum, Darknet:

Vor 11 Minuten. Von JohnD:
Habt ihr die Nachrichten gehört? Poppy ist verschwunden.

Vor 8 Minuten. Von Ano:
Ja, TV2 sendet live aus dem Palast der Großeltern auf Bygdøy, die sollten wohl auf die Kleine aufpassen, als sie verschwand. Glaubt ihr, die wurde entführt?

Vor 4 Minuten. Von Tigerstad:
@XxX, wolltest du heute nicht nach Bygdøy, um durch die Hecke von Wiigs Residenz die Nackten anzugucken??

Emer Murphy.
Bygdøy, Oslo

Früher Sonntagabend

»Ich kann wirklich allein laufen!« Emer schüttelte die Beamtin ab, die sie unnötig fest am Oberarm hielt. Sie erinnerte sich ganz genau an die Worte, die vor nur wenigen Minuten hinter ihrem Rücken gerufen worden waren. Umgeben von Zuschauern, hatten die Kollegen gerade bestätigt bekommen, dass Emer Murphy eben nicht wusste, was sie tat, als sie den dunkel gekleideten Mann verfolgt hatte. Dabei war ihre Befriedigung noch gestiegen, als sie den Mann umgedreht, ihm das Knie auf die Schulter gedrückt und ihn so am Boden fixiert hatte. Erst danach war sie auf all die Reporter aufmerksam geworden, unter ihnen ein Mann mit einer riesigen Filmkamera, der bestätigt hatte, dass die Person, die sich unter ihr am Boden wand und Sand spuckte, Jack Iversen war – Fotograf und Journalist, Freelancer bei der Zeitung VG. Verdammt. Sie stampfte über ein mit Kreide gemaltes Paradies in Pastellfarben und näherte sich dem Gartentor der Wiigs, vor dem die Einsatzfahrzeuge standen.

»Sind Sie in Ordnung, oder wollen Sie sich einen Moment ausruhen und vielleicht einen Schluck trinken?« Die Beamtin war Anfang dreißig, ihre schmale, gebogene Nase sah so aus, als wäre sie irgendwann zusammengedrückt worden und hätte nie wieder zur ursprünglichen Form zurückgefunden. Sie musste neu sein.

Emer hob das Absperrband hoch und ging mit so festen Schritten wie nur möglich zu dem weiß gestrichenen Haus, ohne ihr eine Antwort zu geben.

Grandioses Comeback, murmelte sie vor sich hin, den Blick auf den gepflasterten Hofplatz gerichtet. Gratuliere, du hast gerade mehr als deutlich gezeigt, wer hier das schwache Glied ist. Und das nicht nur vor den Kollegen, sondern vor allen, die die Nachrichten verfolgen ... und die Youtube-Videos lieben, in denen psychisch labile Polizistinnen Jagd auf Journalisten machen. Und wofür? Was hatte sie beweisen wollen? Dass ein rot-weißes Absperrband heilig ist?

Emer starrte zu Boden. Ein zweijähriges Mädchen war verschwunden, und sie hatte die Kollegen in einer kritischen Phase der Suche abgelenkt. Vielleicht hatte sich Poppy in diesen Minuten dank ihr noch weiter vom Haus entfernt. Schwitzend und voller Scham stellte sie sich in den Schatten der Garage, sodass man sie oben von der Straße her nicht mehr sehen konnte. Hatte Mons Katja Wiberg bereits informiert?

Unten am Wasser lief Marie Wiig herum, das Telefon fest ans Ohr gepresst. Vielleicht hatte sie einen der Ärzte erreicht, die sich in der Klinik um ihren Mann kümmerten. Vielleicht hatte sie aber auch Jens am Telefon. Während der Fahrt vom Präsidium hierher hatte Emer sich ein paar Videos angeschaut, sodass ihr Lottes Popularität und ihr Erfolg nicht mehr ganz so fremd waren. Sie war nicht nur schön, wenn ihre Attraktivität auch etwas Eigenartiges hatte, sondern sprach auch mit einem solchen Engagement über alle nur erdenklichen Themen – von ökologischen Fragen bis hin zu Kochrezepten –, dass man sich nur allzu leicht mitreißen ließ. Und ihre Tochter war wirklich bezaubernd. Von außen betrachtet wirkte Lottes Leben perfekt. Bis zu diesem Tag.

Emer warf einen Blick um die Ecke der Garage, wobei sich eine cremefarbene Rose in ihrem grauen T-Shirt verfing. Die Beamtin mit der schmalen Nase reichte Jack Iversen eine Wasserflasche. Der Reporter spülte sich ein paarmal den Mund aus, als hätte er in den wenigen Sekunden mehrere Liter Erde geschluckt. Was für eine Dramaqueen. Den Blick auf seine Pressekollegen gerichtet, fuhr er sich mit der Hand durch die dichten Haare. Mons stand mit dem Rücken zu ihr und kratzte sich am Hinterkopf. Ein sicheres Zeichen, dass er verärgert war. Sobald der publicitygeile Medienfuzzi die Entschuldigungen akzeptiert hatte, würde sie vermutlich nach Hause geschickt werden, um dann den Rest des Abends allein in der leeren Wohnung zu verbringen.

Sie kämpfte gegen die Tränen an, wollte die Demütigung nicht noch schlimmer machen, aber das war ein verdammt schweres Unterfangen. Die Scheißpillen hatten sie nicht nur glauben lassen, Angst in Jack Iversens Blick wahrzunehmen, sie hatten sie auch ihrer Stabilität beraubt. Ausgerechnet sie, die sonst nie Gefühle zeigte, war auf einmal den Tränen nahe. Irgendwie kam dieser Reporter ihr bekannt vor, dachte sie. Die weichen Züge, die gestriegelten

Haare. Sie hatte ihn schon einmal gesehen. Vor gar nicht so langer Zeit. Sie streckte den Rücken durch und kniff die Augen zusammen. Außerdem war seine Reaktion wirklich merkwürdig gewesen. Er hätte einfach entschuldigend die Hand heben und zurückgehen können, hatte stattdessen aber Panik bekommen und versucht wegzulaufen.

Mons nickte Jack Iversen kurz zu, rief einen Kriminaltechniker zu sich, zeigte in ihre Richtung und gab einen Befehl. Die Beine zitterten, und sie drückte den Rücken an die Wand, um nicht zu fallen. Neben ihren Füßen stand ein glänzend roter Eimer mit Resten von Seifenschaum. Der Gesichtsausdruck ihres Partners war nicht zu deuten. Hinter ihm legte die nervige Beamtin Jack Iversen die Hand auf die Schulter und schüttelte den Kopf, als wollte sie zum Ausdruck bringen, wie leid ihr die ganze Situation tat.

Wie hatte Emer es nur geschafft, die Chance, die man ihr gegeben hatte, gleich wieder zu versauen?

Mons blieb stehen, ohne sie anzusehen.

»Da, ja.« Der Techniker nickte in Richtung einer silbergrauen Kamera über dem mittleren Garagentor. »Die scheint aktiv zu sein. Ich werde uns die Aufnahmen besorgen.«

Bevor er wieder verschwand, huschte sein Blick mitfühlend über Emer. Ein kurzes Nicken, ohne ihrem Blick zu begegnen.

»Hier.« Mons kam zu ihr und reichte ihr ein in Alkohol getauchtes Wattepad. Sie sah ihn fragend an. »Du blutest.« Er tippte auf seine eigene Wange, und als sie seine Bewegung spiegelte, waren ihre Finger feucht von Blut. Erst als sie das Wattepad auf die Wunde drückte, begann diese zu schmerzen. Sie rieb, so hart sie konnte. Ein Vorgeschmack auf den Schmerz, den sie fühlen würde, wenn er sie bat, nach Hause zu fahren. Aggressives Hupen oben an der Straße lenkte Mons ab. Ein weißer Lexus SUV schob sich durch die immer größere Menschenmenge.

»Das sind die Eltern. Endlich kommen wir weiter. Die Techniker haben noch im Haus zu tun, ich würde vorschlagen, wir nehmen die beiden mit auf die Terrasse, wo keine Presse in der Nähe ist.« Mons sah zu Emer, ehe er losging, um Jens und Lotte Wiig zu begrüßen. »Einverstanden?«

»Hast du *wir* gesagt?«

»Vergiss den Scheiß, Murphy«, brummte er. »Und mach deine Arbeit.«

Aus dem Twitteraccount der Polizei:

Der Wald auf Bygdøy ist aufgrund der Suche nach einem zweijährigen Mädchen abgesperrt. Autos, die die Gegend verlassen, werden registriert. Bitte beachten Sie die Umleitung!

Emer Murphy.
Bygdøy, Oslo

Früher Sonntagabend

»Déjà-vu.« Als Lotte Minuten später auf unsicheren Beinen aus dem Lexus stieg, stieß Mons Emer hart mit dem Ellenbogen an. Und weil sie die »Wiedervereinigung in Skillebekk« sicher vier- oder fünfmal gesehen hatte, wusste sie genau, warum er reagierte: Poppy Wiigs Mutter trug exakt dieselben Sachen wie die Mutter von Isabella Baxter. Einen weißen Bademantel. Um den Blicken der neugierigen Reporter zu entgehen, führten sie die Eltern um das Haus herum und drei Treppenstufen hinauf zu einer Terrasse, die sich über die gesamte Längsseite des Hauses erstreckte und Platz bot für zwei separate Sitzgruppen und mehrere Sonnenliegen mit dicken, weichen Kissen, die vom morgendlichen Regen noch nass waren. Direkt hinter der offenen Flügeltür zur Küche arbeiteten zwei Kriminaltechniker. Blass und unsicher taumelte Jens in schlammbespritzten Trainingssachen zwischen den Möbeln hindurch und riss sich immer wieder los, wenn seine Mutter ihn festzuhalten versuchte. Er war ruhelos, verzweifelt. Lotte hing über der gläsernen Brüstung, den Blick auf die Taucher geheftet, die sich unten am Strand versammelt hatten. In regelmäßigen Abständen kam ein Schluchzen über ihre Lippen, ihr Körper zitterte in dem Bademantel, der ihr viel zu groß war, als wäre sie ein Kind, das die Sachen der Erwachsenen angezogen hatte. Ihr Gesicht war verzerrt, aber trotzdem erkannte Emer die weichen Züge von den Fotos und Videos, die sie gesehen hatte. Sie studierte den weißen Frotteestoff mit dem Logo *Samana Spa*. Der Bademantel schien wirklich identisch mit dem zu sein, den Anja Baxter getragen hatte. Die Frage war also nicht, *ob* die Eltern sich am exakt selben Ort aufgehalten hatten, als ihre Töchter verschwanden, sondern, *warum*. Sie winkte Mons zu sich, der sich zu ihr herunterbeugte, ihr zuhörte und nickte.

»Bø!« Er rief laut und bekam gleich darauf Antwort von der Beamtin mit der schmalen Nase, die den Auftrag erhielt, das *Samana Spa* zu kontaktieren.

Emer wischte sich noch etwas Blut von der Wange. Als sie das Wattepad in die Hosentasche stecken wollte, stießen ihre Finger an den Blister mit Pillen. Sie hatte sie gerade nehmen wollen, als sie Jack Iversen bemerkt hatte. *Vergiss den Scheiß, Murphy. Mach deine Arbeit.* Sie ignorierte die Medikamente und wandte sich an Marie Wiig: »Machen wir da weiter, wo wir eben aufgehört haben. Was ist passiert, nachdem Sie Ihren Mann in der Küche gefunden haben?«

»Ich habe den Rettungswagen gerufen. Und als ich wusste, dass der unterwegs ist, habe ich unseren ältesten Sohn angerufen.« Sie richtete sich etwas auf. »Er ist Arzt, ich wollte von ihm wissen, ob ich irgendetwas für Sverre tun konnte, ich …«

»Jesper!« Jens spuckte den Namen seines Bruders aus

und sah zum ersten Mal in Richtung seiner Mutter. »Warum zum Henker hast du denn nicht mich angerufen?«

Marie verrieb Tränen und Mascara auf ihrem Gesicht und schüttelte den Kopf. »Ich hatte vergessen, dass Sverre auf Poppy aufpassen sollte. Als ich gefahren bin, wart ihr ja noch gar nicht da. Es ist mir einfach nicht in den Sinn gekommen … ich hab nur an Sverre gedacht!«

Es sah aus, als wollte Jens auf seine Mutter losgehen. Mons legte ihm eine Hand auf die Schulter. »Und dann?«

»Als mir wieder einfiel, dass Poppy hier sein müsste, habe ich Panik bekommen.« Marie zeigte auf die Terrassentür. »Die stand offen! Ich nahm an, dass sie Angst bekommen hat und direkt in den Garten gelaufen ist. Ich bin dann nach draußen und habe mir die Lunge aus dem Hals geschrien.«

»Warum hast du nicht die Polizei gerufen? Verstehst du nicht, wie viel im Laufe einiger weniger Minuten passieren kann?« Jens rieb sich das Gesicht. Schweiß mischte sich mit Dreck. »Poppy kann …«

Marie flüsterte etwas von Schock. »Kurz bevor der Rettungswagen kam, habe ich den Notruf gewählt.«

»Okay.« Mons fand beim zweiten Versuch das kleine Notizbuch in seiner Hose und hob den Blick, bereit, zu notieren. »Wer wusste davon, dass Poppy hier ist?«

»Oh verdammt.« Jens sackte betroffen zusammen und legte die Arme um die Knie. Emer und Mons tauschten ungeduldige Blicke.

»Was?«

»Hier …« Er nahm das iPhone aus den Shorts, öffnete

es mit der Gesichtserkennung und wischte auf dem Display herum, bevor er es Emer reichte. Instagram. Der Account von *LottesLooks*. Auf dem Foto stand Poppy in einem Badeanzug vor dem weißen Haus. In einer Hand ein nasser Schwamm, in der anderen die Puppe, die ihr so ähnlich sah. Links von ihr stand Jens und auf der anderen Seite ein Mann mit silbergrauen Haaren, Bart und sonnengebräunter Haut in weißen legeren Kleidern. Sverre Wiig. Ein schwarzer Tesla Model X parkte neben einem flaschengrünen Oldtimer, am rechten Rand waren die Windschutzscheibe eines dritten Wagens und roter glänzender Lack zu erkennen. Darunter stand:

Ein Sonntag mit Oma und Opa auf Bygdøy! #Übernachtung

7.170 Likes und 59 Kommentare. Emer reichte das Telefon an Mons weiter, der nur kurz einen Blick auf den Bildschirm warf und dann Jens fokussierte, der noch immer zusammengekauert dasaß.

»Wie viele Leute haben das gesehen?«

»Das ist es ja …« Sein Mund zitterte, und als er den Kopf hob, bekam er Sonne in die Augen. »Auf Instagram haben wir 440.000 Follower.«

»Und wie lange«, Emer musste schlucken, die geschwollene Zunge ließ ihre Stimme seltsam träge klingen, » … ist dieses Bild schon online?«

»Wir haben es gepostet, bevor wir hier aufgebrochen sind. Das muss so gegen zwei gewesen sein.«

Sie brauchte frustrierend lange, um zu der Feststellung zu gelangen, dass seit mehr als drei Stunden bekannt war, wo und bei wem die Kleine sich aufhielt, und sogar, welche

Sachen sie trug. In dieser Zeitspanne konnte man einiges planen.

»Eine halbe Million, ja«, murmelte Mons, schüttelte resigniert den Kopf und steckte das Notizbuch zurück in seine Hose. Zu viele Namen, um sie zu notieren.

»Das *Samana Spa*.« Emer wandte sich an Jens, der aufgestanden war. »Wann haben Sie da reserviert?«

»Freitagabend. Das Spa hat mit mir Kontakt aufgenommen.« Er sah rasch zu seiner Frau hinüber, die noch immer wie versteinert am Geländer stand, und dämpfte seine Stimme, als wollte er nicht, dass sie ihn hörte. »Sie haben uns eingeladen, Lottes fünfundzwanzigsten Geburtstag auf ihre Kosten dort zu feiern: eine Nacht, von Sonntag auf Montag, in ihrer größten Suite. Lunch bei Ankunft, Vier-Gänge-Menü, Frühstück, freien Zugang zu allen Facilities und drei wahlfreie Behandlungen pro Person.«

»Moment.« Mons war skeptisch. »Das Spa hat Sie angerufen und zu einem Gratisaufenthalt eingeladen? Das ergibt doch keinen Sinn!«

»Sie haben eine E-Mail geschickt. Das ist in unserer Branche aber ein ganz normales Vorgehen. Auf jeden Fall für ein Unternehmen in unserer Größe.« Jens streckte den Rücken, dann sagte er mit mehr Kraft in der Stimme: »Der PR-Verantwortliche wusste von Lottes Geburtstag, und weil wir auch im letzten Jahr da waren, wollte er das zu einer Art Tradition machen. Für das *Samana* ist es perfekte Werbung, wenn wir in ihrem Jacuzzi feiern.«

Emer registrierte einen Anflug von Stolz, der Mann klang so, als hätten sie dem Spa-Hotel mit ihrem Gratisbesuch einen Riesendienst erwiesen. Mons begegnete ihrem Blick, nickte in Richtung Garten, nahm sein iPhone und mimte mit den Lippen: »Baxter!« Er wollte in Erfahrung bringen, ob auch Isabella Baxters Eltern eine Einladung erhalten hatten.

»Freitagmorgen.« Emer fokussierte Jens und verschränkte die Arme vor der Brust. »Nur eine Woche, nachdem Lotte die Drohbriefe mit den Fotos erhalten hat? Und Sie haben diese Einladung trotzdem angenommen?«

Er nickte und sah zu einem Helikopter hoch, der über ihre Köpfe flog. »Wir ... ich ...«

»Und was genau war der Deal? Sie durften dort gratis wohnen und als Gegenleistung ...«

»Reklame. Nicht offiziell, aber es stand zwischen den Zeilen, dass wir Fotos publizieren sollten, die den Followern Lust auf einen Aufenthalt machen.« Jens registrierte, dass seine Frau sich umgedreht hatte und ihn anstarrte. Dann fügte er hinzu: »Ich habe Lotte gesagt, dass ich das alles bezahlt habe, dass es mein Geschenk an sie sei ... weil ... weil es so romantischer ist.«

Mons stand an einem Beet mit Rosen in Gelb-, Pfirsich- und Rosatönen, das fast bis nach unten ans Wasser reichte. Er drückte sich das Telefon ans Ohr und nickte beim Zuhören.

»Kennen Sie die Familie Baxter? Geht Poppy möglicherweise in dieselbe Kita wie Isabella, oder machen die in ihrer Freizeit irgendetwas gemeinsam?«, fragte Emer.

Jens schüttelte den Kopf. »Keiner von uns hatte von der Familie gehört, bis sie plötzlich in den Nachrichten war.«

Marie, die neben ihrem Sohn stand, räusperte sich und erzählte, dass eine Bekannte von ihr eine Freundin von Isabellas Oma sei. »Aber Oslo ist ja gewissermaßen ein Dorf«, sagte sie. »So etwas ist da beinahe zu erwarten.«

»Murphy!« Mons hatte das Gespräch beendet und winkte sie zu sich.

»Was haben sie gesagt?«, fragte Emer, nachdem sie über den kurz geschnittenen Rasen zu ihm gelaufen war.

»Fredrik Baxter kennt Wiig durch die Medien, aber nicht persönlich. Anja liest den Blog und hat Lotte schon ein paarmal in Cafés und Geschäften gesehen.« Mons schob den dichten dunklen Pony nach hinten. »Sie haben auch Möbel und Kleider über den Blog gekauft.«

Emer dachte an Frøya und die Kartons mit dem grünen Klebestreifen, die sie vor zwei oder drei Jahren auf dem Postamt abgeholt hatte, und zuckte mit den Schultern. »Ich nehme an, dass Menschen mit Kindern im selben Alter sich beeinflussen lassen? Was ist mit dem Aufenthalt im Spa?«

»Sie haben mit zehn Prozent Rabatt über Lottes Blog gebucht. Schon eine ganze Weile vor ihrem Hochzeitstag. Sie wollten dort feiern«, sagte Mons. »Um die Betreuung hatten sie sich schon Wochen vorher gekümmert.«

»Die Großmutter?«

»Ja, und laut Bø hat das Spa bestätigt, Lotte eingeladen zu haben. Der PR-Verantwortliche hat Freitag eine E-Mail geschickt.«

»Es stimmt also, was Jens sagt.« Emers Blick ruhte für einen Moment auf dem Gartenschlauch am Ende des Rosenbeetes. Sie sehnte sich nach etwas Kaltem. Über den weiß gestrichenen Zaun zum Nachbargrundstück redete ein Polizist mit einem Paar mittleren Alters. Während der Beamte in seinem blauen Uniformhemd schwitzte, standen die beiden Männer leger nur in Partnershorts und mit nackten Oberkörpern da und schüttelten synchron die Köpfe. Ihre Blicke huschten dabei immer wieder zur Terrasse der Wiigs hinüber. Die Nachbarn hatten offensichtlich nichts mitbekommen.

»Und wir sind uns sicher, dass die Baxters nie irgendwelche Drohungen erhalten haben?«

»Sie schauen gerade den Spamfilter durch. Fredrik Baxter wollte auch den E-Mail-Account seines früheren Arbeitgebers durchgehen. Aber bis jetzt sieht es nicht danach aus.« Mons schob die Haut seiner Stirn mit Daumen und Zeigefinger zusammen, sodass eine tiefe Falte entstand. »Kann es sein, dass wir die Drohung des Stalkers falsch deuten?«

Emer nickte langsam. *Ich habe das schon einmal getan. Und ich kann es wieder tun.* »Du meinst, dass sich der Stalker gar nicht auf die Sache in Skillebekk bezieht?«

»Genau.«

»Aber was ist der Familie Wiig angetan worden, was jetzt noch einmal geschehen könnte?«

Emer Murphy.
Bygdøy, Oslo

Früher Sonntagabend

Ein Aufschrei ließ die Ermittler vom Garten in die große Küche rennen. Lotte stand mitten im Raum und schluchzte. Der weiße Bademantel lag zusammengeknüllt über einem umgestürzten Stuhl. Emer sah sich um, erkannte aber nicht, was das Problem war. Mit Ausnahme einer halb geöffneten Schublade und eines Topfes auf dem Herd war die Küche der Wiigs aufgeräumt und sauber. Auf der Anrichte thronte lediglich eine blank geputzte Kaffeemaschine, und auf der Arbeitsfläche der Kücheninsel standen zwei halb volle Gläser Orangensaft, ein Brett mit einem angeschnittenen Brot, ein Glas Nuss-Nougat-Creme und ein Teller mit drei dick bestrichenen halben Scheiben. Poppys Leibspeise, das wusste sie aus dem Blog.

»Nein, nein, nein!« Jens taumelte rücklings zur Terrassentür, durch die er gerade erst in die Küche gekommen war.

Auf was reagierten sie so stark?

»Wo ist die vierte Brotscheibe?« Noch immer halb nackt, beugte Lotte sich über den Teller, ehe sie auf die Knie sackte und offensichtlich begann, den Boden danach abzusuchen.

Mons trat vor, legte Jens die Hände auf die Schultern

und sagte schroff: »Jetzt erzählen Sie bitte mal, was hier los ist!«

Jens blieb stumm, nickte aber in Richtung seiner Mutter, die sich an der Kücheninsel abstützte. Maries breite Lippen bewegten sich, während sie die Liste der Zutaten las. »Oh, mein Gott!«, platzte sie hervor und schlug sich die Hand vor den Mund.

Mons nahm ihr das Glas aus der Hand und sah verwirrt hinein.

Emer nahm den Bademantel vom Boden, kniete sich neben Lotte und zog ihn ihr an. Die Haut der Frau war noch glatt vom Massageöl, und sie roch süß nach Pfirsich. Plötzlich schien ihr Hirn sich einzuschalten, und sie sagte: »Poppy ist allergisch.«

»Oh, verdammt«, sagte Mons, während Emer den Gürtel von Lottes Bademantel zuknotete.

»Sie verträgt keine Nüsse. Wir haben einen Sponsoringvertrag abgeschlossen, ohne vorher den Inhalt dieses Aufstrichs zu checken.« Jens hatte seine Stimme wiedergefunden und sprach laut und hektisch. »Als wir bemerkten, dass unter den Zutaten auch Haselnüsse sind, war es zu spät. Da konnten wir die Zusammenarbeit nicht mehr rückgängig machen.«

Plötzlich wandte er sich an seine Mutter: »Aber ihr wisst doch, dass ihr immer erst gucken müsst, was in den Sachen drin ist …«

»Ich wusste überhaupt nicht, dass wir so was haben! Sverre …« Nach ein paar Sekunden fand Marie Kraft und sah voller Abscheu zu ihrer Schwiegertochter. »Vermutlich hat er Lottes Blog angeschaut, die Bilder von Poppys ›Leibspeise‹ gesehen und entsprechend eingekauft! Es ist doch auch Wahnsinn, das Kind Werbung für etwas machen zu lassen, das es nicht verträgt!«

Emer schaltete sich ein. »Hat Poppy so einen …« Das Wort kam ihr nicht in den Sinn, weshalb sie mit den Fingern der rechten Hand eine Spritze mimte.

»Einen EpiPen! Ja! Den hatte ich eingepackt!« Jens rannte in den Flur und kam mit einer beigen Tasche zurück, die er auf dem Boden auskippte. Ein Berg von Kleidern und eine Kulturtasche kamen zum Vorschein.

»Ich kann ihn nicht finden!« In seiner Stimme schwang plötzlich Hoffnung mit. »Das heißt, dass Papa ihr noch die Spritze setzen konnte, bevor er … Oh nein, hier …« Er sackte in sich zusammen und blieb vornübergebeugt sitzen. In den Händen hielt er eine Zahnbürste aus umweltfreundlichem Bambus und ein Plastikröhrchen mit einem orangen und einem blauen Ende. Der EpiPen. Poppy hatte ihr Gegengift nicht bekommen.

Emer rieb sich die Stirn. Hatte Sverre seiner Enkeltochter eine halbe Scheibe Brot zu essen gegeben und war dann Zeuge geworden, wie die kleinen Hände zum Hals zuckten, die grünen Augen hervortraten und … war er dann aus Panik zusammengebrochen, bevor er das rettende Adrenalin holen konnte? Konnte ein Schock einen Schlaganfall triggern? Aber wenn das alles so abgelaufen war, hätten sie Poppy dann nicht im Haus finden müssen – bewusstlos oder tot? Oder hatte sie die Scheibe vielleicht gar nicht gegessen? Hatte der Anfall ihres Großvaters ihr Angst gemacht, sodass sie nach draußen gelaufen war? Vielleicht hatte sie Hilfe holen wollen.

»Sverres Mund muss auf Essensreste untersucht werden«, sagte Mons. »Es könnte sein, dass er die fehlende Scheibe gegessen hat.«

Er verschwand in den Flur.

Emer nahm ihr Handy und überflog eine SMS von Frøya, die gerade in Bergen gelandet war und ihr schlechtes Gewissen erleichtern musste.

Das Timing tut mir wirklich megaleid, aber ich kann diese Chance nicht auslassen. Das würde sonst so aussehen, als ob ich gar nicht Partner werden wollte. Ich weiß, wie hart das für dich ist, aber halte durch! Mit den Medikamenten wirst du im Laufe von ein paar Monaten zu einer neuen Normalität zurückfinden. Und schlaf dich aus. Bis bald.

Emer lächelte. Schlafen? Es fühlte sich so verdammt gut an, endlich Wichtigeres zu tun zu haben. Wieder piepte das Handy, sie schaltete den Ton aus, ohne noch mehr über Schlaf zu lesen, und versprach sich selbst, Mons und Katja Wiberg nicht zu enttäuschen. Indem sie ihr die Möglichkeit gaben, sich und allen anderen schon jetzt zu beweisen, dass sie voll einsatzfähig war und ihr altes Leben zurückbekommen konnte, gingen sie ein verdammt hohes Risiko ein.

»Sverre Wiig hat Reste von Schokolade im Mund.« Mons war zurück.

Emer streckte den Rücken durch, sie musste sich konzentrieren. »Und wie sieht es mit Brot aus?«

Mons schüttelte den Kopf und wich einer Sonnenbrille aus, die plötzlich durch die Luft flog. Jens hatte die Schublade aufgezogen, die halb offen gestanden hatte, und warf Handyladegeräte und Kugelschreiber auf den Boden.

»Okay. Sverre könnte die halbe Scheibe also selbst gegessen und dann etwas Saft getrunken haben.« Emer zeigte auf das halb volle Glas. »Oder er kann Poppy das Brot gegeben und das Messer abgeleckt haben … wir sind also kein bisschen weiter.«

»Ich habe dir doch einen zusätzlichen EpiPen gegeben, Mama, den hattest du doch hier verstaut, oder?« Jens schmiss Batterien durch den Raum, und eine Glühbirne rollte zum Kamin.

»Vor ein paar Wochen ist hier mal richtig aufgeräumt worden«, sagte Marie. »Und die Spritzenpackung, die du mir gegeben hattest, war abgelaufen.«

»Was für eine Spritzenpackung?« Ein Mann, der Jens ähnlich sah, aber klarere Züge und einen wacheren Blick hatte, trat aus der Eingangshalle in die Küche. Er schien sich direkt nach der Arbeit ins Auto gesetzt zu haben, denn er trug noch die blauen Krankenhaussachen und ließ eine schwarze Tasche auf den Boden fallen.

»Jesper!«, sagte Marie, aber der Sohn ignorierte sie. Sein Blick ruhte auf Lotte, die verzweifelt weinte. Es sah so aus, als müsste er sich selbst zurückhalten, um sie nicht in die Arme zu nehmen. Nach ein paar Sekunden hob er den Blick und stellte sich als Jens' Bruder und Lottes Schwager vor.

»Sie sind doch Arzt«, begann Mons. »Darf ich Sie fragen, wie weit Poppy aus eigener Kraft gekommen sein kann, sollte sie Nüsse gegessen haben?«

»Nun, das kommt natürlich auf die Menge an«, Jesper blickte in den Garten. »Aber das Grundstück wird sie kaum verlassen haben können.«

Plötzlich klirrte Glas. Lotte packte eine der Scherben des Orangensaftglases, das sie vom Tisch gefegt hatte, und legte sie an die Haut über ihrem Knie, ihr Schwager war aber gleich zur Stelle und riss ihr die Scherbe aus der Hand. Ihr Heulen wurde immer verzweifelter, und es half auch nicht, dass Jesper sich zu ihr beugte und ihr etwas zuflüsterte, um sie zu beruhigen. Lotte schob sich strampelnd von ihm weg.

»Wir legen sie in die Bibliothek«, sagte Jesper und nahm seine Tasche. Mit Mons' Unterstützung halfen sie der jungen Frau auf und bugsierten sie durch das große Esszimmer. Ihre Füße schleiften über das Parkett, Speichel rann ihr aus dem Mund. Auf dem weichen Sofa begann Lotte dann, sich wild herumzuwerfen, als drohten die Kissen, sie zu ersticken. Die arme Frau war vollkommen hysterisch.

»Damit kenne ich mich aus«, sagte Jesper. »Ich werde ihr etwas zur Beruhigung geben.«

Wenige Sekunden, nachdem Mons ihm einwilligend zugenickt hatte, setzte Dr. Wiig seiner Schwägerin eine Spritze in den Oberschenkel. Lottes Körper fiel in sich zusammen, als wäre ihr das Rückgrat herausgerissen worden, und mit einem Mal war es in der Bibliothek bedrückend still.

Emer Murphy.
Bygdøy, Oslo

Früher Sonntagabend

»Es sind bereits drei Stunden vergangen, seit Poppy vermisst gemeldet wurde, und das sind drei Stunden zu viel«, sagte Mons und legte sein Telefon neben der Kaffeemaschine auf die Anrichte in Wiigs Küche.

Er hatte gerade einen Statusbericht über die Suche weitergegeben. Alle Nachbargrundstücke waren inklusive der Garagen abgesucht worden, und mithilfe des Roten Kreuzes und einer überwältigenden Anzahl Freiwilliger hatten sie auch den Wald durchsucht. Weitere Flächen wurden von Drohnen abgedeckt.

»Wir werden bestenfalls noch Spuren von Poppy finden«, sagte Mons leise zu Emer. »Die Kleine ist doch schon längst nicht mehr auf Bygdøy. Das ist kein Vermisstenfall. Die ist entführt worden. Vielleicht hängt das mit dem Baxter-Fall zusammen, es ist sicher kein Zufall, dass die Eltern sich im selben Spa befanden, während die Großeltern auf die Kinder aufpassten.«

»Es gibt da aber ein wichtiges Detail, das bei den beiden Mädchen sehr unterschiedlich ist«, schaltete sich Josef Ibrahim ein und sah von dem Laptop auf, den er auf den Knien balancierte. Mons hatte ihn zum Genie erklärt: »Gebt dem Mann einen Internetzugang, und er liefert euch alles.«

»Lass hören, Ibrahim«, sagte Mons.

»Isabellas Eltern haben nie auch nur ein Foto ihrer Tochter in den sozialen Medien geteilt, Poppy hingegen ist durch diese Art von Publicity ein echter Promi. Einer aktuellen Untersuchung zufolge ist diese Zweijährige in Norwegen über alle Altersgruppen und Schichten hinweg bekannter als die Politiker der Regierung oder die letztjährigen Teilnehmer von *Paradise Hotel*.«

»Das heißt, es wissen praktisch alle, wer sie ist«, fasste Mons zusammen.

»Tja, und *alle* sind leider eine ziemlich unübersichtliche Gruppe. Die Leute können sich überall auf der Welt befinden. Inklusive des Darknets«, fuhr Josef fort und sah in den Garten hinaus. Über den Rasen liefen zwei Belgische Schäferhunde, die Nase dicht am Boden. Allem Anschein nach steuerten sie das Rosenbeet an.

Mons hatte alle Ressourcen zur Verfügung, zog aber wie gewöhnlich eine kleine Kerngruppe vor: Emer, Josef und aus Gründen, die sie nicht verstand, diese neue Bø, von der sie noch nicht einmal den Vornamen kannte. Die Frau stand quasi in Habachtstellung neben dem Kühlschrank.

»Ich habe gerade mit einer Kollegin beim Kriminalamt gesprochen, die sich auf Sexualstraftaten gegen Kinder im Netz spezialisiert hat. Ihr Team könnte in diesem Fall eine wichtige Ressource für dich sein, Tidemand.«

»Ich fürchte, du hast recht, Ibrahim«, sagte Mons und rieb sich die Stirn. »Jens Wiig ist überzeugt davon, dass die Drohung, die sie in der vorigen Woche erhalten haben, von einem Follower kommt. Die Keywords sollten in diesem

Fall also wohl Blog, Instagram, Facebook und so weiter heißen.«

»Im Darknet kursieren bereits Tausende von Poppy-Bildern«, sagte Josef. »Das hat das Kriminalamt bereits ermittelt. Bis jetzt handelt es sich dabei aber ausschließlich um manipulierte Ausgaben von Bildern, die die Eltern selbst gepostet haben.« Er nannte kopfschüttelnd ein paar Beispiele, bei denen Windel und Badeanzug entfernt worden waren.

»Die Pädophilen, die früher ihr Material auf Facebook gesammelt haben, konzentrieren sich heute auf diese Mamablogs«, sagte er. »Dafür gibt es allem Anschein nach zwei Gründe. Zum einen werden da regelmäßig Bilder mit hoher Auflösung gepostet – was die Bearbeitung sicher einfacher macht –, zum anderen werden in den Texten auch noch die Vorlieben und Charakterzüge der Kinder beschrieben.«

Emers Blick huschte zu der Anrichte, auf der die Nuss-Nougat-Creme gestanden hatte, die die Kriminaltechniker inzwischen mitgenommen hatten. Dann studierte sie die Sachen, die Jens auf der Suche nach dem EpiPen auf den Boden geworfen hatte.

»Auf diese Weise entsteht Nähe«, sagte Josef. »Nicht nur Mütter mit Kindern in Poppys Alter finden die Kleine süß. Ein kranker Geist kann demselben Kind jeden Tag über viele Stunden folgen und beobachten, wie es sich von Woche zu Woche entwickelt, von einem Geburtstag zum nächsten, und sich dabei einbilden, dass er sie inzwischen richtig kennt.«

Emer ignorierte das Handy, das in ihrer Tasche vibrierte. Zum wiederholten Mal.

Der IT-Experte redete weiter: »Wir sehen oft, dass bestimmte Pädophile von einer konkreten Altersgruppe angezogen werden. Säuglinge, Dreijährige, Sechsjährige. Versteht ihr, worauf ich hinauswill?«

»Jemand kann gewartet haben, bis Poppy im richtigen Alter ist«, sagte Emer.

»Genau.« Josef nickte. »Nachdem er sie seit ihrer Geburt beobachtet hat, kann er jetzt das Gefühl gehabt haben, dass sie endlich bereit ist.«

Von Woche zu Woche, von Geburtstag zu Geburtstag ... Es war kaum zwei Monate her, dass Poppy mit dem riesigen Kuchen auf Instagram ihren zweiten Geburtstag gefeiert hatte. Ein Schauer lief Emer über den Rücken. Möglicherweise war das ein Meilenstein.

»Nehmen wir einmal an, es tauchten jetzt ganz neue Bilder von Poppy auf«, sagte Emer, die an der Anrichte lehnte. »Kann das Kriminalamt ermitteln, wer die gemacht hat? Oder von wo die hochgeladen wurden?«

»In vielen Fällen ist das möglich«, meinte Josef. »Es gibt da ganz bestimmte Werkzeuge, durch die Bilder sowohl visuell als auch technisch erkannt werden können. Man greift dabei auf die Seriennummern der Kameras oder die GPS-Koordinaten der Handys zurück. Das alles sind Zahlen, und Zahlen können immer aufgespürt werden.«

Als ihr Handy vielleicht zum zehnten Mal vibrierte, nahm Emer es irritiert aus der Hosentasche. Sieben SMS von Frøya. Irgendetwas stimmte nicht. Mons' Stimme wurde vom Pochen ihres Pulses im Ohr übertönt, als sie die letzte SMS las:

Ich sehe gerade die Nachrichten. Was zum Teufel geht da ab? Bist du in deinem Zustand im DIENST?

Hatten die Sender gezeigt, wie sie den Journalisten zu Boden geworfen hatte? Sie konnte sich gut vorstellen, dass Jack Iversen die Geschehnisse vor einer Kamera breitgetreten hatte – als Reporter war er sicher ein Experte darin, so etwas maximal aufzubauschen, à la: »Wie kann die Polizei sich nur so aufführen? Ich bin zutiefst schockiert.«

Was denkt sich diese Katja Wiberg eigentlich? Weiß sie überhaupt, dass du zurück bist?

Wie war es nur möglich, dass ihre Zunge sich wie ein trockener Sandklumpen anfühlte, während der Schweiß unter ihren Armen nur so rann? Emer kannte Frøya gut genug, um zu wissen, dass sie jetzt vielleicht in ein Flugzeug zurück nach Oslo steigen oder ihre Chefin anrufen würde. Sie musste sie beruhigen, ihr eine Lüge auftischen.

KW hat mich nach Hause geschickt. Ich gehe jetzt schlafen.

Als sie ihr Telefon in die Tasche steckte und ihre Finger die Packung mit den antipsychotischen Tabletten berührten, hallte in ihrem Kopf die Stimme des Psychiaters wider. »Unter keinen Umständen dürfen Sie die Medikamente absetzen. Sonst riskieren Sie, dass die Symptome sich verstärken. Und dass neue Psychosen entstehen könnten.« Schon vor mehr als zwei Stunden hätte sie diese Dinger einwerfen sollen, trotzdem hatte sie nicht die Absicht, sie jetzt zu nehmen. Ein Tag Pause, dachte sie, nur um mal wieder zu mir zu kommen. Außerdem hat Katja Wiberg die Nachrichten sicher auch gesehen. Es wird nicht lang dauern, bis sie herkommt und mich zu einem Vieraugengespräch bittet. Emer sah sich ruhelos im Flur um, und ihr Blick fiel auf die plakatgroßen Bilder von Poppy. Auf einem lag sie in einer Hängematte, im Hintergrund war ein typisches Ferienhäuschen zu sehen.

»Mons«, sagte Emer und unterbrach das Gespräch, aus dem sie sich abgemeldet hatte. »Weißt du, ob die Wiigs ein Ferienhaus haben?«

»Gehen wir von diesem Palast hier aus, haben sie sicher mehrere«, murmelte Josef Ibrahim. »Ich tippe mal auf Hemsedal oder Kvitfjell, und ein zweites in Hankø oder Kragerø.«

Gleich darauf bekamen sie bestätigt, dass Josef recht hatte. Die Familie hatte Ferienhäuser auf Hvaler und in Hemsedal.

»Wir brauchen Schlüssel, Alarmcodes und alles, was nötig ist, um die Häuser zu durchsuchen«, sagte Mons zu Bø, die daraufhin wortlos die Tür zum Esszimmer öffnete und in Richtung Bibliothek ging, wo die Familie sich versammelt hatte.

Emer drehte den Wasserhahn an. Erst kam nur warme Brühe, doch dann wurde das Wasser wohltuend kalt. Sie trank gierig, und ihre Zunge wurde langsam wieder etwas weicher. Das Glas, das unter den Sohlen ihrer Joggingschuhe knirschte, erinnerte sie an die kurze, heftige Szene, die sich hier abgespielt hatte. Jespers Reaktionsgeschwindigkeit ließ vermuten, dass Lotte nicht zum ersten Mal versucht hatte, inneren Schmerz mit Selbstverletzungen zu parieren. Emer hatte Jens um Details gebeten und ihm Fragen zur psychischen Verfasstheit seiner Frau sowie zu ihrer Vergangenheit gestellt, doch sie hatte nichts aus ihm herausbekommen.

Sie wandte sich an Mons.

»Ich weiß, dass ein Schock sowohl das Gedächtnis als auch die Konzentration hemmt«, sagte sie, »aber Jens weiß beunruhigend wenig über Lotte. Nicht einmal, wo sie aufgewachsen ist.«

»Das Internet weiß auch nicht mehr. Ich habe diese Lotte ziemlich gründlich recherchiert«, warf Josef ein, den Blick auf den Bildschirm des Laptops geheftet. »Alle Informationen, die ich hier finde, sind aus der Zeit nach 2015, dem Jahr, in dem sie Jens geheiratet hat. Mit anderen Worten: Ihre Gegenwart wird Minute für Minute geteilt, die Vergangenheit liegt aber im Dunkeln.«

»Es ist eine Sache, etwas vor der Öffentlichkeit geheim zu halten, aber auch vor dem eigenen Mann? Das klingt seltsam. Kann Jens bewusst etwas verschwiegen haben?« Mons sah fragend zu Emer.

»Er wirkte ziemlich aufrichtig. Und verzweifelt«, fügte sie hinzu. »Er hat sich selbst dafür verflucht, seine Frau nicht stärker unter Druck gesetzt zu haben, ihn in ihre Vergangenheit einzuweihen.«

»Dann passt es ja ganz vortrefflich, dass Lotte in einer Art Koma auf dem Sofa liegt«, murmelte Josef sarkastisch.

»Wenn sie nicht bald aufwacht, müssen wir einen Arzt rufen, der ihr irgendwas gibt. Keine Ahnung, was sie braucht, aber wir können uns keine weiteren Verzögerungen mehr leisten. Und apropos, Ibrahim ...« Mons wandte sich an den IT-Experten. »Hast du Log-in und Passwort für den Blog? Und für den Instagram-Account?«

»Wir untersuchen bereits die Kommentarfelder auf allen sozialen Plattformen. Auch die E-Mails. In erster Linie suchen wir natürlich nach Drohungen, aber auch extreme Liebesbekundungen können interessant sein.«

»Hardcore-Fans.« Mons nickte. Er zeigte diskret auf seine Wange und reichte Emer einen Stapel grauer Servietten, um sich sauber zu machen. »Was ist mit der Videoüberwachungsanlage? Haben wir Zugang zu den Aufnahmen der Kamera über dem Garagentor? Kannst du eine Timeline über alle erstellen, die hier im Laufe des Nachmittags vorbeigekommen sind?«

»Ich logge mich jetzt ein und sehe mir die Sache an.«

»Und, Murphy, bevor Lotte aufwacht, versuchst du noch einmal, Jens unter Druck zu setzen.« Mons ließ sich von einer SMS ablenken und sagte dann besorgt: »Wiberg will, dass die Eltern an der Pressekonferenz teilnehmen. Lotte ist dazu im Augenblick ganz sicher nicht in der Lage, aber was meint ihr, soll ich Jens mitnehmen? Ein verzweifelter Vater im Fernsehen?«

»Nein.« Josef schüttelte entschieden den Kopf. »Wir haben eine gewisse Übersicht über das, was im Netz geschrieben wird. Und … nun ja, viele sind der Meinung, dass die Eltern selbst an dem schuld sind, was passiert ist.«

»Soso«, murmelte Mons und tippte ein paar Worte in sein Handy.

»Durch den Deal mit dem Hersteller der Schokocreme haben sie 450.000 Kronen verdient. Ein Jahreslohn, um eine Zweijährige mit einer Brotscheibe vor der Kamera zu platzieren, die sie umbringen kann, und ihr einzuschärfen, dass sie das Zeug niemals probieren darf?«

Ibrahim fuhr sich mit der Hand über die kurzen Haare und zog die kräftigen Augenbrauen hoch. »Ich freue mich schon auf die Kommentare in den nächsten Tagen.«

»Ganz zu schweigen von den Fragen, die in … zwölf Minuten von der versammelten Presse auf mich einhageln werden.« Mons schüttelte den Kopf. »Ich muss los.«

»Die größten Zeitungen haben ihre Kommentarfelder bereits schließen müssen.« Josef nahm den Laptop und ging in Richtung Esszimmer. »Viel Glück, Tidemand. Das wird eine *shit show*!«

Lotte Wiig.
Bygdøy, Oslo

Sonntagabend

Jemand tätschelte ihre Wange. Sie wollten, dass sie aufwachte, redeten, aber ihr Körper gehorchte nicht. Jenseits der Benommenheit erahnte sie einen unerträglichen Schmerz, sodass sie lieber in dem warmen, weichen Nebel blieb, um alldem zu entfliehen.

»Sie wissen schon, dass das merkwürdig klingt, Jens?« Die Stimme der Ermittlerin mit den weißen Haaren und den lila Augen war leise, aber eindringlich. »Sie sind seit fünf Jahren verheiratet und haben nie Ihre Schwiegerfamilie getroffen? Nie auch nur einen von Lottes Freunden?«

»Als wir uns getroffen haben, wollte sie ganz von vorn anfangen, den Blick nur auf unsere gemeinsame Zukunft richten«, sagte Jens verzweifelt. »Warum sollte ich sie unter Druck setzen, um etwas mit mir zu teilen, das sie hinter sich lassen wollte?«

Stille.

Lotte versuchte, die Augen zu öffnen. Spürte den plötzlichen Drang, etwas zu sagen, das ihr wichtig erschien. Marie, dachte sie. Ich muss mit Marie sprechen, aber warum? Ich verstehe es nicht ... Am Rand des Nebels trieben Fetzen von Informationen vorbei, verschwanden aber wieder, bevor es ihr gelang, sich zu konzentrieren.

»Ich weiß, dass Lotte ihre Eltern früh verloren hat. Da war sie noch ein Kind.« Jens schien erleichtert darüber zu sein, wenigstens diese Information teilen zu können.

»Und was ist mit Geschwistern? Oder anderen Menschen, die sie vor Ihnen kannte?«

Vermutlich schüttelte Jens jetzt den Kopf, aber die Polizistin fragte weiter: »Das Angebot vom *Samana Spa* kam ja ziemlich kurzfristig. Hatten Sie vorher andere Pläne für den Geburtstag gehabt?«

Ihr gegenüber hatte Jens immer damit geprahlt, alles persönlich bezahlt zu haben: Rosen, Behandlung, Champagner und Essen. Und er hatte gesagt, sie bräuchte diesmal nichts zu verkaufen, sondern könne einfach nur genießen. Vermutlich schämte er sich dafür, dass sogar sein Geburtstagsgeschenk gesponsert war.

»Nein, es gab andere Dinge, um die ich mir Sorgen machen musste. Diese Stalkersache hat mich unheimlich in Anspruch genommen.«

In Anspruch genommen? Eine ganze Woche lang hatte ihr Mann vor dem Laptop gesessen und die hohen Leserzahlen kommentiert. Seine Versuche, ihre Angst zu dämpfen, waren allesamt halbherzig gewesen, ein blödes Mantra, das er beiläufig von sich gab, wenn sie zum dritten Mal überprüft hatte, ob die Tür auch wirklich verschlossen war. »Das ist nur ein neidisches armes Schwein, das uns den Erfolg nicht gönnt und sich daran aufgeilt, uns Angst einzujagen«, hatte er immer wieder gesagt.

»Die Mail vom Spa kam zum absolut perfekten Zeitpunkt«, fuhr Jens fort. »Die Sorgen haben uns unglaublich zugesetzt.«

»Wer wusste von der Nussallergie?« Murphy ließ nicht locker.

»Nur wenige. Die paar Menschen, die auf sie aufgepasst haben, wenn wir mal nicht dabei waren. Mama und Papa ...« Jens hörte sich an wie ein kleiner Junge. »Und die Kita ...«

»Nun, ich wusste davon jedenfalls nichts!« Das war Jespers Stimme. Lotte erinnerte sich plötzlich an das, was in der Küche passiert war und wie nah seine Lippen an ihrem Ohr gewesen waren.

Sie wollte fliehen, sich dem Nebel hingeben, aber ihr Schwager redete zu laut: »Und alles wegen des Geldes, oder? Hätte ich gewusst, dass du Poppy in Gefahr bringst – in Lebensgefahr, Jens! – nach allem ...« Er verstummte, wurde von Emotionen überwältigt. »Nach allem, was sie durchgemacht hat und was wir für sie getan haben, damit sie überlebt. Ich hätte dich dran gehindert.«

»Musst du dich immer so aufspielen, Jesper?«, sagte Jens. »Du warst einer von vielen Ärzten, man hätte dich problemlos austauschen können, und Poppy hätte trotzdem überlebt.«

»Weißt du, was mir Angst macht, kleiner Bruder?«

Stille.

»Dass es dich mehr beschäftigt, dass ich es war, der Poppy gerettet hat, und nicht du, statt dass du dich darauf fokussierst, dass sie überhaupt überlebt hat.«

Ein Piepen unterbrach ihn, aber ein Wort blieb wie gefangen in ihrem Kopf hängen: überlebt. Überlebt! *Überlebt!*

In Woche sechzehn, drei Wochen, nachdem sie die Schwangerschaft gepostet und sich alles geändert hatte, hatte Lotte im Wohnzimmer posiert, den Bauch im Profil vor dem gesponserten Kinderwagen. Plötzlich hatte Jens auf ihre nackten Beine gezeigt, an denen Blut hinabrann. Weniger als eine Stunde später hatte der Arzt gesagt, im Ultraschall sehe alles ganz unauffällig aus. Jens hatte mit zitternder Unterlippe geweint, ehe sein Gesicht zu einer Grimasse geworden war. Lotte hatte das alles nur angekotzt, und sie war wütend geworden, weil diese Grimasse sie angefleht hatte, doch auch Erleichterung zu spüren, oder doch wenigstens ... irgendetwas zu spüren.

In Woche zwanzig war sie im Badezimmer ohnmächtig geworden, und als sie aus der Wohnung getragen und in einen Rettungswagen geschoben wurde, hatte sie nicht geahnt, dass es Monate dauern würde, bis sie wieder nach Hause käme. Damit sich die Plazenta nicht vorzeitig löste, hatte sie bis zur Geburt vollkommen ruhig im Krankenhausbett liegen müssen.

Mit jeder Stunde, jedem Tag waren die Chancen, dass das Baby überlebte, gestiegen. Und während sie an die Zimmerdecke mit den zweiundzwanzig Platten und vier Neonröhren gestarrt hatte, hatte Jens den Blog übernommen. Die Texte, natürlich in ihrem Namen veröffentlicht, trieften nur so vor Erwartung und Freude und rührten die Leserinnen tief in ihren Mamaherzen. Sie hatte ihren eigenen Blog gelesen, Bilder des Bambus-Babybetts und der winzigen Schuhe gesehen, ohne dabei irgendetwas zu spüren. In ihr war nur Leere gewesen.

In Woche sechsundzwanzig war sie von einem Kneifen aufgewacht, gefolgt von einem warmen Strom Flüssigkeit. Sie hatte die Decke zur Seite geschlagen, den Fleck gesehen und versucht, den Geruch zu identifizieren – süß und bekannt –, als eine Krankenschwester in das Zimmer gekommen war und den Alarm ausgelöst hatte, der hinter dem Bett hing. Dann hatte die Frau vorwurfsvoll gefragt: »Aber mein Gott, warum haben Sie denn nicht geklingelt?«

Sie hatte sie nur stumm angesehen.

Nach der Narkose und dem Kaiserschnitt war sie in einem Rollstuhl zum Inkubator geschoben worden. »Nein«, hatte sie geflüstert und hätte fast darum gebeten, weggebracht zu werden, doch dann war ihr Blick auf ihre Tochter gefallen, und mit einem Mal hatte sie eine magnetische Anziehung zu dem nur 845 Gramm schweren Wesen empfunden. Die Menschen im Raum, die Hinweise, die gegeben wurden, das Piepen all der erschreckenden Maschinen – all das war plötzlich weg gewesen. Und als sie sich dann über die Regeln der Krankenschwester hinweggesetzt hatte und aufgestanden war, um die Hände auf das Glas zu legen – nur Zentimeter von dem kleinen Körper mit den Schläuchen und Elektroden entfernt –, waren die Tränen gekommen, um die Jens sie so lange gebeten hatte. Erleichterung. Schuldgefühle, die in den folgenden Wochen mit der Liebe zu diesem kleinen Bündel um die Wette wachsen sollten. Beides war immer stärker geworden.

Sie hatte geweint, bis die Krankenschwester sich geräuspert hatte: »Haben Sie schon einen Namen? Wollen Sie sie taufen lassen?« Lotte hatte die Frage nicht verstanden.

Jens sagte, der Name stehe schon lange fest, sie solle Poppy heißen. Erst als die Schwester angeboten hatte, einen Geistlichen zu holen, war ihnen der Ernst der Lage bewusst geworden. Sie war noch einmal aus dem Rollstuhl aufgestanden und nach hinten getaumelt, bis sie irgendjemandem auf den Fuß getreten war. Als sie sich umdrehte, stand ihr Schwager da, mit Maske vor dem Mund und Stethoskop um den Hals.

Jesper hatte ihre Hand genommen und mit fester Stimme gesagt: »Poppy Wiig wird in der Kirche in Ris getauft, wenn sie fünf Monate alt ist, wir brauchen hier heute keinen Pastor.«

Und tatsächlich, ein halbes Jahr später wurde Poppy von ihrem Onkel zum Taufbecken getragen.

Als sie aus dem Krankenhaus nach Hause gekommen waren, hatte Tante Carmen sie empfangen. Die Wohnung hatte nach Seife und Backwaren gerochen. »Jens hat mir die Schlüssel gegeben«, hatte sie lächelnd gesagt, ihr Poppy aus den Armen genommen und sie hin- und hergewiegt. Dann hatte sie ihnen allen warme Arepas serviert – Maisfladen, gefüllt mit Hühnchen und Avocado. Der Anblick der Kleinen in Carmens sicheren Armen hatte bei Lotte eine physische Reaktion hervorgerufen, als hätte ihr Hirn ihrem Körper zu verstehen gegeben, dass sie sich jetzt – endlich – entspannen könne. »Ruh dich aus«, hatte Carmen lächelnd gesagt. Fünf Stunden später war sie quer auf dem Doppelbett liegend aufgewacht und hatte den spanischen Kinderliedern im Wohnzimmer gelauscht.

»Murphy?« Eine fremde Stimme hallte durch den Raum. Lotte mühte sich, die Augen zu öffnen, und sah einen groß gewachsenen Mann in der Tür zum Esszimmer. »Die Kamera über der Garage hat zu dem betreffenden Zeitpunkt eine Person aufgezeichnet. Frau Wiig, könnten Sie einen Blick auf die Aufnahme werfen, um zu sehen, ob Sie ihn kennen?«

Ihr Puls beschleunigte sich, das Herz schlug ihr bis zum Hals. Sie tastete nach der Hand der Polizistin und wollte etwas erklären, aber ihre Stimme versagte. Dann schlossen sich ihre Augen, und ihre Kräfte versagten.

Emer Murphy.
Bygdøy, Oslo

Sonntagabend

Jens und Marie begleiteten den IT-Experten Josef Ibrahim ins Esszimmer. Lottes Hand hatte Emers gefunden. Erst hatte sie mit überraschender Kraft ihre Finger umklammert, dann war ihr Griff schlaff geworden. War das ein Versuch, zu kommunizieren? Emer berührte Lotte vorsichtig an der Schulter, konnte aber keine Reaktion wahrnehmen. Als auch Jesper den Raum verlassen wollte, sagte sie:

»Könnten Sie ein paar Minuten nach Lotte sehen? Ich will nicht, dass sie hier allein bleibt.«

Er wirkte irritiert, hockte sich dann aber neben das Sofa und streichelte den Unterarm seiner Schwägerin. Es wirkte so natürlich, dachte Emer und wich seinem Blick aus, mit dem er sie so eindringlich musterte, wie es auch die anderen Ärzte in den letzten Wochen getan hatten. Das Zittern ihrer Hände und die trockenen, aufgesprungenen Lippen waren ihm sicher nicht entgangen. Am liebsten hätte sie das Zimmer fluchtartig verlassen. Stattdessen sagte sie: »Wie würden Sie Ihre Beziehung zu Jens beschreiben?«

Jesper unterbrach das Streicheln und richtete sich auf. »Der Arme ist komplett ohne soziale Antennen auf die Welt gekommen. Ich glaube, er hat keinen einzigen Freund, wenn man Lotte nicht dazurechnet. Und faul ist er auch, der hat nicht an einem Tag seines Lebens richtig gearbeitet.«

»Ich dachte, er wäre Tennisprofi gewesen?« Sie zog die Stirn in Falten.

»Die Karriere ist Mutter teuer zu stehen gekommen. Sie hat die besten Trainer bezahlt, seine Ausrüstung und all die Reisen, richtig gut wurde er aber trotzdem nicht.«

»Und was ist mit dem Blog? Er ist da doch …«, Emer versuchte, sich an Jens' Titel in der Firma seiner Frau zu erinnern, »Geschäftsführer?«

Auch hier fiel Jespers Urteil wenig wohlwollend aus. »Mein Bruder postet Fotos und verwendet seine Zeit darauf, die Likes von Teenagern zu zählen. Nennen Sie das Arbeiten?«

Jespers Hand ruhte jetzt auf Lottes Schulter. Ihre Augenlider vibrierten, als schliefe sie tief. Hatte er seiner Schwägerin absichtlich ein zu starkes Beruhigungsmittel gespritzt? Wollte er sie am Reden hindern? Sie hatte ihn gerade gegoogelt. Der Name Jesper Wiig ergab nicht viele Treffer, aber LinkedIn verriet ihr, dass er am Trinity College in Dublin Medizin studiert und das praktische Jahr in der Klinik Ullevål, unter anderem auf der Säuglingsstation, gemacht hatte. Zurzeit war er dort fest angestellt und machte seine Facharztausbildung in der Pädiatrie.

»Murphy?« Josef rief sie ungeduldig aus dem Esszimmer.

»Geben Sie Bescheid, wenn sie aufwacht«, sagte sie und sorgte dafür, dass der Bademantel, der sich etwas geöffnet hatte, Lottes Beine bedeckte. Ihr Blick ruhte ein paar Sekunden auf einigen runden Narben auf Lottes Brust, aber dann riss sie sich los, nickte Jesper kurz zu und schloss die Tür, die zum Esszimmer führte.

»Haben Sie Lotte mit *dem* allein gelassen?« Jens stand abrupt von seinem Stuhl auf.

Josef hatte zwei Laptops auf den Esstisch gestellt.

»Jesper bleibt bei Lotte, solange wir uns die Aufnahme ansehen«, sagte sie. »Es dauert nicht lange.« Sie ging über den in Brauntönen gehaltenen Perserteppich und versuchte, innerlich zur Ruhe zu kommen. Jespers Blick hatte sie aus der Fassung gebracht. Die Rivalität zwischen den beiden Brüdern konnte auf Jens' Eifersucht beruhen, andererseits war es mehr als deutlich, dass Jesper gerne auf ihm herumtrampelte. Es wäre kaum verwunderlich, wenn er da Minderwertigkeitskomplexe entwickelt hätte.

Marie starrte mit blassem Gesicht auf den Bildschirm und bewegte den Kopf hin und her. Das Display zeigte eine eingefrorene Aufnahme vom Platz vor der Garage und der grünen Thujenhecke, die das Grundstück zur Straße hin begrenzte. Emer stellte sich hinter Mutter und Sohn.

»Sie wissen, wie das funktioniert, nicht wahr?« Josef beugte sich über die Tastatur, bereit, das Video zu starten. »Die Kamera wird durch Bewegungen aktiviert, und diese Aufnahmen wurden etwa vierzig Minuten vor Ihrer Rückkehr vom Lunch gemacht, Marie, exakt um fünf nach fünf.«

Play. Nach zwei Sekunden tauchte eine Gestalt in einer Art Umhang auf, vielleicht auch einer Tunika, die lang und locker den Körper umspielte. Der Gang und die Bewegungen waren feminin, aber war das wirklich eine Frau? Die Auflösung war so schlecht, dass Emer die Gesichtszüge nicht studieren konnte, sie sah nur dunkle Locken. Als die Person sich etwas nach links drehte, wurde deutlich, dass sie – nein, er, es war tatsächlich ein Mann – etwas trug, das er allem Anschein nach zu verbergen suchte. Es war aber unmöglich zu sagen, was er da an seine Brust drückte. Kurz bevor der Mann aus dem Bild verschwand, blieb er noch einmal stehen und schaute zum Eingangsbereich. Dann war wieder nur der leere Platz zu erkennen. Die Aufnahme war zu Ende.

»Das ist Samuel!«, sagte Marie und schlug sich die Hände vors Gesicht. »Was um alles in der Welt hat der da auf den Armen?«

»Das ist ein Mann?« Josef Ibrahim war überrascht.

»Er hat sich schon immer exzentrisch angezogen«, murmelte Jens. »Aber der hat damit nichts zu tun. Samuel ist unser Gärtner.«

Emer warf einen Blick zur Tür der Bibliothek. Stand die nicht plötzlich einen Spalt auf? Aber noch weitere Fragen schwirrten durch ihren Kopf:

Hatte Sverre bereits bewusstlos auf dem Küchenboden gelegen, als dieser Samuel an der Garage vorbeilief und in Richtung Haus blickte? Oder war der Mann mit der Tunika der Letzte, der mit ihm geredet hatte? Hatten sie womöglich einen Streit gehabt?

»Haben Sie eine gute Beziehung zu diesem Samuel?«

»Er heißt Dahlberg. Samuel Dahlberg. Er arbeitet schon seit dreißig Jahren für die Familie.«

»Taucht er öfters hier am Sonntag auf?«, fragte sie.

»Er hat keine festen Arbeitszeiten. Er arbeitet für fast

alle Nachbarn hier, mäht den Rasen und gießt, wann immer es nötig ist.« Marie drehte einen Ring an ihrem Finger mit einem Edelstein in der Größe einer Erbse. Sie schien nervös zu sein.

»Das heißt also, dass er im Garten gewesen sein kann, um irgendetwas zu überprüfen?«

»Das kann schon sein, aber was wollte er da verstecken?«

Auf der Pressekonferenz, von der Emer nur den Anfang gesehen hatte, hatte Mons alle, die sich zwischen sechzehn und achtzehn Uhr auf Bygdøy aufgehalten hatten, gebeten, Kontakt mit der Polizei aufzunehmen. Der Gärtner hatte das Grundstück um fünf vor fünf verlassen, es konnte aber natürlich sein, dass er noch gar keine Nachrichten gesehen hatte.

»Es tut mir leid, aber ich muss jetzt wirklich zurück in die Klinik«, Jesper kam plötzlich aus der Bibliothek. »Ich habe mit Vaters Ärzten gesprochen. Sie haben ihn ins künstliche Koma versetzt, weil sein Blutdruck gefährlich niedrig war. Sie gehen von einem Hirnschlag aus, müssen für eine endgültige Diagnose aber noch das CT abwarten.«

Marie bestand darauf mitzufahren, und Jesper stützte sie auf dem Weg zu einem der Streifenwagen, während Jens zurück in die Bibliothek taumelte, wo Lotte noch immer fest schlief.

»Ich habe Bø gebeten, den Gärtner zu holen«, sagte Josef und legte sein Telefon weg, als Emer neben ihm auf den Stuhl sank. »Er ist der Einzige außerhalb der Familie, der in dem aktuellen Zeitraum auf den Aufnahmen zu sehen ist. Wir dürfen aber nicht außer Acht lassen, dass es bei dem

Winkel der Kamera absolut möglich ist, unbemerkt auf das Grundstück zu gelangen. Man muss sich nur an der Fliederhecke entlang in den Garten schleichen.«

»Die Kamera reagiert nur, wenn man über den Hofplatz läuft?«

»Richtig. Willst du auch noch die restlichen Aufnahmen sehen?«

Emer nickte und beobachtete kurz darauf, wie Sverre Wiig vorbeiging. Dann folgte Marie, die sich neugierig umsah, bevor sie in Richtung Gartentor hastete, wo ein silberner Mercedes aufgetaucht war. Vermutlich das Taxi, dachte Emer.

»13.40 Uhr«, sagte Josef. »Lunch mit den Freundinnen.«

Gleich darauf wurde ein roter Oldtimer rückwärts aus der Garage gefahren.

»Lass uns ein bisschen spulen ...« Vier weitere Autos wurden auf dem Hofplatz geparkt, und Sverre begann mit dem Waschen. »Und jetzt sind weitere acht Minuten vergangen«, sagte Josef und drückte auf *Play*. Sverre verschwand mit einem Schwamm in der Hand, um dann mit seiner Enkeltochter auf den Schultern zurückzukommen. Lotte und Jens folgten dicht darauf. All das stimmte mit dem überein, was ihnen gesagt worden war: Der Lexus parkte oben an der Straße und damit außerhalb des Kamerawinkels, weil schon zu viele Autos auf dem Hof standen. Das Ehepaar redete mit Sverre und stellte sich dann für das Foto auf, das auf Instagram gepostet worden war. Um 13.59 Uhr verschwand Jens in Richtung Wagen. Es sah aus, als flüsterte Lotte Poppy noch etwas zu, ehe sie ihm folgte. Nach ein paar Schritten blieb sie allerdings noch einmal stehen und sah sich um.

Josef spulte vor, während Poppy und Sverre die Autos wuschen und sich dabei gegenseitig nass spritzten. Dann hatte Sverre die Wagen wieder in die Garage gefahren und war mit Poppy im Haus verschwunden. Vermutlich, um etwas zu essen, dachte Emer.

»Die nächste Aufnahme kennst du bereits«, sagte Josef. »Der Gärtner, fünf nach fünf. Können wir die überspringen und zur letzten gehen? Das Team hat das Computerequipment aus Tjuvholmen ins Präsidium gebracht, ich sollte da schleunigst aufkreuzen.«

»Ja klar, leg los.«

»Okay, das ist jetzt um Viertel vor sechs«, sagte Josef, als ein Toyota mit Taxischildern fast bis zur Haustür vorfuhr. »Marie kommt etwa vier Stunden nach ihrem Aufbruch vom Lunch zurück.«

Die elegant gekleidete Frau blieb auf dem Platz vor dem Haus stehen und sah sich um. Hielt sie nach etwas Speziellem Ausschau? Dann ging sie in Richtung Haustür.

»Das ist alles.«

Marie war aus dem Bild verschwunden, und Josef klatschte in die Hände. »Der Rettungswagen taucht dann zwei Minuten nach sechs auf. Also siebzehn Minuten später. Gefolgt von dem ersten Streifenwagen um zehn nach sechs. Willst du noch mehr sehen?«

»Nope. Haben wir inzwischen irgendwas von den beiden Ferienhäusern gehört?«

»Das Haus auf Hvaler ist bereits gecheckt worden, da ist

alles in Ordnung«, sagte Josef. »In Hemsedal sind sie noch nicht fertig.«

»Okay.« Emer ließ sich wieder auf den Stuhl fallen, von dem sie gerade aufgestanden war. Die Pillenpackung in der Jeanstasche drückte gegen ihren Bauch. »Aber du?«

Josef blieb an der Tür zum Flur stehen und drehte sich zu ihr um. Die Finger seiner rechten Hand trommelten ungeduldig auf die Riemen der Computertasche. Er hatte sein Jeanshemd falsch zugeknöpft. Emer zögerte. Sie hätte so gerne gefragt, was vor sechs Wochen passiert war, fürchtete gleichzeitig aber auch die Erklärung, warum so viele Kollegen in den letzten Stunden ihrem Blick ausgewichen waren. Was war an jenem Nachmittag passiert?

»Ja?«

Sie wusste genau, dass Josef die Geschehnisse ungefiltert teilen würde, aber wie würde sie die potenziell verstörende Wahrheit aufnehmen? Und würde sie das nicht von dem Fall ablenken? Von Poppy? Sie wich seinem Blick aus.

»Ach, nichts«, sagte Emer.

Marie Wiig.
Ullevål-Krankenhaus, Oslo

Sonntagabend

Marie wischte ihre Tränen von Sverres schlaffer Hand. Er lag leblos auf dem Krankenhausbett und wurde beatmet. Die rechte Seite seines hübschen Gesichts hing herunter, und die Haut, die am Morgen noch so golden geglänzt hatte, war grau geworden. Ein junger Arzt in Jespers Alter hatte auf die Bilder gezeigt und erklärt, wo im Kleinhirn die Adern blockiert waren und wo das Großhirn lag. Oder war es umgekehrt? Marie hatte sich nur auf das Piepen der Maschinen konzentrieren können, die ihren Mann am Leben hielten.

»Hier auf Bygdøy ...« Der Blick ging zum Fernseher, den irgendjemand eingeschaltet hatte. Er hing in einer Ecke unter der Zimmerdecke und zeigte Maries Elternhaus von oben. Ein roter Ring war um die Terrasse gezogen worden, den vermutlichen Tatort. Ihre pochenden Kopfschmerzen wurden schlagartig schlimmer, als sie Veronica Hammer erblickte, ihre Nachbarin. Die unstillbare Neugier hatte die Frau wieder einmal nach draußen getrieben. Wenigstens hatte sie sich dieses Mal etwas übergezogen.

Nicht nur ihr Haus wurde plötzlich belagert, dachte Marie, auch auf dem Landsitz und im Ferienhaus wimmelte es jetzt von Fremden. Weder auf Hvaler noch in Hemsedal hatten sie etwas zu verbergen, trotzdem ärgerte sie das Vorgehen der Polizei. Ihre Familie wurde respektlos behandelt, und sie erwartete fast, dass die Polizisten mit dreckigen Stiefeln herumrannten, alle Schränke aufrissen und in Sverres Weinkeller herumfunzelten, als würde ihre Enkelin sich dort in irgendeiner dunklen Ecke verstecken.

Marie legte den Kopf mit dem rechten Ohr auf die Brust ihres Mannes. Schlug sein Herz langsamer? Alles sah so stabil aus, nichts leuchtete rot. Die Gedanken gingen zu Jesper, der sich in der Bibliothek so hart verhalten hatte. Er hatte schon immer das starke Bedürfnis gehabt, sich Jens gegenüber zu behaupten – aber musste er das auch als Erwachsener tun, mitten in einer Krise, und noch dazu in Anwesenheit der Polizei? Was war nur mit ihm los?

Natürlich spielte seine Eifersucht eine wichtige Rolle. Nach Poppys Geburt war Jesper seiner Schwägerin immer nähergekommen. Dabei ging es ihm gar nicht um Lotte als Person, sondern vielmehr um die Tatsache, dass sein kleiner Bruder etwas hatte, das er nicht hatte: eine Lebensgefährtin, Ehefrau sogar. Um das zu kompensieren, hatte er sich noch weiter aufgespielt und zum wiederholten Mal die Heldengeschichte aus der Säuglingsstation aufgetischt.

Möwengeschrei und die Stimme eines Reporters lockten ihren Blick zurück zu den Nachrichten: Vor einem modernen Glasbau, der auf dem Wasser zu schwimmen schien, stand eine Frau. Ihr standen Schweißtropfen auf der Oberlippe, und ihre Brillengläser waren fettig.

»Ich befinde mich hier vor dem *Samana Spa*.« Sie nickte in Richtung des Gebäudes hinter sich. »Im Abstand von genau einem Monat haben hier zwei Elternpaare Zeit verbracht, während ihre Kinder an unterschiedlichen Orten in Oslo verschwunden sind. Vor vier Wochen Isabella Baxter und heute Nachmittag Poppy Wiig.«

Marie lauschte auf die Schritte draußen auf dem Flur, beugte sich vor und schnäuzte sich kräftig in Sverres Bettwäsche. Irgendwie fühlte sich das gut an.

»Das *Samana Spa* will dazu keinen Kommentar abgeben.«

Ihr Handy piepte. Guro Jørgensen schrieb:

> *Bente und ich sollen zur Polizei, sie wollen uns da befragen. Ich komme anschließend vorbei. G.*

Marie drückte sich das Handy an die Brust. Dieser grausame Tag hatte auch etwas Gutes: Die Mädels hatten sie voller Wärme empfangen, als wäre alles normal. Bis zu dem vielsagenden Essen mit Carmen vor ein paar Wochen hatte sie noch das Gefühl gehabt, die Distanz, mit der sie immer häufiger gestraft wurde, hätte damit zu tun, dass ihre Schwiegertochter in diversen Boulevardblättern interviewt worden war und der Name »Wiig« – *ihr Name* – immer häufiger in den Schlagzeilen geprangt hatte. Dabei hatte das Problem ganz andere Gründe. Beim dritten oder vierten Gang hatte Carmen sich über den Tisch gebeugt und ihr erklärt, dass sie und Sverre von den Gesellschaften ausgeschlossen würden, weil ihre Schwiegertochter und deren Blog ganz offensichtlich völlig außer Kontrolle geraten seien.

»Die Frauen reagieren darauf, dass du es nicht geschafft hast, Lotte zur Vernunft zu bringen. Sie machen sich Sorgen und haben es gemeldet. Und dann ist es doch klar, dass sie dich nicht gleich am nächsten Tag zu Montrachet und Meeresfrüchten einladen. Das sollte auch dir klar sein.«

»Es gemeldet?«, hatte sie ebenso verwirrt wie naiv gefragt. »Wo?«

»Liebes, sie haben sich an das Jugendamt gewandt. Als Reaktion darauf, wie Jens und Lotte Poppy im Internet exponieren. Du weißt doch, wie sehr sich einige von ihnen für den Kinderschutz einsetzen«, hatte ihre Schwägerin gesagt und ihre Gabel in eine mit Honig glasierte Kartoffel gesteckt. »Diese Menschen kümmern sich, Marie, und sie wundern sich, dass du das – als Großmutter – nicht tust.«

Ihr war fast die Luft weggeblieben: »Aber ich wusste doch gar nicht ... Warum hat mir denn niemand gesagt, was sie denken?«

Carmen hatte ihre Hand genommen. »Das alles kommt wieder in Ordnung. Ich muss die Mädels nur erst wieder an einem Tisch versammeln.«

Und sie hatte tatsächlich recht bekommen, denn beim Lunch waren weder das Jugendamt noch Maries Enkelkind konkret zur Sprache gekommen.

Es klopfte an der Tür. Sie legte eine Hand auf die verrotzte Bettwäsche, als eine Ärztin den Raum betrat, dicht gefolgt von dem großen Polizisten. Tidemand war ein stattlicher Mann mit klaren Zügen und einer männlichen Kerbe im Kinn. Sein Benehmen war aber höchst fragwürdig. Den ganzen Nachmittag über hatte er sie unter Druck gesetzt und keine Spur von Mitgefühl für die Situation gezeigt, in der sie sich befand. Auch Jens war mit kalter Härte behandelt worden. Und jetzt schien er ungeduldig und enttäuscht zu sein angesichts der Tatsache, dass von dem armen Sverre keine Hilfe zu erwarten war.

»Kann ein Schock zu einem Hirnschlag führen?« Tidemand wandte sich an die Ärztin, als wäre Marie gar nicht anwesend. »Mit hoher Wahrscheinlichkeit war er Zeuge einer starken allergischen Reaktion seiner Enkelin.«

»In der Regel assoziieren wir Stress eher mit Herzinfarkten.« Die Ärztin löste ihr Haargummi und band sich den Pferdeschwanz neu, wobei ihr Blick fest auf die Anzeigen der Geräte gerichtet war. »Aber eine Krisensituation kann den Blutdruck beeinflussen und damit das Risiko für eine Hirnblutung erhöhen. Bei jemandem mit Sverres Vorgeschichte kann es da durchaus einen Zusammenhang geben.«

»Können Sie schon sagen, wann der Mann aus dem Koma geholt werden kann? Und dürfen wir uns Hoffnungen machen, dass er sich an etwas erinnert?«, fragte Tidemand ungeduldig, aber die Ärztin schüttelte nur den Kopf.

»Dafür ist es jetzt noch zu früh«, sagte sie. »Und ich will hier keine wilden Vermutungen anstellen.«

Dann meldete sich ihr Telefon mit einem lauten, durchdringenden Alarmton.

»Und die Ergebnisse der Blutuntersuchung?« Tidemand gab nicht auf.

»Niemand hat versucht, ihn zu vergiften oder zu betäuben, wenn Sie das meinen.« Mit freundlichem Blick nickte die Ärztin Marie zum Abschied zu und verschwand auf den Flur. Mit ihr schien aber auch alle Luft aus dem Raum zu entweichen, denn mit einem Mal konnte Marie nicht mehr atmen.

»Passen Sie oft auf Poppy auf?«, fragte der Polizist, der ihren Stuhl, den einzigen im Raum, hoch überragte.

»Sie ist nur selten allein bei uns«, sagte Marie und faltete die Hände. »Aber wir fahren zusammen in die Ferien. Ins Sørland oder nach Frankreich. Und im Winter waren wir auch im Fjell.«

»Wann haben Sie sie zuletzt gesehen?«

»Am Nationalfeiertag.« Mit Grauen erinnerte sie sich an das Essen. Sie hatte gerade erst Rømmegrøt mit Schinken und allem, was sonst noch dazugehörte, serviert, als Sverre mit einem Messer ans Glas geklopft hatte und von seinem Platz am Tischende aufgestanden war. Mit der Tageszeitung in den Händen hatte er übertrieben laut und langsam einen Text über mächtige Geschäftsfrauen und die »Männer hinter den Kulissen« zum Besten gegeben. Leider war Lotte dabei als Beispiel genannt worden.

»Mein Sohn, ein Trophäenmann«, hatte Sverre gesagt, dabei seltsam gelächelt und sein Glas gehoben. Nur dass niemand mit ihm hatte trinken wollen. »Zu Hause beim Kind, während die Mutter und Ehefrau die Millionen einfährt.«

Und während der Kronleuchter geklirrt hatte und oben die Tür von Jens' altem Kinderzimmer zugeknallt war, hatte Jesper sich – unerträglich hochmütig – Poppy geschnappt, sie sich auf den Schoß gesetzt, ihr ein Küsschen auf den Scheitel gegeben und die Augen verdreht.

»Seit dem 17. Mai sind über vier Wochen vergangen ...

das ist ziemlich lange«, stellte der Polizist fest. »Und trotzdem haben Sie es vorgezogen, an diesem Tag mit Ihren Freundinnen zu essen. Ich meine, statt endlich wieder mit Ihrem Enkelkind zusammen zu sein?«

Er zog die Augenbrauen hoch. Wollte er etwa andeuten, dass sie ihre Enkeltochter nicht liebte? Der letzte Rest von Nervosität schwand aus ihrem Körper. Sie hatte nicht vor, diesem Poltergeist, diesem Fremden, zu erklären, warum es so wichtig gewesen war, ihre Freundinnen zu priorisieren.

»Es kam einfach äußerst kurzfristig. Außerdem hatte Sverre diese Vereinbarung getroffen!«, sagte sie und begegnete zum ersten Mal seinem Blick. »Und schließlich wollten wir ja auch noch den Abend und den nächsten Morgen zusammen verbringen.«

»Warum mögen Sie Ihre Schwiegertochter nicht?« Der Ton indizierte, dass sie das bereits irgendwie zum Ausdruck gebracht hatte und er nur die Fakten wiederholte: »Hat sich die Beziehung zwischen Lotte und Ihnen mit den Jahren verschlechtert, oder waren Sie von Anfang an negativ eingestellt?«

Was hatte dieser Mann nur für ein Problem? Und woher hatte er das? Murphy! Die Polizistin mit den spitzen Ohren hatte am Kamin gestanden und die geliebten Erinnerungen studiert, die Marie gerahmt und an die Wand gehängt hatte. Keines der Fotos zeigte Lotte. Sie musste das registriert und mit ihrem dreisten Kollegen geteilt haben, dachte sie. Wie viel wusste die Polizei über Lotte? Und wussten sie auch, dass Marie es wusste?

»Wir wünschen uns für unseren Jens vermutlich nicht

ganz das Gleiche.« Es gelang ihr nur mit Mühe, ihre Stimme ruhig zu halten und ihm nicht zu zeigen, wie tief ihre Abneigung gegen die Schwiegertochter war. Tidemand nickte aufmunternd.

»Bevor mein Sohn Lotte begegnete, hatte er eine fantastische Karriere, und jetzt ... nun, Sie wissen ja, was er so treibt.«

»Wie würden Sie seinen Job beschreiben?«

Sie biss sich auf die Lippen, um nicht vorschnell etwas über das zu sagen, was Jens als seine Arbeit bezeichnete. »Er fotografiert Frau und Kind und ... nun, um ehrlich zu sein, kenne ich mich da im Detail nicht aus. Das Geld stammt wohl aus den Reklameeinnahmen.«

»Hat Ihre Schwiegertochter vielleicht einen Keil zwischen Sie und Jens getrieben? Haben Sie das Gefühl, dass sie irgendwie die Familie gespalten hat?«

Es ging um mehr als die fehlenden Fotografien auf dem Kaminsims. Hatten die Freundinnen der Polizei gegenüber irgendetwas gesagt? Aber eigentlich kannten weder Guro noch Bente den ganzen Umfang. Es sei denn, sie hatten mit Carmen gesprochen?

»Hören Sie«, Tidemands Stimme klang plötzlich mitfühlend. »Ich verstehe ja, dass Sie sich in einer schwierigen Situation befinden. Ich will auch nur eine Antwort darauf, warum Sie Ihre Schwiegertochter nicht mögen. Hat das mit dem Blog zu tun, oder ist das etwas Persönliches?«

Marie kniff die Lippen fest zusammen, aber die Angst, die sich in den letzten Stunden aufgebaut hatte, verursachte ihr Schwindel. Sie war durch die Hölle gegangen, das war unzweifelhaft der schlimmste Tag ihres Lebens. Dieser Mann hatte ganz einfach kein Recht, hier hereinzupoltern, einen verächtlichen Blick auf den armen Sverre zu werfen und zu verlangen, dass sie ihm höchst private Dinge erzählte, die rein gar nichts mit Poppys Verschwinden zu tun hatten!

»Aber liegt das nicht auf der Hand?« Sie überraschte sich selbst, als sie plötzlich aufstand, mit zitternden Fingern auf den Fernseher deutete, auf ihr schönes Heim und auf das Krankenbett, in dem ihr Mann lag. Die Worte kamen ihr ganz ungefiltert über die Lippen: »Poppy ist verschwunden, und mein Mann liegt da wie ein Zombie. Und warum das alles? Weil Lotte sich über alle Warnungen hinwegsetzt. Weil sie unser Enkelkind in Gefahr bringt! Weil sie ...« Marie hielt sich selbst zurück, wedelte mit den Armen herum und schaffte es gerade noch, nicht zu offenbaren, dass sie noch mehr wusste. Weit mehr, als Tidemand ihr glauben würde:

»Deshalb mag ich sie nicht.«

Auszug aus dem MamaForum:

Vor 20 Minuten. Von FräuleinFein:
Ich habe mich immer über Lottes Instastories gefreut (einfach toll, Einblick in den Alltag einer anderen Familie mit kleinen Kindern zu haben), doch vor ein paar Tagen musste ich an den »Stalker« denken, als sie Poppy abends bettfertig machten ... Mit einem Mal hat mich das ganz beklommen gemacht. Ich meine, würde man in einer solchen Situation ein Video davon machen, wie man ein kleines Mädchen aus der Badewanne hebt? In den falschen Händen könnten solche Aufnahmen ... ja, auf eine ganze falsche Art ansprechen?

Vor 15 Minuten. Von Anonym:
Bist du jetzt vollkommen durchgedreht? Niemand, der einem Mamablog folgt, hat doch solche Gedanken?

Vor 10 Minuten. Von BabyMama:
Mal ehrlich, dieses Video war doch total unschuldig, @FräuleinFein! Lotte zeigt in ihrem Blog *ihr Leben*, und wenn Poppy nun der Mittelpunkt ihres Lebens ist, ist es doch nur *natürlich*, dass sie auch dabei ist. Alles andere wäre doch total verrückt! Vielleicht solltest du dir mehr Sorgen um Kinder machen, denen nie Aufmerksamkeit geschenkt wird. Wer weiß, vielleicht wachsen sie mit Komplexen auf, weil sie nicht süß genug für das Internet sind! Stell dir doch mal vor, der Einzige in der Klasse zu sein, der keine *Likes* bekommt?

Vor 5 Minuten. Von GuteMutter:
Ich glaube, die psychischen Schäden sind bei denen größer, die zu oft exponiert werden. Nicht bei denen, die geschützt werden, @BabyMama. Es ist ein großer Unterschied, ob man nur die Highlights des Alltags in einer geschlossenen Familiengruppe auf Facebook teilt oder einer Zweijährigen den ganzen Tag mit der Kamera folgt, wobei die wirtschaftliche Basis der Familie davon abhängt, dass die Kleine auch immer schön *lächelt*. In dem Video, auf das FräuleinFein sich bezieht, macht Poppy Werbung für ein Schaumbad – und wenn du mich fragst, ist das eine Art von Kinderarbeit …

Vor 3 Minuten. Von Advokat:
Das sehe ich exakt genauso, @GuteMutter. Poppy verbringt ihr ganzes Leben im Schaufenster. Selbst die Kinder der Königsfamilie, die ja in ihre öffentliche Rolle hineingeboren werden, schirmt man aktiv ab. Weiß irgendjemand, was Ingrid Alexandra am liebsten zum Frühstück isst? Oder hat jemand Sverre Magnus auf Instagram die Zähne putzen sehen? Oder kennt man die Schlafgemächer der kleinen Prinzen und Prinzessinnen gut genug, um sie für den eigenen Nachwuchs kopieren zu können – damit Mette Marit ein bisschen Extracash bekommt?

Emer Murphy.
Bygdøy, Oslo

Sonntagabend

Emer stand auf Wiigs Terrasse und sprach mit dem Gärtner der Familie, Samuel Dahlberg, der den ganzen Nachmittag bei den Nachbarn auf der anderen Straßenseite verbracht hatte. Die Hammers wollten ein Gartenfest abhalten, und Dahlberg hatte erst den Rasen gemäht und dann auch noch geholfen, die Tische zu dekorieren.

»Als ich die schönen Servietten gesehen habe, konnte ich mich einfach nicht zurückhalten«, Dahlbergs Armreifen klirrten, als er in Richtung des Rosenbeets zeigte, das sich durch den ganzen Garten bis nach unten zum Wasser erstreckte. »Genau die gleichen Farbnuancen wie bei den Rosen.«

»Sie haben Blüten geklaut?«, fragte Emer und rieb sich ärgerlich die Stirn.

»Ich bin hinter der Garage entlanggeschlichen und habe die Rosen versteckt, als ich auf dem Rückweg wieder am Haus vorbeikam.« Der Mann fuhr sich mit der Zunge über die vollen Lippen und blickte auf seine Sandalen hinunter.

»Und warum haben Sie Marie nicht einfach gefragt, ob Sie sich ein paar Rosen nehmen dürfen? Hätte sie Ihnen das nicht erlaubt?«

»Wenn ich meinen eigenen Tisch damit hätte dekorieren

wollen, hätte ich mich sicher frei bedienen dürfen«, antwortete Dahlberg, beugte sich etwas zu ihr vor und zog die schmalen Brauen hoch: »Sie müssen wissen, dass es die Hammers waren, die die Idee lanciert haben, die schließlich zur Einrichtung des Nacktbadestrands geführt hat. Die Wiigs haben da großen Widerstand geleistet.« Er zeigte zum Ende der Fliederhecke, die unten am Wasser das Grundstück begrenzte. An derselben Stelle hatte einer der Taucher zuvor eine Zigarettenkippe gefunden. Die Kriminaltechniker meinten, dass sie erst ein paar Stunden im Wasser liegen konnte, die Marke war allerdings nicht mehr zu erkennen gewesen. Die beiden jungen Mütter, an denen Emer auf ihrer Jagd nach Jack Iversen vorbeigekommen war, hatten ihr erzählt, dass ein Mann unten am Strand gesessen und geraucht habe, als sie gekommen seien. Als die Kinder dann lauthals schreiend zu spielen begonnen hätten, habe er sein Handtuch zusammengerollt und sich angezogen. Vielleicht hätte er die Kippe da einfach ins Wasser geworfen. Keine der beiden hatte sich den Mann genauer angeschaut oder ihn gegrüßt. Unter den Nacktbadegästen schien das normal zu sein. Man wollte sich frei fühlen und nicht beobachtet werden. Aus diesem Grund waren die Beschreibungen nur sehr oberflächlich: groß, schlank, sonnengebräunt.

Emer kratzte sich ruhelos am Arm und warf einen Blick über die Schulter. Bø war bei Lotte, die noch immer in der Bibliothek schlief.

»Mal abgesehen von der Familie Hammer, kommen Marie und Sverre mit den anderen Nachbarn gut aus?«

Dahlberg presste die Lippen zusammen und dachte

nach. »Marie schon, sie ist eine freundliche Frau, aber Sverre ist nicht sonderlich beliebt.«

»Warum nicht?«

»Nun, ich habe einige Leute sagen hören, dass er überheblich und arrogant sei«, sagte er. »Andere meinten, dass er immer viel zu schnell voreingenommen sei.«

Konnte es in der Nachbarschaft möglicherweise jemanden geben, der ihm Böses wollte?, fragte sie sich. Und deshalb sein Enkelkind entführte?

»Und was ist Ihr Eindruck?«

»Wenn ich ehrlich sein soll, gefällt mir die neue Version von Sverre viel besser. Früher konnte er mit etwas Gutem im Glas auf der Terrasse stehen und mich komplett ignorieren, obwohl ich nur ein paar Meter von ihm entfernt im Garten gearbeitet habe. Aber neulich hat er sich sogar selbst die Finger schmutzig gemacht, er ist auf einmal voll dabei und interessiert sich. Der Ton zwischen uns ist jetzt richtig gut. Er meinte, ich würde mich von denen unterscheiden, mit denen er sich sonst umgibt. Er findet das wohl erfrischend«, sagte der Gärtner und lächelte. »Und er hat mir geholfen, meinen Kundenkreis auszuweiten. So habe ich jetzt auch die Pflege des Gartens seines Bruders und seiner Schwägerin in Slemdal übernommen, Jan-Erik und Carmen.«

»Haugen?«, fragte Emer. Jens Wiigs Onkel und Tante standen auf der Liste der Leute, mit denen sie noch reden mussten.

»Ja, nachdem in der Zeitung eine Notiz stand, dass die beiden sich trennen würden, kursieren die wildesten Gerüchte«, sagte Samuel Dahlberg und blickte sich rasch um, bevor er fortfuhr: »Seit einem hässlichen Unfall vor ein paar Jahren pflegt Carmen ihren Mann rund um die Uhr. Trotzdem hat er sie rausgeschmissen. Stellen Sie sich das mal vor, sie hat alles für ihn geopfert, und zum Dank wird sie dann noch gedemütigt und mittellos auf die Straße gesetzt. Sie kann sich jetzt wirklich nur eine kleine Wohnung leisten.«

Emer unterbrach ihn. »Und was ist mit Lotte? Kennen Sie die?«

»Nur durch Marie, und die ist nicht sonderlich begeistert von ihr.« Der Ton des Gärtners klang konspiratorisch.

»Geht es ihr um die Art, wie Poppy exponiert wird?« Emer dachte an die Informationen, die Josef ihr in der Küche gegeben hatte.

»Es geht wohl eher darum, dass es Marie nicht gefällt, wenn die Mutter ihrer eigenen Enkelin auf der Titelseite von irgendwelchen Klatschblättern prangt.« Dahlberg dachte nach. »Bevor Lotte ihren Stil geändert hat, waren das oft Fotos mit ziemlich viel Haut, und Marie ist ja stolz darauf, zu den sogenannten *besseren* Kreisen zu zählen. Oder jedenfalls zu den besseren Kreisen gehört zu haben. Seit der Hochzeit von Jens assoziiert man den Namen Wiig mit etwas anderem. Von Stil und Klasse zum … Boulevard.« Er zog die Augenbrauen hoch.

Emer sah durch die offene Tür in die Küche. Auf dem Boden lagen noch immer Sonnenbrillen und Batterien. Während Jens, kurz bevor Jesper gekommen war, die Sachen aus der Schublade gerissen hatte, hatte Lotte die Hand zu ihrer Schwiegermutter ausgestreckt und versucht, Kontakt aufzunehmen. Sie war aber ignoriert worden.

»Entschuldigen Sie!« Der Gärtner stieß sie mit dem Ellenbogen an, beide Hände auf die Brust gedrückt. »Mir ist da grad noch etwas eingefallen, meine Güte, aber ich war so nervös. Gut, dass es jetzt wieder da ist. Als ich die Rosen geschnitten habe, habe ich da unten etwas glänzen sehen. Genau da, wo die Taucher jetzt stehen.«

Wieder zeigte er nach unten zum Wasser, wo sie die Zigarettenkippe gefunden hatten. Emer war gleichermaßen gespannt wie verärgert; da hatte dieser Mann so viel unbrauchbaren Tratsch von sich gegeben und erinnerte sich erst jetzt an etwas vielleicht Wesentliches.

»Sie wissen schon, wie wenn Sonne auf Wasser oder Glas reflektiert. Als ich im Rosenbeet hockte, nahm ich an, dass das da unten Sverre war. Manchmal trägt er ja eine Brille. Aber das kann auch ein Fernglas gewesen sein.« Dahlberg faltete die Hände unter dem Kinn. »Oder vielleicht eine Kameralinse?«

Kameralinse? Ihr Puls wurde schneller. Emer spähte zum Wasser hinunter. Ein Zeuge, der sich nicht gemeldet hatte? Der sich unmittelbar vor Poppys Verschwinden ganz unten in Wiigs Garten aufhielt? Der sonnengebräunte Mann, der am Nacktbadestrand gesehen worden war, hatte seine Sachen bereits gegen drei Uhr zusammengepackt. Zwei Stunden, bevor der Gärtner seine Beobachtung gemacht hatte. Jack Iversen? Während sie auf den Gärtner gewartet hatte, hatte sie Iversen gegoogelt und herausgefunden, dass er über alle Meilensteine in Lottes Leben berichtet hatte: Hochzeit, Schwangerschaft und Poppys Geburt. War er besessen von dem Blog, von Lotte und damit vielleicht auch von ihrer Tochter? Iversen kann Fotos von Poppy auf Instagram gesehen haben, dachte sie. Hatte er sich in der Hoffnung auf ein eigenes Foto in den Garten geschlichen? Bø gegenüber hatte er angegeben, einen Sonntagsspaziergang mit der Kamera gemacht zu haben, was im Leben eines Freelancers ziemlich normal sei. Er hatte behauptet, am Kiosk in der Paradiesbucht in der Schlange gestanden zu haben, als jemand etwas von einer Vermisstenmeldung gesagt habe, etwas mit dieser Bloggerin. Spontan hatte er auf das Eis verzichtet und sich auf den Weg gemacht. Über den Chef vom Dienst der Zeitung VG hatte Mons erfahren, dass Freelancer nicht notwendigerweise Aufträge bekamen, sondern häufig auf eigene Initiative Beiträge ablieferten. Emer nahm Iversen seine Geschichte trotzdem nicht ab. Beim Check seiner Kamera waren weder Fotos von Wiigs Grundstück noch von Polizeibeamten im Gespräch mit Nachbarn oder Kriminaltechnikern im Haus gefunden worden, sondern lediglich Fotos von einem Verkehrsunfall eine Woche zuvor im Stadtzentrum sowie ein paar Aufnahmen von spielenden Kindern hinter einem Zaun. Plus ein paar Fotos aus Skillebekk, darunter der Schnappschuss von Isabella in den Armen ihrer Mutter, der in der VG abgedruckt worden war.

»Können Sie mir zeigen, wo genau Sie diese Reflexion gesehen haben?«, fragte Emer. »Also, wo der Betreffende gestanden haben muss?«

»Natürlich«, sagte der Gärtner und ging zur Treppe, die in den Garten hinunterführte, als eine laute, wütende

Stimme aus dem Haus zu hören war. Emer drehte sich abrupt um, rannte durch die verwaiste Küche und blieb im Esszimmer stehen, um die Fenster zu schließen, damit Dahlbergs gespitzte Ohren nichts zu hören bekämen. Die wütende Stimme war aus der Bibliothek gekommen. Jens stand am Sofa und Bø ein paar Meter entfernt vor dem Regal. Beide starrten Lotte an, die, den Blick an die Decke geheftet, auf dem Rücken lag.

»Alex, Fabian? Verdammt, was sind das für Leute?«, schrie Jens sie an. »Ich versteh kein Wort! Was sind das für Leute?«

Seine Frau starrte weiter, ohne zu blinzeln, nach oben. An einem Auge hatten sich die künstlichen Wimpern gelöst, die nun auf der Wange klebten.

»Was genau hat sie gesagt?« Emer wandte sich an Bø, doch bevor die antworten konnte, brüllte Jens: »Ich hab keine Ahnung, wer das ist, aber Sie müssen einen gewissen Alex finden! Der kann Ihnen sicher was über diesen Fabian erzählen.«

Aus dem Twitteraccount der Polizei:

Eine unbekannte Person hat sich heute Nachmittag zwischen 16.30 und 17.05 Uhr am Strand im Garten der Familie Wiig auf Bygdøy aufgehalten. Wir bitten den/die Betreffende/n, sich bei der Polizei zu melden. Sollten Sie die Person gesehen haben, nehmen Sie bitte Kontakt mit uns auf.

Emer Murphy. Polizeipräsidium, Oslo

Später Sonntagabend

Seit Poppys Verschwinden waren mittlerweile sechs Stunden vergangen. Emer beendete das Gespräch mit der Staatsanwältin und blickte auf die Notizen hinunter, die sie sich mit zitternden Fingern gemacht hatte. Die Schrift kam ihr nicht einmal bekannt vor. Sie stand in der Tiefgarage des an das Präsidium angrenzenden Hauses und wartete auf den Streifenwagen mit Alexandra Moen. Alex. Lotte Wiigs Schwester. Die Luft war warm und voller Abgase, und immer wieder hörte sie das Knallen von Autotüren und diverse Gesprächsfetzen. Sie hatten beinahe zwei Stunden gebraucht, um Alexandra aufzuspüren, die den Nachmittag angeblich mit ausgeschaltetem Handy auf einem Motocross-Bike in der Østmarka verbracht hatte. In der Zwischenzeit hatte sie von der Staatsanwältin eine traurige Geschichte zu hören bekommen: Im Oktober 2010 hatte Lotte ihren Cousin Fabian Moen wegen sexuellen Missbrauchs angezeigt. Zu diesem Zeitpunkt war sie sechzehn Jahre alt gewesen. Er achtundzwanzig. Die Übergriffe hatten allerdings schon vierzehn Jahre zuvor begonnen, als Lotte gerade erst zwei Jahre alt gewesen war. Emer hob den Blick, als ein Wagen ein Stockwerk über ihr mit hohem Tempo vorbeifuhr. Sie faltete ihre Notizen zusammen und steckte sie in die Gesäßtasche ihrer Jeans.

»Interessanterweise«, hatte die Staatsanwältin gesagt, »wurde die Anzeige zwei Tage, nachdem Charlotte Moen – heute Lotte Wiig – sie aufgegeben hatte, wieder zurückgezogen.«

Trotzdem war sie registriert worden. Die Kriminalpolizei hatte bei Moen da allerdings schon schwerwiegendes Beweismaterial in Form von Bildern und Videos beschlagnahmt. Man nahm an, dass jemand den Cousin der Mädchen informiert hatte, denn er war rechtzeitig verschwunden – höchstwahrscheinlich ins Ausland –, sodass er nicht festgenommen werden konnte.

Mons hatte mit Interpol Kontakt aufgenommen und war anschließend nach Tønsberg gefahren, um Berit Moen, die Tante der Mädchen, bei der die beiden aufgewachsen waren, zu befragen.

Die junge Frau, die aus dem Streifenwagen ausstieg, hatte die gleichen großen grünen Augen wie Lotte, sah ihr ansonsten aber überhaupt nicht ähnlich. Alexandra Moen war siebenundzwanzig Jahre alt, zwei Jahre älter als ihre Schwester. Sie hatte ihre dunklen Haare mit einem Haargummi zusammengefasst, und ihre weichen, puppenartigen Züge erinnerten Emer etwas an Poppy. Sie trug schmutzige Boots, Tights und einen schwarzen Kapuzenpullover. Auf der Brust stand: *Trust me, I'm a hacker*. Laut Aussage von Josef arbeitete sie für Google. Irgendetwas mit Datensicherheit.

Emer führte Alexandra aus der Garage in den Keller des

Präsidiums, wo die Vernehmungsräume lagen. »Hat man Sie kurz mit dem Fall vertraut gemacht?«, fragte sie.

»Ja, meine Nichte ist verschwunden.« Die scharfe Stimme der jungen Frau hallte an den Wänden wider. »Nachdem Jens der ganzen Welt erzählt hat, wo sie die Nacht verbringen würde!«

»Jens?« Emer öffnete die Tür mit ihrer ID-Karte, sie betraten den Vernehmungsraum.

»Ich kann Ihnen mit Sicherheit sagen, dass dieser Mann alles in Charl… in Lottes Namen macht.«

Emer schaltete die Deckenlampe ein, während Alexandra am Tisch Platz nahm.

»Wann haben Sie das letzte Mal mit Ihrer Schwester gesprochen?«

»Sie hat mir eine E-Mail geschrieben. Ein paar Stunden vor Poppys Verschwinden. Lotte war im Joker-Supermarkt in Tjuvholmen, und auf dem Rückweg hat ihr irgendjemand etwas hinterhergerufen. Sie hatte Angst, es könne Fabian gewesen sein.«

Emer notierte sich:

Kameraüberwachung, Joker Tjuvholmen. Vormittag.

»Irgendwie ist mir die Sache mit Ihrem Cousin noch nicht ganz klar«, sagte sie und vergewisserte sich, dass das Aufnahmegerät eingeschaltet war. »Lotte hat letzte Woche Donnerstag diesen Drohbrief per Mail erhalten. Ich nehme an, dass Sie das mit dem Stalker mitbekommen haben? Wir haben sie natürlich gefragt, ob sie eine Idee hat, wer dahinterstecken könnte, und ob es Personen gibt, über die die Polizei Bescheid wissen sollte.«

»Und Sie fragen sich jetzt, warum sie Fabian nicht erwähnt hat?« Alexandra lächelte kurz und verbittert. »Ich kann Ihnen nur noch einmal sagen, dass das alles mit Jens zu tun hat.«

»Wie das?« Emer kam nicht mit.

»Lotte versucht verzweifelt, ihre Vergangenheit vor Jens geheim zu halten.« Die junge Frau zögerte ein paar Sekunden und fügte dann hinzu: »Die Übergriffe. Sie schämt sich dafür.«

»Es ist ihr wichtiger, das geheim zu halten, als Poppy zu schützen?«

Alexandra zuckte mit den Schultern. »Sieht so aus, ja.«

Emer nahm ihre Notizen. »Was können Sie mir über die Anzeige gegen Fabian Moen 2010 sagen?«

»Es war meine Idee, ihn zu bestrafen«, sagte Alexandra. »Lotte verdient eine Entschädigung für das, was sie durchgemacht hat.«

»Gab es einen konkreten Anlass, weshalb Sie damals zur Tat geschritten sind?«

»Ich war gerade volljährig geworden, sodass wir endlich aus Tønsberg weg- und allein in Oslo wohnen konnten, ohne dass ständig das Jugendamt vor der Tür stand. Aber wir brauchten ein gewisses Startkapital. Deshalb habe ich damals Kontakt zu einem Anwalt aufgenommen. Er hat mir bestätigt, dass Entschädigungszahlungen möglich sind.«

»Aber der Fall kam nie vor Gericht. Warum nicht?«, fragte Emer.

»Wir haben die Entschädigung auf anderem Weg erhalten. Schneller.«

Alexandra rieb sich über den Mund, ohne dass der rote Lippenstift verschmierte. »Mein Onkel hatte Angst, dass Fabians Zukunft für immer verbaut sein würde, wenn er erst als pädophiler Vergewaltiger entlarvt wäre. Er hat Lotte eine hohe Summe gezahlt.«

»Und als Gegenleistung sollten Sie beide den Mund halten?«

»Yes.«

»Okay, Sie sind dann also mit dem Geld Ihres Onkels aus Tønsberg weggezogen.« Emer biss sich seitlich auf die Zunge, sie fühlte sich für ihren Mund irgendwie zu groß an. »Wie ist es Ihnen in Oslo ergangen?«

»Ich hatte schon vorher eine Wohnung für uns gefunden. Da sind wir aber nicht lange geblieben. Kurz darauf haben wir eine größere gefunden.« Alexandra lächelte kurz, als wären das gute Erinnerungen. »Alles war perfekt, bis Lotte 2014 ihren ... Märchenprinzen traf.« Sie machte Anführungszeichen in der Luft.

»Jens«, ergänzte Emer.

»Meine Schwester war schon immer fasziniert von *fancy* Bars mit reichen Schnöseln. Ich war mal abends mit ihr in so einem Laden, als irgendwann der Kellner mit einer Flasche Champagner und zwei Gläsern kam und auf einen schmierigen Typen zeigte, der allein in der Ecke saß.« Sie verdrehte die Augen. »Lotte kippte zwei Gläser und ließ sich umwerben. Ich lehnte dankend ab und bin nach Hause gegangen.«

Emer nahm eine der Wasserflaschen, die auf dem Tisch standen. Ihre Hände zitterten, trotzdem gelang es ihr beim ersten Versuch, sie zu öffnen. Die Zunge wurde beim Trinken etwas weicher. Da Jens Alex für einen Mann gehalten hatte und nichts von einer Schwester wusste, mussten die beiden Frauen irgendwann den Kontakt verloren haben. »Was ist danach passiert?«

»Sie ... verschwand aus meinem Leben.« Alex zögerte und starrte auf die weiße Wand hinter Emer. »Wie gesagt, wir hatten zusammen eine Wohnung, und auch unsere Firma ging danach voll den Bach runter.«

»Lotte ist gleich nach der ersten Begegnung bei Jens eingezogen?« Sie musste ihre Skepsis zurückhalten und sich selbst daran erinnern, dass sie Frøya auch nur dreimal getroffen hatte, bevor sie zusammengezogen und schließlich die Wohnung gekauft hatten.

Alexandra öffnete den Mund, um etwas zu sagen, schloss ihn aber wieder. Stattdessen nahm sie eine Flasche Mineralwasser und trank einen Schluck. Als sie sie wieder zudrehte, rutschte ihr die Flasche aus der Hand und rollte zur Tür, wo sie liegen blieb.

»Mehr oder weniger, ja«, sagte sie. »Ein paar Monate später bin ich dann auf ihren Blog gestoßen und war ziemlich schockiert. Lotte war total dünn geworden. Und das war viel zu extrem, das konnte keine Diät sein. Ich meine, niemand halbiert seinen Körper in einem halben Jahr nur durch Abnehmen.«

»Hat sie sich Fett absaugen lassen?«

»Ja, und dafür an anderen Stellen nachgebessert. War ja klar ...«

Alexandra zeigte auf ihre eigenen Lippen, klatschte sich

auf den Po und hob die Brüste mit den Händen an. »Im Gegensatz zu mir hat sie keine große Oberweite. Das Krasseste waren aber die *Augen*. Irgendwie war da kein Feuer mehr, keine Energie. Und das Gleiche galt für ihren Stil. Ich meine, früher ist Lotte mal mitten auf der Straße von Leuten von einem japanischen Modemagazin angesprochen worden, die Fotos von ihr machen wollten. Lotte hat Mode *geatmet*, hat nur dafür *gelebt*, und jetzt war ihr Stil plötzlich komplett anonym. Sie kennen doch diese Selbsthilfebücher, die manche Leute lesen, um ihr wahres Ich zu finden? Nun, es war mehr als deutlich, dass meine Schwester alles daransetzte, ein neuer Mensch zu werden. Eine freundliche Marionette. Es ist wirklich so, als wäre sie gezähmt worden.«

»Von Jens, meinen Sie?«

»Von wem sonst?« Der rote Lippenstift schien jetzt doch zu einem Teil verschwunden zu sein. »Bei ihrer Hochzeit nahm sie nicht nur seinen Nachnamen an, sondern verkürzte ihren Vornamen auch von Charlotte zu Lotte. Wie krank ist das, seinen Vornamen zu ändern?«

Das Handy auf dem Tisch vibrierte. Eine Nachricht von Mons an das gesamte Team:

Briefing in fünf Minuten.

Dann war er bereits aus Tønsberg zurück.

»Haben Sie noch Kontakt zu Ihrer Tante?«

»Berit? Nein. Ich weiß aber, dass sie ihr Haus verkauft hat.« Alexandra holte tief Luft. »Ich kann mir vorstellen, dass sie einen Neustart brauchte ... nach allem, was passiert ist. Mein Onkel, er war der Bruder meines Vaters, ist ein paar Monate nach Fabians Verschwinden an einem Herzinfarkt gestorben. Sie hat damals immer deutlich durchblicken lassen, dass wir *seine* Nichten waren und dass es weiß Gott nicht ihr Wunsch gewesen war, uns als Ersatzmutter aufzunehmen. Erst recht nicht nach den ›scheußlichen Verdächtigungen‹ gegen ihren Sohn.«

»Glauben Sie, dass Berit noch Kontakt zu ihm hat?«

»Wer weiß?«

Emer nickte. Auch wenn der Mann von Interpol gesucht wurde und sich aller Wahrscheinlichkeit nach im Ausland aufhielt, war es denkbar, dass Fabian seiner Mutter eine Nachricht hatte zukommen lassen.

»Wie würden Sie Ihren Cousin beschreiben?« Emer faltete die Hände unter dem Kinn.

»Gerissen und manipulativ. Er hat unseren Onkel dazu verleitet, ihm sein übelst teures Computerequipment zu sponsern.« Alexandra schnitt eine Grimasse. »Später hat sich herausgestellt, dass er damit nicht nur unschuldige Spiele gespielt hat.«

Emer warf einen Blick auf die Notizen, die sie sich bei dem Gespräch mit der Staatsanwältin gemacht hatte.

Große Mengen pädophilen Materials.

»Hatten Sie nach 2010 noch einmal Kontakt zu Fabian?«

»Ich nicht, nein.«

»Und Lotte?« Emer schob das Handy zur Seite. Das Briefing konnte nicht so wichtig sein wie das hier.

»2016, vielleicht zwei Wochen, nachdem die VG über Lottes Schwangerschaft berichtet hatte, rief sie mich vollkommen überraschend an. Wir hatten seit mehr als einem Jahr, vielleicht waren das auch schon zwei, nicht mehr miteinander gesprochen. Sie hatte eine Scheißangst, weil Fabian ihr per Mail gedroht hatte. Ich habe ihr geraten, ihn anzuzeigen, aber sie hat das abgelehnt. Und wissen Sie, warum?« Alexandras grüne Augen blitzten auf.

»Wegen Jens?«

»Bingo! Auch da war ihr die Fassade wichtiger als ihre Sicherheit. Oder die ihres ungeborenen Kindes!«

Emer schluckte, plötzlich ergab die Drohung per E-Mail Sinn: *»Ich habe das schon einmal getan. Und ich kann es wieder tun.«*

ZWEITER TAG

MONTAG, 17. JUNI 2019

Emer Murphy.
Polizeipräsidium, Oslo

Nacht auf Montag

»Lottes Cousin, Fabian Moen, wird seit 2010 von Interpol gesucht«, erzählte Mons. »Nachdem Lottes Onkel 2011 verstorben war, hat die Tante, Berit Moen, all das Böse – und damit meinte sie sowohl ihre Nichten als auch ihren Sohn – hinter sich zu lassen versucht.«

Emer stand allein außerhalb des Besprechungszimmers, das zum Großraumbüro des Dezernats gehörte, und lauschte der weithin tragenden Stimme ihres Partners. Sie stellte sich vor, wie er am Whiteboard in dem überfüllten Raum stand und alle Blicke auf ihn gerichtet waren. Das Briefing hatte bereits vor einiger Zeit begonnen, und sie hatte wirklich vorgehabt, daran teilzunehmen – aber bei dem Gedanken, in den Raum zu gehen, aus dem sie vor sechs Wochen herausgetragen worden war, bäumte sich alles in ihr auf.

»Die Medien haben Fotos von Fabian Moen bekommen«, fuhr Mons fort, »verbunden mit der Aufforderung, mit der Polizei Kontakt aufzunehmen, sollte jemand etwas wissen. Seine Mutter ist überzeugt davon, dass er tot ist, da er ihr sonst irgendein Lebenszeichen geschickt hätte. Interpol steht ohne jede Spur da.«

Emer verfluchte ihren Körper, die Angst, die sie wieder

zu überwältigen versuchte. Der Puls pochte in ihren Schläfen, und ihre Herzschläge spürte sie noch in ihren Fingerkuppen. Sie versuchte, ruhig zu atmen. Wollte sich zwingen, in den Raum zu gehen und ihren Kollegen mitzuteilen, dass Fabian Lotte noch in ihrer Schwangerschaft 2016 bedroht hatte.

Lautes Gemurmel war zu hören, nachdem Mons mitgeteilt hatte, dass Berit Moen ihm aus eigenem Antrieb Telefon, iPad und Laptop gegeben habe. Auch Wiigs Ferienhaus in Hemsedal war mittlerweile ergebnislos durchsucht worden. Von Poppy fehlte weiterhin jede Spur.

»Weiß jeder, was er zu tun hat? Also los.«

Und dann war das Briefing vorbei.

Es kribbelte in ihrem Nacken. Emer brauchte sich nicht umzudrehen, um zu wissen, dass Katja Wiberg vor dem Aufzug im Flur stand und sie beobachtete. Verflucht. Sie holte tief Luft und schob sich mit gesenktem Blick durch den Strom der Kollegen, die aus dem Raum drängten. Sie wollte nicht, dass irgendjemand ihr Fragen stellte, was sie denn schon wieder im Präsidium machte.

Mons saß noch am Tisch, auf dem zahllose halb volle Kaffeetassen standen, und aß ein verspätetes Abendessen: einen Proteinriegel. Josef Ibrahim rollte die Leinwand ein, sodass das Whiteboard dahinter zum Vorschein kam. Es war leer. Sie hatten Emers mit der Zeit ziemlich kompliziert gewordene Mindmap über den »Albtraumfall« also weggewischt – vermutlich war der Fall gelöst worden, als sie in der Klinik war.

Sie warf einen raschen Blick zur Tür, entspannte sich,

weil sie Katja Wiberg nirgends sah, und nahm schräg gegenüber von Mons Platz: »Berit Moen irrt sich. 2016 war ihr Sohn auf jeden Fall noch am Leben. Da hat er Lotte bedroht.«

»Was?« Mons schluckte und warf den Rest des Energieriegels weg. »Es gibt Beweise dafür, dass Fabian vor drei Jahren noch am Leben war?«

»Die E-Mail wurde inzwischen leider gelöscht«, sagte sie. »Aber Alexandra Moen hat ausgesagt, dass er ein paar Wochen, nachdem Lottes Schwangerschaft in der VG verkündet worden war, Kontakt mit Lotte aufgenommen hat.«

Mit einem Mal verschwanden alle Anzeichen von Erschöpfung aus Mons' Gesicht. »Und, was hat er gesagt?«

»Geschrieben. Eine E-Mail. Moment.« Emer öffnete die Notiz, die sie sich in ihrem Handy gemacht hatte, und las langsam: »Es freut mich, dass du eine kleine Kopie von dir zur Welt bringen wirst. Von der Charlotte, die ich so gut kenne. Du kannst dir sicher sein, dass ich das verfolge.«

»Das ungeborene Kind ist die Kopie von Lotte?«

Emer wollte ihm von Lottes Operationen erzählen, als Mons' Telefon klingelte. »Bø ist im *Samana Spa*«, erklärte er, ehe er das Gespräch entgegennahm und auf laut stellte: »Ja?«

»Ich bin gerade in Wiigs Suite.« Die nasale Stimme der Kollegin erfüllte den Raum. »Rosen, Konfekt und eine fast leere Flasche Champagner. Zwei Gläser. Eine der Taschen ist geöffnet. Es sieht so aus, als hätte Jens seine Jeans ausgezogen. Daneben liegt die Verpackung einer Pulsuhr.«

»Hast du die Masseurin sprechen können?«, fragte Mons.

»Per Telefon, ja«, antwortete Bø. »Lotte wirkte während der Behandlung ziemlich gestresst. Sie soll ständig den Kopf gehoben und es nicht geschafft haben, sich wirklich zu entspannen.«

Vielleicht hat sie sich Sorgen wegen des Stalkers gemacht, dachte Emer.

Bø fuhr fort: »Der PR-Verantwortliche hat erzählt, dass die Reservierung für ihre größte Suite am Freitagnachmittag um fünf Uhr gecancelt worden ist, und jetzt kommt etwas, das ich für wichtig halte, Tidemand.« Die Polizistin machte eine Pause. »Die Idee, stattdessen die Wiigs einzuladen, kam indirekt von der Person, die die Reservierung gecancelt hat.«

»Wie meinst du das?«, fragte Mons.

»Ich glaube, es ist am einfachsten, wenn ich dir die E-Mail weiterleite, die der Kundenservice Freitagnachmittag erhalten hat.«

Mit diesen Worten war Bø verschwunden.

Mons öffnete die Mail und las mit hochgezogenen Augenbrauen. Es rumorte in Emers Magen, sie durfte die Medikamente nicht auf leeren Magen nehmen, weshalb ihr Körper sich an die regelmäßigen Mahlzeiten gewöhnt hatte. Es schien ihrem Bauch gar nicht zu gefallen, wenn sie nur dann aß, wenn es gerade einmal passte. Sie nahm einen Proteinriegel von dem Berg, der auf dem Tisch lag, hatte aber Schwierigkeiten, die goldene Verpackung aufzureißen. Ihr Partner las fertig und reichte ihr das Handy – den Blick auf ihre kraftlosen Finger gerichtet. Es wäre mehr als typisch für ihn, wenn er bei seinem Besuch bei ihr im Krankenhaus irgendwie herausgefunden hätte, welche Medikamente sie nahm, und dann auch die Nebenwirkungen gegoogelt hätte. Bevor er ihr seine Hilfe anbieten konnte, warf sie den Riegel zurück auf den Tisch und scrollte zum Beginn der E-Mail. Sie war am Freitag um 17.01 Uhr von einer gewissen Cassandra Carlsen an die Adresse kundenservice@samanaspa.no geschickt worden. Knapp zwei Tage, bevor das Ehepaar Wiig eingecheckt hatte:

Liebes Team vom Samana Spa,

inspiriert von Lotte Wiigs positiven Berichten und ihren wunderschönen Fotos von ihrem Besuch 2018, habe ich von kommendem Sonntag auf Montag einen Aufenthalt bei Ihnen gebucht (wobei ich dieselben Behandlungen reserviert habe, die auch Lotte bekommen hat). Weil Lotte am Sonntag Geburtstag hat und jedes Jahr bei Ihnen feiert, hatte ich gehofft, sie dort vielleicht auch sehen zu können.
Es ist eine Schande, dass die wundervolle Suite nun leer stehen wird, aber krankheitsbedingt muss ich meinen Besuch bei Ihnen leider absagen. Ich nehme wieder Kontakt mit Ihnen auf und buche einen neuen Termin, sobald mir dies möglich sein wird.

Voller Bedauern verbleibe ich mit freundlichen Grüßen
Cassandra Carlsen

Emer reichte das Handy an Josef weiter, der eine blaue Kapuzenjacke über sein Jeanshemd gezogen hatte. Eine Schande, die wundervolle Suite leer stehen zu lassen? Hatte gehofft, Lotte dort zu sehen?

»Ist es möglich, dass diese E-Mail von Jens kommt?« Sie sah zu Mons. »Hat er die Suite unter falschem Namen gebucht und im letzten Augenblick gecancelt, um so doch noch zu einem Gratisaufenthalt eingeladen zu werden?«

»Verdammt viel Aufwand. Außerdem konnte er sich ja nicht sicher sein, dass sie wirklich anbeißen«, meinte Josef. »Wir müssen versuchen, diese Cassandra Carlsen aufzuspüren.«

Er stand mit Mons' Telefon in der Hand auf und ging zu einem Kollegen auf der anderen Seite des Großraumbüros. Das IT-Team bestand aus vier Personen, die anderen drei hatten sich gerade alle vor einem Bildschirm versammelt.

»Hallo, Loe, könntest du mal ... was guckt ihr denn da?«

Josef sprach leise mit seinen Kollegen, ehe er rief: »He, Tidemand, komm mal!«

Emer folgte ihrem Partner zu den Computern. Die drei anderen – zwei bärtige Typen und eine junge Frau mit kompliziert geflochtenen Haaren – traten zur Seite und gaben den Blick auf den Bildschirm frei.

»Dieses Bild kursiert auf Social Media«, sagte Josef und fragte dann an seine Kollegen gewandt: »Hat die Presse das schon?«

»Noch nicht«, sagte die junge Frau. »Es wird aber nicht lange dauern, bis das in allen Onlineausgaben zu sehen ist.«

Das Bild war in der Mitte geteilt. Links ein rundliches Mädchen mit flacher Brust, schwarzen Haaren und weichen runden Wangen. Sie trug nur einen Slip, Körper und Gesicht waren mit Tuschestrichen markiert. Und rechts – Emer musste die Augen zusammenkneifen, die Auflösung war nicht gut. Ein anderes Mädchen mit großen Brüsten, schmaler Taille, gerader Nase und hohen Wangenknochen.

»Ich weiß echt nicht, wer das sein soll«, sagte Mons irritiert.

»Das ist Lotte.« Emer richtete sich auf. »Vor und nach den chirurgischen Eingriffen.«

»Wer hat das gepostet?«, fragte Mons ungeduldig.

»Die Originalquelle haben wir noch nicht gefunden«, sagte der Mann mit dem helleren Bart. »Das ist ziemlich schwierig, wenn so ein Bild an mehreren Stellen gleichzeitig aufpoppt. Wenn ich raten soll, würde ich sagen, dass da jemand den Rechner der Klinik gehackt hat.«

Emer dachte an Alexandra Moens Pullover: *Trust me, I'm a hacker.*

»Lottes Schwester hat erzählt, dass Lotte sich seit ihrer letzten Begegnung extrem verändert hat«, sagte sie.

»Glaubt ihr, Jens weiß das?« Mons nahm sein Telefon zurück, das Josef noch immer in der Hand hielt. »Oder kennt er ausschließlich die Nachher-Version seiner Frau?«

»Alexandra war dabei, als die beiden sich das erste Mal begegnet sind«, sagte Emer. »Und das war vor den Operationen.«

»Das ist echt drastisch«, sagte die Frau mit den Zöpfen. »Ich meine, das ist ja fast ein anderer Mensch.«

»Ein neuer Start«, meinte Emer.

»Das erinnert mich an ...« Mons klopfte sich auf seine

Hosentaschen. Erst rechts, dann links. »Ich habe von Berit Moen etwas mitbekommen«, murmelte er und warf eine angebrochene Packung Türkisch Pfeffer in Emers Richtung. »Hier, ja, guckt mal!«

Er wedelte mit der Fotografie eines jungen Mädchens mit runden Wangen, ängstlichen grünen Augen, dunklen Haaren und einer Stupsnase herum. Auf den ersten Blick sah sie wie eine Puppe aus. Auf die Rückseite hatte jemand *Charlotte, 3 Jahre alt* gekritzelt.

Emer hielt das Bild ins Licht und schluckte. Poppy war die reinste Kopie von Lotte als Dreijähriger.

Auszug aus dem Pädophilenforum, Darknet:

Vor 12 Minuten. Von Tigerstad:
Long time no fucking hear, @XxX. Was geht da ab? Er wollte meinen Aussichtspunkt in Bygdøy testen, und plötzlich ist das Mädchen verschwunden? Hat irgendjemand sonst in den letzten Stunden was von ihm gehört?

Vor 7 Minuten. Von Anonym:
Du glaubst, XxX hat da irgendwas mit zu tun, @Tigerstad?

Vor 6 Minuten. Von Tigerstad:
Who knows? Ich weiß nur, dass mich das ganz schön stresst. Schließlich kam der Tipp, sich da an die Fliederhecke zu stellen, von mir. Außerdem ist es schon merkwürdig, dass er plötzlich nicht antwortet, wo er sich hier doch sonst mehrmals täglich meldet. Und das gerade jetzt?

Emer Murphy.
Polizeipräsidium, Oslo

Nacht auf Montag

Ein großer Flachbildschirm zeigte eine Livesendung von Bygdøy. Emer klopfte sich mit dem Handy ans Kinn, nachdem sie in einem kurzen Telefonat mit Lotte bestätigt bekommen hatte, dass sie sich unter das Messer gelegt hatte. Sie hatte sich ein echtes Makeover gewünscht, wollte ganz von vorn anfangen. Die Entscheidung hatte sie getroffen, kurz nachdem sie mit Jens zusammengezogen war. Finanziert hatte sie die Operationen mit dem Erbe, das sie von ihren Eltern erhalten hatte. Könnte sie eine Frau lieben, die ihr Aussehen kurz nach ihrem Kennenlernen komplett verändert hätte?, fragte Emer sich. Weil sie noch mal von vorn anfangen wollte und sich ein Leben wie ein weißes Blatt Papier wünschte? Hätte sie mehr Fragen gestellt als Jens? Andererseits wirkte es plausibel, dass er nicht weiter gegraben hatte. Laut Aussage seines Bruders hatte Jens keine Freunde, und Alexandra hatte ihn als einen schmierigen Typen, der immer allein in der Ecke saß, bezeichnet. Vielleicht war Jens einfach erleichtert darüber, Lotte gefunden zu haben. Möglicherweise war seine Angst, sie verlieren zu können, so groß, dass er nicht gefragt hatte, was sie hinter sich lassen wollte.

Emer ließ sich von der Nachrichtensendung ablenken.

Die Reporterin stand vor dem Grundstück der Wiigs und versuchte, den Helikopter zu übertönen. »Es haben sich beinahe zweitausend Freiwillige für die Suche gemeldet, die jetzt auf das Stadtzentrum ausgeweitet wird.«

Der dunkle Wald an der Küste, schwache Lichter von Taschen- und Stirnlampen. Es waren bald neun Stunden vergangen, und Emer ging im Kopf all die Möglichkeiten durch, die Fabian Moen gehabt hatte, um Poppy weit weg zu bringen. *Gerissen und manipulativ*, hatte Alexandra gesagt. »Über das Darknet hat dieses Arsch Verbindungen in die ganze Welt. Norwegen inbegriffen. Typen wie Fabian sind gefährlich.«

Auf dem Bildschirm war eine weinende Fünfzigjährige zu sehen. Das Gesicht zu einer Grimasse verzerrt. Emer nahm ihr Telefon, bereit, der Liste über Wiigs inneren Kreis einen weiteren Namen hinzuzufügen. Menschen, mit denen sie sprechen mussten. Bis jetzt war diese Liste recht kurz. Neben ihrer Schwester hatte Lotte keine weiteren Familienangehörigen, aber auch zu Jens' Familie hatten sie kaum Kontakt. »Wir arbeiten die ganze Zeit«, hatte Jens gesagt. »Wir haben keine Zeit.«

»Gleich nachdem ich die Nachrichten gesehen hatte, habe ich meinem Chef gesagt, dass ich in dieser Krisensituation nach Oslo muss, und mich ins erstbeste Flugzeug gesetzt.« Der Dialekt ließ erkennen, dass die Frau aus der Provinz Trøndelag kommen musste.

»Wie lange kennen Sie die Familie Wiig schon?« Die Stimme der Reporterin war freundlich und warm, tröstend. Die Frau wischte sich die Tränen und die Reste der Mascara mit einem dünnen lila Schal ab. »Ich folge Lotte seit der Schwangerschaft über alle nur erdenklichen Medien. Und als Poppy auf die Welt kam …« Die Tränen erstickten die letzten Worte.

»Sie folgen ihr? Das heißt, Sie kennen sie gar nicht persönlich?« Die Sympathie, die eben noch die Stimme der Reporterin geprägt hatte, war in Überraschung umgeschlagen, und sie trat einen Schritt zurück.

»Es fühlt sich aber so an«, sagte die Frau und wedelte mit der Hand durch die Luft. »Egal. Jetzt will ich aber alles, was in meiner Macht steht, tun, damit unsere kleine Prinzessin wieder zurück nach Hause kommt.«

»Unsere?« Emer zuckte zusammen. Direkt hinter ihr stand Katja Wiberg in seidener Schluppenbluse. Sie drückte sich einen Stapel Papiere an die Brust. Emers Herz schlug viel zu heftig. »Kommst du mit, Murphy?«

Mit gesenktem Kopf folgte Emer Katja Wiberg über den Flur. Tränen stiegen ihr in die Augen. *Game over*.

Mons kam aus dem Sitzungszimmer, blieb stehen und sagte: »Diese Schönheitsklinik behauptet, dass sich jemand in ihr System gehackt und Bilder aus der Patientenakte von Lotte gestohlen hat. Was da im Netz kursiert, stimmt mit den Bildern überein, die sie gespeichert haben.«

»Jemand arbeitet daran, Lottes Vergangenheit aufzudecken?«, sagte ihre Chefin fragend. »Habt ihr gefragt, ob sie uns noch mehr verheimlicht?«

»Sie behauptet, nein«, sagte Mons, der sie in das Büro seiner Chefin begleitete. Emer hätte ihn am liebsten angefleht, kehrtzumachen, er hatte wichtigere Dinge zu tun, musste nicht Zeuge ihrer Demütigung werden.

»Wie hoch ist die Wahrscheinlichkeit, dass Poppy, wie Isabella, unversehrt wieder auftaucht? Sagen wir in den nächsten …« Katja Wiberg warf einen Blick auf ihre Uhr, eine Jæger mit blauem Ziffernblatt. » … drei Stunden?«

»Was glaubst du selbst?«, fragte Mons frustriert.

Wiberg öffnete seufzend die Tür zu ihrem Büro. »Kennen die Baxters diesen Fabian Moen?«

»Nein.« Mons blieb dicht hinter Emer stehen. Sie spürte die Wärme seines Körpers an ihrem Rücken, dann schob er sie über die Türschwelle. »Wir haben Isabella vor einer halben Stunde Fotos von ihm gezeigt. Sie hat ihn nicht wiedererkannt.«

»Das muss nicht unbedingt etwas heißen.« Emer stellte sich hinter die beiden Besucherstühle, sie hatte nicht vor, sich zu setzen. »Moen kann sich da bloß die Inspiration geholt haben, oder? Vielleicht hat er den Skillebekk-Fall in den Medien verfolgt, um dann unter dem Namen Cassandra Carlsen bestimmte Details zu rekonstruieren.«

»*Samana Spa* … Aber warum?« Katja Wiberg streifte sich die Schuhe von den Füßen und löste die Schleife am Ausschnitt ihrer Bluse.

»Vielleicht beobachtet er Lotte schon länger? Und hat nur auf eine Möglichkeit gewartet, sich an ihr zu rächen?«

Mons nickte und fügte hinzu: »Indem er die Details des Skillebekk-Falls kopiert und dafür gesorgt hat, dass auch Jens und Lotte ins *Samana Spa* gefahren sind, will er uns glauben lassen, dass es einen Zusammenhang zwischen den beiden Fällen gibt.«

»Das klingt plausibel, absolut, und deshalb will ich nicht, dass wir uns zu viel mit den Baxters beschäftigen«, sagte Katja Wiberg und bot ihnen Weingummi aus einer Schale auf dem Regal an. Emer wollte die Besprechung schnellstmöglich hinter sich haben und schüttelte nur kurz den Kopf. Mons hingegen bediente sich und nahm eine rotgrüne Kirsche.

Mit einem Mal war es quälend still. Emer sah sich ruhelos im Büro um, vielleicht zum letzten Mal für eine ganze Weile, dachte sie. Auf dem Schreibtisch stand ein Urlaubsfoto, das Wibergs Mann, einen konservativen Politiker, und ihre drei kleinen Enkel zeigte. Zahnloses Lächeln. Das unterste Regalbrett war voller großer Glasschalen mit farbenfrohen Süßigkeiten, gehamstert in Schweden. Essen war für Wiberg uninteressant, nicht aber Süßigkeiten. Sie liebte vor allem Lakritzschlangen und Weingummi.

Emers Blick richtete sich auf den Stapel der Papiere, die Katja Wiberg bis vor Kurzem an ihre Brust gedrückt hatte. Es waren Ausdrucke von diversen Zeitungsartikeln. Sie erkannte das rote VG-Logo. Und ein Foto von Emer, die ihr Knie auf Jack Iversens Rücken drückte. Die weißen Haare standen in alle Richtungen, und ihr lila Blick war zum Himmel gerichtet, als hätte sie einen Sieg errungen. Es war schlimmer, viel schlimmer, als sie es sich vorgestellt hatte. Sie presste die Luft durch ihre Lippen, ein weiterer Tipp von ihrem Pfleger, und riss die Augen von dem quälenden

Bild los. Verdammt, auf was wartete ihre Chefin denn noch? Sollte das eine Warnung sein?

»Obwohl Fabian Moen im Moment sicher eine relevante Spur darstellt, sollten wir uns in den Ermittlungen nicht ausschließlich auf ihn konzentrieren«, sagte Katja Wiberg. »Lasst uns den Cousin mal für einen Moment außer Acht lassen. Wer könnte sonst noch dahinterstehen? Was meint ihr?«

Emer war so verwirrt, dass ihr beinahe schwindelig wurde. Sie setzte sich auf einen Stuhl und nahm nun doch ein Weingummi, um die Speichelproduktion wieder in Gang zu setzen und ihren Blutzuckerspiegel zu heben. Die Stille dauerte quälend lang. Ein Tritt von Mons an ihr Bein verriet ihr, dass sie das Wort ergreifen sollte. Als sie endlich geschluckt hatte, brach sie die Stille, ohne über ihre Worte nachzudenken:

»Alles ist genau arrangiert, wobei da auch vieles schiefgelaufen ist. Zuallererst Poppys Allergie. Und dann natürlich Sverres Hirnschlag.«

Normalerweise hätte Emer alles, was ihr in den Sinn kam, ungefiltert mit den anderen geteilt. Mons meinte, sie sei in diesem intuitiven Profiling ebenso krass wie gut, doch jetzt musste sie vorsichtig sein. Ihr Hirn funktionierte nicht normal. Wenn sie die Augen schloss, sah sie nur ein Sammelsurium aus noch nicht sortierten Eindrücken.

»Nach wem suchen wir, Murphy?«, fragte Mons leise.

Wollte er ihr damit zu verstehen geben, dass sie unmöglich noch mehr kaputt machen konnte, da das Porzellan ja schon zerschlagen war, und sie nur diese Möglichkeit hatte, zu zeigen, wie wichtig sie war?

»Nun ...«, sie versuchte noch einmal, die Augen zu schließen. »Auch andere Pädophile könnten solche Gedanken gehabt haben, wie Josef sie beschrieben hat, also dass Poppy seit Kurzem im ›richtigen‹ Alter ist. Vielleicht auch jemand, der sie aus dem Kindergarten kennt, oder ein Nachbar? Eventuell ...« Ihre Gedanken gingen zu Isabella Baxters Mutter, das komplette Outfit des Kindes war von Lottes Blog geprägt.

»Eventuell ...?« Katja Wiberg konnte ihre Ungeduld nicht mehr zügeln.

»Jemand, der das Gefühl hat, Poppy zu kennen«, sagte Emer. »Obwohl er sie noch nie gesehen hat. Jemand, der dem Blog folgt.«

Sie versuchte, die Blicke, die sie auf sich spürte, zu ignorieren.

»Es geht darum, Mama zu sein«, hörte sie sich selbst sagen, und dann mit mehr Kraft: »Um die Rolle der Mutter. Eine Person, die davon überzeugt ist, dass sie Poppy auf ganz andere Weise lieben kann als Lotte.« Emer unterbrach sich selbst. Schnitt eine Grimasse. Was sollte das eigentlich bedeuten? Ein Kind auf andere Weise zu lieben?

»Sie will ... sie will Poppy besitzen. Es geht dabei nicht um irgendein kleines Mädchen. Es geht ganz konkret um Poppy.«

Emer hörte das Rascheln von Papier und öffnete die Augen. Als sie sah, dass die Blätter vom Schreibtisch ihrer Chefin in den Mülleimer gewandert waren, fiel ihr das Atmen schlagartig leichter.

»Ich glaube«, fuhr sie langsam fort, »dass diese Person aus Liebe handelt und Poppy nicht bewusst schaden will. Aber da diese Person unter keinen Umständen gesund sein kann, ist das wohl ...«

» ... eine Frage der Definition«, schloss Mons. »Eine Frau, die Poppy besitzen will?«

Aus dem Twitteraccount der Polizei:

Danke für den freiwilligen Einsatz. Zeigen Sie Rücksicht, wenn Sie ins Stadtzentrum zurückfahren. Sie müssen mit hohem Verkehrsaufkommen rechnen.

Emer Murphy.
Grünerløkka, Oslo

Früher Montagmorgen

Die Straße vor ihrer Wohnung in Grünerløkka war menschenleer. Emer wartete auf Mons. Sie lauschte auf das Dröhnen des Krötenmotors und schüttelte die nach der Dusche noch nassen Haare aus. Nach der Besprechung mit Katja Wiberg war sie wie besessen davon, allen zu zeigen, dass sie ihren Job meisterte. Sie war erfüllt von dem Wunsch, Leistung zu bringen. Der Himmel spiegelte sich in den Fenstern des Nachbarhauses, Grau mit Nuancen von Gelb im Osten, es war halb sechs, und die Sonne schien bereits. Poppy wurde mittlerweile seit mehr als zwölf Stunden vermisst, sie hatten den magischen Zeitpunkt hinter sich, und die Kleine war nicht – wie Isabella Baxter – wieder aufgetaucht. Auch war bisher keinerlei Geldforderung eingegangen.

Josef rief an und unterrichtete sie über die Aufzeichnungen der Kamera am Joker-Supermarkt in Tjuvholmen am Sonntagnachmittag. Kurz nachdem Lotte und Poppy aus dem Laden gekommen waren, war eine erwachsene Frau in Trainingsanzug aufgetaucht und hatte ihnen mit einer Bonbonschachtel hinterhergewunken, die Lotte vermutlich bezahlt, aber an der Kasse vergessen hatte. Es war also nicht ihr Cousin, der ihr etwas zugerufen hatte. Die Angestellten des Supermarktes sollten kontaktiert werden, sobald der Laden geöffnet hatte.

»Und dann«, fuhr Josef fort, »noch mal zu dieser Cassandra Carlsen, die die Spa-Suite gebucht hatte.«

Emer beobachtete einen schwarzen Vogel mit großer Flügelspannweite, der schließlich hinter dem Dach des Nachbarhauses verschwand.

»Sie existiert nicht«, sagte Josef. »Die Telefonnummer, die die Betreffende angegeben hat, gehört einem Sechsundsechzigjährigen in der Provinz Nordland. Er hat nie von einer Cassandra gehört.«

»Verdammt. Und was ist mit der E-Mail, die an das Spa geschrieben wurde?«

»Ich habe mich in das Gmail-Konto gehackt. Es ist erst vor einer Woche eröffnet worden. Neben Spam-Mails ist dort nur eine weitere E-Mail gespeichert, in der der PR-Verantwortliche des Spas die Stornierung bestätigt und Cassandra Carlsen gute Besserung wünscht. Das Problem ist, dass ich nicht weiterkomme«, sagte Josef resigniert. »Die IP-Adresse, die genutzt wurde, um das Gmail-Konto einzurichten, führt mich zu einem beliebten VPN-Dienst.«

»Was bedeutet das?«

»Wer auch immer diese E-Mail eingerichtet hat, nutzt ein privates Netzwerk, das den Datenaustausch verschlüsselt und dafür sorgt, dass man nicht überwacht werden kann. Sodass es eben nicht möglich ist, die E-Mail zurückzuverfolgen.« Im Hintergrund rief jemand etwas über die Zeitung VG. »Wir können lediglich dafür sorgen, diesen Account im Auge zu behalten. Sollten neue E-Mails auftauchen, lesen wir die simultan. Aber Murphy, ich muss jetzt gehen. Scheinbar gibt es in den Nachrichten irgendetwas Neues über Lotte. Guck mal in die VG!«

Emer hatte sich bereits einen Überblick über die großen Onlinezeitungen verschafft und Fabian Moens Konterfei mit der Unterschrift »Fahndung!« gesehen. Er passte wirklich perfekt zu Alexandras Beschreibung: markante Wangenknochen, scharfer Blick und ein etwas schiefes Lächeln, als beobachtete er irgendetwas Geheimes. *Gerissen und manipulativ*. Sie hatte die Webseiten der VG gerade geöffnet, als der militärgrüne Jeep um die Ecke kam. Mons bremste abrupt, und Emer machte einen Satz zurück.

»Hast du mitgekriegt, dass die Medien gerade irgendeine Sache über Lotte publiziert haben?« Sie stieg in den Wagen und atmete den süßlichen Geruch der noch immer auf dem Rücksitz liegenden Rosen ein. Die Blumen ließen die Köpfe hängen.

»Ich bin gerade ganz kurz von Bø ins Bild gesetzt worden«, sagte Mons, »selbst gelesen habe ich das aber noch nicht.«

Emer suchte die Titelseite der Onlineausgabe. Ganz oben prangte ein schlecht aufgelöstes Foto. Ein körniges Gesicht, umgeben von schwarzen Haaren. Sie las die Überschrift, und ihr Puls begann zu hämmern: »Camgirl. Poppys Mama hat eine dunkle Vergangenheit.«

»Lotte soll eine gewisse Zeit als Internetmodel gearbeitet haben«, sagte Mons. »So hat die Zeitung das jedenfalls bezeichnet. Es soll sich dabei aber wohl um sexuelle Dienstleistungen via Kamera gehandelt haben.«

Emer studierte das unscharfe Foto und erkannte Lotte von den Vorher-Bildern der Schönheitsklinik. Die Augen waren geschlossen, die Wangen runder, die Nase weniger gerade.

»Die Sache muss eine gewaltige Recherche erfordert haben«, sagte sie, nachdem sie den Text überflogen hatte. »Das hat niemand in den letzten Stunden ausgegraben, Mons. Jemand hat auf diesen Infos gesessen und nur darauf gewartet, dass Lotte am Boden liegt und sich nicht wehren kann. Ich bekomme das Gefühl, dass es bei dieser ganzen Poppy-Sache eigentlich um Lotte geht.«

Emer war jetzt hoch konzentriert und angefixt, sie las Mons einen Abschnitt aus dem Artikel laut vor: »Ein Camgirl bietet ihren Abonnenten in der Regel Chatdienste. Der persönliche Kontakt zwischen dem Nutzer und dem Model macht den Unterschied zu anonymer Pornografie.«

»Das weckt Assoziationen zu dem Blog«, sagte Mons. »Natürlich nicht, was den Inhalt angeht, aber allein die Tatsache, Fremde so nah an sich heranzulassen. Und mit ihnen zu kommunizieren.«

»Ja. Und dass man als Abonnent das Gefühl hat, sie zu kennen. Vermutlich ist es dann ziemlich normal, dass man Extrazuwendungen und exklusive Geschenke von den engsten Followern bekommt. Und hör dir das an!« Emer scrollte zum Schluss des Artikels. »In den USA und in Asien kommt es vor, dass Camgirls plötzlich Fans auf der Matte stehen haben. Es gibt mehrere Beispiele von tragischen Ausgängen.«

Ihre Blicke begegneten sich für ein paar Sekunden. Dann nickte Mons.

Hatte ein alter Follower Lotte in ihrem Blog erkannt, sie aufgesucht und bedroht?

»Komm, wir verschieben den Besuch im Kindergarten und fahren stattdessen direkt nach Tjuvholmen, um mit Lotte zu reden«, sagte Mons und ließ den Motor an. Emer blickte aus dem Seitenfenster. Das Küchenfenster ihrer Wohnung im gelben Haus war gekippt. Noch vor einem Tag hatte sie dort gestanden, nach unten auf die Regenschirme gestarrt und sich von der Welt abgeschnitten gefühlt, während sie Jens im Radio gehört hatte. Jetzt war sie zurück.

Sie konzentrierte sich auf das Handydisplay und überflog den Artikel noch einmal, während Mons die Tromsøgata ansteuerte. Ein typisches Camgirl nutzt ein Portal, zu dem bezahlende Abonnenten Zugang und damit Zugriff auf aufreizende Nacktfotos und Softpornovideos haben. Mit einer VIP-Mitgliedschaft steht exklusiveres, »härteres« Material zur Verfügung. So hatten Lotte und ihre Schwester also ihre erste Miete in Oslo finanziert, dachte sie. Meinte Alexandra das, als sie gesagt hatte, dass sie plötzlich die alleinige Verantwortung für das Geschäft gehabt habe?

Emer suchte die Nummer heraus, die sie gespeichert hatte, und hörte es klingeln. Hatte Alexandra die Infos an die Medien durchsickern lassen? Wollte sie sich dafür rächen, dass Lotte sie zugunsten von Jens verlassen hatte? Alexandras Telefon war am ganzen Sonntagnachmittag ausgeschaltet gewesen, und es gab weder Zeugen noch eine klare Übersicht, in welchen Teilen der Østmarka sie mit ihrem Motocross-Bike unterwegs gewesen war.

Emer sah aus dem Fenster und folgte einer Frau mit einem knallblauen Kinderwagen mit den Augen. Ihr kleines Mädchen wedelte mit den Armen und schien zu singen. Was hatte sie im Büro ihrer Chefin gesagt? Dass es nicht um irgendein Mädchen ging, sondern ganz konkret um Poppy – und damit Alexandras Nichte?

»Ja?«, endlich antwortete Lottes Schwester.

»Hier ist Emer Murphy, ich habe Sie auf den Lautsprecher gelegt, damit mein Partner, Mons Tidemand, Sie auch hört«, sagte sie und kam gleich zur Sache: »Als wir miteinander geredet haben, haben Sie nichts von der Camgirl-Plattform gesagt.«

»Ich …« Alexandra zögerte, ehe sie sagte. »Ich habe einen Job und wollte nicht, dass das rauskommt.«

»Aber Sie verstehen doch wohl, dass das für den Fall durchaus relevant sein kann? Möglicherweise ist das eine entscheidende Information, um Poppy zu finden.«

Lottes Schwester atmete schwer. Als sie nicht antwortete, fragte Mons ungeduldig. »Wie ist das abgelaufen?«

»Unsere Abonnenten haben sich zu festen Zeiten eingeloggt. Fünfzehn Minuten täglich stand Lotte als Charlie vor der Kamera«, sagte Alexandra. »Aber wir hatten auch VIPs, die gut dafür bezahlt haben, mit irgendwelchen Fetischen befriedigt zu werden. Das lief dann über private Kanäle. Also da wurde jeder einzeln bedient.«

»Was für Fetische?« Mons bremste hinter einem Bus scharf ab. »Wissen Sie vielleicht, was das Foto, das in der VG abgedruckt ist, noch so zeigt?«

»Nein, die Auflösung ist schlecht, und da der Körper abgeschnitten ist, weiß ich auch nicht, was Lotte anhatte und welche Rolle sie da gespielt hat.« Sie hörten ein Klicken, vielleicht zoomte Alexandra das Bild noch einmal ein. »Eigentlich ist es seltsam, dass sie die Augen geschlossen hat, aber vielleicht zeigt das ... Aber so sieht man jedenfalls, dass sie extra viel Mascara und falsche Wimpern trägt.«

»War das üblich?«

»Ja. Ich kann mich wirklich nur an ein paar wenige Szenarien erinnern, bei denen sie nicht geschminkt war.«

»Okay«, sagte Mons und gab Gas, nachdem der Bus sich wieder in Bewegung gesetzt hatte. »Können Sie uns eine Kundenliste schicken?«

»Nein.« Die Antwort kam schnell. »Nachdem Lotte weg war, habe ich die komplette Plattform gelöscht. Wobei das eigentlich gar nicht entscheidend ist. Ich hatte auch vorher nur sehr begrenzten Zugang zu den Informationen. Die Anonymität ist für die Kunden extrem wichtig. Sie haben mit Kryptowährungen bezahlt, und ihre Nutzernamen waren fiktiv. Einige haben nur bestimmte Zahlenfolgen genutzt.«

Emer ertappte sich dabei, die Hand unter ihren BH geschoben zu haben, und zog sie weg. Das Jucken war grausam, speziell an der Brust. Nach der Dusche hatte sie im beschlagenen Spiegel leuchtend rote Stellen über dem Busen und an ihrem Hals gesehen. Danach hatte sie die Haare angeföhnt, die blauen Jeans und den dünnen grauen Baumwollpullover angezogen, sich mit einem Wasserglas in die Küche gesetzt und die Medikamente angestarrt, die sie hätte nehmen sollen.

»Was glauben Sie, wie können diese Informationen an die Presse gelangt sein?«, fragte Emer. »Und durch wen?«

»Ich habe drei Theorien«, sagte Alexandra. »Jemand hat diesen Journalisten kontaktiert und ihm die gesamte Geschichte serviert. Oder der hat – in dem Fall über eine gewisse Zeit hinweg – das Ganze aus eigener Initiative recherchiert.« Sie holte tief Luft. »Als letzte Alternative kommt natürlich infrage, dass er selbst Abonnent war und – was weiß ich – einen Screenshot vom eigenen Bildschirm gemacht hat?«

Ihr Herz hämmerte, als Emer zurück zum Anfang des Artikels scrollte. Sie hatte übersehen, wer den Text geschrieben hatte, aber eigentlich verwunderte es sie nicht, als sie die gelblichen Augen sah und den Namen daneben las.

»Kennen Sie einen Jack Iversen?«

»Sie meinen abgesehen davon, dass er in den letzten Jahren über alle Meilensteine in Lottes Leben berichtet hat?« Alexandra hatte offensichtlich verfolgt, wie es ihrer Schwester ging. Jedenfalls in den Medien. »Nein. Aber wie gesagt: Die Abonnenten waren anonym, *who knows*? Er könnte Lotte von der einen Plattform zu der anderen begleitet haben.«

Vom Camgirl zur Modebloggerin zur ... Mamabloggerin.

»Sie sagen, dass Sie Lottes Hintergrund bewusst aus Rücksicht auf Ihren Job verschwiegen haben«, sagte Emer langsam, ohne ihre Skepsis zu verbergen. »Gibt es da noch weitere Gründe?«

Eine lange Stille erfüllte den Wagen. Sie näherten sich bereits dem Nationaltheater.

»Lotte hat hart dafür gearbeitet, das alles geheim zu halten. Ich wollte nicht diejenige sein, die alles ausplaudert. Nicht jetzt, wo sie bereits ...« Alexandra unterbrach sich selbst, Emer war sich sicher, ein gezischtes »Scheiße« zu hören.

»Wo sie bereits was?«

»Lotte hasst mich. Da ist etwas passiert, etwas, woran ich schuld war ...«

Die Machtbalance zwischen den Schwestern war also anders, als Emer gedacht hatte. Vielleicht hatte doch nicht Lotte Alexandra im Stich gelassen, sondern umgekehrt.

»Können Sie mir Ihre Adresse geben?«, fragte sie, zufrieden mit ihrer Entscheidung, nur die halbe Dosis Antipsychotika genommen zu haben. Emer musste noch eingehender mit Alex reden, musste das Gespräch von Angesicht zu Angesicht fortsetzen. Und zwar mit klarem Kopf.

Auszug aus dem MamaForum:

Vor 8 Minuten. Von GuteMutter:
Als wir darüber diskutiert haben, dass Lotte einen wenig spektakulären Background hat, haben wir uns wohl alle geirrt. Das hübsche Fräulein war ein Camgirl? Glaubt ihr, dass die auch Cybersex angeboten hat?

Vor 5 Minuten. Von BabyMama:
Ich glaube nichts davon. Das sind doch alles irgendwelche Erfindungen.

Vor 3 Minuten. Von Anonym:
Warum sollen das Erfindungen sein? So Leute wie Lotte haben oft Geheimnisse. Ich hatte schon immer den Verdacht, dass sie nicht so perfekt ist, wie sie es uns glauben lassen will. Außerdem nutzen diese Camgirls gerne irgendwelche Fetische, um ihre Kunden zu befriedigen. Das saubere Fräulein hat ziemlichen Schweinkram gemacht, bevor sie Supermama und Vorreiterin für alle möglichen Bioprodukte wurde.

Emer Murphy, Gamlebyen, Oslo

Früher Montagvormittag

»Sie glauben also, dass Lotte Sie hasst?«

»Weil Fabian ...« Alexandra trat in den breiten Flur zurück und blieb bei dem Motorrad stehen, das an der blauen Wand lehnte. »Er war Abonnent unserer Camgirlseite.«

Der Lärm des Kindergartens auf der anderen Straßenseite verstummte, als Emer die Haustür hinter sich zuzog. Nachdem Mons sie abgesetzt hatte, war er selbst in Richtung Tjuvholmen gefahren. Von dort wollte er dann direkt zur Zeitung VG und zu Jack Iversen.

»Ihr Cousin hat alles beobachtet? Ich dachte, die Abonnenten wären anonym? Wie wollen Sie dann wissen, dass er Abonnent war?«

»VIP-Kunden hatten die Möglichkeit, zu chatten.« Alexandra sprach schnell, sie machte einen nervöseren Eindruck als im Präsidium. »Ich war für alles hinter der Kamera verantwortlich, und dazu gehörte auch die Kommunikation mit unseren Kunden. In Charlies Namen.«

Sie zog das schwarze T-Shirt – Aufdruck: *I was never here* – aus der Hose und begann, frenetisch den einen Außenspiegel der Maschine zu putzen. Ihr rechter Arm war komplett tätowiert, ein Geflecht von roten Blumen.

»Und was hat dieser Fabian geschrieben?« Emers Herz klopfte hart.

»Dass er Charlotte genau beobachtet.« Alexandra rieb noch fester. »Und dass er mit seiner Rache auf den richtigen Zeitpunkt warten wollte, weil sie sein Leben zerstört hätte. Er meinte damit natürlich die Anzeige und all den Ärger mit der Polizei.«

»Und sie hat trotzdem vor der Kamera weitergemacht? Hatte sie keine Angst, dass er sie finden und seine Drohungen wahr machen könnte?« Es wäre für Lotte sicher vernünftig gewesen, etwas versteckter zu leben, aber sie hatte das Gegenteil getan und das Rampenlicht gesucht.

Erst als sie sah, wie Alexandras Gesicht rot anlief, verstand sie. Natürlich.

»Lotte wusste nichts von diesen Nachrichten?« Emer verschränkte die Arme vor der Brust und lehnte sich an den Türrahmen. »Und was haben Sie Fabian auf seine Drohungen geantwortet?«

»Erst habe ich ihn zum Teufel geschickt und dann das Abonnement gelöscht. Ein paar Wochen oder Monate später tauchte dieselbe Drohung über einen anderen Nutzernamen aber wieder auf, und so ging es weiter und weiter. Hätte ich ihm wirklich aus dem Weg gehen wollen, hätte ich die ganze Plattform löschen müssen«, sagte Alexandra. »Und die war ja unser Leben, unser einziges Einkommen …«

»Okay. Ich nehme an, dass Lotte das irgendwann herausgefunden hat?« Emer warf einen Blick in den Flur. Rechter Hand lag die Küche mit braunen Ziegelwänden, die anderen vier Türen waren verschlossen. An der Wand hing ein großes Foto von Poppy, Emer kannte es aus dem Blog. Es roch schwach nach Popcorn. »Haben Sie deshalb ausgesagt, dass Lotte Sie hasst?«

»Ja. Und das Timing, als sie alles herausgefunden hat, hätte wirklich nicht schlechter sein können.« Alexandra ließ sich vor dem Motorrad an der Wand zu Boden sinken und knibbelte an einem Loch in ihrer Jeans. »Es war am Morgen, nachdem sie Jens kennengelernt hatte. Wir wollten um elf Uhr mit einem VIP streamen. Sie kam fünf Minuten zu früh, und weil ihr Handyakku leer war, wollte sie etwas am Computer im Studio checken. Und den habe sonst nur ich benutzt.«

»Und da wartete eine Nachricht von Fabian?«

»Yes. Eine seiner Drohungen. Er hat darin noch einmal unterstrichen, dass er alles verfolgt und immer live dabei ist. Charlotte ... ich habe versucht, ihr zu erklären, dass ich ihn abschirmen kann, aber sie ist einfach weggerannt.«

Alexandra zog am Ausschnitt ihres T-Shirts, als könnte sie so besser atmen. »Und das war's. Unter anderen Umständen wäre Jens Wiig wohl bloß ein One-Night-Stand gewesen, aber so ... hat sie ihn geheiratet.«

Emer nickte langsam. Auf der »Über mich«-Seite des Blogs beschrieb Lotte Jens als ihren Märchenprinzen. Er hatte sie vor den Blicken ihres Cousins gerettet. Und aus den Armen ihrer Schwester, die sie betrogen hatte.

»Seit wir klein waren, hat sie sich immer nach einer ...«, Alexandra malte Anführungszeichen in die Luft, »echten Familie gesehnt. Wir waren das ja nie. Tante und Onkel haben uns aufgenommen, aber ein Zuhause war das nicht. Wir hatten nur einander, irgendwie hieß es immer: wir gegen den Rest der Welt. Ich glaube nicht, dass sie sich in Jens verliebt hat, aber ganz sicher in das Leben, das er ihr dank seiner Familie bieten konnte.«

Emer ließ sie reden.

»In den ersten Wochen habe ich sie bestimmt tausendmal angerufen. Ich habe ihr Nachrichten geschickt und alles zu erklären versucht, aber nie eine Antwort erhalten. Wenn ich die Zeit hätte zurückdrehen können …« Alexandra schniefte. »Zu guter Letzt hat Charlotte sich eine neue Nummer beschafft. Ich hätte die natürlich ausfindig machen können, musste aber akzeptieren, dass sie einen Neustart wollte. Ohne mich.« Sie drückte ihre Augen auf die Knie. Als sie den Kopf wieder hob, waren nasse Flecken auf dem Stoff.

»Haben Sie die Vorher-Nachher-Fotos gesehen, die im Netz kursieren?«, fragte Emer.

»Ja«, antwortete Alexandra.

»Was hat Lotte veranlasst, all diese Operationen machen zu lassen?«

»Sie wollte vermutlich weg von der Person, die Fabian so angemacht hat.« Sie hatte zu weinen aufgehört. »Es war eine Art Schlussstrich hinter die Person, die sie einmal war.«

Emer studierte Alexandra und dachte, dass eine Trennung von Lotte und Jens für sie ein ideales Szenario wäre.

»Haben Sie jemals versucht, Fabians Nachrichten zurückzuverfolgen?«

»Natürlich, aber er nutzte eine *Wall*, durch die ich nie gekommen bin.«

»Und wie haben die Abonnenten reagiert, als Lotte plötzlich nicht mehr da war?«, fragte Emer.

»Es war die reinste Hölle«, antwortete Alexandra. »Rückzahlungen, Stornierungen und ein Haufen Fragen, die ich nicht beantworten konnte. Viele Menschen waren verzweifelt, weil sie von Charlies Diensten irgendwie abhängig geworden waren und keine anderen Ventile hatten, um den Druck abzulassen. Charlie war ein wichtiger Teil ihres Lebens geworden, ein Fixpunkt.«

Aus dem weiteren Gespräch entnahm Emer, dass es insgesamt etwa 1.500 User gab, die Lotte trotz ihrer OPs als Braut oder frischgebackene Mutter hätten wiedererkennen und ihrem neuen Leben folgen können. Und denen später dann auch Poppy vorgestellt worden war, ein Kind, das jener Charlie ähnelte, die sie so sehr vermissten. Emer lief ein Schauer über den Rücken.

»Das Studio ist noch unverändert. Wenn Sie es sehen wollen …?« Alexandra stand auf und ging durch den geräumigen Flur. »Es mag pathetisch klingen, aber ich habe lange gehofft, dass Lotte zurückkommt und wir weitermachen können.«

Emer hockte sich hin und zog sich die Schuhe aus. Auf dem weiß gestrichenen Parkett waren deutliche Reifenspuren zu erkennen.

»Kommen Sie!« Alexandra öffnete eine Tür am Ende des Flurs. Der Raum dahinter lag im Dunkeln. Vor den großen Fenstern hingen schwarze Rollos, durch die schmale Streifen Licht in den Raum fielen. Staub tanzte durch die Luft. Kamerastativ und Scheinwerfer, ein Tisch mit mehreren Kabeln und ein Bildschirm, der etwas verloren dicht an der Wand stand. Das Equipment erinnerte an Wiigs Wohnung in Tjuvholmen. Auf einem Regal standen Modellköpfe mit verschiedenen Perücken. Ein grauweißer altbackener Lockenkopf, ein leuchtend oranger Bob, ein schwarzer Pixie Cut und einer mit langen blonden Locken, die an Lottes heutige Frisur erinnerten.

»Hier sind die Requisiten.« Alexandra öffnete den Deckel von einer von insgesamt fünf durchsichtigen Plastikkisten. »Einiges davon haben wir selbst gekauft, anderes haben wir uns an eine Packstation liefern lassen.«

Emer starrte auf ein weißes Korsett mit Spitze und großen Engelsflügeln aus demselben Material. Unter einer Peitsche lagen mehrere Sets Unterwäsche. Eine Windel mit pastellfarbenen Nilpferden, schwarze Netzstrumpfhosen, eine fleckige Schürze mit Rüschen und eine lila Schachtel von irgendeiner Creme oder Salbe, Brulidine.

»Die sind ja winzig«, sagte sie und nahm einen Schuh hoch, der einem Kind hätte passen können. Er war aus rotem Lack und hatte einen nagelspitzen Absatz.

»Charlotte hat Schuhgröße fünfunddreißig«, sagte Alexandra.

»Was haben Sie damit gemacht?«, fragte Emer und zeigte auf eine Packung rosa Luftballons.

»Es gab Leute, die wollten, dass Charlie, also Lotte, sie aufblies, an ihren Brüsten rieb und anschließend mit den High Heels zertrat oder sich daraufsetzte, bis sie platzten.« Es rauschte in einem Rohr direkt über ihnen. Alexandra musterte sie. Allem Anschein nach verriet Emers Blick, dass sie sich fragte, wie jemand auf so etwas abfahren konnte.

»Die Sache mit den Fetischen ist wirklich interessant«, fuhr Alexandra fort. »Teilweise geht es dabei um Kopplungen im Gehirn. Bettnässer, die ihre erste Erektion auf einer Gummiunterlage hatten, können als Erwachsene von Urin oder Gummi erregt werden. Ist das nicht *faszinierend?*«

»Kennen Sie sich gut aus mit Fetischen?«, fragte Emer.

»Ein bisschen. Eine Zeit lang habe ich ernsthaft darüber nachgedacht, Sexologin zu werden.« Alexandra nahm die fleckige Schürze mit Zeigefinger und Daumen aus der Kiste. »Die hat bestimmt einer längst verstorbenen Großmutter gehört. Die wurde uns zugeschickt, Lotte sollte darin backen, ohne irgendetwas anderes darunter. Anschließend musste sie den Kuchen mit den Fingern essen und mit der Glasur herumschmieren. Das war wirklich leicht verdientes Geld.«

»Andere wollten mehr?«

»Ja, schon, aber die bezahlten dann auch mehr.«

»Beispiele?«

»Bei einem ging es um so Drogengeschichten. Das war schon ... heftiger.«

Emer nickte. »Waren die Preise von den Forderungen abhängig?«

»Manchmal schon. Aber meistens wurden wir pro Stunde bezahlt.«

Alexandra fingerte beim Reden etwas abwesend an der blonden Perücke herum. »Viele hatten feste Zeiten in der

Woche. Andere haben uns einmal im Monat für einen ganzen Tag gebucht.«

»Was konnten Sie dafür verlangen?«

»Für einen ganzen Tag bis zu zehntausend Euro. Ein paar unserer Stammkunden müssen echt übelst viel Kohle gehabt haben.«

»Und diese Einnahmen kamen zu den festen 1.500 Abonnenten hinzu? Also denen, die sich jeden Tag für eine Viertelstunde dazuschalteten?«

Alexandra nickte.

»Dann haben Sie gut verdient«, sagte Emer. »Haben Sie auf etwas Besonderes gespart?«

»Leider nein, hätte ich gewusst, dass das so plötzlich zu Ende geht, hätte ich von Anfang an Geld zur Seite gelegt.«

Alexandra räumte ein, dass sie teure Angewohnheiten gehabt hatten. Ihre Schwester hatte Klamotten, Schuhe und Taschen gesammelt, während Alexandra ihr Geld für Computerequipment und Motorräder ausgegeben hatte. Mehrzahl, wohlgemerkt. Sie hatten sich nie freigenommen, waren aber mitsamt Kamera viel und oft gereist. So waren sie immer wieder in einem Luxushotel in Marrakesch in Marokko gewesen, wo ihnen ein persönlicher Butler rund um die Uhr jeden Wunsch erfüllt hatte.

»Ich habe davon geträumt, immer so zu wohnen. Also in eine wärmere Gegend zu ziehen und nur mit den exklusivsten Kunden zu arbeiten.« Ein Lächeln huschte über ihr abwesendes Gesicht. »Und ansonsten am Pool zu sitzen, einen Drink in der Hand, und das Leben zu genießen.«

»Hat Lotte diesen Traum geteilt?«, fragte Emer.

»Sie hätte sicher mitgemacht«, Alexandra zog an der Perücke, sodass sie vom Styroporkopf rutschte.

»Sie haben gesagt, dass Fabian Sie beide beobachtet hat. Gab es dafür außer den Drohungen noch andere Hinweise?« Emer redete weiter, die Worte kamen schneller, als sie denken konnte: »Eigentlich will ich wissen, ob auch er irgendeine Präferenz hatte?«

»Vielleicht.« Alexandra schluckte. »Vielleicht hat das nichts zu bedeuten, es gab aber einen VIP, der damals noch ganz neu war und immer verlangt hat, dass ich auf Charlies Knie und Ellenbogen fokussiere.«

»Wie meinen Sie das denn?« Emer konnte nicht glauben, dass jemand verrückt viel Geld dafür zahlte, auf einen Bildschirm zu starren.

»Als Charlotte klein war, hatte sie ... so Grübchen. Sie verstehen, was ich meine, nicht wahr. Im Englischen nennt man die *dimples*.«

Emer nickte und dachte an die beiden Nichten von Frøya. Sie waren jetzt anderthalb und hatten beide Grübchen an Händen, Knien und Ellenbogen.

»Ist das nicht ziemlich üblich?«

»Schon, die verschwinden aber in der Regel mit dem Babyspeck, wenn man vier oder fünf Jahre alt ist.« Alexandras Stimme wurde dünner.

»Sie meinen, dass Fabian auf diese Weise überprüfen wollte, ob Lotte diese *dimples* noch immer hat?«, fragte Emer skeptisch. »Und dass er dann enttäuscht war, weil sie nicht mehr da waren?«

»Wie gesagt, ich weiß nicht, ob das etwas zu bedeuten

hat oder ob das wirklich er war«, sagte Alexandra. »Ich erinnere mich aber, dass er früher, als Charlotte noch ein Kind war, wie besessen davon war.«

»Okay«, sagte Emer und spürte neue Energie. »Gibt es ein Suchwort – ich weiß nicht, zum Beispiel *dimples* –, das er im Darknet genutzt haben kann? Etwas, das uns helfen könnte, ihn aufzuspüren?«

Alexandra führte sie in eine industriell anmutende Küche mit roten Ziegelwänden und dicken Holzbalken, die sich quer unter der Decke erstreckten. An der Wand thronte ein frei stehender Kühlschrank, der ebenso rot war wie das Motorrad im Flur. Die Tür war mit Fotos von Lotte und Poppy beklebt. Alexandra selbst war auf keinem der Fotos zu sehen. Auf einem der Bilder sah man Jens' Fingerspitzen auf Lottes Schultern, den Rest von ihm hatte sie abgeschnitten. Emer beugte sich zum Kühlschrank vor und studierte Poppys Knie, aber auf den meisten Fotos waren sie verdeckt, und auch die Ellenbogen zeigten von der Kamera weg.

Auf dem Esstisch stand ein Computer, daneben leere Limoflaschen, mehrere Schüsseln mit Smoothieresten und eine größere mit Popcorn. Alexandra setzte sich auf einen riesigen Bürostuhl, zog das Haargummi aus den Haaren und fluchte laut, als es zerriss und kleine rote Perlen auf den Boden rieselten. Unter einem Stapel Papiere fand sie eine Packung identischer Haargummis und band sich einen neuen Pferdeschwanz. »Fabian war früher schon mal auf diesen Pädophilenforen im Darknet unterwegs. Ich checke gerade, ob ich neuere Aktivitäten finden kann«, sagte Alexandra.

»Wie ist das mit Poppy?«, fragte Emer. »Wissen Sie, ob sie …«

»Grübchen hat?« Alexandras Blick richtete sich auf den mittleren der drei Bildschirme. »Soweit ich das auf Instagram erkennen kann, hat sie die auf jeden Fall an Knien und Ellenbogen.«

Lotte Wiig.
Tjuvholmen, Oslo

Montagvormittag

»Du bist dir doch wohl im Klaren darüber, dass das alles dein Fehler ist, oder?« Jens' Gesicht war nicht wiederzuerkennen, als wäre die Haut plötzlich zu groß für die Knochenstruktur. »Du bist eine Lügnerin!« Er trank Whisky direkt aus der Flasche und taumelte durch den Flur in Richtung Schlafzimmer. »Ein Camgirl«, schnaubte er. »Verdammt, ich bin mit einer Hure verheiratet.« Der Schock über die Neuigkeiten wirkte authentisch, auf jeden Fall für die Polizei. Lotte folgte ihm mit den Augen, er stolperte über ihre Jacke, hob sie hoch und schleuderte sie an die Wand. Eigentlich wurde Jens von Alkohol sonst nicht aggressiv. Im Gegenteil, in der Regel war er dann anhänglich und sentimental. Schon mehrmals war er in solchen Situationen vor ihr auf die Knie gefallen und hatte sie angefleht, ihn nie zu verlassen: »Du und Poppy, ihr seid alles, was ich auf dieser Welt habe!«

Als sie von Bygdøy nach Tjuvholmen gefahren worden war, hatte Lotte einen kleinen Post-it-Zettel mit der Telefonnummer der Ermittlerin, dieser Murphy, gefunden. *Rufen Sie mich an, wenn Ihnen noch etwas in den Sinn kommt.* Sie hatte die Nummer in ihrem Handy eingespeichert. Dieser Tidemand war gerade erst weg und sie noch ganz benommen von all den verärgerten Fragen: »Warum haben Sie Ihren Cousin nicht früher erwähnt? Ihre Schwester? Ihren Camgirl-Background? Warum kooperieren Sie denn nicht mit der Polizei? Was wollen Sie damit erreichen?«

»Jens hat mich irgendwie davon überzeugt, dass der Stalker nur ein neidischer Blogleser ist, der uns unseren Erfolg nicht gönnt! Und den es anmacht, mir Angst zu machen!«, hatte sie gesagt.

Später hatte sie dann die Kontrolle verloren und hysterisch schluchzend eingeräumt, ein zu großes Risiko eingegangen zu sein und das natürlich zu bereuen, aber Tidemand hatte nur den Kopf geschüttelt: »Sie haben Ihre eigene und die Sicherheit Ihrer Tochter aufs Spiel gesetzt, nur um Ihrem Mann nicht zu erzählen, dass Sie mal als Camgirl gearbeitet haben?«

Jetzt war sie mit Jens allein in der Wohnung. Das iPad vibrierte, als sie auf das Titelbild der VG starrte. Das Foto stammte aus einer anderen Zeit und zeigte ein Mädchen, dem sie nicht einmal mehr ähnlich sah. Nachdem sie die Anzeige gegen Fabian zurückgezogen hatten, hatte Alex mit dem Onkel einen Deal ausgehandelt und Lotte aufgefordert, so schnell wie möglich alles zusammenzupacken. »Die Zeit ist reif.« Sie hatte gar nicht richtig verdauen können, was geschehen war, denn schon kurz darauf waren sie in Oslo, ihrer neuen Heimat, aus dem Zug gestiegen und in die Wohnung gefahren, die Alex bereits gemietet hatte. Dann hatte ihre Schwester ihr Wodkashots serviert und sie in die Details ihres erschreckend konkreten Plans eingeweiht. »Wir beide werden gemeinsam eine Stange Geld verdienen. Nur du und ich.« Lotte war von dem Alkohol und dem Gefühl der Freiheit so berauscht gewesen, dass sie nur genickt hatte und mit allem einverstanden gewesen war.

Ein Rumsen aus dem Schlafzimmer, gefolgt von Jens' wütendem Fluchen. Was machte er da eigentlich? Erst kurz nachdem sie Jens zum ersten Mal begegnet war, hatte sie erkannt, wie sehr ihre Schwester sie hinters Licht geführt hatte. Für sie war das keine Liebe auf den ersten Blick gewesen, und hätte sie nicht eine solche Angst vor ihrem Cousin gehabt, hätte sie sicher nicht Ja gesagt, als Jens nur wenige Monate später um ihre Hand angehalten hatte. Anschließend hatte sie in plastische Operationen investiert, um nicht die Frau im Spiegel sehen zu müssen, auf die Fabian so krankhaft fixiert gewesen war. Und es hatte geholfen. Mit der Zeit war es ihr gelungen, wieder unbeschwert zu atmen. Sie war in ihrem neuen Dasein angekommen und fühlte sich sicher. Die Familie Wiig führte ein perfektes Leben: ein Landsitz auf Hvaler, ein Ferienhaus in Hemsedal und eine Wohnung in Frankreich. Gärtner und Putzfrau. Lotte hatte Sonntagsessen mit graviertem Silberbesteck gegessen – W wie Wiig – und darüber fantasiert, irgendwann das Haus zu übernehmen, eine echte Familie zu gründen und ihre Kinder in derselben Idylle aufwachsen zu sehen, in der auch Jens und Jesper groß geworden waren. Sie sollten all das bekommen, was sie selbst immer entbehrt hatte. Weitere Wutschreie aus dem Schlafzimmer bestätigten, dass dieser Traum geplatzt war.

Das Handy summte auf der Anrichte. Tidemand hatte nicht nur nach ihrem Background gefragt, sondern auch betont, wie wichtig es sei, dass die Polizei jederzeit auf dem Laufenden sei, sollte jemand Kontakt aufnehmen und behaupten, Poppy zu haben, oder Geld fordern. Lotte stand auf und stolperte über den Boden, ohne auf die Kabel zu achten. Sollte die scheißteure Kameraausrüstung kaputtgehen. Auf dem Display stand: *Kita Ltg*. Der Leiter von Poppys Kita, der sicher auch bald von der Polizei besucht werden würde. Sie hatte nicht die Kraft, die Nachricht zu lesen, und stützte sich nur müde auf die Anrichte. Ihre Gedanken gingen zu all den Müttern, die sie angestarrt hatten, wenn sie wieder mit einem neuen Kinderwagen angekommen war: »Reichen die vier denn nicht, die Sie schon haben? Ein toller Einsatz für die Umwelt!« Nach einem wenig aufbauenden Erlebnis bei der Luciafeier im vergangenen Jahr hatte Jens sich geweigert, noch einmal einen Fuß in diese Einrichtung zu setzen. Lotte musste allein zu all den Festen und Besprechungen gehen, und immer war es dabei um die Sozialisierung, Poppys wenig entwickelte Sprache, den Stress und die »Fans«, die am Zaun warteten, gegangen.

»Poppy Wiig ...« Der Name ihrer Tochter drang wie ein Flüstern an ihr Ohr, und sie sah sich um. Der Fernsehbildschirm war erfüllt von einer Frau mit pfirsichfarbenen dünnen Lippen: *Linda M. Hansen. Kinderpsychologin*. Lotte fegte den Haufen von Echthaar-Clips zur Seite, die sie sich aus den Haaren gerissen hatte, widersetzte sich dem Bauchgefühl, das ihr sagte, dass sie sich besser abwandte oder den Fernseher ausschaltete, und drehte den Ton lauter. Eine ebenso nasale wie strenge Stimme erfüllte den Raum: »Die langfristigen Auswirkungen einer solchen Exponierung kennen wir nicht. Die kurzfristigen und höchst tragischen haben wir aber gerade erst demonstriert bekommen.«

Durch brennende Tränen sah sie, wie vom Kai unterhalb der Wohnung aus gefilmt wurde. Die Kamera glitt über ein Meer aus Blumen, Kuscheltieren und Luftballons. Die Rufe kamen sowohl durch die halb offen stehende Balkontür als auch aus dem Fernseher. Eine andere Frau, die Lotte noch nie gesehen hatte, schluchzte mit verzerrtem Gesicht in die Kamera: »Mein Herz ist gebrochen, unsere arme, arme Kleine!«

Dann war wieder die Psychologin zu sehen: »Die Statistik zeigt deutlich, dass Lotte und Jens Wiig ihr Geld einzig und allein mit ihrem Kind verdient haben. Je mehr sie über die Zweijährige schrieben, desto mehr Follower hatten sie. Ein Bild von Lotte auf Instagram gab bis zu 9.000 Likes ...« Die Frau wurde ausgeblendet und durch ein Foto von Poppy vor dem Weihnachtsbaum ersetzt. Das zahnlose Lächeln verriet, dass Poppy damals knapp ein Jahr gewesen sein konnte. Lotte starrte ihre Tochter mit offenem Mund an, ihr Hals brannte. Die Psychologin redete weiter: » ... während eines von Poppy mindestens doppelt, wenn nicht dreimal so viele Likes und Kommentare bringt.«

Genau das hatte Jens gesagt – wenn auch mit einem anderen Tonfall –, als sie ihn inständig gebeten hatte, Poppy eine Pause zu gönnen: »Siehst du nicht, wie gestresst sie ist? Jedes Mal, wenn du deine Kamera holst, versteckt sie sich hinter ihrer Puppe.« Resigniert hatte er geantwortet: »Kapierst du denn nicht, dass dies die Bilder sind, auf die die

Leute wirklich abfahren? Wenn wir nur Spaghetti mit Gemüse anbieten, interessiert das niemanden!«

Sie hatte ihn daran erinnert, dass sie den Fokus wie früher auch auf Mode richten könnten, dass sie sich damit auskenne und ihr das auch Spaß machen würde. Statt darauf einzugehen, war er zum ersten Mal laut geworden und hatte sie angebrüllt: »Und wer soll dafür bezahlen? Gucci? Sei doch nicht so naiv!« Dann hatte er noch eins draufgelegt und ihr all ihre Kraft und ihre Gegenargumente genommen: »Oder hast du irgendeinen tollen Vorschlag, wer unsere Miete bezahlen und unser Kind ernähren soll? Immerhin hast du ja keinerlei Ausbildung oder Talent, geschweige denn Arbeitserfahrung!«

Lotte konzentrierte sich auf die Kinderpsychologin und absorbierte die Worte: »Deshalb lohnt es sich ökonomisch gesehen mehr, wenn Poppy eine Schaukel oder einen Brotaufstrich bewirbt, als wenn ihre Mutter Werbung für einen Lockenstab macht.«

»Ihre Mutter?« Sie sah sich nach etwas um, das sie an die Wand schmeißen konnte. Die Medien verdrehten wieder alles. Nicht sie war dafür verantwortlich, sondern Jens … Sie richtete sich wütend an die Psychologin: »Ihrem Vater solltest du Vorwürfe machen! Poppys Papa!«

»Was ist mit mir?« Plötzlich stand Jens in der Tür zum Flur, eine Tasche über der Schulter. Lotte starrte ihn an und erinnerte sich an das, was Tidemand vorhin gesagt hatte: »Ihr Mann macht mir nicht den Eindruck, als würde er den Schlamm draußen vorziehen, wenn er ihn drinnen in einem warmen Bad bekommen kann? Warum wollte er keine Massage?« Es hatte auch sie stutzig gemacht, dass Jens nach dem Lunch im *Samana* nach mehreren Gläsern Wein seine Trainingssachen hervorgeholt hatte, während sie in den weißen Bademantel geschlüpft war. Er hatte in der großen Suite Joggingschuhe angezogen und gesagt, es gebe eine Frist für die Bewerbung einer Pulsuhr, und schließlich müsse ja einer arbeiten, damit andere auf der Massageliege chillen könnten. Zwinker, zwinker.

»Warum glotzt du mich so blöd an? Was stimmt denn nicht mit dir, Lotte?« Jens schnitt eine hässliche Grimasse. »Tut mir leid, ich meine natürlich *Charlotte*!«

Sie antwortete nicht. Eine alte Wut – schwarz und giftig – erfüllte ihr Hirn, während Jens sie voller Abscheu studierte. Seine Augen hatte er von Marie. Sie nahm die Nuss-Nougat-Creme von der Anrichte und schleuderte sie ihm entgegen. Das Glas streifte seine Wange.

»Meine Schuld? *Meine* Schuld?« Ihre Stimme war so schrill, so laut, dass ihr Hals schmerzte. »Du hast diesen Scheißdeal unterzeichnet! Du hast gesagt, dieser Stalker sei nichts, weswegen wir uns Sorgen machen müssten! Du hast mich gezwungen, mit dir in dieses Spa zu fahren! Du ...«

Sie schaffte es gerade noch, den Kopf einzuziehen, als die Karaffe auch schon am Kühlschrank zerschellte. Whisky spritzte durch die Küche, und Kristallglas klirrte am Boden. Ein hysterisches Lachen kochte aus ihrem Inneren hoch und hallte an den Wänden wider, während sie ein weiteres Glas Schokocreme in Jens' Richtung warf. Sie traf ihn an der Brust und hinterließ einen klebrigen Schokoladenfleck auf seinem weißen T-Shirt.

»Du bist verrückt«, fauchte Jens, als hätte er wirklich Angst vor ihr. »Ich erkenne dich nicht wieder!«

Sie sackte zu Boden. Was, wenn sie ihn direkt fragte? Würde er dann einräumen, dass ihre Vergangenheit keine Überraschung für ihn darstellte, weil er seit Monaten hinter ihr herspionierte? Oder würde er weiter lügen?

Noch ehe sie etwas sagen konnte, nahm Jens die Tasche vom Boden und richtete seinen Zeigefinger auf Lotte: »Ich halte das hier nicht mehr aus. Ich fahre nach Hause.«

Und damit meinte Jens: nach Bygdøy. Zu Mama.

Mailwechsel zwischen Jens Wiig und Jack Iversen:

Lieber Jens,
ich weiß, wie schwer und herausfordernd diese Zeit für Sie sein muss, und ich würde es zutiefst bedauern, wenn Sie meine Anfrage für ein ausführliches Interview als taktlos einschätzen würden. Lottes Vergangenheit muss nicht zur Sprache kommen, sollten Sie beide in ein Gespräch mit mir einwilligen. Mein Bestreben ist es, Ihnen die Möglichkeit zu geben, Ihre Gedanken mit der Öffentlichkeit zu teilen und so vielleicht auch die eventuellen Kidnapper zu erreichen.
Über ein Interesse Ihrerseits würde ich mich sehr freuen.
Mit den besten Gedanken und Wünschen für Sie beide
Jack Iversen
VG

• • •

Hallo Jack,
sehr gerne möchte ich die Leute erreichen, die uns unsere geliebte Tochter genommen haben. Wir haben keine Zeit zu verlieren. Wollen Sie morgen Mittag zum Haus meiner Eltern auf Bygdøy kommen? Lotte und ich werden Sie dort empfangen.
Jens Wiig
Geschäftsführer LottesLooks AS

• • •

Hi Jens,
ich bringe noch einen Fotografen mit. Sagen wir, um ein Uhr?
Danke, Jack

Auszug aus dem Pädophilenforum, Darknet:

Vor 12 Minuten, von Anonym:
Ich meine, mich daran zu erinnern, dass hier mal jemand einen Hinweis auf die Camgirlseite gegeben hat, von der plötzlich das ganze Land redet. Die Journalisten gehen ja nicht ins Detail, aber es gibt immer wieder Hinweise auf eine Charlie – die hier ja auch schon empfohlen wurde. Es heißt, sie habe wie ein Kind ausgesehen, obwohl sie damals schon – wenn ich das richtig ausgerechnet habe – ein Teenager gewesen sein muss?

Vor 9 Minuten. Von JohnD:
Stimmt. War jemand auf der Seite?

Vor 5 Minuten. Von Ano:
Ja, ein paarmal. Ziemlich coole Sachen, aber echt unanständige Preise! Es ist schon absurd, dass die Mutter von Poppy meine Fantasien befriedigt haben soll? Ich werde hier nicht ins Detail gehen, aber die ist echt weit gegangen!

Emer Murphy.
Von Vika nach Skillebekk, Oslo

Früher Montagnachmittag

Emer rieb sich die Nase. Der Flur in der Kita roch nach verschwitzten Gummistiefeln und Leberwurst, sodass ihr schlagartig schlecht wurde. Die Knie unter ein niedriges Tischchen gedrückt, hatte sie gerade mit dem leitenden Pädagogen lauwarmen Blaubeertee getrunken. Er war ein Mann in den Vierzigern, seine Nasenspitze war so rot wie die Karos auf seinem Flanellhemd. Das schlechte Gewissen war ihm anzumerken, als er zum zweiten Mal beschrieb, wie Jens ihm einen EpiPen zugesteckt und darauf bestanden hatte, dass Poppys Nussallergie geheim bleiben müsse.

»Die ganze Situation war absurd. Einige meiner Kolleginnen meinten, wir müssten das Jugendamt einschalten, aber in einer internen Besprechung sind wir dann zu dem Schluss gekommen, dass das Amt genügend zu tun hat mit weitaus problematischeren Fällen«, sagte er schnell, als versuchte er, sich selbst davon zu überzeugen, die richtige Entscheidung getroffen zu haben. »Ich meine, alle primären Bedürfnisse von Poppy waren ja gedeckt, und sie ist doch ein heiß geliebtes Kind?«

Emer nickte langsam. Das war richtig. Aber Poppy wurde auch von Menschen geliebt, die sie eigentlich nicht lieben und im Grunde nichts von ihrer Existenz wissen sollten.

»Eine letzte Frage«, sagte sie und blieb mit der Hand auf der Klinke vor der Ausgangstür stehen. Nur einen Schritt noch bis zur frischen Luft. »Haben Sie in der letzten Zeit jemanden am Rand des Spielplatzes oder des Gartens bemerkt?«

»Sie denken an Fans? Meistens sind das junge Frauen, die in kleineren Grüppchen kommen, aber wir jagen sie immer weg, wenn sie anfangen, nach Poppy zu rufen ...« Der Kitaleiter biss sich auf die Lippe. »Und dann ist da noch eine andere Frau, aber die wirkt eigentlich nicht verdächtig. Außerdem ist sie immer in Begleitung eines kleinen Kindes.«

Bis zu diesem Moment hatte Emer das Gefühl gehabt, ihre Zeit vergeudet zu haben, doch plötzlich erkannte sie einen möglichen Zusammenhang. Sie trat zurück auf den Flur und suchte auf ihrem Handy einen Artikel der Zeitung Aftenposten heraus. Als sie dem Mann ihr Telefon hinhielt, wusste sie, wie gering die Wahrscheinlichkeit war, dass es sich bei der Frau und dem Kind auf dem Foto um die betreffenden Personen handelte. Trotzdem zitterte ihre Hand leicht. »Haben Sie vielleicht diese beiden gesehen?«

»Mein Gott, ja!« Der Mann schlug sich mit der Hand gegen die Stirn. »Nach all dem Medienrummel hätte ich die doch erkennen müssen. Aber Sie haben recht, das waren Mutter und Tochter Baxter, die Poppy beobachtet haben.«

Emer rief Mons an, während sie zu Fuß in Richtung Skillebekk ging.

»Fredrik Baxter hätte das doch erzählen müssen, als wir ihn nach einem direkten Kontakt zur Familie Wiig gefragt haben«, sagte er.

»Oder er wusste nichts davon«, entgegnete Emer. »Als Isabella verschwand, trug sie von Kopf bis Fuß diese Bambus-Klamotten. Sie hatte eine Tasche bei sich und ein Krönchen auf dem Kopf. Wie intensiv ist Anja eigentlich Lottes Blog gefolgt? War sie so etwas wie eine Stalkerin?«

»Möglich. Wir können aber noch nicht ausschließen, dass sie eines der anderen Kinder kennt und nur Hallo sagen wollte?«

»Der Kitaleiter meinte, sie hätten nur Poppy beobachtet und ihr immer wieder zugewinkt.«

Mons brummte.

»Ich brauche nur noch ein paar Minuten bis Skillebekk«, sagte Emer, die seit Wochen nicht mehr so schnell gelaufen war und bereits kurzatmig wurde. »Was hast du aus diesem Jack Iversen herausbekommen?«

»Der Journalist, ja. Er hat per E-Mail einen Hinweis auf diese Camgirl-Geschichte bekommen und einen Link, der ihn dann auf eine neu eingerichtete Instagram-Seite mit dem Namen @LottesGeheimnis geführt hat.« Mons schien zurück im Präsidium zu sein. Wie es sich anhörte, versuchte er, einen ruhigeren Ort zu finden. »Das scheint auch die Quelle der Vorher-Nachher-Bilder von Lotte zu sein.«

»Die geteilten Informationen stammen also von einer Instagram-Seite«, sagte Emer. »Ich nehme mal an, dass die E-Mail-Adresse, mit der das Konto eingerichtet wurde, nicht zurückverfolgt werden kann?«

»Gibt es in diesem Fall auch nur irgendetwas, das zurückverfolgt werden kann?« Sie hörte Mons seufzen. »Wer auch immer diese Seite eingerichtet hat, hat ein privates Netzwerk genutzt, durch das der Datenverkehr verschlüsselt wird. Ibrahim hat das Kriminalamt um Hilfe gebeten.«

»Aber warum wurde ausgerechnet Jack Iversen kontaktiert? War es irgendwie wichtig, dass er und kein anderer diese Meldung bringt?« Emer dämpfte ihre Stimme und joggte über die Straße, um einen Mann mit Aktentasche unter dem Arm zu überholen. »Oder haben auch andere Journalisten diesen Hinweis erhalten?«

»Keine Ahnung.« Mons' schnaubender Atem ließ erkennen, wie ungeduldig er war. Irgendwie ärgerte sie das, als wollte er nicht, dass Jack Iversen an der Sache beteiligt war.

»Wie auch immer«, fuhr Mons fort. »Der Instagram-Account hat bereits mehr als zehntausend Follower. Die Leute warten auf ein Update.«

»Glaubst du, dass Lotte noch mehr Geheimnisse hat?«

»Ich war in Tjuvholmen, und sie behauptet, nicht zu wissen, was sonst noch preisgegeben werden könnte. Sie ist als Kind von ihrem Cousin missbraucht worden, hat als Camgirl gearbeitet und einige plastische Operationen über sich ergehen lassen, aber mehr soll es da nicht geben«, sagte Mons.

Emer ging an einem rosa gestrichenen Haus vorbei, um das sich ein weißer Staketenzaun zog. Weiter oben sah sie bereits das Haus der Baxters.

»Noch was anderes«, sagte sie. »Ich habe Josef über

mein Gespräch mit Alexandra informiert. Über diesen Cousin Fabian.«

»Ich weiß«, antwortete Mons. »Ich habe das Kriminalamt gebeten, den Download von Bildern mit dem Kennwort *dimples* genauer unter die Lupe zu nehmen.«

»Was meint Josef? Wird uns das weiterbringen?«

»Es ist ziemlich vage, aber so eine spezifische Vorliebe ist einen Versuch wert, meint er.«

Emer versprach, direkt nach dem Besuch bei den Baxters ins Präsidium zu kommen. Sie beendete das Gespräch, beschleunigte ihre Schritte und lief diagonal über die Straße. Vielleicht würde sie im Laufe der nächsten Minuten etwas aufdecken, das die beiden Fälle miteinander verband. Ihr Handy vibrierte. Sie zog es aus der Tasche und blieb stehen.

»He, was machen Sie denn?« Ein Fahrradfahrer kurvte erschrocken um sie herum, aber sie starrte weiter auf das Display. *Psychiater*. Scheiße! Welcher Tag ist heute, und wo ist meine Uhr?, fragte sie sich. Zurückrechnend, kam sie zu dem Schluss, dass es kurz vor drei sein musste. Von eins bis zwei hätte sie einen Termin in dem Büro mit den rosa Tulpen gehabt, die so perfekt zu dem fehlplazierten persischen Teppich passten. Vielleicht wollte ihr Psychiater den ansonsten so sterilen Raum damit etwas wärmer gestalten. Statt in Erinnerungen zu baden und sich Coping-Strategien zu widmen, hatte sie in der Kita Blaubeertee getrunken und über Poppys Sprachdefizite und ihre Nussallergie gesprochen. Sie kratzte sich am Kopf, wo die Kratzer nicht zu sehen waren, während sie von der Straße trat und ein paar

Häuser unterhalb von Baxters auf dem Bürgersteig stehen blieb. Wenn auch ihr Psychiater in den Nachrichten gesehen hatte, wie sie Jack Iversen zu Boden gerungen hatte, bereute er möglicherweise alle früheren Beschlüsse. Dazu kam, dass sie jetzt noch diesen Termin versäumt hatte. Würde er sie aufsuchen, ihre Lebensgefährtin informieren oder ihre Chefin an die Krankschreibung erinnern?

Endlich wurde das Display wieder dunkel. Emer holte tief Luft und entschloss sich, den Psychiater bis auf Weiteres zu ignorieren. Sie öffnete das weiße Gartentor, das sie auf Youtube gesehen hatte, schüttelte den Pullover etwas aus, damit er sich vom verschwitzten Rücken löste, und ging um das Haus herum. Der Kies knirschte unter ihren Füßen, und eine leichte Brise ließ die winzigen Glühbirnen einer Lichterkette klirren. Sie drückte auf die Klingel, bereit, den Baxters gegenüberzutreten und ihnen eine Frage zu stellen, die ihnen noch niemand gestellt hatte:

»Warum waren Sie bei Poppy Wiigs Kita?«

Emer Murphy, Skillebekk, Oslo

Früher Montagnachmittag

Fredrik Baxter wartete, während Emer sich auf dem Steinboden im Flur die Schuhe auszog. Er trug schwarze Jeans und ein schwarzes Hemd. An den Haken hingen Jacken, die sie aus Tjuvholmen kannte. Sie gehörten Mutter und Tochter.

»Wir haben ja einen Vorgeschmack von dem Albtraum bekommen, den die Wiigs gerade durchmachen. Natürlich helfen wir, wo immer wir können«, sagte er und führte Emer in das ziemlich minimalistisch eingerichtete Haus. Wohnzimmer und Küche gingen ineinander über, und eine moderne geländerlose Treppe führte nach oben. Isabella war nicht zu sehen, aber Anja Baxter stand an der schwarzen Anrichte und schnitt mit einer Maschine Zucchinistreifen.

Emer stellte sich als Tidemands Kollegin vor und kam direkt zur Sache: »Waren Sie bei Poppy Wiigs Kita?«

»Ich ... oh verdammt, das ist so peinlich!« Anja kurbelte schlagartig aggressiver an der Gemüseschneidemaschine. Sie wich dem fragenden Blick ihres Mannes aus. »Isabella und ich folgen gemeinsam Lottes Youtube-Videos. All die Rezepte haben mich total inspiriert.« Sie nickte in Richtung des Herds, auf dem eine Tomatensoße köchelte. »Isabella wollte Poppy so gerne sehen ...«

»Aber mein Gott, Liebes …« Fredrik Baxter – wenn Emer sich richtig erinnerte, war er Architekt – setzte eine markante schwarze Brille mit klobigem Rahmen auf. »Warum zum Hen…«

»Bitte!«, fiel ihm seine Frau ins Wort und blickte zu Isabella, die unten auf der Treppe aufgetaucht war. Der Pony war nur wenige Zentimeter lang, verdeckte aber trotzdem die hellen Augenbrauen. Die Nase der Kleinen war fast so spitz wie bei einer Zeichentrickfigur. In ihrer rechten Hand hing eine Puppe.

»Hast du wirklich unser vierjähriges Mädchen zu einem *Fangirl* gemacht? Das darf doch nicht wahr sein«, flüsterte Fredrik Baxter und hatte den Blick auf die Schürze seiner Frau geheftet, als hätte er jetzt erst das große Logo entdeckt: *Bambus*.

»Jetzt beruhig dich bitte. Isabella sieht eben gerne zu, wenn Poppy … ja, *live* spielt. Deshalb bleiben wir gerne mal bei der Kita stehen und schauen über den Zaun, wenn wir zum Einkaufen gehen.« Anja Baxters Augen waren feucht geworden. »Das ist alles.«

Emer winkte Isabella zu, die sogleich die Hand hob – es störte sie kein bisschen, dass eine Fremde in ihrem Wohnzimmer stand. Sie trug ein T-Shirt mit einer roten Mohnblüte, die Puppe sah aber nicht wie die Lieblingspuppe von Poppy aus, die mit ihr verschwunden war. Isabella hatte etwas Schelmisches an sich, das ihren Eltern auf Instagram sicher viele Herzchen bescherte.

»Sind Sie in den sozialen Medien aktiv?«, fragte Emer.

»Ich poste vor allem Naturfotos und Bilder von Gerichten, nur ganz selten auch mal Fotos von mir selbst. Niemals aber Bilder von Isabella«, betonte sie, »nicht mal von hinten.« Schon merkwürdig, dachte Emer, dass jemand, der Wiigs Unternehmen nicht nur unterstützt, indem er die beworbenen Sachen kauft und all die Videos und Bilder schaut, sondern auch noch Poppy in der Kita besucht, gleichzeitig so klar in seiner Ablehnung ist, vergleichbare Informationen über die eigene Tochter zu teilen. Als sie Anja Baxter nach einem konkreten Grund für diese Einstellung fragte, stellte die Frau die Schale mit den geschnittenen Zucchini in den Kühlschrank und sagte: »Man weiß ja nie, wer einem folgt. Und wenn man so hart dafür gekämpft hat, ein Kind zu bekommen wie wir …«

Emer stützte sich am Küchentisch ab. Mit einem Mal war sie drei Jahre in der Zeit zurückgereist. »Ich will einfach eine Mutter sein. Und wenn du dir eine Zukunft mit mir vorstellen kannst, dann …?« Frøyas schiefes Lächeln und das Glänzen in ihren Augen. Sie hatten in der Schlange der Eisdiele gestanden. Es hatte geregnet. Emer hatte bestellt und drei Kugeln Krokanteis gegessen, ehe ihr bewusst geworden war, dass ihr von Krokant immer schlecht wurde und sie eigentlich Pistazie hatte bestellen wollen. Dann hatte sie genickt.

Frøya hatte daraufhin alle nötigen Besprechungen und Beratungen über sich ergehen lassen und Kontakt mit der Klinik in Kopenhagen aufgenommen. Natürlich hatte Emer sie bei allem unterstützt. Äußerlich. Ein Teil von ihr hatte aber ebenso viel Angst davor gehabt, dass die künstliche Befruchtung mit Spendersamen gelingen könnte, wie ihre Lebensgefährtin, dass es nicht klappen könnte. Nach dem Eingriff hatten sie sich im Hotelzimmer mit Roomservice und Tivoliblick ausgeruht: »Emer, vergiss bitte nie, dass das *unser* Baby ist. Es ist genauso dein Kind wie meines, auch wenn ich es austragen werde. Das ist unser gemeinsames Kind.« Emer hatte genickt, innerlich aber eine unwillkommene Unruhe verspürt. Während der Schwangerschaft hatte sich einiges verändert, die freudige Erwartung war auch auf sie übergeschlagen. Je dicker Frøyas Bauch geworden war, desto glücklicher und intimer waren sie geworden, hungrig und dankbar. Alles war so schön gewesen.

Die Geburt hatte lang gedauert, achtundzwanzig Stunden, war aber ohne Komplikationen verlaufen. Lucia hatte die Welt vier Tage lang zum Strahlen gebracht, bis sie sie ohne jede Vorwarnung wieder verlassen hatte. Danach war alles in sich zusammengestürzt, und mit einem Mal hatte sich auch gezeigt, dass die Biologie für Frøya sehr wohl ein Thema war. Ohne viele Worte hatte sie zum Ausdruck gebracht, dass sie den größeren Verlust erlitten hatte, weil Lucia einen Teil ihrer Gene trug und in ihr herangewachsen war. Emer hatte die Trauer ihrer Lebensgefährtin wie eine Wand empfunden, sie hatte sich ausgesperrt gefühlt und sich dazu gezwungen, wie besessen zu arbeiten, um wieder atmen zu können. So hatte sie weitergemacht, bis zu jenem Nachmittag im Sitzungsraum vor sechs Wochen. In den Wochen nach der Einlieferung hatte sie dann wieder und wieder in dem Büro mit dem persischen Teppich gesessen, auf die roten Tulpenblätter gestarrt, die in ihr Wasserglas gefallen waren, und von dem »Albtraumfall« erzählt. Dem enormen Druck. Und der Psychiater mit den geschwollenen, fast lila Ohrläppchen hatte genickt und gesagt, dass das alles miteinander zusammenhänge.

»Die Verwundbarkeit, die Anlage, eine solche Psychose zu entwickeln, liegt schon Ihr ganzes Leben in Ihnen. Und inmitten dieser Ermittlungen hatten Ihr Hirn, Ihr Körper und Ihre Seele einfach genug. Sie hatten keine Reserven mehr und sind zusammengebrochen.«

Sie hatte zu all diesen Worten immer nur genickt und gedacht, dass er sicher recht hatte. Und dann hatte sie noch mehr mit ihm geteilt. Zu viel. Ohne über die Konsequenzen nachzudenken, hatte sie von ihren Schwindelanfällen gesprochen. Von den Blackouts und dem Kribbeln in ihren Händen und Fingern. Über die Hitze, die sie manchmal in ihrem Körper spürte. »Das kommt und geht, aber zeitweise habe ich mich richtig abwesend gefühlt. Seltsam. Als würde ich irgendwie neben mir stehen.«

»Und das hat begonnen, als Sie Ihre Tochter verloren haben?«

»Ja.«

Der Psychiater hatte seine Ohrläppchen geknetet, als wären sie kleine Schwämmchen, aus denen er das Wasser drücken wollte, und dabei fast erleichtert gewirkt, beinahe glücklich. Und während das für ihn ein stimmiges Bild ergab, hatte Emer durch den Nebel der Medikamente erkannt, dass sie besser den Mund hielt, da das alles sonst Konsequenzen für ihre Arbeit haben würde.

»Nun, ich hätte meinen Instagram-Account eigentlich längst löschen können.« Fredrik Baxter lachte angestrengt. »Ich folge nur ein paar Kollegen und einigen Zeitschriften. Außer ein paar Projekten habe ich selbst eigentlich nie etwas gepostet.«

»Im Gegensatz zu deiner Mutter«, warf Anja ein.

»Müssen wir das jetzt wieder durchkauen? Mama hat sich doch schon tausendmal entschuldigt. Sie hat sich einen ganzen Monat in den Schlaf geheult und dir doch erklärt, dass sie das alles nur gemacht hat, weil sie so stolz war …« Seine Stimme war so laut geworden, dass sie sich überschlug. »Sie wusste doch nicht, dass …«

»Ich verstehe nur nicht, warum Grete eine derart einfache Regel nicht einhalten konnte«, unterbrach seine Frau ihn. »Isabella soll auf keinen sozialen Medien zu sehen sein. Basta! Das ist doch nicht so schwer zu verstehen.«

»Dass Mama dieses Bild gepostet hat, hat doch nichts mit Isabellas Verschwinden zu tun. Du kannst nicht …« Fredrik warf rasch einen entschuldigenden Blick zu Emer. Sie schüttelte kurz den Kopf, um ihm zu signalisieren, dass sie schon weitaus aggressivere Wortgefechte erlebt hatte, sowohl in der eigenen als auch in fremden Küchen.

»Dieses Foto«, sagte Anja leise – sie hatte plötzlich wieder ihre Tochter bemerkt, die ihre Puppe weggelegt hatte und stattdessen nun eine rote Tasche hin- und herschwang, »… hat sie eine Stunde vor Isabellas Verschwinden gepostet. Haus und Straßenname waren deutlich zu sehen! Grete hat sogar geschrieben, dass wir beide weg sind.«

Genau wie Jens und Lotte Wiig, dachte Emer. Fredrik

fauchte, dass seine Mutter nur zweiundfünfzig Follower habe, die alle über sechzig seien.

»Das spielt doch keine Rolle«, schimpfte Anja weiter. »Es geht nicht darum, wer das Bild gesehen hat. Das Problem ist doch, dass Grete einfach die Tendenz hat, komplett in ihrem Handy zu versinken und dann alles zu vergessen. Wenn sie sagt, dass sie nur kurz oben war, um etwas zu holen, und dass das kaum mehr als zwei Minuten gedauert haben kann, heißt das in Wahrheit doch wohl, dass sie mindestens zwanzig Minuten irgendwelche begeisterten Kommentare über ihr süßes Enkelkind gelikt hat. All die Emojis nicht zu vergessen.«

»Vielleicht hat sie sich ein paar Minuten ablenken lassen«, sagte Fredrik verständnisvoll. »Es ist doch alles gut gegangen. Kannst du dich nicht darauf konzentrieren?«

Emer ließ Isabellas Eltern ausdiskutieren und ging zur Treppe. Zwölf Stunden von zu Hause weg und keine Anzeichen von Traumata, dachte sie. Die Kleine musste sich ganz einfach an irgendetwas erinnern.

»Eine schöne Tasche hast du da«, sagte Emer und lächelte das Mädchen an. Die Tasche hatte über ihrer Schulter gehangen, als sie nach Hause zurückgekommen war.

»Die sieht genauso aus wie die von Poppy«, sagte sie leise mit heller Stimme. »Aber mein Krönchen ist weg.«

»Erinnerst du dich nicht mehr, wo das sein könnte?« Emer hockte sich vor dem Mädchen hin, das Gesicht nur einen halben Meter von der Kleinen entfernt. Isabella patschte sich auf den Kopf, um zu zeigen, wo die Krone sitzen sollte. Dann zuckte sie mit den Schultern.

Der Streit der Eltern eskalierte immer weiter. Jetzt ging es um die Tatsache, dass Isabella freien Zugang zu Gretes Schlafmitteln gehabt hatte. Wieder versuchte Fredrik, seine Mutter zu verteidigen.

»Wir haben ein neues Krönchen bestellt, Schatz«, sagte Anja, ließ ihren Ehemann in der Küche stehen und setzte sich auf die unterste Treppenstufe. »Wahrscheinlich können wir das schon morgen auf der Post abholen.«

»Du kannst dir meine Tasche mal leihen, wenn du magst«, sagte Isabella und hob sie vorsichtig über den Kopf. Emer nahm sie entgegen und fuhr mit den Fingern über das juteähnliche Material. Umweltfreundlich, schließlich kam es von Bambus. Irgendwo war eine leichte Erhebung. Steckte da noch etwas in der Tasche?

»Darf ich die mal aufmachen?«, fragte sie.

Isabella nickte, und Emer öffnete die Tasche. Sie war leer. Aber warum war der Rand dann so uneben? Emer folgte dem Saum auf der Innenseite und stieß mit den Fingerkuppen gegen etwas Hartes. Ein Reißverschluss. Sie zog ihn langsam auf.

»Aber was ist denn …?« Anja Baxter beugte sich vor und schlug sich die Hand vor den Mund: »Isabella, warum hast du denn nicht gesagt, dass die Tasche ein Geheimfach hat?«

Auszug aus dem Pädophilenforum, Darknet:

Vor 10 Minuten. Von Anonym:
Mann, Leute! Ich hatte plötzlich die Bullen vor der Tür. Bin noch ganz zittrig!!!

Vor 4 Minuten. Von PG:
Haben die das Forum gefunden?

Vor 1 Minute. Von Anonym:
@PG: Das ist wohl nur eine Frage der Zeit, die haben nämlich alles außer meinem Telefon mitgenommen: Server, Laptops, externe Festplatten. Und Sunniva. (Ich nutze jetzt natürlich einen Tor Browser). Vermutlich sind sie alle registrierten Sexualstraftäter durchgegangen (einige von euch kennen ja meine Geschichte). Ich wohne nur ein paar Viertel von Poppys Kindergarten entfernt. Vermutlich haben sie mich so gefunden, sicher bin ich mir aber nicht.

Emer Murphy. Präsidium, Oslo

Montagnachmittag

Mons saß am Schreibtisch, der Emers direkt gegenüberstand, und hob den Blick, als sie mit zwei kleinen Plastikbeuteln in der Hand das Büro betrat. Sie sah das Logo von Lottes Blog auf dem Bildschirm. In dem Text darunter ging es wohl um irgendeine *Pause*.

»Was hast du da, Murphy?«

Emer konnte sich das Lächeln nicht verkneifen, als sie ihm die Beutel reichte.

»Das ist die Tasche, die Isabella bei sich hatte, als sie zurückkam, erinnerst du dich?« Mons studierte den Inhalt des ersten Beutels, dann nahm er den anderen. »Und … was ist das? Eine Socke? Die ist so klein, ist die von einer Puppe? Und wo hast du die her?«

»Die war in der Tasche. Unten im Saum gibt es da so eine Art Geheimfach«, sagte sie voller Eifer. »Isabella behauptet, nicht zu wissen, woher die kommt, und ihre Eltern haben die noch nie gesehen.«

Emer hatte die beiden anderen Puppen des Mädchens überprüft. Beide trugen Strumpfhosen.

»Die Tasche ist doch am Sonntag durchsucht worden«, murmelte Mons, während er das Söckchen mit dem Spitzenrand durch die Plastikfolie studierte. »Es gibt aber wohl keine Garantie dafür, dass die wirklich von diesem unbekannten Aufenthaltsort stammt?«

»Doch«, sagte Emer, ließ sich auf ihren Bürostuhl fallen und rollte damit zu ihrem Kollegen hinüber. »Isabella hat die Tasche erst Stunden vor ihrem Verschwinden von ihrer Großmutter geschenkt bekommen. Und die Eltern sind sich sicher, dass sie seit ihrer Rückkehr unberührt an einem Haken hing.«

»Wir haben also etwas übersehen.« Mons rieb sich das Gesicht, und seine Stimme wurde undeutlich. »Im Laufe der zwölf Stunden, die sie weg war, hat sie ein Krönchen verloren, das wir nicht finden können. Und eine Socke gefunden.«

Emer antwortete nicht. Der Anruf des Psychiaters hatte sie zwischenzeitlich etwas aus dem Konzept gebracht, doch jetzt hatte sie das Gefühl, alles wieder im Griff zu haben. Sie fühlte sogar so etwas wie Stolz. In ihrer Abwesenheit hatte das Team eine entscheidende Spur übersehen. Vier Wochen zu spät war dieses Söckchen nun aufgetaucht. Dank ihr.

Emer studierte Mons' Bildschirm und erkannte einen Blogbeitrag aus dem April: *Pause nach einem hektischen Morgen.* Lotte saß allein auf einer Bank, in der Hand einen Pappbecher. Ihr Blick richtete sich verträumt in die Ferne, und ihr Mund war leicht geöffnet. Sie sah einsam aus, fand Emer. Sie selbst trank nur selten Kaffee oder Tee mit anderen als Marceline. Nicht einmal während ihres Psychologiestudiums, das sie dann für alle überraschend zugunsten der Polizeischule abgebrochen hatte, hatte sie viele Freunde gehabt. Frøya hingegen hatte ihre »Hühner«, eine Clique von sicher zwanzig Leuten, die immer gleich ein Drama machten, wenn sich ein paar von ihnen mal ohne die anderen trafen. Sie waren extrovertiert, redeten offen und bis ins kleinste Detail über ihr Sexleben und waren Emer gegenüber höchst skeptisch: »Die ist ja total verschlossen. Bist du dir wirklich sicher, dass die queer ist? Und ist sie überhaupt bi? Mein Gaydar schlägt da gar nicht aus!«

Die ganze Gruppe war wie besessen von Frøyas charmantem Wesen gewesen, bis die Trauer über Lucia die Überhand gewonnen hatte. Aber auch danach hatten die Hühner hart daran gearbeitet, sie zurück ins Leben zu locken, wie sie es nannten, wobei Emer immer das Gefühl hatte, dass sie Frøya eigentlich für sich haben wollten. Während ihres Klinikaufenthalts, vermutete Emer, waren sie sicher mit ganzer Truppenstärke bei Frøya angerückt und hatten ihr eingeredet, wie aussichtslos die Situation sei: »Wir wussten doch die ganze Zeit, dass mit der etwas nicht stimmt! Was sagen die Ärzte, wie kommst du aus der Sache wieder raus?«

Bei früheren Beziehungen war Emer immer gleich von den Freundeskreisen ihrer Lover aufgenommen worden. Aber bei diesen verfluchten Hühnern war das anders.

Immerhin: Sie hatte vielleicht keine nahen Freunde, aber sie hatte Kollegen. Sie hatte Mons und Josef. Lotte hatte nur Jens. Und Hunderte von Fremden, die sie von außen beobachteten.

»Jens und Lotte Wiig haben einen auffällig kleinen Umgangskreis«, sagte Emer und riss den Blick von dem Bild von Lotte auf der Bank los.

»Und dabei handelt es sich ausschließlich um Familienmitglieder. Apropos«, sagte Mons. »Ich bin gerade aus Torshov zurück. Carmen Haugen lebt erst seit Kurzem getrennt von ihrem Mann, Jan-Erik Haugen, also Sverres Bruder.«

»Wiigs Gärtner hat durchklingen lassen, dass die Trennung ziemlich hässlich war«, sagte Emer.

»Ja, ich glaube, man kann sagen, dass er sie richtiggehend rausgeworfen hat.« Mons nickte und gab die Gespräche wieder, die er mit Jens' Onkel und Tante geführt hatte. Wenig überraschend hatten beide darauf hingewiesen, dass Sverre immer seinen älteren Sohn vorgezogen hatte. Speziell Carmen hatte aktiv versucht, die ungleiche Gewichtung zu kompensieren. Sie erachtete sich selbst als wichtigste Stütze in Jens' Jugend. Als ihr Neffe dann ganz plötzlich seine große Liebe getroffen und bald darauf eine bezaubernde Tochter bekommen hatte, war sie gleichermaßen erleichtert wie begeistert gewesen. Auch in den letzten Jahren hatte sie viel Zeit mit ihrem, wie sie es nannte, »Kleeblatt« verbracht, also Jens, Lotte und Poppy. Sie hatte auch erwähnt, dass Maries Abneigung gegen ihre Schwiegertochter sich leider manchmal auch auf ihr Enkelkind übertrug. Auch das war für Emer keine Überraschung.

»Sind die beiden Schwägerinnen Teil desselben Freundeskreises?«, fragte sie. »War Carmen auch bei diesem Lunch am Sonntag?«

»Ja, aber sie musste im Krankenhaus einspringen, sie ist Pflegediensthelferin«, sagte Mons und schüttelte eine Flasche Wasser. »Wenn ich das richtig verstanden habe, hat

Jan-Erik auf Gütertrennung bestanden, sodass sie zum ersten Mal seit Jahren gezwungen ist, außerhalb zu arbeiten.«

Emer stutzte. »Außerhalb?«

»Bis zu ihrer Trennung hat Carmen ihn zu Hause gepflegt.«

»Ach, richtig.« Sie nickte. »Samuel Dahlberg hat etwas von einem Unfall gesagt.«

»Genau.« Mons nahm das Handy, das zu vibrieren begonnen hatte, nickte Emer entschuldigend zu und sagte fragend: »Bø?«

Während er zuhörte, nahm sie noch einmal den Plastikbeutel in die Hand. Das Puppensöckchen musste von der Kriminaltechnik untersucht werden, vielleicht waren irgendwelche biologischen Spuren daran, aus denen man ein DNA-Profil erstellen konnte.

Nachdem Bø ihren kurzen Bericht erstattet hatte, erzählte Mons ihr von Emers Besuch bei Familie Baxter.

»Wir haben ja schon mit allen in der Nachbarschaft gesprochen, und ich will die Bedeutung von diesem Söckchen auch nicht übertreiben«, sagte er zu Bø, »aber könntest du noch mal Isabellas engste Freunde abklappern und nachsehen, ob irgendwo eine Puppe einen kalten Fuß hat?«

Emer nahm die halb volle Teetasse und goss den Rest in den Blumentopf, in dem ein Kaktus trotz oder dank unterschiedlichster Getränke, darunter ein paar alkoholhaltige, schon bald zehn Jahre überlebte.

»Apropos Püppchen ...« Mons legte das Handy weg und lehnte sich auf seinem Stuhl weit zurück. »Ich habe eben das Vernehmungsprotokoll eines registrierten Pädophilen gelesen, der unweit von Poppys Kindergarten wohnt. Man hat bei ihm eine Sexpuppe in Gestalt eines Kindes gefunden, die allerlei Elektronik enthält. Wie sich zeigte, war der Mann in einem Forum aktiv, in dem auch Fabian Moen, getarnt durch einen anderen Nutzernamen, aktiv sein könnte. Der Mann hat in dem Forum eine chinesische Firma empfohlen, die vor ein paar Monaten Sexpuppen produziert hat. Laut Bericht hat er die Beamten zu belügen versucht und gesagt, er sei Künstler und brauche diese Puppe für Aktbilder. Vor ein paar Jahren habe ich mit dem Zoll am Flughafen über eine ähnlich fiese Sache gesprochen«, fuhr Mons fort. »Sie haben mir ziemlich viele erschreckende Details genannt, aber mir ist in Erinnerung geblieben, dass diese Puppen ganz unterschiedliche Gesichter haben und oft in weiche Decken gehüllt und mit einem Teddy im Arm geliefert werden.«

Emer schnitt eine Grimasse. »Waren in dem Bericht auch irgendwelche Fotos?«

»Ja, die konfiszierte Puppe ist blond und hat blaue Augen«, sagte Mons. »Sie sah der Tochter meiner Nachbarin erschreckend ähnlich, und die ist drei.«

Emer stellte die Teetasse ab und dachte laut: »Blonde Haare und blaue Augen … Können wir herausfinden, ob jemand eine Puppe mit ganz bestimmten Eigenschaften bestellt hat? Schwarze Haare und grüne Augen? Vielleicht könnte uns eine solche Bestellung zu Moen führen?«

»Poppy in Puppenform?«, fragte Mons, als Katja Wiberg die Tür öffnete.

»Tidemand!«, rief sie, als hätte das Büro deutlich mehr

als nur acht Quadratmeter. »War Poppys Fanklub irgendwie mit uns in Kontakt?«

»Nein? Warum sollten die ...«

»Nun, dann haben sie sich direkt an die Presse gewandt.« Der Ton ihrer Chefin war hart und sarkastisch. Sie winkte sie hinter sich her auf den Flur. Vor dem Bildschirm, der neben der Tür des Sitzungsraums hing, hatten sich bereits einige Leute versammelt. NRK. Nachrichten. Den Blick fest auf den Bildschirm geheftet, wickelte Katja Wiberg eine Lakritzschnur fest um ihren Finger, sodass die Fingerkuppe weiß wurde. Die sonst so besonnene Frau wirkte gestresst, auch sie wünschte sich nichts mehr, als diesen Fall zu lösen und Poppy zu finden. Eine junge, sorgsam geschminkte Frau mit roten Haaren nickte ernst, während der Reporter sprach. Unten am Bildrand stand: Stina Corneliussen, Vorsitzende des Poppy-Fanklubs. Sie hatte ein kleines Tattoo an der Seite ihres Halses. Eine rosa Blume.

»Sie haben eine Nachricht an den Entführer?«

»Via Crowdfunding haben die Follower von *LottesLooks* Geld gesammelt«, sagte Stina Corneliussen und sah dabei voller Ernst in die Kamera: »Wenn Sie Poppy unverletzt zurückbringen, zahlen wir Ihnen 1,3 Millionen Kronen.«

Auszug aus dem Pädophilenforum, Darknet:

Vor 19 Minuten. Von Tigerstad:
Blöd, dass die Sunniva mitgenommen haben, aber apropos; ich habe vor, mir so eine Puppe anzuschaffen. Erfahrungen? Im letzten Jahr ist viel darüber geschrieben worden.

Vor 16 Minuten. Von PG:
Yes. Ich habe die Dienste einer sehr serviceorientierten chinesischen Gesellschaft genutzt (die wurde hier im Forum schon empfohlen), hab für ein paar spezielle Extras etwas mehr bezahlt.

Vor 12 Minuten. Von Anonym:
Ich dachte, es wäre nicht mehr erlaubt, die nach Norwegen zu importieren?

Vor 10 Minuten. Von PG:
Kein Problem, wenn man im Ausland wohnt ☺. Für euch zu Hause: Es gibt alternative Routen, es muss ja nicht alles über den Zoll gehen.

Vor 8 Minuten. Von Tigerstad:
Kannst du mir in einer privaten Nachricht vielleicht konkretere Infos schicken, @PG.

Vor 5 Minuten. Von Anonym:
@PG: Wie viel mehr musstest du für diese Details denn zahlen? Ich habe auch so meine Vorlieben.

Vor 2 Minuten. Von PG:
@Tigerstad: Kommt gleich. Und ein Tipp, wenn du dir eine Puppe kaufen willst. Wärm sie in der Badewanne auf. Dann passt die Körpertemperatur perfekt.

Emer Murphy.
Bygdøy, Oslo

Montagabend

»Wann wurde vereinbart, dass Poppy hier von Sonntag auf Montag übernachten sollte?« Emer zog in der Eingangshalle der Wiigs auf Bygdøy ihre Sneakers aus. »Und wer hat das vereinbart?«

Cassandra Carlsen hatte dafür gesorgt, dass Lotte und Jens sich im Spa aufhielten. Möglicherweise konnte sie, *oder er*, auch Einfluss darauf gehabt haben, wo Poppy sich in dieser Zeit befand.

»Jens und Sverre haben miteinander gesprochen. Sonst haben die beiden eigentlich weniger …« Marie verstummte. Sie trug ein weites schwarzes Hemd und führte Emer in die Küche, blieb aber stehen, als sie Jesper an der Terrassentür bemerkte.

»Weniger was?« Seine Augen waren schmal.

»Sie hatten nicht so viel Kontakt. Sverre und Jens.« Marie schien verärgert über ihren Sohn zu sein. »Wenn sie miteinander reden, geht es eigentlich immer um Poppy.«

»Sie standen einander nicht sonderlich nah?«, hakte Emer nach.

»Nein, das kann man wirklich nicht sagen«, erwiderte Jesper.

In der Küche duftete es nach Kaffee. Mit Ausnahme einer Batterie, die vorm Kamin lag, waren alle Spuren von Jens' frenetischer Suche nach dem EpiPen vor mehr als einem Tag beseitigt worden. Marie setzte sich an den Esstisch. Jesper blieb stehen. »Wir haben das mit dem Crowdfunding in den Nachrichten gesehen«, sagte er. »Hat sich jemand gemeldet?«

»Noch nicht«, erwiderte Emer. Die Vorsitzende des Fanklubs war zur Befragung auf dem Präsidium gewesen und hatte ausgesagt, dass die Fans weiter Geld einsammelten. Bei ihrem letzten Check hatte der Kontostand bereits anderthalb Millionen betragen.

»Es ging um eine hohe Summe.« Jesper knetete seine langen gepflegten Finger. Dann sah er sie mit Arztblick an und zog die Augenbrauen hoch. »Dass er sich nicht meldet, kann das bedeuten, dass der Entführer die Forderungen des Fanklubs nicht erfüllen will?«

»Mein Gott!« Marie starrte ihren Sohn voller Zorn an. »Musst du immer so negativ sein?«

»Es kann viele Gründe geben.« Emer antwortete ihm ruhig. »Ein solcher Austausch würde ihn in eine exponierte Lage bringen. Außerdem wissen wir ja noch nicht, warum er Poppy entführt hat.«

Jesper setzte sich seiner Mutter gegenüber an den Tisch und schob den Teller mit den Resten einer Brotrinde zur Seite. Einige Kollegen waren wie Jesper der Überzeugung, dass es ziemlich schlecht aussah. Die wenig positive Stimmung bei der abendlichen Lagebesprechung hatte Emer veranlasst, gemeinsam mit dem Beamten, der mit einem am Vortag verreisten Nachbarn sprechen sollte, noch einmal nach Bygdøy zu fahren.

Die Fahrt war deutlich interessanter geworden, als sie es vermutet hatte. Während sie sich durch Lottes Instagram-Account gescrollt hatte und dabei auf mindestens zwanzig Fotos von Poppys Knien mit tiefen Grübchen gestoßen war, hatte das Telefon geklingelt. Alexandra war ganz außer Atem gewesen. »Ich muss Ihnen was sagen, ich bin gerade etwas planlos durchs Darknet gesurft, die Details erspare ich Ihnen, aber ...«, gefolgt war eine lange Beschreibung. Jemand, der sich PG nannte, hatte nach Material mit sichtbaren Grübchen gesucht. Der Chat war drei Wochen alt. Nach dem Telefonat mit Alexandra hatte sie sogleich Mons und Josef Bescheid gegeben: »Fabian Moen sucht noch immer nach Grübchen.«

Emer fokussierte Marie. Die Frau wirkte erschöpft. »Gibt es irgendwelche Neuigkeiten über Sverre?«

»Papa liegt noch immer im künstlichen Koma«, sagte Jesper. »Er ist aber stabil. Ich tippe mal, dass sie ihn an einem der nächsten Tage zurückholen.«

»Glaubst du das wirklich?« Marie blickte ihren Sohn überrascht an.

»Ja, warum denn nicht? Ich werde auf jeden Fall dafür sorgen, dass er so schnell wie möglich wieder nach Hause kommt. Die Wahrscheinlichkeit, dass er sich an etwas erinnert, ist in der vertrauten Umgebung am größten. Außerdem ... Was war das denn? Ist jemand oben im Haus?« Jesper unterbrach sich selbst und sah nach oben zur Decke, wo Schritte zu hören waren.

»Das ist sicher nur Jens.«

»Jens ist hier?«

»Er ist zu uns nach Hause gekommen.« Maries Gesichtsausdruck wurde milder, traurig. »Nach all dem Aufruhr, all den Lügen. Er konnte nicht mehr. Wollte einfach nach Hause.«

»Und Lotte? Wer ist dann bei ihr?« Jespers Ton war scharf, er dachte sicher an die Episode in der Küche. Das zerbrochene Glas.

»Das weiß ich nun wirklich nicht!«, zischte Marie mit zusammengepressten Lippen. »Ich habe genug mit meiner eigenen Familie zu tun.«

»Gehört Lotte etwa nicht zur Familie? Wenn Jens hier ist, heißt das doch wohl, dass sie allein ist.« Jesper stand abrupt auf und starrte enttäuscht auf seine Mutter. »Mir reicht's, ich hau ab.«

»Du willst zu ihr, während dein Bruder hier ist?« Marie stieß den Stuhl nach hinten und folgte ihrem Sohn in den Flur.

»Lotte befindet sich in einer Krisensituation, und du weißt verdammt gut, dass sie außer uns niemanden hat, Mutter. Sie ist vollkommen allein!«

Die Haustür fiel mit einem Knall zu.

Emers Blick ruhte auf einem Paar Kinderschuhe vor dem Garderobenschrank. Sie waren schwarz und flach und unterschieden sich von dem Berg von Schuhen in Tjuvholmen, die alle aus rosa- oder erdfarbenem Leinen oder Stoff waren.

»Sind das Poppys Schuhe?«

»Was?« Maries Kinn zitterte. »Schuhe? Ja, die sollte sie am Nationalfeiertag tragen, aber sie hat sie gleich wieder ausgezogen und anschließend nie wieder einen Blick darauf geworfen. Lotte hat vergessen, sie mit nach Hause zu nehmen.«

Emer schlüpfte in ihre Sneakers und folgte Jesper in den warmen Abend. Ihr Blick ging nach oben zum rosafarbenen Himmel. Von der Straße war leises Murmeln zu hören, dann lachte einer der Journalisten, die noch immer die Stellung hielten, laut auf.

»Warten Sie!«

Jesper war auf dem Weg zu einem schwarzen Tesla Model X, blieb stehen und sah Emer über das Autodach hinweg an. »Ja?«

»Stehen Sie ihr nahe?«

»Lotte? In gewissen Punkten, ja.« Er dämpfte seine Stimme. »In anderen nicht.«

»Heißt was?« Emer ging zu ihm.

»Ich weiß, dass sie zur Selbstverletzung neigt, wenn ihr alles zu viel wird. Für sie ist das eine Methode, starke Gefühle zu meistern, oder eben nicht zu meistern … Ich musste sie schon ein paarmal zusammenflicken.« Er holte tief Luft und warf einen Blick auf den Fjord. »Aber ich hatte keine Ahnung, welche Finsternis sie zu diesem verfluchten Ritzen getrieben hat, bis das mit dem sexuellen Missbrauch von den Medien breitgetreten wurde.«

Emer registrierte eine Bewegung an einem Fenster im ersten Stock des Hauses. Beobachtete Jens sie?

»Sie hat sich nie geöffnet … hat mir nie irgendwelche

Details erzählt«, fuhr Jesper fort, wobei er einen Blick zu den Reportern warf, die außer Hörweite standen.

»Wie würden Sie die Beziehung von Lotte und Jens beschreiben?«

Ein schiefes Lächeln huschte über sein Gesicht. »Mein kleiner Bruder ist eifersüchtig. Fühlt sich unterlegen und versucht, sich zu rächen, indem er sie mit nach unten zieht. Wir haben am Nationalfeiertag hier zusammen mit Mama und Papa gegessen, und Jens hat komplett die Beherrschung verloren, weil er in der Zeitung als ... ja, wie haben sie sich noch mal ausgedrückt ... als Trophäenmann bezeichnet wurde. Sagt das nicht alles über ihre Ehe? Kann er seiner Frau den Erfolg nicht gönnen, ohne ihr den Ruhm stehlen zu müssen?«

Jesper erzählte, dass Jens immer wieder behauptet habe, *LottesLooks* erschaffen zu haben, dass er all die Arbeit mache und seine Frau nur zu lächeln bräuchte. Aber darüber würde natürlich niemand schreiben.

»Er hat über Lotte gesprochen, als wäre sie ... ja, als wäre sie irgendein Gegenstand.« Jesper zuckte mit den Schultern. »Ich habe die Dynamik in ihrer Ehe nie verstanden.« Er unterbrach sich selbst und schüttelte den Kopf.

»Eine letzte Frage, bevor Sie fahren.« Emer dämpfte ihre Stimme. »Wissen Sie vielleicht, wie oft Lotte sich selbst verletzt? Oder was sie triggert? Haben Sie da ein Muster erkannt?«

»Nein, eigentlich nicht, die Zigarettennarben sind jedenfalls nicht neueren Datums.«

»Zigaretten?« Emer stutzte, ehe sie sich an die runden

Narben auf Lottes Brust erinnerte. Stammten die von der Glut einer Zigarette?

»Sie hat nie darüber gesprochen, aber ich habe die Narben gesehen. Und was das Ritzen am Oberschenkel angeht ...« Jesper holte tief Luft. »Da habe ich ein paar neueren Datums entdeckt, als wir allein in der Bibliothek waren.«

Bevor Emer den Raum verlassen hatte, um die Aufnahmen der Überwachungskamera anzusehen, hatte sie Lottes Bademantel zurechtgezogen und dafür gesorgt, dass sie bedeckt war. Jesper musste ihn zur Seite geschlagen und ihre Beine überprüft haben, als sie betäubt war. In seiner Rolle als Arzt oder Schwager?

»Wie alt waren die Wunden?«

»Vielleicht ein oder zwei Wochen.« Er setzte sich in den Tesla, und der Motor startete lautlos.

War das am Donnerstag vor zehn Tagen geschehen?, fragte Emer sich, als der Stalker, oder der Cousin, ihr diese Wahnsinnsangst gemacht hatte?

DRITTER TAG

DIENSTAG, 18. JUNI 2019

Marie Wiig.
Bygdøy, Oslo

Früher Dienstagvormittag

»Einer der Ermittler tauchte gestern Nachmittag bei uns auf, er wollte aber nur Antworten und hat selbst keinerlei Fragen beantwortet.« Jan-Erik Haugen schob sich vor und zurück, sodass sein Rollstuhl Spuren in dem Seidenteppich der Eingangshalle hinterließ. »Deshalb wüsste ich ein Update sehr zu schätzen, liebe Schwägerin.«

Marie beugte sich über den Lieblingsstuhl ihres Großvaters und dachte, dass sicher Tidemand bei ihrem Schwager in Slemdal gewesen war. »Ich verstehe nicht, was du zu dem Fall beitragen könntest.«

»Ich denke, er wollte sich einfach einen Eindruck von der gesamten Familie machen.« Jan-Erik legte die Hände auf die Pappschachtel, die auf seinem Schoß lag. Um was es sich dabei handelte, hatte er noch nicht gesagt. »Ich war gerade bei Sverre im Krankenhaus.«

Marie holte tief Luft, sie zitterte leicht. Der ereignisreiche Morgen hatte schon mit einem Anruf aus der Klinik begonnen, in dem sie ihr mitgeteilt hatten, dass sie Sverre nun aus dem künstlichen Koma holen wollten. Später hatte sie erfahren, dass ihr Mann bei Bewusstsein war, aber noch sehr benommen sei. Nach Aussage eines Pflegers war der Hals ihres Mannes nach der Beatmung noch sehr gereizt, sodass er noch nicht sprechen könne. Aber das konnte sich inzwischen ja geändert haben. »Hat er etwas gesagt?«

Jan-Erik sah sie einige lange Sekunden an, ehe er den Kopf schüttelte. »Nein, aber ich bin optimistisch. Mein Bruder hat meinen Blick erwidert, und ich habe gesehen, dass er mich erkannt hat. Wie soll es jetzt weitergehen?«

»Er wird im Laufe des Tages in die Neurologie verlegt und später dann irgendwann in eine Rehaklinik.«

Die Ärzte sahen es als gutes Zeichen an, dass Sverre so schnell zu sich gekommen war. Vor einer Prognose, ob und wie sein Gedächtnis funktionierte, scheuten sie aber zurück. Marie rieb sich die geröteten Augen. Nach dem emotionalen Auf und Ab des Morgens hatte der Anblick des speziell umgebauten Tesla ihres Schwagers ihre Stimmung nicht gerade gehoben. Sie hatte einfach keine Kraft mehr und wollte ihn schnellstmöglich aus dem Haus haben. Sie zeigte auf den Pappkarton auf seinem Schoß: »Was ist das?«

»Noch ein paar von Carmens Sachen, vielleicht kann sie die hier abholen? Ich habe es aufgegeben, mich um Kontakt zu ihr zu bemühen.« Jan-Erik verdrehte die Augen, als wäre das Verhalten seiner Ex-Partnerin vollkommen inakzeptabel. »Sie geht nicht ans Telefon, und ihre neue Adresse will sie mir auch nicht geben. Ich habe gestern sogar erwogen, diesen Ermittler danach zu fragen. Er wollte anschließend zu ihr, denn ich weiß ja, dass du sie mir auch nicht geben wirst.«

Er zog die Augenbrauen hoch. Marie antwortete nicht. Am liebsten hätte sie ihn angefaucht, dass er es nicht besser verdiente, schließlich habe er seine Frau in den Dreck gezogen und verraten. Stattdessen nahm sie ihm den Karton ab. Auf einem sorgsam zusammengelegten geblümten Kleid lag ein Foto von Carmens kleiner Schwester. Felicia lag auf dem Rücken zwischen ihren Puppen, in den Haaren eine rosa Schleife. Sie war auf dem Foto vielleicht drei Jahre alt und starrte mit ihren dunklen Augen direkt in die Kamera. Eine tragische Geschichte. Marie wandte rasch den Blick ab. Jetzt, da sich all ihre Gedanken um Poppy drehten, ertrug sie das nicht.

»Ich werde dafür sorgen, dass sie den Karton bekommt.«

»Danke. Sind die Jungs hier?« Der breite, sonst so charmante Mund ihres Schwagers ließ ihn mit einem Mal wie einen Frosch aussehen.

»Nein.« Nach dem heimlichtuerischen Gespräch mit dieser Murphy vor dem Haus war Jesper einfach gefahren, und Jens war vor einer Stunde aus dem Haus gegangen. Seine Alleingänge beunruhigten sie, glaubte er wirklich daran, Poppy in der Nachbarschaft finden zu können? Jetzt noch?

»Entschuldige mich, aber diesen Anruf muss ich annehmen«, sagte Jan-Erik und steckte sich seine AirPods in die Ohren. »Ja, Haugen.«

Er war gerade erst über die Schwelle der Küchentür gerollt, als die Haustür aufflog und Jens in die Eingangshalle schwankte. Er war kaum wiederzuerkennen. Die Haut rund um die Augen war durch einen gelblich braunen Schatten verfärbt, und der Rest des sonst immer so braun gebrannten Gesichts wirkte genauso fahl wie das von seinem Vater.

Marie war beunruhigt. In den letzten Wochen hätte sie all die Informationen, auf die die Presse sich jetzt stürzte, ja sogar noch mehr, mit ihm teilen können. Hätte sie ihm sagen müssen, was sie wusste? Aber wie hätte er reagiert, wenn er schon vor einem Monat von der Vergangenheit seiner Frau erfahren hätte? Hätte er sie verlassen? Nein. Er war derart verliebt und abhängig von Lotte, dass er sie nur wieder verteidigt hätte.

Der Alkoholdunst war noch aus mehreren Metern Entfernung überwältigend. Marie wich automatisch einen Schritt zurück und stolperte über den Karton mit Carmens Sachen. Dass Jens trank, war verständlich, er durfte aber nicht wieder komplett die Kontrolle verlieren wie damals, als er seine Tenniskarriere hatte aufgeben müssen. Ihr Sohn war mitten in einem Match von Lottes Begeisterung und ihrer vorlauten Art derart aus dem Konzept gebracht worden, dass er sich den Ellenbogen verletzt hatte und den Schläger für immer weglegen musste. Damals hatte er seine Identität verloren. »Das Tennis ist doch alles, was ich habe«, hatte er eines Abends geschluchzt, als er plötzlich unrasiert und mit einer Flasche Schnaps im Arm in der Tür gestanden hatte. »Jetzt bin ich nichts mehr.«

Nur wenige Monate später hatte ihn der Blog seiner Frau dann vollends absorbiert.

»Ich hab komplett vergessen, dass ich gleich noch ein Interview mit der VG habe.« Jens' Stimme war etwas verwaschen, aber stabiler, als Marie es befürchtet hatte.

»Was wollen die?« Sie verhielt sich ruhig, aber ihr Puls hämmerte.

»In einer Stunde kommt ein Journalist für ein Exklusivinterview«, sagte er. »Das ist eine Möglichkeit, sich direkt an den Entführer zu wenden.«

Marie spürte plötzlich wieder Energie in sich aufkeimen; damit hatten sie die Chance, einen Unterschied zwischen Poppys Mama und Papa aufzuzeigen. Sofort machte sie einen Plan für die nächsten sechzig Minuten: Jens musste eine eiskalte Dusche nehmen, während sie die Wendelboe-Kaffeebohnen mit dem höchsten Koffeingehalt mahlte. Und Jan-Erik musste jetzt verdammt noch mal das Haus verlassen.

»Eigentlich habe ich überhaupt keine Lust, Lotte zu sehen, aber wenn wir Poppys Entführer wirklich erreichen wollen, müssen wir gemeinsam auftreten. Als Einheit. Angeblich fehlt es uns an Sympathie«, Jens stolperte fast über seine Worte. »Die Leute helfen uns eher, wenn sie Poppys Mutter nicht hassen.«

Jens schluckte alles, was online geschrieben wurde. Stundenlang saß er über den Laptop gebeugt da, überzeugt davon, irgendetwas finden zu können, was die Polizei übersehen hatte, ein Detail, das ihn zu seiner Tochter führen konnte. Im Laufe des letzten Tages hatte Marie ihn immer wieder vor Wut brüllen oder laut schluchzen hören.

Er hielt nach dem Telefon Ausschau, das er in der Hand hielt, und verstand nicht, welche Möglichkeit sich ihm damit bot. Bieten konnte. Jens liebte seine Frau, er vergötterte sie. Marie hatte das nie verstanden, aber seit Beginn der Beziehung hatte Jens eine Wahnsinnsangst gehabt, dass Lotte ihn verlassen könnte.

»Junge, jetzt hör mir mal zu.« Sie legte ihre Hände auf seine Schultern und sprach bewusst langsam und deutlich: »Du musst daran glauben, dass Poppy wieder nach Hause kommt. Und was sie dann braucht, ist Sicherheit. Nicht wahr?«

Er nickte, bemerkte plötzlich sein iPhone und starrte es an, als wüsste er nicht, was er damit anstellen sollte.

»Mein Junge, dieses Interview solltest du allein führen.« Marie versuchte, seinen Blick einzufangen, aber seine Pupillen schienen irgendwie herumzuschwimmen, sodass ihr schwindelig wurde. »Poppy zuliebe.«

Jan-Eriks Murmeln aus der Küche wurde plötzlich lauter: »Ja, ich kann Sie da draußen treffen, aber ich muss erst aus der Stadt rauskommen, sagen wir, in zwei Stunden?«

Es hörte sich so an, als würde ihr Schwager sein Telefonat beenden. Marie führte Jens entschlossen zur Treppe und gab ihm einen leichten Stoß. Während er mit unsicheren Schritten in den ersten Stock hinaufwankte, sagte sie: »Die Journalisten schreiben, was sie wollen. Aber das ist Lottes Blog, Jens, und es ist wirklich an der Zeit, dass sie die Verantwortung für ihre eigenen Handlungen übernimmt!«

»Du siehst blass aus, Marie.« Trotz seiner muskulösen Arme kämpfte Jan-Erik ein paar Sekunden mit der Schwelle zwischen Küche und Eingangshalle.

»Es ist einfach ein bisschen viel zurzeit«, flüsterte sie und blickte zur Decke. Erleichtert hörte sie, wie die Dusche angestellt wurde. Jetzt galt es, ihren Sohn nüchtern zu bekommen.

»Ja, das kann man wohl verstehen.« Jan-Erik hielt vor ihren Füßen an. In seinen Augen sah sie eine Andeutung von Tränen. »Ich muss los. Mein Makler hat angerufen. Ich will das Ferienhaus verkaufen.«

»Auf Tjøme?« Marie fasste sich an die Brust. »Du willst das Haus auf Tjøme verkaufen?«

»Zu viele Erinnerungen. Außerdem komme ich da allein ja kaum zurecht«, sagte er.

»Aber da waren wir doch immer mit der ganzen Familie, Jan-Erik, du kannst das doch nicht … du kannst das doch nicht einfach verkaufen?«

Emer Murphy.
Frogner, Oslo

Früher Dienstagvormittag

»Ich nehme an, dass ich Ihnen kein Glas Wein anbieten darf?« Guro Jørgensen, eine elegante Frau mit runder Brille und mit perlenbesetzter Spange in den braunen Haaren, führte Emer in ein helles Esszimmer.

»Danke, aber nein«, sagte Emer und setzte sich auf den Stuhl, der ihr neben Bente Sand, einer weiteren elegant gekleideten Freundin von Marie, angeboten worden war.

Als sie angerufen und um ein Gespräch gebeten hatte, war sie zu Guro Jørgensen nach Hause eingeladen worden, wo sich die Freundinnen ohnehin zum Brunch treffen wollten. Die Bücher in den bis unter die Decke reichenden Regalen waren nach Farbe sortiert. Auf dem runden Glastisch standen diverse Stücke Käse sowie Obst, verschiedene Marmeladen, Kekse und ein Brett mit einem Landbrot und einem Messer. Eine Baisertorte war mit Vanillecreme, Passionsfrüchten und Himbeeren belegt.

Aus dem Flur war ein Klopfen zu hören, und gleich darauf rauschte eine weitere hübsche Frau in den Raum und reichte Emer die Hand: »Carmen Haugen. Sie sind auch von der Polizei? Gestern war schon einer Ihrer Kollegen bei mir zu Hause.« Die braunen Augen glänzten klar, und die vollen rosa Lippen zitterten etwas, als sie sagte: »Ich bin Maries Schwägerin, die Tante der Jungs. Und Poppys Tante, natürlich.«

Trotz der blauen Uniform des ambulanten Pflegedienstes hatte die Frau, die Emer gegenüber Platz nahm, etwas Farbenfrohes, Exotisches an sich.

»Ich nehme einen Roten, Guro«, sagte sie zur Gastgeberin, die zwei Weinflaschen angehoben hatte. »Nach der Schicht heute brauche ich weiß Gott einen Schluck.«

»Am Sonntag haben Sie mit Marie zusammen gegessen, nicht wahr?«, fragte Emer. »Hier in diesem Raum?«

»Nun, ich war nicht dabei«, sagte Carmen Haugen und streckte sich nach einer Scheibe Brot aus. »Eigentlich war der Lunch mit den Mädels meine Idee, aber zurzeit kann ich es mir nicht leisten, eine zusätzliche Schicht auszuschlagen. Ich bin für eine Kollegin eingesprungen.«

Der Lunch war erst zwei Tage her, und doch saßen die Frauen schon wieder hier, dachte Emer. »Treffen Sie sich oft?«

»Das tun wir«, sagte Carmen. »In den letzten Monaten war Marie aber nicht immer dabei, sie hat sich ein bisschen ausgeschlossen gefühlt.«

»Ja, unsere Wiedervereinigung am Sonntag war wirklich nötig«, ergänzte Guro Jørgensen seufzend. »Es hat fast den Eindruck gemacht, als hätte es Marie überrascht, wie warm wir sie willkommen geheißen haben. Sie wirkte erleichtert. Irgendwie schien sie befürchtet zu haben, wir könnten ihr die kalte Schulter zeigen.«

»Warum?«, fragte Emer.

»Nun, wenn man das alles zusammenfasst, könnte man

sagen, dass Sverre und Marie in der letzten Zeit aus dem Gesellschaftsleben ausgeschlossen wurden«, sagte Bente Sand und schmierte Orangenmarmelade auf eine dicke Scheibe Käse. »Die arme Marie hatte wohl geglaubt, die ausbleibenden Einladungen hätten etwas mit *ihr* zu tun, dabei ist ausschließlich Sverre das Problem.«

»Nach diesem Schlaganfall vor zehn Monaten ist mein Schwager nicht mehr derselbe«, sagte Carmen Haugen traurig. »Aus dem großzügigen Charmeur ist ein echter Besserwisser geworden, manchmal ist er richtiggehend arrogant und unangenehm.«

»Sverre hat meinen Mann, der also wirklich immer entgegenkommend und tolerant war, manchmal sogar zu tolerant, tatsächlich als Snob bezeichnet.« Bente Sand kniff die Augen zusammen, als sie ihren Blick auf Emer richtete, und zog die Augenbrauen hoch. »Bei seinem eigenen sechzigsten Geburtstag wurde Bernt vor aller Augen Opfer einer Tirade darüber, wie leer und sinnlos sein Leben sei.«

»Das war wirklich …« Guro Jørgensen schüttelte den Kopf.

»Extrem peinlich. Also für Sverre. Deshalb sind sie auch nicht zum Hafenfest eingeladen worden«, fuhr Bente Sand fort. »Natürlich hätte ich Marie gerne dabeigehabt, aber Bernt weigerte sich, Sverre einzuladen.«

Emer nahm einen Schluck Pepsi, die ihr in einem Weinglas serviert worden war. Der Mann, der am selben Morgen aus dem künstlichen Koma geholt worden war, hatte also nicht nur Freunde. Und in der Konsequenz war auch Marie aus dem Gesellschaftsleben ausgeschlossen worden.

Auch der Gärtner der Wiigs hatte eine Veränderung in Sverres Verhalten bemerkt, im Gegensatz zu den Frauen am Tisch hatte er sie aber als positiv beschrieben.

»Sie wissen schon, manch einer kommt ja geradezu erleuchtet aus der Sonntagsschule und redet einen Tag oder eine Woche über nichts anderes als Jesus, bis er das alles dann wieder vergessen hat und die Magie gebrochen ist.« Bente Sand klopfte mit ihren beigen Fingernägeln auf den Tisch. »Sverre glaubt, etwas verstanden zu haben, was außer ihm niemand begreift. Er ist wirklich kindlich überzeugt davon, dass das Glück ... ja, wie soll ich das sagen ... im Minimalismus liegt, in Spiritualität.«

»Was er nicht versteht, ist, dass wir alle schon vor vielen Jahren den Materialismus hinter uns gelassen haben«, ergänzte Guro Jørgensen und hob synchron mit ihren Freundinnen das Glas an. »Er ist wirklich der Einzige, der noch bis vor Kurzem auf der ständigen Jagd nach Statussymbolen war.«

»Hat Sverre Wiig ein mangelndes Selbstbewusstsein, ist es das, was Sie andeuten wollen?«

»Ja, das war schon immer so«, sagte Bente Sand. »Wahrscheinlich, weil das Geld aus Maries Familie stammt. Wissen Sie, er hat deshalb auch ihren Namen angenommen. Wiig klingt besser als Haugen, meinte er.«

»Jan-Erik, mein ... ja, ich sollte wohl sagen, Ex-Mann«, sagte Carmen Haugen und zerbrach einen Keks in der Hand, ohne es zu bemerken, »hat ein Vermögen gemacht. Er hat die Firma aus dem Nichts aufgebaut, und ich garantiere Ihnen, dass Sverre niemals geschafft hätte, was Jan-

Erik gelungen ist. Hätte er nicht die Stellung von Maries Vater bei Wiig Shipping übernommen, könnte dieser Mann sich ganz sicher nicht Direktor nennen.«

Wie der Vater, so der Sohn, dachte Emer. Vielleicht beide Söhne, korrigierte sie sich, denn auch Jesper schien einen gewaltigen Drang zur Selbstdarstellung zu haben.

»Kommen wir noch einmal zurück zu letztem Sonntag«, sagte sie. »Hat Marie während des Essens irgendwelche Telefonate geführt?«

»Sie hat ein paarmal versucht, Sverre zu erreichen«, sagte Bente Sand. »Ich glaube, dass sie sich Sorgen gemacht hat, dass er allein mit Poppy nicht zurechtkommt. Es schien sie jedenfalls zu stressen, dass er nicht ans Telefon ging. Aber er hat dann irgendwann zurückgerufen.«

»Haben Sie gehört, worüber die beiden gesprochen haben?«

»Nein, sie hat draußen in der Küche telefoniert.« Bente Sand zeigte zu der halb geöffneten Schiebetür. »Als sie zurückkam, meinte sie aber, Sverre habe alles unter Kontrolle.«

Emer notierte sich den Zeitpunkt des Gesprächs. Die Freundinnen waren sich einig, dass es gegen vier Uhr gewesen sein musste. Während sie noch auf das Display starrte, flüsterte Carmen Haugen: »Vielen Dank für die schönen Blumen, die gestern vor meiner Tür gelegen haben, Guro, das war wirklich lieb von dir. Es hat mich zu Tränen gerührt.«

»Ich dachte, dass du eine Aufmunterung gebrauchen

könntest, Liebes«, sagte die Freundin und schüttelte eine leere Flasche. »Dann geh ich mal Nachschub holen.«

Emer trank Pepsi, die ihr in der Nase kribbelte.

»Wie gut kennen Sie Maries Söhne?«, fragte sie, als die Gastgeberin zurück war und nachgeschenkt hatte.

»Meine Tochter ist mit Jens zur Schule gegangen.« Guro Jørgensen stützte das Kinn auf eine Hand, wobei ihre Brille sich etwas anhob. »Mein Eindruck ist, dass er nie ganz in diese Familie gepasst hat. Der arme Junge wuchs komplett im Schatten seines großen Bruders auf.«

»Jens hatte es wirklich schwer«, sagte Carmen Haugen. »Das zerstört doch das Selbstvertrauen, wenn man die ganze Kindheit hindurch unterschiedlich behandelt wird. Und es hat natürlich Konsequenzen, unter anderem, was die Berufswahl angeht.«

Emer nickte. Mons hatte auch schon darüber gesprochen.

»Am härtesten war es, kurz bevor er Lotte getroffen hat«, fuhr sie fort und zögerte dann etwas, ohne weiter darauf einzugehen. »Sagen wir es mal so. Lotte hat ihn aus seiner Einsamkeit gerettet, aber irgendwie hat auch er sie gerettet.«

»Können Sie das erklären?«, fragte Emer.

»Sie haben sich zu einem Zeitpunkt gefunden, an dem beide verletzbar waren und Sicherheit brauchten. Und danach wollten sie einander nicht mehr loslassen.«

»Sie kennen also auch Lotte gut?«

»Oh ja.« Carmen Haugen lächelte.

»Hat sie Ihnen etwas von ihrer Vergangenheit erzählt?«

Carmen Haugens weiche Gesichtszüge erstarrten. »Lottes Cousin ist ein Monster. Ich will mir gar nicht vorstellen, was er jetzt gerade …« Sie nahm eine Leinenserviette und drückte sie sich auf die Augen.

»Oh mein Gott«, Bente Sand blickte von ihrem Telefon auf, ihre schmalen Augen waren mit einem Mal weit geöffnet. »Bernt hat mir gerade eine SMS geschrieben, dass Marie der VG ein Interview über die Entführung gegeben hat?«

Auch Emer griff zum Handy.

Mutter und Sohn waren die Aufmacher der Website, beide trugen Schwarz und machten traurige Gesichter. Marie presste sich ein weißes Taschentuch auf die Brust, und Jens' Augen schienen feucht zu sein: *Großmutter und Vater flehen den Kidnapper an: Bringen Sie Poppy nach Hause!* Emer klickte den Artikel an. Natürlich, da war er wieder.

Interview: Jack Iversen.

Auszug aus einem Artikel in der Zeitung VG, Dienstag, 18. Juni 2019

Großmutter und Vater flehen den Kidnapper an: Bringen Sie Poppy nach Hause!

Interview: Jack Iversen
Aktualisiert, heute 14.12 Uhr

Die Eheleute Wiig durchleben gerade nicht nur die Krise ihres Lebens, sie mussten auch einen Schwall von Kritik ertragen, seit ihre zweijährige Tochter am Sonntagnachmittag verschwunden ist. Wir haben Poppys Vater und ihre Großmutter im Haus der Großeltern auf Bygdøy getroffen – dem letzten Aufenthaltsort der Kleinen.

Jens erklärt, dass seine Frau Lotte, die uns seit mehr als zwei Jahren Einblicke in den Alltag ihrer Tochter gewährt (was fortlaufend Gegenstand von Kritik war, mehr dazu hier und hier), mit der Zeit blind geworden ist: »All die Aufmerksamkeit, das Geld, es ist ihr zu Kopf gestiegen. Sie konnte einfach nicht mehr aufhören.«

Auch Marie Wiig verzweifelt an der aktuellen Situation: »Wenn der eigene Sohn in einer solchen Krise steckt und dann auch noch in den Medien angegriffen wird, appelliert das an den Mutterinstinkt. Das versteht sich wohl von selbst.« Sie sorgt sich aber auch um ihre Schwiegertochter: »Ich weiß, wie verzweifelt Poppys Mama sich danach sehnt, die Kleine zurückzubekommen. Es ist aber trotzdem nicht richtig, dem Papa jetzt die ganze Schuld in die Schuhe zu schieben. Dieser Blog war immer Lottes Werk.«

Jens wünscht nicht über die Vergangenheit seiner Frau zu sprechen, betont aber, dass die Enthüllungen der letzten Tage auch für ihn ein Schock waren. »Ich wohne seit fünf Jahren mit ihr unter einem Dach. Und jetzt stellt sich heraus, dass sie eine Fremde für mich ist. Es fühlt sich an, als basierte unsere Ehe, unser Familienleben auf einer Lüge.«

Seine Mutter nickt: »Niemand von uns hatte auch nur eine Ahnung, wen wir da in unsere Familie gelassen haben.«

Auf die Frage, ob sie dies näher erläutern könne, antwortet Marie Wiig nur: »Lotte wollte durch diese Hochzeit nicht nur an das große Geld kommen, sondern auch einen ganz bestimmten Status erreichen.«

Für die Wiigs ist es eine doppelte Tragödie: Sverre Wiig, Jens' Vater, lag bis zum heutigen Tag im künstlichen Koma, nachdem er, vermutlich aus Angst über einen allergischen Schock seiner Enkelin, einen Hirnschlag erlitten hat. Und damit kommen wir zu einem sehr schwierigen Thema: Nussallergie und Nuss-Nougat-Creme.

»Lotte schämt sich für die Unterzeichnung dieses Vertrags«, sagt Jens. »Könnte sie die Zeit zurückdrehen, würde sie sicher anders handeln.«

Es sollte in diesem Zusammenhang erwähnt werden, dass mehr als 1,5 Millionen Kronen über eine Crowdfunding-Kampagne gesammelt und dem Entführer angeboten wur-

den, wenn er Poppy gesund zurückbringt. Bis jetzt hat sich aber niemand gemeldet. Die Familie möchte nicht darüber spekulieren, was das heißen kann.

Auszug aus dem MamaForum:

Vor 17 Minuten. Von Anonym:
Was ist denn auf einmal mit Jens los? Es ist schon schlimm genug für Lotte, von Fremden vorgeworfen zu bekommen, schuld an der Tragödie zu sein, aber vom eigenen Mann?!? Und dann auch noch in der größten Zeitung des Landes?

Vor 11 Minuten. Von Anonym:
Allem Anschein nach ist er zu seinen Eltern gefahren, und *who can fucking blame him?* Seine Tochter ist weg, und dann hat er auch noch erfahren, dass er mit einer Online-Hure verheiratet ist? Wie soll ihre Beziehung das überstehen? Sollte das alles auf wundersame Weise doch noch gut ausgehen? Aber kann man nach so einem Verrat noch irgendwie weitermachen?

Vor 8 Minuten. Von BabyMama:
Jetzt reißt euch mal zusammen! Das ist bösestes Mobbing! Lotte und Jens stecken in der Krise ihres Lebens.

Vor 6 Minuten. Von Advokaten:
Es geht hier nicht um Bosheit, @BabyMama. Es geht hier um Fürsorge und das Recht des Kindes. Und nach allem, was geschehen ist, ist jetzt wirklich die Politik gefordert!

Vor 2 Minuten. Von GuteMutter:
Interessant, was du schreibst, @Advokaten – irgendwie ist

mir gerade in den Sinn gekommen, dass es bei dem Verschwinden möglicherweise gar nicht nur um Poppy geht ... Vielleicht will da jemand ein Exempel statuieren?

Emer Murphy.
Akersgata, Oslo

Dienstagvormittag

»Was ist an dem Wort ›vorsichtig‹ so schwer zu verstehen? Wer hat das genehmigt?« Mons nahm sich Jack Iversen zur Brust, der gleich viel kleiner wirkte. Als er Emer vor der *Kaffebrenneriet* in Frogner aufgelesen hatte, war sie richtig siegessicher gewesen: *Ich hatte recht*, wollte sie Mons zurufen, *dieser Journalist stellt echt eine Gefahr dar!* Sie hatte aber den Mund gehalten, und auch jetzt befolgte sie die Anweisung, sich im Hintergrund zu halten. Sie ließ den Blick über das weitläufige Redaktionsbüro schweifen. Unter Jack Iversens Schreibtisch standen eine bronzefarbene Salbentube und exakt die goldene Haarspraydose, die Marceline in all den Jahren genutzt hatte. Um sie herum saßen Iversens Kollegen mit Kopfhörern auf den Schultern. Soweit Emer das sehen konnte, berührte keiner von ihnen Tastatur oder Maus.

»Sie haben Menschen ausgenutzt, die unter Schock stehen!«, sagte Mons, der einen Fuß auf den Rand des Stuhls gestellt hatte, auf dem Iversen saß. »Haben Sie da irgendwelche persönlichen Absichten? Wo ist der Redakteur, der das genehmigt hat?«

»Seine Schicht ist rum«, flüsterte Jack Iversen und zog den Kopf ein, als wollte er sich hinter der Reihe von Red-Bull-Dosen auf seinem Schreibtisch verstecken.

Sein Bildschirm war zweigeteilt: Der Artikel über Jens und Marie thronte oben links auf der Titelseite der Zeitung, während rechts davon Lottes Instagram-Account geöffnet war.

Die wenigen Stunden, die Emer in der letzten Nacht nach ihrem Besuch in Bygdøy geschlafen hatte, hatte sie quer im Doppelbett liegend verbracht. Vorher hatte sie noch die Texte, die Iversen für die Zeitung geschrieben hatte, mit denen verglichen, die zusammen mit den Fotos unter @LottesGeheimnisse veröffentlicht worden waren. Entweder tat der Reporter alles, um sich auf diesem Account so kompliziert und verschroben wie nur möglich auszudrücken, oder er hatte wirklich nichts mit diesem Konto zu tun.

»Wie haben Sie Jens während des Interviews erlebt?«

Jack Iversen musste den ganzen Körper drehen, um Emer zu sehen. »Er war ... ziemlich fertig. Zitterte. Redete unzusammenhängend.« Iversen trommelte mit den Fingern auf sein Knie. »Auch Marie war verzweifelt, aber irgendwie klarer. Sie hat mehrmals deutlich zu machen versucht, dass Lotte sie alle hinters Licht geführt hat.«

»Sie haben als Erster über den Stalker geschrieben«, sagte Emer. »Kennen Sie die Familie Wiig persönlich?«

»Nein. Jens und ich hatten früher schon mal ein paar E-Mails gewechselt, aber nur in Verbindung mit Sachen, die ich für die Zeitung geschrieben habe.« Jack Iversen richtete seinen ohnehin perfekt sitzenden Pony. Genau wie bei Marceline waren in den steifen Haaren Reste von getrocknetem Haarspray zu erkennen. »Der Tipp, dass Lotte schwanger ist, kam von ihm. Wir haben das publiziert, bevor sie selbst in ihrem Blog darüber geschrieben haben.«

Er lächelte stolz. Ein Lächeln, das Emer die Geduld verlieren ließ, die sie Mons versprochen hatte.

»Hören Sie«, sagte sie. »Ein zweijähriges Mädchen ist verschwunden, und mir ist es wirklich mehr als egal, wie viele Klicks Ihre Artikel bekommen. Warum waren Sie gestern bei den Wiigs auf Bygdøy?«

»Wegen des Interviews.« Jack Iversens Stimme hatte den letzten Rest von Hochmut verloren. »Ich verstehe Ihre Frage nicht.«

»Wurden Sie von jemandem kontaktiert? Sind Sie darum gebeten worden, dieses Interview zu führen?«

Der Journalist zögerte lange, und Emer erkannte, dass ihre intuitiv gestellte Frage wichtig war.

»Ich habe einen Tipp über eine Textnachricht bekommen«, murmelte er nach ein paar Sekunden. »Er kam von einer Webseite, auf der man sich nicht registrieren muss. Ich habe das überprüft. Keine Ahnung, von wem der gekommen ist.«

Iversen zog das Ladekabel aus dem Handy und reichte es Mons, der laut vorlas: »Wenn Sie um ein Gespräch bitten, werden Lotte und Jens Wiig sicher zusagen.« Auf Mons' Stirn zeichnete sich eine Ader ab, als er Iversen das Handy zurückgab.

»Jemand wusste also mit Sicherheit, dass die beiden in ein Interview einwilligen würden«, sagte er langsam. »Und nicht nur das. Der Betreffende hat es genau auf diese Schlagzeilen abgesehen. Ihnen ist dabei nicht in den Sinn gekommen, dass diese Person vielleicht ganz eigene Ziele verfolgt?«

Jack Iversen hob beschämt den Blick, als hätte er jetzt erst registriert, dass es Zeugen für diese Standpauke gab. »Vielleicht«, sagte er. »Aber warum ist das wichtig, wenn man doch keine Ahnung hat, von wem das stammt? Ich kenne mich mit Computern aus und kann Ihnen wirklich versichern, dass diese Nachricht von jedem gekommen sein kann!«

Es geht nicht nur darum, den Betreffenden zu ermitteln, dachte Emer. Jemand hatte versucht, die Medien zu manipulieren. Statt dieses Interview zu führen, hätte Iversen Kontakt mit der Polizei aufnehmen müssen. Wer auch immer diese Nachricht geschickt hatte, wollte, dass Iversen die Wiigs aufsuchte, so wie Cassandra Carlsen es darauf angelegt hatte, dass sie ins *Samana Spa* fuhren. Konnte es sich bei beiden um dieselbe Person handeln?

»Haben Sie Kontakt mit Jens aufgenommen?«, fragte Emer.

»Ja, ich habe ihm eine Mail geschickt, und wir haben dann gleich einen Termin gemacht. Ich wollte, dass Lotte auch dabei ist, sie haben aber gesagt, dass sie sich nicht gut fühlt.«

»Leiten Sie diese E-Mail an meinen Kollegen weiter.« Mons suchte Josefs Visitenkarte heraus, warf sie auf Iversens Tastatur und gab Emer mit einem Nicken zu verstehen, dass sie Lotte anrufen sollte. Sie mussten sichergehen, dass sie wirklich von diesem Interview gewusst hatte.

Emer ging zu der Kaffee- und Wasserstation am anderen

Ende der Redaktion und zog das Handy aus der Hosentasche. In einer Obstschale aus Edelstahl lagen noch ein paar wenige Trauben und eine Apfelsine, daneben stand ein Teller mit Oreo-Keksen, die scheinbar noch niemand angerührt hatte. Emer suchte Lottes Nummer heraus und nahm sich ein Glas Wasser. Nachdem sie am Sonntag ihre Medikamente abgesetzt hatte, war es mit dem Durst besser geworden, und die wunde Zunge plagte sie immer weniger.

»Guten Tag, hier spricht Kommi...«

Lotte unterbrach sie mit überraschend klarer Stimme: »Haben Sie die VG gesehen? Diese Arschlöcher!«

»Genau deshalb rufe ich an.« Emer war erleichtert darüber, dass Lotte so klar und stark klang. »Sie haben an dem Interview nicht teilnehmen wollen?«

Jemand flüsterte im Hintergrund. Emer erkannte die Stimme – Alexandra?

»Nein, von wegen.« Lotte spuckte die Worte geradezu aus. »Weder Jens noch die Redaktion hat mich gefragt, ob ich dabei sein will, und ich wurde natürlich auch nicht gewarnt, dass da so was erscheinen wird.«

»Haben Sie versucht, ihn anzurufen?«

»Nein, und das habe ich auch nicht vor. Jens war es, der ...« Wieder war ein Flüstern zu hören. Instruktionen von Alexandra? Lotte brachte den Satz nicht zu Ende.

»Danke, ich komme später vorbei.«

Emer wollte die Schwestern gemeinsam befragen und sehen, wie sie miteinander auskamen. Als sie zurück durch die weitläufige Redaktion ging, kam ihr ein Gedanke: Falls Alexandra mit der Entführung zu tun hatte, um Jens und

Lotte auseinanderzubringen, funktionierte ihr Plan ausgezeichnet.

Schon von Weitem bekam sie Augenkontakt mit Mons und schüttelte kurz den Kopf. Mons nickte. Jens hatte in das Interview mit der VG eingewilligt und dem Journalisten gesagt, dass seine Frau auch zur Stelle sein würde, ihr dann aber nichts davon gesagt. Für Emer passte das alles nicht zusammen.

»Hier ist der Mailverlauf zwischen Jens Wiig und mir«, sagte Iversen.

Mons las laut vor: »Lotte und ich werden Sie dort empfangen.«

Was zum Henker führte Jens im Schilde? Wollte er seine Frau strafen, indem er ihr die Chance nahm, sich selbst zu äußern?

»Wie ist das mit dieser Stalkeraffäre?« Emer verschränkte die Arme vor der Brust, das Telefon hielt sie noch immer in der Hand. »Auch darüber haben Sie als Erster berichtet. Hatten Sie das aus dem Blog, oder wurden Sie da auch vorher informiert?«

»Von Jens. Ich kann Ihnen das zeigen.« Die Hände des Journalisten zitterten, als er eine andere Mail von Jens öffnete. Im Betreff stand: *Wir haben einen Stalker!*

Emer beugte sich zum Bildschirm vor und nahm Zigarettengeruch unter dem vertrauten Duft des Haarsprays wahr. Es war jetzt zwei Tage her, dass sie zuletzt von Marceline gehört hatte. Keine einzige SMS mit Regenbogen oder glitzernden Sternen hatte sie erreicht. Ganz ungewöhnlich für ihre Großmutter.

»Äh … Mons?« Ihr Herz klopfte gewaltig, und sie schluckte. »Sieh mal.«

Mons studierte den Text und blickte sie an, ohne zu verstehen, auf was sie hinauswollte. »Was?«

»Da sind fünf Anhänge!« Emer wandte sich ihm zu und flüsterte: »In der E-Mail, die Josef mir weitergeleitet hat, waren nur vier Bilder, nicht fünf.«

»Könnten Sie mal die Anhänge öffnen.« Mons tippte Iversen ungeduldig auf die Schulter. Er hatte verstanden.

Die Bilder öffneten sich der Reihe nach auf Iversens Bildschirm: Poppy und Lotte auf der Veranda, umgeben von Blumen. Poppy und Lotte unterwegs. Und …

»Stopp, da«, sagte Emer, als ein Motiv auftauchte, das sie noch nie gesehen hatte: vor *Bølgen & Moi* in Tjuvholmen. Lotte beugte sich über den Buggy, und Poppy streckte ihr die kleinen Arme entgegen.

»Lotte und Jens haben vier Bilder vom Stalker zugeschickt bekommen, aber …« Sie hielt inne und begegnete Mons' Blick. Beide hatten verstanden: Jens Wiig hatte Jack Iversen aufgefordert, einen Artikel über den Stalker zu schreiben, und fünf Bilder angehängt. Eines zu viel.

Emer richtete ihre Aufmerksamkeit wieder auf den Bildschirm. Auf dem Foto von der Veranda hielt Lotte eine Gießkanne in der Hand und wässerte die Blumen, während Poppy den Fotografen direkt ansah. Sie hatte ihre kleine Hand wie zum Gruß gehoben. Das Mädchen winkte, weil sie den Fotografen gut kannte. Es war ihr Vater, der mit der Kamera in der Hand unten am Kai gestanden hatte.

Auszug aus dem MamaForum:

Vor 21 Minuten. Von FräuleinFein:
Ich habe gerade einen Blumenstrauß vor die Tür der Wiigs in Bygdøy gelegt. Jens wurde aus dem Haus eskortiert und zu einem Polizeiwagen gebracht. Natürlich nicht in Handschellen, er wurde aber auf den Rücksitz gesetzt. Seine arme Mutter blieb verzweifelt auf dem Vorplatz stehen, als sie fuhren. Kann es sein, dass er wirklich was damit zu tun hat? Ist das von vorne bis hinten ein PR-Stunt?

Vor 13 Minuten. Von Advokaten:
Nun, es wäre auf jeden Fall nicht das erste Mal, dass JW etwas tut, nur um Klicks und Aufmerksamkeit zu bekommen, @FräuleinFein. Aber so etwas? Kennt die Gier denn gar keine Grenzen?

Emer Murphy.
Präsidium, Oslo

Später Dienstagvormittag

Jens saß gegenüber von Emer in einem Vernehmungsraum und starrte steif auf den Kaffee, der aus der Tasse auf den Tisch geschwappt war. Sie hatten ihn in Bygdøy abgeholt, und Marie, die überzeugt davon gewesen war, dass es um das Interview ging, hatte dem Journalisten die ganze Schuld in die Schuhe geschoben: »Der Mann hat mir diese Worte in den Mund gelegt und uns in eine ganz bestimmte Richtung gedrängt.«

Jens hatte seine Mutter ignoriert und einen alten Pullover aus der Jugendzeit übergezogen. Dann hatte er seine Füße in ein Paar Bootsschuhe geschoben und sich bereitwillig zum Streifenwagen führen lassen. Sie waren schweigend bis zum Präsidium gefahren, wo Mons gleich zu einer eiligen Besprechung mit der Polizeiführung abkommandiert worden war. Er hatte Emer versprochen, so schnell wie nur möglich zurückzukommen.

»Wer passt jetzt auf Poppy auf?«, fragte sie und beugte sich vor. »Und wer hat Ihnen bei diesem Stunt geholfen? Dreht sich das alles wirklich nur um Aufmerksamkeit, Jens?«

»Niemand! Ich habe keine ...« Endlich hob er den Blick, brachte den Satz aber nicht zu Ende.

Auf den Stuhl neben sich hatte Emer die Ausdrucke der vier Fotos gelegt, die Jens anonym an Lotte geschickt hatte. Plus das fünfte, das er irrtümlicherweise auch noch an den Journalisten geschickt hatte: *Wir haben einen Stalker!*

Als Emer die fünf Bilder auf den Tisch legte, unternahm er nicht einmal einen Versuch, den Unwissenden zu spielen. Stattdessen sackte er auf seinem Stuhl zusammen, rieb sich wie ein Kind mit geballter Faust die Augen und sprach mit überraschend klarer Stimme: »Ich habe insgesamt fünf Fotos gemacht. Ich dachte wirklich, ich hätte eines gelöscht, bevor ich die anderen gespeichert habe. Dann habe ich ein Gmail-Konto eingerichtet, hab vier davon in den Anhang gezogen und Lotte geschickt.«

»Vor zehn Tagen«, spezifizierte Emer. »Zusammen mit der Drohung.«

Er starrte auf seine Hände, sagte aber nichts.

»Und danach haben Sie die Zeitung und die Polizei informiert? In dieser Reihenfolge?«

»Ja, ich habe alles diesem Journalisten geschickt. Lotte hat mir genau in diesem Moment irgendwas zugerufen, sodass ich für einen Moment unkonzentriert war und auch das fünfte Foto angefügt habe, von dem ich eigentlich geglaubt hatte, ich hätte es gelöscht.«

Speichel rann ihm aus dem Mundwinkel und blieb in einem dünnen Faden hängen. Ein unsicherer Junge, hatten die Freundinnen seiner Mutter gesagt. Emer kam in den Sinn, wie gut das zu der Episode passte, von der ihr der Leiter des Kindergartens erzählt hatte: Nach der letztjährigen Luciafeier hatte ein Vater, ein bekannter Anwalt, die Beherrschung verloren, nachdem bekannt geworden war, dass Lotte in ihrem Blog Fotos aus dem Kindergarten gepostet hatte. Weil dies gegen alle Regeln verstieß, hatte der Leiter des Kindergartens alle Eltern zu einer Besprechung eingeladen. Der Anwalt hatte Poppys Eltern kritisiert und gesagt, dass dies eine höchst übergriffige Aktion gewesen sei: »Sie haben das Recht meines Sohnes auf seine Privatsphäre mit Füßen getreten! Mit Ihrer Tochter können Sie meinetwegen machen, was Sie wollen, aber ziehen Sie da nicht unsere unschuldigen Kinder rein!« Jens war wütend geworden, sein Versuch einer Rechtfertigung hatte aber nur in einem verwirrten Stottern geendet, weshalb er den Kindergarten noch vor dem Ende der Besprechung mit hochrotem Kopf verlassen hatte.

Eine gekränkte Person neigte immer dazu, Dummheiten zu begehen. Aber wie weit war Jens gegangen? Hatte er den Skillebekk-Fall in den Nachrichten verfolgt, Isabellas Kleider erkannt und verstanden, dass die Baxters dem Blog seiner Frau folgten … und hatte er darin eine Chance für noch mehr Publicity gesehen?

»Wie weit sind Sie gegangen?«, fragte Emer, verbarg ihre Verärgerung und ließ ihre Stimme weich und freundlich klingen.

»Ich habe nicht … verdammt, es ist doch wohl ein Unterschied, ob man ein paar Fotos macht oder seine eigene Tochter kidnappt?« Endlich hob er wieder den Blick. »Warum sollte ich das tun? Ich wollte doch nur unseren Blog voranbringen. Nach den Reaktionen auf die Stalkersache wäre es doch Wahnsinn gewesen, das noch weiterzutreiben!

Es wurde so schon viel zu sehr auf die Sicherheit der Kinder fokussiert. Eine Scheißstrategie, wenn man es auf größere Sponsoren und höhere Einnahmen abgesehen hat, oder?«

Stimmt, dachte Emer, sagte aber nichts. Carmen Haugen hatte gesagt, dass Jens Lotte brauchte und sie ihn. Waren die beiden auch bei dieser Sache ein Team gewesen? Spielten sie den anderen etwas vor?

»Wie viel wusste Ihre Frau davon?«

Er zögerte ein paar Sekunden. »Nichts.«

»Sie sagen, dass es Ihnen dabei nur um die Publicity ging. Warum so verzweifelte Maßnahmen? Sie haben im letzten Jahr doch 3,5 Millionen verdient?«

»Der Blog war auf einem Plateau, was die Follower angeht. Wir bekamen nicht den Zulauf, den wir brauchten, um die Sponsoren langfristig zu binden. Ich hatte Angst, dass sie uns abspringen. Und …«, seine Stimme war kaum noch zu hören, »dass sie mich … verlässt.«

»Lotte? Und um mehr Aufmerksamkeit von Sponsoren zu bekommen und Ihre Frau zu halten, haben Sie sie mit der Kamera verfolgt und dann auch noch eine derart ernste Drohung geschickt?« Emer sprach langsam. *»Ich habe das schon einmal getan. Und ich kann es wieder tun?«*

»Das bezog sich auf Skillebekk. Nicht … auf die Übergriffe. Davon wusste ich ja nichts. Das habe ich doch schon gesagt.« Jens nahm ein Papiertaschentuch aus der Box, die auf dem Tisch stand, und schnäuzte sich.

»Neun Tage, nachdem Sie diese Drohung geschickt haben, ist Poppy verschwunden. Wir haben einen Stalker gejagt, den es nicht gibt, und versucht, eine Verbindung zwischen der Drohung, Fabian Moen und den Geschehnissen in Skillebekk herzustellen. Wir haben uns verleiten lassen, in die falsche Richtung zu ermitteln ...« Emer schlug hart auf den Tisch. »Warum haben Sie am Sonntag nichts gesagt?«

»Ich hatte gehofft, dass Poppy wieder auftaucht, bevor das bemerkt wird! Außerdem hatte ich Angst, dass man mir die Schuld an allem gibt.« Jens' Stimme klang schrill, er schluckte immer wieder und starrte vor sich hin, die Hände flach auf dem Tisch. »Ich habe doch bloß diese eine E-Mail an Lotte geschickt!«

»Und an die VG!«, sagte Emer.

Er nahm die Bilder noch einmal in die Hand. Die Tochter auf der Veranda, die Hand zum Gruß erhoben. Hallo, Papa!

»Mein Gott.« Er schob die Fotos weg und begegnete Emers Blick: »Verdammt, wenn ich dadurch jemanden inspiriert habe, noch einen Schritt weiterzugehen? Wenn ich das alles losgetreten habe! Ist das wirklich meine Schuld? Habe ich ... Moment mal!«

Sein Gesichtsausdruck änderte sich von einem Augenblick auf den anderen, und er kämpfte damit, eine leuchtend grüne Pulsuhr von seinem linken Handgelenk zu lösen. Emer erinnerte sich, dass Bø die Verpackung in der Suite des Spas erwähnt hatte, verstand aber nicht die Erleichterung, mit der Jens die Uhr schließlich auf den Tisch warf.

»Was?«

»Als Poppy verschwand, war ich joggen! All die Informationen, Streckenlänge, verbrannte Kalorien, die ganze Route sind darauf gespeichert. Ihr könnt ganz genau checken, wo ich jeweils war.« Sein Lachen klang wie eine Mischung aus Triumph und Verzweiflung, dann wischte er sich die Tränen weg und schob die Uhr zu Emer über den Tisch. »Die ist mit einer App auf meinem Handy synchronisiert. Soll ich Ihnen das zeigen?«

»Ja.« Sie stand auf und holte sein iPhone, das neben der Tür lag. Jens versuchte, das Gerät per Gesichtserkennung zu öffnen, doch es gelang ihm nicht. Er fuhr sich mit den Fingern über Wangen und Augen, musste aber schließlich den Code eintippen.

»Sehen Sie hier.« Ein roter Strich auf einer Karte markierte die Route, die er gelaufen war. Der Wendepunkt war durch ein U gekennzeichnet. »Ich kann ja nicht an zwei Orten gleichzeitig gewesen sein, oder?«

Nein, dachte Emer. Außer jemand war für ihn gelaufen und hatte ihm ein Alibi gegeben, während er zurück nach Oslo gefahren war. Aber wer sollte das tun? Und hätte er dafür überhaupt die Zeit gehabt? Sie konnten überprüfen, wo das Telefon jeweils eingeloggt war und ob die plötzliche Kehrtwende mit dem Zeitpunkt übereinstimmte, an dem Marie ihn angerufen hatte. Emers Kopf fühlte sich mit einem Mal schwer an. Jens war dumm und verzweifelt genug, seine eigene Familie zu stalken, um so über Reklameverträge noch mehr Geld zu verdienen. Aber würde er wirklich die Entführung seiner eigenen Tochter in Auftrag geben? War er zu so etwas imstande? Es musste Fabian Moen sein, den sie suchten: gerissen, intelligent, manipulativ. Sollte

Alexandra Moen noch in Tjuvholmen sein, musste sie Jens Mons überlassen und schleunigst zu den beiden Frauen fahren.

Eine Frage stand aber noch aus. Sie beugte sich vor. »Ich rate Ihnen sehr, mir jetzt eine ehrliche Antwort zu geben. Das ist das Beste, was Sie tun können.«

»Okay.«

»Haben Sie anonym mit der VG Kontakt aufgenommen und gesagt, dass Sie bereit wären, ein Interview zu geben?«

»Nein.« Jens wirkte verwirrt, aber nicht gestresst. »Ich kann Ihnen die E-Mail zeigen, die ich von Jack Iversen bekommen habe. Er hat gesagt, dass er mit uns reden möchte.«

»Hm«, machte Emer. Jemand hinter den Kulissen hatte die Fäden gezogen, eine Suite im Spa bestellt, dafür gesorgt, dass Lottes Geheimnis breitgetreten wurde, und die Journalisten, nein, Jack Iversen aufgefordert, mit Poppys Eltern zu reden.

»Warum haben Sie Lotte nicht teilhaben lassen?«

Jens kniff die Lippen zusammen und murmelte schließlich: »Mama hat gesagt, dass es so am besten ist.«

»Weil?« Maries Ablehnung von Lotte grenzte tatsächlich an Folter. Das wurde immer deutlicher.

»Weil Poppy einen Elternteil braucht, der für sie da ist, wenn sie zurückkommt. Jemanden, der sich um sie kümmern kann. Und Lotte ... nun, sie ist ja offensichtlich nicht stabil, oder?«

Emer spürte, wie leid sie diese Familie Wiig war. Sie starrte an die Wand, wohl wissend, dass Josef und ein Kollege vom Kriminalamt im Nebenraum saßen und sich mit dem Pädophilen unterhielten, der in der Nähe von Poppys Kindergarten wohnte. Sie hofften auf Einblicke in ein Milieu, zu dem auch Fabian Moen gehören konnte. In der Zwischenzeit versuchte der Rest des IT-Teams, PG aufzuspüren, den Nutzer, der sich nach Material mit sichtbaren Grübchen erkundigt hatte.

Als das Telefon vibrierte, stand Emer abrupt auf und ging zur Tür. »Wir machen eine Pause.«

»Soll ich Ihnen sagen, wer dahintersteckt? Ich bin mir da fast sicher!«, rief Jens, plötzlich wieder mit lauter Stimme. »Nur eine Person hatte Zugang zu all den Informationen, die auf Instagram geteilt wurden; die Schönheits-OPs und diese Camgirl-Scheiße, von der sonst niemand wusste.«

»Ja?«

»Die Schwester. Ich habe ein bisschen nachgeforscht, sie arbeitet in irgendeinem Büro für Datensicherheit. Da arbeiten doch Hacker, oder?«

Emer antwortete nicht. Die Tür fiel hinter ihr ins Schloss, und sie las die SMS von Marceline:

> *Ich habe meine Guides gefragt, wo das Mädchen ist. Die Antworten waren allerdings undeutlich. Ich kann aber mit Sicherheit sagen, dass sie verletzt ist und es eilt!*

Eine der Leuchtstoffröhren im Flur flackerte irritierend und verstärkte Emers Unruhe nur noch. War Poppy möglicherweise krank?

Jens' Pulsuhr fühlte sich mit einem Mal viel schwerer an. Er hatte mit der Entführung nichts zu tun. Und es eilte. Sie mussten Poppy finden. *Sie ist verletzt.*

Lotte Wiig.
Tjuvholmen, Oslo

Früher Dienstagnachmittag

»Jens ist der Stalker?«, fragte Alex, starrte Murphy mit weit aufgerissenen Augen an und drückte ihre Schwester fest an sich. Instinktiv befreite Lotte sich aus ihren Armen und ging zitternd ins Wohnzimmer. Vor dem Sofa ließ sie sich auf den Boden sinken und versuchte, sich die Worte der Drohung in Erinnerung zu rufen: *Ich habe das schon einmal getan. Und ich kann es wieder tun.*

Sie zog die Knie an die Brust, legte die Stirn darauf und spürte ihren Puls in den frischen Ritzwunden auf der Innenseite ihrer Schenkel. Die Drohung war also nicht von Fabian gekommen, sondern von Jens, ihrem Mann, Poppys Papa. Ihr wurde übel, und sie musste mehrmals schlucken. Jens hatte das die ganze Zeit gewusst und bewusst gegen sie verwendet.

Alex nahm den Laptop und setzte sich hinter Lotte aufs Sofa. Sie spürte die Zehen ihrer Schwester am Po und ihre Knie am Rücken und überlegte, aufzustehen und sich woanders hinzusetzen. Als Alex vor ein paar Stunden gekommen war, hatte sie noch benommen auf dem Sofa gelegen. Nach dem Klingeln war sie zur Gegensprechanlage im Flur getaumelt und dabei gleich mehrmals ins Straucheln geraten. »Ja?«, hatte sie schließlich herausgebracht. Auf dem Bildschirm war niemand zu sehen gewesen, sie hatte aber jemanden atmen hören. Jesper? Sie wollte ihn nicht bei sich haben, es war nicht nötig, die Nähte zu überprüfen. Doch dann war Alex' Gesicht auf dem Bildschirm aufgetaucht. »Ich bin's.«

Lotte hatte gezögert, dann aber doch den Knopf gedrückt, um unten die Haustür zu öffnen, nur um diesen Schritt gleich darauf wieder zu bereuen. Sie hatte sogar erwogen, die Wohnungstür nicht aufzumachen, doch als sich der Aufzug mit einem Glockenton ankündigte, war sie auf einmal von einer regelrechten Sehnsucht nach ihrer Schwester gepackt worden. Erst als Alex zum Vorschein kam und die Arme öffnete, waren die schrecklichen Erinnerungen wieder da. Nur dank ihrer Schwester hatte Fabian verfolgen können, wie Lotte mit der Kamera flirtete, sich die Lippen leckte und sich anbot. Das war unverzeihlich.

»Hast du die VG gesehen?«

Alex hatte ihr den Artikel auf dem Handy gezeigt und gesagt: »Ich weiß, dass du mich nicht hier haben willst, aber du brauchst jemanden. Dein Mann und deine Schwiegermutter werfen dich gerade den Löwen zum Fraß vor, und wir müssen herausfinden, warum!« Sie war mit dreckigen Boots durch die Wohnung getrampelt und hatte überall ihre Spuren hinterlassen. »Richten die ihre Finger auf dich, um die Aufmerksamkeit von sich selbst wegzulenken?«

Vom Handydisplay hatte Marie sie mit einem Blick angestarrt, bei dem es ihr kalt den Rücken herunterlief. Alex hatte recht. Sie brauchte jemanden. Und weil es niemand anderen gab, hatte sie ihre Schwester gebeten, zu bleiben.

»Überrascht es Sie, dass Jens hinter den Bildern und der Drohung steht?« Murphy richtete ihren Blick auf Lotte. Auch ohne Schminke, mit kaum sichtbaren Augenbrauen und Kratzwunden im Gesicht war die Ermittlerin auf beinahe überirdische Weise schön.

Sie spürte Alex' Fuß am Rücken, eine Erinnerung an das Gespräch, das sie geführt hatten, bevor die Polizistin gekommen war: »Da Jens ausschließlich an sich denkt, musst auch du an dich denken. Zwischen euch herrscht jetzt Krieg. Du musst für Poppy kämpfen.«

»Nein.« Lotte zupfte an dem schwarzen Jogginganzug herum, den ihre Schwester für sie herausgesucht hatte. »Das war leider keine sonderlich große Überraschung.«

Sie sagte die Wahrheit. Lottes Geheimnisse mussten eine Wahnsinnswut in ihrem Mann geweckt haben. Sie erinnerte sich an den Augenblick, in dem sie die E-Mail mit den schrecklichen Worten geöffnet hatte: *Und ich kann es wieder tun.* Jens hatte sie mit übertriebener Sorge angesehen, wobei er sich in Wahrheit über seine gelungene Rache gefreut hatte, das erkannte sie jetzt.

»Ich nehme Kontakt mit der VG auf«, hatte er gesagt. »Das ist nur irgendein verschrobener Blogleser, der uns den Erfolg nicht gönnt. Eine Schlagzeile auf der Titelseite wird ihn sicher in die Flucht schlagen.«

Wenn sie an Jens dachte, spürte sie nur dunkle, zähe Wut. Automatisch legte Lotte die Hand auf ihren Oberschenkel und spürte die Bandage unter dem Stoff der Hose.

»Wie weit ist er eigentlich gegangen? Sie haben nur die Bilder erwähnt?« Alex sah von ihrem Laptop auf. »Was ist mit den Infos, die an die Medien durchgesickert sind, steht Jens auch hinter @LottesGeheimnisse?«

»Die Vernehmung läuft noch.« Murphy sah sich um. Die Wohnung war in einem chaotischen Zustand, an den Wänden und am Boden waren Spritzer, und überall auf dem Boden lagen Scherben einer zerbrochenen Karaffe. Der Anblick der Glasscherben weckte dieselbe Sorge im Blick der Ermittlerin, die Lotte schon in den Augen ihres Schwagers gesehen hatte. Er war am Abend zuvor zu ihr gekommen, hatte das Blut bemerkt und sie aufgefordert, ihm die Schnitte zu zeigen.

»Du musst zum Arzt«, hatte er gesagt. Als sie sich weigerte, hatte er sie aber nicht unter Druck gesetzt, sondern Nadel und Faden aus seiner Tasche geholt. Lotte hatte ihn gebeten, auf eine Betäubung zu verzichten – »ich verdiene das« –, doch er hatte nur den Kopf geschüttelt. Im Gegensatz zu den Ärzten, die sie aus ihrer Kindheit kannte, sagte ihr Schwager niemals: »Wenn du die Rasierklinge aushältst, erträgst du auch ein paar Nadelstiche.« Als könne man den selbst zugefügten Schmerz mit den Stichen anderer vergleichen. Lotte hatte zugesehen, während er ihre Wunden genäht hatte. Schwarzer Faden. »Ich schäme mich für meine Familie. Mama. Jens«, hatte Jesper mehrmals gesagt.

»Und die Entführung?« Alex steckte das Kabel des Laptops in die Steckdose und sah zu Murphy. »Er könnte jemanden beauftragt haben, oder?«

»Was meinen Sie, Lotte?« Murphy hatte auf dem Sessel auf der anderen Seite des langen Couchtisches Platz genommen.

»Ob Jens Poppy entführt haben kann? Ich wüsste nicht, wie, aber …« Wieder spürte sie Alex' Füße und zuckte mit den Schultern. »Ich kann wirklich nicht mehr sagen, wo bei ihm die Grenze wäre.«

Murphy starrte sie ein paar Sekunden an, ehe sie die nächste Frage stellte: »Warum haben Sie so viel von Poppys Leben in diesem Blog geteilt?«

»Es fing direkt nach der Geburt an, viel zu früh. Noch während sie um ihr Leben kämpfte …« Ihr Hals schnürte sich irgendwie zu, und Tränen stiegen ihr in die Augen. »Die Menschen waren fantastisch. Sie haben für uns gebetet. Mützchen gestrickt und Blumen geschickt. Wir fühlten uns nie allein. Das war ein unglaublich schönes Gefühl. Und als wir nach Hause kamen, meinte Jens, wir seien es diesen Leuten schuldig, unsere Reise weiter mit ihnen zu teilen.«

»Hat es Ihnen Freude bereitet, Poppy zu zeigen?«

Lotte nickte. Anfangs. Doch dann war immer deutlicher geworden, wie sehr all das Filmen und Fotografieren Poppy stresste. Sie und Jens waren sich nicht immer einig gewesen, wie es weitergehen sollte. Die Frage, ob das Ganze ökonomisch motiviert gewesen sei, beantwortete sie mit Ja. Ihr Gesicht kribbelte, als sie in Gedanken Jens' Worte hörte, dass ihre Tochter ein gutes Leben und Eltern mit soliden Einnahmen verdiene.

»Wir checken gerade so ein Mütterforum. Die Leute diskutieren darüber, dass das nicht Jens' erster PR-Stunt gewesen sei. Was meinen die damit?« Murphy legte eines dieser verfluchten Kissen mit Federn von Bio-Hühnern auf den Sessel neben sich, um etwas mehr Platz zu haben.

Alexandra antwortete, noch ehe Lotte reagieren konnte: »Die Episode mit dem Krankenwagen.«

Lottes Herz schlug schneller. Diese Geschichte hatte sie nie mit jemandem geteilt, wie konnte Alex davon wissen?

Die Schwester krempelte die Ärmel ihres Jeanshemdes hoch und räumte ein, dem Blog gefolgt zu sein. Lotte lief ein Schauer über den Rücken. Alex hatte Mohnblüten auf ihren Arm tätowiert. *Poppy flowers.*

»Krankenwagen?« Murphys Stimme war eindringlich, aber Lotte war plötzlich wie im Bann ihrer Schwester. Erst jetzt bemerkte sie, wie sehr sich Alex und Poppy ähnelten, die weichen Züge und die dunklen Haare. Die Ermittlerin räusperte sich. Ob sie das genauer erklären könne? Wenn sie diese Geschichte teilte, würde das ernste Konsequenzen für Jens haben. Sie schloss die Augen, um sich zu konzentrieren, wollte kein Detail auslassen:

»Vor etwa einem halben Jahr war ich beim Friseur, um meine Haare zu blondieren.« Sie fuhr sich mit der Hand durch die Haare. Nachdem sie die Extensions herausgenommen hatte, fühlten sie sich dünn und angegriffen an. »Plötzlich wurde mir das Handy einer vollkommen fremden Person vors Gesicht gehalten. Ein Fan hatte auf meinem Instagram-Account ein Bild gesehen, auf dem Poppy in einen Krankenwagen geschoben wurde. Jens kümmert sich um diesen Account, und ich habe ihn sofort angerufen. Als er nicht dranging, habe ich mich gleich ins nächstbeste Taxi gesetzt.«

Als wäre sie irgendwie aus ihrem Körper getreten, erlebte Lotte noch einmal, wie sie mit der Folie in ihren Haaren und dem schwarzen Friseurumhang in der Notaufnahme ankam, ohne mehr zu wissen als das, was unter dem Bild gestanden hatte:

Hoffentlich wird alles wieder gut! Denkt an uns! #fingerscrossed.

»Poppy saß mit ihrer Puppe in der Hand auf einem Bett und bekam eine Infusion.«

Alex beugte sich vor, den Blick auf die Hände gerichtet, die so fest gefaltet waren, dass die Knöchel weiß hervortraten.

»Vermutlich war das alles gar nicht notwendig gewesen. Sie war nur ein bisschen dehydriert. Jens behauptete, sie habe sich überall erbrochen, sodass er komplett panisch geworden sei. Ich hatte schon damals das Gefühl gehabt, dass er die Sache überdramatisiert.« Lotte hörte selbst, wie hart ihre Stimme klang, sie sprach immer lauter und näherte sich einer milden Form jener Hysterie, die über sie gekommen war, als sie ihre Tochter endlich auf dem Krankenbett in die Arme nehmen konnte: »Warum hat er mich nicht angerufen? Ich wäre in acht Minuten vom Friseur zurück gewesen. Und ich hätte erkannt, dass das nur irgendein Virus ist, das gerade kursiert, und sie nur ein bisschen Tee und einen Zwieback braucht. Keinen Rettungswagen.«

Dass Jens heimlich am Kai gestanden und Fotos von ihr beim Blumengießen gemacht hatte, ergab mehr und mehr Sinn. Lotte wusste sogar, welches Objektiv er benutzt hatte.

»Sie sind dann vermutlich gleich wieder aus dem Krankenhaus nach Hause gefahren, oder?« Murphys Finger fuhren über eine Kratzwunde auf ihrer Wange.

»Schon als wir aus dem Krankenhaus kamen, hatten wir fast fünftausend besorgte Kommentare erhalten. Die Menschen glaubten, dass Poppy irgendetwas Ernstes zugestoßen war. Dass es um Leben und Tod ging. Ich sagte, wir müssten unsere Follower beruhigen und ihnen sagen, dass es nur ein ungefährliches Virus war. Aber Jens wollte warten und sehen, wie weit die Leserzahlen noch stiegen.« Ihr war unwohl, und sie stieß unfreiwillig ihre Schwester an. Alex registrierte es nicht, sondern starrte nur auf ihren Laptop. Ein Blick, den Lotte früher immer nur als Glasblick bezeichnet hatte.

»Es geht ihm also nur ums Geld.« Murphy nickte langsam, als hätte sie sich selbst eine Frage beantwortet.

»Ja, immer.«

Die Luft im Raum war verbraucht, aber wenn sie die Tür der Veranda öffnete, würde sie nur wieder die Sprechchöre der Leute hören, die sich unten auf dem Kai versammelt hatten: »Sicherheit für Poppy! Kinder brauchen Schutz!«

Laut den Nachrichten handelte es sich um eine Gruppe Demonstranten, die sie am liebsten im Gefängnis sähen, weil sie ihre Tochter in Gefahr gebracht hatte. Nicht Jens, natürlich, sondern sie. Mehrmals musste sie die Augen zusammenkneifen, um das Bild von Poppy zu verdrängen; noch ohne Worte, aber voller Angst und Verwirrung: *Warum hast du mich alleingelassen, Mama?* Lottes Versprechen, ihr kleines Mädchen immer zu beschützen, bestand nur noch aus heißer Luft. Sie dachte an das Wochenende zurück, an die brennende Kopfhaut, nachdem das Bleichmittel viel zu lange auf ihren Haaren geklebt hatte. An Jens, der Stunde um Stunde vor dem Laptop gesessen und die Statistiken gecheckt hatte. Wenn sie damals darauf bestanden hätte, all jene zu beruhigen, die sich um Poppy ernste Sorgen machten, hätte er sie dann aufgehalten? Was hätte er getan, wenn sie geschrieben hätte »Sie ist außer Gefahr, alles ist gut!« – hätte er den Post dann gelöscht und sie bestraft?

Murphys Handy piepte, und sie warf einen Blick auf das Display, während Alex weiter die Tastatur ihres Laptops bearbeitete. Was machte sie da eigentlich? Es wunderte Lotte nicht, dass ihre Schwester mit Computern arbeitete, aber warum hatte sie ihre Arbeit mit zu ihr genommen? Oder ging es dabei vielleicht um Poppy?

»Verdammt ...« Alex sah vom Bildschirm auf, der Blick ihrer Schwester ging aber nicht zu ihr, sondern zu Murphy, die abrupt aus ihrem Sessel aufsprang und einen Blick auf den Laptop warf: »Was ist los? Eine Nachricht von *ihm*?«

Die lila Augen der Ermittlerin leuchteten beim Lesen noch intensiver. Alex lächelte dabei irgendwie seltsam. Was ging da nur vor sich?

»Das müssen wir checken«, murmelte Murphy und sah zu Alex. »Und Sie sind sicher, dass das wirklich er ist? Und dass die Lokalisierung stimmt?«

Alex nickte, und Murphy sah kurz zu Lotte, legte dann das Handy ans Ohr und ging hinaus auf den Flur.

Emer Murphy.
Präsidium, Oslo

Dienstagnachmittag

»Wir wissen also, dass Fabian Moen sich in Bangkok befindet. Ich habe eine kurze Einführung erhalten, aber die war nicht vollständig«, sagte Katja Wiberg aus der Tür ihres Büros. »In diesem Forum taucht die Beschreibung einer Puppe mit Grübchen am Knie auf, was, weiß Gott, warum, diesen Fabian Moen anmachen soll. Habe ich das richtig verstanden?«

Sie hatte sich an Mons gerichtet, aber der reagierte nicht, sondern starrte wie schon in den letzten Minuten nur auf sein Handy. Sie warteten auf den Rückruf eines Polizeibeamten aus Bangkok. Die Chefin hatte rosa Lippenstift auf den Zähnen.

Emer sagte: »Ein Nutzer, der sich PG nennt, war gestern Abend zuletzt eingeloggt. Alexandra Moen hat seine IP-Adresse nach Thailand zurückverfolgen können und …«

Die Dezernatsleiterin fiel ihr ins Wort: »Moment mal! Lotte Wiigs Schwester ist eine der wenigen, die über Lottes Vergangenheit Bescheid weiß. Sie kann deshalb durchaus auch diejenige sein, die die Geheimnisse gepostet hat. Und jetzt folgen wir Spuren, die sie uns aus eigenem Antrieb serviert hat?« Sie schüttelte den Kopf. »Wollen Sie mir damit wirklich sagen, dass Alexandra Moen unsere Ermittlungen direkt beeinflusst?«

»Nein«, erwiderte Emer, die nicht die Chance gehabt hatte auszureden. »Die Informationen, die sie uns gegeben hat, haben es dem Kriminalamt in Zusammenarbeit mit den größten Produzenten dieser Puppen ermöglicht, die Suche von der ganzen Welt auf eine einzelne Stadt zu begrenzen. In weniger als einer Stunde konnte man so die Bestellung einer Puppe finden, die ziemlich genau Poppys Züge trägt, nämlich in ...«

»Bangkok!« Katja Wibergs Blick verlor die Skepsis. »Sie haben die genaue Adresse? Haben Sie schon Leute hingeschickt?«

»Die lokale Polizei sollte gleich vor Ort sein«, sagte Mons. »Zwei Beamte vom Kriminalamt sind unterwegs, aber die sitzen sicher noch im Zug zum Flughafen.«

»Endlich«, sagte die Chefin und bot ihnen Süßigkeiten an. Emer bediente sich und nickte zustimmend. *Fabian Moen*. Endlich hatten sie diesen Teufel geschnappt.

»Was wissen wir?«, fragte Katja Wiberg.

»Seine Wohnung liegt im einunddreißigsten Stockwerk«, sagte Mons. »Sie ist auf einen John Ball registriert, aber das hat ja nicht unbedingt etwas zu sagen.«

»Nein, ein von Interpol gesuchter Mann kauft sicher keine Wohnung unter seinem richtigen Namen.« Die Chefin ließ sich auf Emers Stuhl fallen, drehte ihn ein paarmal im Kreis herum und heftete den Blick auf das Telefon, das bald klingeln sollte. Die Stimmung im Büro war gelöst, beinahe ausgelassen, als wären sie alle high vom Zucker.

Per E-Mail hatte dieser John Ball beim Sexpuppenhersteller eine sehr spezifische Bestellung aufgegeben. Auf Englisch hatte er erklärt, dass er keine Grübchen in den Wangen der Puppe wünsche, wie sie es auf der Webseite angeboten hatten, sondern an Knien und Ellenbogen. Dann hatte er sich erkundigt, ob solche Sonderwünsche umsetzbar seien. Gegen Aufpreis war der Hersteller darauf eingegangen.

Emer schluckte, nahm noch eine Süßigkeit und kaute abwesend darauf herum. Was würde die Polizei in Bangkok in seiner Wohnung finden? Würden sie Lottes Cousin vor dem Computer überraschen, vollkommen verwirrt? Oder einen leeren Raum mit abgestandener Luft, weil er die letzten Wochen in Norwegen zugebracht hatte? Die Passkontrolle in Gardermoen hatte niemanden mit dem Namen John Ball registriert, aber es gab ja andere Möglichkeiten, ins Land zu kommen. Außerdem konnte er auch noch weitere falsche Identitäten haben. Sollte die Wohnung in Bangkok leer sein, lautete die alles entscheidende Frage, wohin Moen Poppy gebracht hatte. Nicht nach Tønsberg, das hatten sie bereits überprüft. Berit Moens Telefon, ihr E-Mail-Account und die Seiten ihrer sozialen Medien deuteten nicht auf einen Kontakt zwischen Mutter und Sohn hin, außerdem hatte sie die Polizei selbst dazu aufgefordert, ihre Wohnung auf links zu krempeln: »Sie finden ihn weder auf Instagram noch im Gästezimmer.«

Josefs Team hatte Jens' Pulsuhr analysiert. Laut der Tracking-App war er wie angegeben auf einer Joggingtour rund um das Spa gewesen, als seine Tochter verschwand.

Die Kehrtwende, die Emer als U auf dem Display erkannt hatte, passte zu dem Zeitpunkt, an dem er den Anruf von seiner Mutter erhalten hatte. Es gab also keinen Hinweis darauf, dass er an der Entführung beteiligt sein konnte. Im Moment deutete wirklich alles auf Fabian Moen hin.

Mons zuckte zusammen, als das Telefon endlich klingelte. »Jetzt!« Er stieß mit dem Knie an die Tischkante, als er aufstand und das Gespräch entgegennahm: *»Hello. This is the leading investigator in Oslo, Mons Tidemand.«*

Er blieb stehen und hörte zu. Katja Wiberg fischte sich eine Zigarette aus dem Päckchen und steckte sie sich in den Mund, ohne sie anzuzünden.

»And is he there?«

Emer studierte den Gesichtsausdruck ihres Kollegen, aber seine Miene verriet nichts. *»Okay. I see.«*

See what?!, wollte sie rufen und stellte sich vor, dass die Streife in eine leere Wohnung gekommen war und der Computer zu erkennen gab, dass Fabian Moen vor Kurzem nach Norwegen geflogen war. Vielleicht gab es auch Hinweise darauf, wo er und Poppy sich befinden konnten. Ihr Kopf fühlte sich an, als würde er kochen. Hatte sie Fieber?

Mons drehte ihnen den Rücken zu und redete in Richtung der Ordner im Regal, die niemals jemand öffnen würde. *»And you have witnesses?«*

Eine kurze Pause, gefolgt von einem neutralen »Hm«, das alles bedeuten konnte. Emer bemerkte, dass ihre Fingernägel über ihren Oberarm kratzten, ohne dass sie es bemerkt hatte. Katja Wiberg war es aber nicht entgangen, und sie sah sie mit dem gleichen sorgenvollen Blick an, mit dem auch Josef sie bereits gemustert hatte. Um den Fokus von den Kratzwunden zu nehmen, zog sie das militärgrüne Hemd an, das sie angeblich am Sonntag hatte holen wollen. Es roch nach dem Parfüm, das sie vor ihrer Einlieferung getragen hatte. Frøya meinte, es dufte nach einer Mischung aus warmer Haut, Äpfeln und Sonnencreme. Der Geruch erinnerte Emer daran, dass sie abgesehen vom Zähneputzen und der täglichen Dusche ihre alten »Schönheitsrituale« noch nicht wieder aufgenommen hatte. Keine Farbe für die Augenbrauen, keine Mascara, keine Feuchtigkeitscreme und kein Rouge. Registrierte ihre Chefin, dass sie nicht gut genug auf sich achtete?

»Okay, thanks«, sagte Mons, nahm die Hand vom Ohr und blieb mit dem Handy am Bein stehen. Emers Herz hämmerte wild, und die Sekunden, bis er sich endlich umdrehte, wirkten endlos. Sein Blick war leer, und alle Kraft entschwand aus ihr. Nein, das konnte einfach nicht sein!

»Und, Tidemand?« Katja Wiberg erkannte Mons' Enttäuschung und wedelte ungeduldig mit der unangezündeten Zigarette herum. Der Filter hatte Lippenstiftspuren. »Wo ist dieser Mann? In Norwegen oder Thailand?«

»Er wurde gerade in seiner Wohnung in Bangkok verhaftet.«

Mons ließ sich auf seinen Bürostuhl fallen und rollte nach hinten zum Regal. »Es ist da unten bald Mitternacht. Als sie in die Wohnung kamen, saß er auf dem Sofa, schaute *Game of Thrones* und aß ein Eis. Er war allein.« Mons starrte lange an die Decke. Emer fokussierte den Adamsapfel, der bei jedem Schlucken auf und ab wippte. Es rauschte in ihren Ohren.

Mit einem Mal war der Raum klinisch rein, jeder Rest von Hoffnung und Erwartung war verschwunden.

»Willst du mir damit sagen, dass du all deine Ressourcen auf den falschen Mann verwendet hast?«, fragte Katja Wiberg. »Und in welche Richtung sollen die Ermittlungen dann jetzt gehen? Tidemand, was ist mit dem Kind, das jetzt seit drei Tagen vermisst wird?«

Mons antwortete mit einer monotonen Wiedergabe des Gesprächs. »Fabian Moen hatte einen falschen Pass mit dem Namen John Ball. Viel Computerequipment, darunter zwei selbst gebaute Maschinen. Eine Suche auf der Harddisk hat ergeben, dass er an die zwei Millionen Bilder und knapp viertausend Videos mit belastendem Material heruntergeladen hat.« Er holte tief Luft. »Die schlimmsten Sachen waren auf einem USB-Stick, den er in einer Box im Kleiderschrank versteckt hatte. Da war auch die Sexpuppe.«

Emers Blick war plötzlich durchsetzt mit dunklen Flecken, als würde Tinte in ihr Gesichtsfeld laufen. Schweiß rann ihr über den Rücken. Wurde sie krank?

»Wo war Moen am Sonntag? Hat er ein Alibi?« Katja Wiberg schien plötzlich unglaublich langsam zu sprechen, trotzdem klang ihre Stimme scharf.

»Besprechungen, gefolgt von einem Essen mit Kollegen und Kunden.« Mons' Stimme klang wie unter Wasser, und Emer sank auf dem Boden zusammen. »Er arbeitet an Software für ein internationales Tech-Unternehmen. Der Mann war nicht in Norwegen.«

»Aber er könnte doch mit jemandem hier in Norwegen zusammengearbeitet haben?«, fuhr Katja Wiberg fast schon verzweifelt fort. »Vielleicht sollte ihm jemand Poppy bringen?«

»Fabian Moen ist nicht unser Mann. Es tut mir leid, aber so ist es, Katja.«

»Na super«, rief die Dezernatsleiterin. »Drei Tage Ermittlungen für die Katz, und wir stehen wieder ganz am Anfang.«

Durch das laute Rauschen in ihren Ohren hörte Emer Mons' Stimme. Sie klang flach und vielleicht sogar ironisch. »In gewisser Weise ist das aber auch eine gute Nachricht, oder? Poppy befindet sich damit nicht bei einem pädophilen Vergewaltiger, der sich an ihrer Mutter rächen will.«

Emer spürte einen tiefen, unglaublich starken Sog, als würde sie zum Boden gezogen. Sie nahm noch einzelne Worte wahr. Es ging um den Verlust der Kontrolle und dass der ganze Zirkus von den Medien gesteuert würde.

Ihre Augen schlossen sich, und sie roch Parfüm. Nicht ihr eigenes, aber eines, das sie gut kannte, trotzdem aber nicht einordnen konnte. Süß. Plötzlich war es so, als legte sich etwas zitternd und schwer über ihr Gesicht. Der Geruch wurde stärker, Mango, nein, Pfirsich? Ihr ganzer Körper kribbelte, als wäre sie im Begriff zu schmelzen, ihr Kopf wurde nach hinten gezogen – durch die Wand? – nach unten? Und dann nahm die schwarze Tinte ihr gesamtes Blickfeld ein.

Emer Murphy.
Grünerløkka, Oslo

Früher Dienstagabend

»Du hast dir zu viel zugemutet«, hatte Katja Wiberg gesagt, als Emer im Büro wieder zu sich gekommen war. Sie hatte auf dem Boden gelegen, den Kopf auf Mons' zusammengerollter Jacke. »Oder ist dein Blutzucker zu niedrig?«

Sie hatte so energisch genickt, wie sie nur konnte, und sich aufgerichtet. Erst als die Dezernatsleiterin einen Anruf erhalten und aus dem Büro gestürmt war, hatte Mons sich besorgt, ja fast ängstlich neben sie gekniet: »Soll ich dich zum Arzt fahren?«

Sie hatte beteuert, sich schon wieder gut zu fühlen und nur ein paar Stunden Schlaf im eigenen Bett zu brauchen. Aber auch zu Hause hatte sie keine Ruhe gefunden und war wieder aufgestanden und in die Küche gegangen. Irgendwie hingen ihr die Reste des Pfirsichgeruchs noch immer in der Nase. Warum kam ihr dieser Duft nur so bekannt vor?

Emer holte tief Luft. Ihr Blick ruhte auf den Pillen, die sie nicht genommen hatte, als sie das letzte Mal zum Duschen zu Hause gewesen war. Sollte die offensichtliche Sorge ihres Kollegen sie beunruhigen? Sie nahm das Telefon, die Nummer ihres Psychiaters war weit oben auf der Anrufliste, sie konnte sich aber nicht aufraffen, ihn zurückzurufen. Es gab ja auch noch andere Möglichkeiten, Hilfe zu bekommen, fiel ihr ein. Das Internet. Der erste Treffer über das Absetzen von Psychopharmaka führte Emer zu einem Diskussionsforum für psychische Gesundheit. Eine Nutzerin, die sich Dornenrose nannte, schrieb, dass sie gegen Ende ihrer Behandlung einfach funktionieren, klar denken und die richtigen Entscheidungen hätte treffen müssen:

Ich hatte nicht die Zeit für ein langsames Ausschleichen. Als ich die Medikamente abgesetzt habe, hatte ich immer wieder mit Schwindel und heftigem Juckreiz zu kämpfen. Ich hatte Angst, mir die Haut vom Körper zu kratzen, und wachte oft mit Blut unter den Nägeln auf. Der Durst (eine Nebenwirkung der Medikamente) verschwand schon nach anderthalb Tagen, das Zittern auch. Inzwischen sind fünf Tage vergangen, und ich bin WIEDER DA. Der Nebel ist aus meinem Kopf verschwunden, und ich war nie effektiver oder selbstsicherer als jetzt. Es ist wirklich so, als hätten diese Scheißpillen mich komplett ausgebremst. Ich bin nicht nur wieder ich selbst, sondern so etwas wie eine bessere Version von mir selbst!

Eine Minute nach dem Post hatte Dornenrose hinzugefügt:

Wenn auch du mit diesem Juckreiz und der Unruhe zu tun hast, hilft manchmal eine

Vierteldosis. Das Ausschleichen dauert dann vielleicht ein bisschen länger, aber die Abstinenzsymptome verschwinden.

Sie lachte kurz auf und wollte schon die Seite schließen und stattdessen verlässliche Informationen suchen, doch dann hielt sie inne. Der Post stammte von einer Person in exakt ihrer Situation, jemandem, der dieselbe Medikation erhalten hatte und dem die Kontrolle über das eigene Leben genommen worden war. Wie konnte sie diese Frau verurteilen?

Der Nebel ist aus meinem Kopf verschwunden, und ich war nie effektiver oder selbstsicherer.

Der Post war zwei Monate alt. Was war seither mit dieser Dornenrose geschehen? Schnell und von Neugier angetrieben richtete sie ein anonymes Nutzerprofil ein, »EM123«, und schrieb:

@Dornenrose. Darf ich fragen, wie es dir heute geht? Kommst du noch immer ohne Medikamente aus?

Sie legte das Telefon zur Seite und dachte, dass sie duschen und etwas essen sollte, aber der Gedanke, sich auszuziehen, ein Messer zu nehmen oder sich für einen Aufstrich zu entscheiden, überforderte sie. Katja Wiberg hatte recht: Sie hatten keine einzige Spur und waren wieder am Anfang.

Poppy war seit mehr als zwei Tagen verschwunden, und sie hatten sich auf den falschen Mann konzentriert.

Sie rieb sich den Nacken. Ihre Haare waren feucht, als wäre sie joggen gewesen oder aus einem dieser verfluchten Albträume aufgewacht, die sie als Kind gehabt hatte. Die Pastamaschine stand noch immer im Spülbecken, der Boden war bedeckt vom Mehl, und auf der Anrichte lag noch der Lappen mit dem klebrigen Saft. Ja verdammt, sogar das Radio lief noch leise. Es fühlte sich wirklich so an, als wären nur Sekunden vergangen, seit sie, wie ein Zombie, den Beipackzettel ihrer Medikamente gelesen und nichts von den beiden gewusst hatte, über die in den Nachrichten gesprochen worden war: Isabella und Poppy.

Emer schaffte es nicht, das Handy zur Seite zu legen. Verzweifelt suchte sie nach *irgendetwas*. Mit hämmerndem Herzen registrierte sie, dass auf @LottesGeheimnis etwas Neues gepostet worden war. Dieses Mal kein Foto von Lotte, sondern ein Screenshot von einem Artikel, der mit einem weiteren Text verlinkt war. Emer klickte den Link an und wurde zu einer amerikanischen Zeitung weitergeleitet. Der Artikel hatte einen langen Titel:

Instagram-mom loses custody after posting pictures that lead to the kidnapping of her four-year-old son.

Sie überflog den Text, plötzlich hellwach. Eine amerikanische Mutter mit populärem Instagram-Account hatte ein Bild von ihrem Sohn in einem Park gepostet. Während der Vierjährige spielte und gleichzeitig Hunderte von Likes sammelte, hatte sie auf einer Bank gesessen und allen gedankt, die einen Kommentar abgegeben hatten, wie süß ihr

Sohn sei. Erst danach – die Frau war sich nicht sicher, wie viele Minuten vergangen waren – hatte sie den Blick gehoben und bemerkt, dass ihr Sohn verschwunden war. Emer schluckte, ihr Mund war trocken. Eine Woche später war der Junge bei einem psychisch Kranken gefunden worden, der dem Kind seit den ersten Ultraschallbildern in den sozialen Medien gefolgt war. Für die junge Mutter war das Ganze nicht gut ausgegangen. Da sie sich auf ihr Handy konzentriert hatte, nachdem sie Hunderttausenden von Fremden mitgeteilt hatte, wo ihr Sohn sich befand, wurde sie verurteilt, weil sie das Leben ihres eigenen Kindes in Gefahr gebracht hatte. Die Mutter war ins Gefängnis gekommen, und der Junge wohnte jetzt bei seinem Vater.

Eine deutliche Botschaft, dass Lotte in den Augen mancher Leute keine Mutter sein sollte. Aber wer waren diese Leute?

Emer hatte nichts bemerkt, aber plötzlich stand Frøya in der Küchentür. Sie ließ die Tasche auf den Boden fallen und starrte Emer mit zusammengekniffenen Augen an. Wie sehr sie diesen skeptischen Blick hasste!

»Mein Gott, wie du aussiehst …!« Ihre Lebensgefährtin kam näher. Sie wirkte eher entsetzt als besorgt, als sie Emers Haut am Dekolleté musterte. »Was sind das für Stellen? Hast du dich am ganzen Körper aufgeschürft, als du diesen armen Journalisten zu Boden geworfen hast?«

Emer verschränkte die Arme vor der Brust. Sie fühlte sich exponiert und bereute es, das Hemd ausgezogen zu haben, als sie in die Wohnung gekommen war.

»Ich freue mich auch, dich zu sehen«, sagte Emer, aber Frøya ignorierte sie.

»Nein, jetzt weiß ich's: Du hast die Medikamente abgesetzt, oder?« Frøyas Stimme war plötzlich laut und schrill. »Ich habe gelesen, dass Juckreiz eines dieser Abstinenzsymptome ist! Hast du mehrere Dosen weggelassen? Wann hast du die Medikamente das letzte Mal genommen?«

»Heute Morgen.« Emer log, ohne nachzudenken, und rechnete zurück. Gestern hatte sie nicht eine Pille genommen, das letzte Mal war hier in der Küche gewesen, also Sonntagmorgen, kurz nach elf. Waren das wirklich schon mehr als zwei Tage? Das Jucken war fast weg, dachte sie. Bald bin ich wieder ich selbst.

Frøya schloss die Augen, als müsste sie bis zehn zählen, um nicht die Beherrschung zu verlieren. Das Piepen von Emers Telefon brachte sie aber aus dem Konzept. Es lag auf der Anrichte, und da Frøyas Reflexe schon immer gut gewesen waren, schnappte sie es sich, noch ehe Emer reagieren konnte. Ihre Lebensgefährtin seufzte resigniert, kaum dass sie einen Blick auf das Display geworfen hatte. »Natürlich. Die SMS ist von Tidemand. Das erklärt dann ja wohl alles. Du hast also nicht deiner Gesundheit den Vorzug gegeben, sondern gearbeitet, oder? Verdammt, du willst dich wohl wirklich kaputtmachen, oder?«

Emer versuchte, ihr das Handy aus der Hand zu nehmen. »Er will mich nur auf den neuesten Stand bringen«, sagte sie. »Und manchmal fragt er um Rat.«

Frøya las die Nachricht von Mons und zog die Augenbrauen hoch, ehe sie den Blick wieder hob. »Er macht sich Sorgen und fragt sich, ob du okay bist? Warum fragt er dich das?«

Emer erwog, einfach aus der Wohnung zu rennen und ins Präsidium zu fliehen. Am Abend zuvor war es ihr noch super gegangen, sie war stark und selbstsicher gewesen, doch jetzt fühlte sie sich plötzlich entlarvt und winzig.

»Du hast mich angelogen«, sagte Frøya.

»Weil sie mich bei diesem Fall *brauchen*.« Emer hörte ihre eigene lächerliche Verzweiflung und versuchte, ihr Hirn in andere Bahnen zu lenken. Sie durfte nicht an Fabian Moen denken, sie musste sich selbst beweisen, dass sie ins Präsidium gehörte. Hatte Alexandra sie auf die Spur ihres Cousins gebracht, um den Blick von sich selbst abzuwenden?

»Sag mal«, begann Frøya aufs Neue und legte den Kopf auf die Seite. »Du fühlst dich ziemlich überlegen, nicht wahr? Bist mit dir zufrieden. Glaubst du etwa, eine Superermittlerin zu sein?«

»Was?« Emer schaffte es nicht, ihren Ton zu deuten.

»Du hast gerade gesagt, dass sie bei dieser Ermittlung von dir abhängig sind. Hältst du das für *deinen* Fall?« Frøya zeichnete Anführungszeichen in die Luft. »Erachtest du dich als auserwählt?«

Emer stützte sich auf der Anrichte ab.

»Du brauchst nicht zu antworten. Ich sehe doch, dass ich recht habe. Das bestätigt nur, dass du die Medikamente nicht genommen hast und dir das alles vollkommen egal ist. Dein Psychiater hat mich genau davor gewarnt.« Frøya wedelte wütend mit den Armen herum. »Hast du keine Angst, in eine richtige Psychose zu rutschen? Und noch einmal komplett den Halt zu verlieren?«

»Ich ... ich habe nur ... geholfen.« Emer warf rasch einen Blick in Richtung von Lucias Zimmer. Plötzlich standen Tränen in ihren Augen. »Und ich muss sie doch finden!«

Frøya folgte ihrem Blick und schüttelte den Kopf. »Hast du mit Marceline gesprochen? Hat sie dich dazu gebracht?« Frøya starrte an die Decke, kniff mehrmals die Augen zusammen, und die Mascara zerfloss: »Ich weiß nicht, was ich tun kann! Aber genau davor hatte ich Angst.«

»Wenn du solche Angst hattest«, sagte Emer. »Warum bist du dann nicht zu Hause geblieben?«

»Weil ich arbeiten musste. Außerdem bist du erwachsen und solltest wissen, was zu deinem Besten ist.«

Das Telefon begann zu vibrieren. Es war wieder Mons. Schlechtes Timing.

Frøya wühlte in ihrer Tasche herum und fand ihr eigenes Handy. Sie suchte eine Nummer heraus und murmelte, den Blick fest auf Emer geheftet: »Ich beobachte Marcelines Einfluss auf dich schon, seit wir zusammengekommen sind. All dieser Schwachsinn über Energien ... ich hätte da eingreifen müssen, aber nach Lucia ... ich hatte genug mit meiner eigenen Trauer zu tun. Und jetzt hast du auch noch deine Medikamente abgesetzt, verdammt!«

Frøya legte das Handy ans Ohr, zeigte quer durch den Raum, als wäre Emer ein Hund oder ein Kind, und sagte: »Setz dich aufs Sofa.«

Sie wusste genau, wen ihre Lebensgefährtin anrief. Sie wollte sie von ihrer Arbeit wegbekommen und vielleicht wieder einweisen lassen. Emer dachte gar nicht daran, ihren Aufforderungen zu folgen, und sprang nach vorn, um ihr das Telefon aus der Hand zu schlagen. Sie verfehlte es, doch es gelang ihr, das eigene Handy von der Anrichte zu nehmen, ehe sie in Richtung Wohnungstür rannte. Als sie ihre Füße in die alten Converse schob, spürte sie die Finger ihrer Lebensgefährtin wie eine Klaue auf der nackten Schulter. Emer riss sich los und stürmte mit offenen Schuhen die Treppe nach unten, während Frøyas markante Stimme zwischen den Wänden des Treppenhauses widerhallte.

Auszug aus dem MamaForum:

Vor 125 Minuten. Von BabyMama:
Mein Gott, habt ihr das über diese Mutter in den USA gelesen, die das Sorgerecht verloren hat, weil sie auf Instagram war?

Vor 11 Minuten. Von Advokaten:
Da hast du etwas missverstanden, @BabyMama. Sie wurde zur Rechenschaft gezogen, weil sie erst der ganzen Welt erzählt hat, wo ihr Junge ist, um ihn dann zu vergessen, während sie sich mit all den Likes vergnügt hat: »Du bist die beste Mama der Welt!« #Ironie

Vor 7 Minuten. Von Ano:
Mir ist das ziemlich nahegegangen, wirklich, musste an so manche Episode im Spieleland denken. Ich habe die Kids da auch einfach laufen lassen, während ich mich um meine Arbeitsmails gekümmert habe und auch mal auf Insta war …

Vor 3 Minuten. Von FräuleinFein:
Ich auch, @Ano. Natürlich sind weder mein Sohn noch ich irgendwelche Promis, aber ich habe gerade mal in meiner Instagram-History zurückgescrollt, und das erste Bild, das ich jemals gepostet habe, war von meinem Kleinen im Kreißsaal … Autsch! Ich schäme mich!

Emer Murphy. Majorstuen, Oslo

Dienstagabend

»Mein Elfchen!« Marceline Bandini stand auf dem Treppenabsatz im fünften Stock und zog sie in die Wohnung. Der Duft der Opiumräucherstäbchen weckte Erinnerungen an die Kindheit, an nasse Erde und süße Blumen – Emer ließ die Deckung sinken, verlor die Kontrolle über sich und klammerte sich wie ein kleines Kind an ihre Großmutter. »Ich hätte die ganze Zeit auf dich hören sollen.«

Marceline beruhigte sie, schob sie etwas von sich weg und berührte den Schnitt im Gesicht, der noch immer rosa war. Dann legte sie ihre Finger lächelnd auf ihre Ohren.

»Du bist jetzt hier. Und wir haben einiges zu erledigen. Das hintere Gästezimmer ist bereit. Du kannst einziehen.«

Emer ließ sich durch die Wohnung führen. Als sie ein paar Blocks von ihrer eigenen Wohnung entfernt wieder richtig atmen konnte, hatte sie versucht, Mons anzurufen, aber keine Antwort erhalten. Sekunden später hatte er geschrieben:

> *Bin in einer Besprechung mit Wiberg. Bringe dich später auf den neuesten Stand. Komm bis dahin aber nicht ins Präsidium.*

Um was konnte es dabei gehen? Bis jetzt hatte die Dezernatsleiterin sich nur um ihren Blutzuckerspiegel gesorgt und darum, dass sie genügend Schlaf bekam.

»Ich habe in dieser Woche ein paar Fernsehaufnahmen, muss morgen aber erst am späteren Vormittag weg.« Marceline strich über den großen Gong, der im Flur hing. Sie hatte ihn aus Kairo und auf dem Rückflug einen Extrasitz in der ersten Klasse für ihn gebucht. »Wenn nötig, sage ich das ab.«

Emer hatte sich nie mehr zu Hause gefühlt als zwischen den wuchtigen Möbeln, die zu Marcelines Leopardenkleidern und den Sphinxen aus Ägypten passten.

»Du bist zu dünn angezogen, und du brauchst ein Bad«, sagte Marceline und rümpfte wie ein Kaninchen mehrmals schnell die Nase. »Das Epsom-Salz wird deine chaotische Aura reinigen, und ein Amethyst wird dich vor noch mehr Unruhe schützen. Ich habe eine Salbe für die Schnittwunde, und gerade ist auch Lavendelöl geliefert worden, das dich beruhigen wird und ...«

Emer blieb stehen. »Am liebsten hätte ich einen Whisky und eine warme Decke.«

»Even better!« Die Großmutter machte auf dem Absatz kehrt. »Dann gehen wir in mein Büro.«

Sie führte sie zu der Treppe, die ihre Wohnung mit dem Arbeitsbereich verband – einer identisch geschnittenen Wohnung im Stockwerk darunter. Die Familie, die vor Jahren aus dieser Wohnung ausgezogen war, hatte den Medien gegenüber behauptet, Marceline habe sie davon überzeugt, dass böse Geister in der Wohnung hausten, die sie rausekeln wollten. Sie hatten ihr geglaubt und die Wohnung zum Verkauf angeboten, und Marceline hatte zugeschlagen, noch bevor die Wohnung überhaupt erst inseriert war. Emer hatte nie zu fragen gewagt, ob die Geschichte stimmte. Wände waren entfernt und neue eingezogen worden, und mithilfe eines Innenarchitekten hatte Marceline genau die Räumlichkeiten bekommen, die sie haben wollte.

Eine Zeitschrift hatte das Ganze ausführlich dokumentiert und dazu geschrieben: *Räume mit einer magischen Aura.*

Sie gingen durch den kleinen Konferenzraum, der für Kurse genutzt wurde – ursprünglich ein Wohnzimmer –, vorbei an zwei Beratungszimmern und kamen schließlich in Marcelines Büro. Emer rollte sich in der Ecke eines riesigen Plüschsofas zusammen, das ein paar Meter von der roten Badewanne entfernt stand, die mitten im Zimmer thronte. Voll und ganz funktionsfähig. Das Adrenalin, das in den letzten Tagen durch ihre Adern geströmt war, war aufgebraucht, und alles tat ihr weh: Gelenke, Füße und das noch immer brennend heiße Gesicht.

»Wie ich sehe, hast du die Medikamente abgesetzt.« Marcelines Lächeln brachte ihr rosa Zahnfleisch zum Vorschein. »Das Gift ist auf dem Weg aus deinem Körper. Das wird dir helfen, dich zu öffnen.«

Emer sah sie müde an, ihr Kopf war leer. Keine Gedanken an die frustrierende Ermittlung oder ihre eigene Zukunft. »Wofür öffnen?«

»Kommunikation, Elfchen. Kanalisierung. Aber erst mal gibt es jetzt eine Stärkung.«

Marceline nahm eine Karaffe mit mahagonifarbenem

Inhalt, füllte zwei Kristallgläser und wickelte Emers Füße in eine Decke.

Der Whisky wärmte Brust und Bauch. »Kommunikation mit wem?«

Marceline ignorierte die Frage, summte leise, schüttelte eine Schachtel mit langen Streichhölzern und trat an das Fensterbrett, auf dem eine Reihe von Kristallen darauf warteten, vom Mondlicht gereinigt und aufgeladen zu werden. Sie zündete die Kerzen an, die überall im Zimmer standen, und blies das Streichholz aus.

»Es ist an der Zeit, dass wir uns der Sache annehmen. Du hast eine Gabe, Elfchen. Eine Gabe, Nachrichten zu empfangen. Aber du hast das nicht unter Kontrolle. Im Moment bist du noch ein offener Kanal für alles und jeden.« Marceline legte die Finger um ihr Glas. »Du wirst von Seelen bombardiert, die Kontakt zu ihren noch lebenden Liebsten suchen. Sie glauben, dass du Nachrichten überbringen und vielleicht sogar um Entschuldigung für etwas bitten kannst, das sie in ihrem Leben getan haben.«

Emer starrte auf die Kerzen. Ihr Hirn weigerte sich, Marceline zu folgen.

»Was diese Ärzte als Psychose bezeichnen, ist nur das Resultat einer Überstimulierung. Erinnerst du dich, was in den Stunden davor passiert ist?«

Sie wollte nicht dorthin zurück, versuchte es aber trotzdem. »Nein. Der Tag davor und der danach sind wie weggewischt. Mir war heiß. Mein Kopf hat gekocht, genau wie jetzt.« Sie schloss die Augen, hörte das Wasser in die Badewanne laufen und spürte dann einen eiskalten Waschlappen auf ihrer Stirn. Das tat gut. Marceline setzte sich mit einem Seufzen, tropfte Öl auf Emers Füße und begann zu massieren. »Hast du Stimmen gehört? Wie damals, als du klein warst?«

»Nein.« Emer verdrängte den Gedanken. Sie wollte jetzt nicht an die Albträume ihrer Kindheit denken. Denn mehr war das nicht gewesen, bloß schlimme Träume.

»Hast du etwas gerochen? Hast du ... Lichter gesehen? Farben?«

Emer rieb sich die Nase. »Pfirsich, ich habe Pfirsich gerochen.« Der Waschlappen, bereits lauwarm, rutschte von ihrer Stirn und fiel auf ihre Schulter. »Großmutter, hast du versucht herauszufinden, wo Poppy ist?«

»Ich habe dir ja geschrieben, dass ich immer wieder diese Frage gestellt habe, aber meine Guides geben mir keine Informationen. Ich weiß nur, dass sie nicht auf die andere Seite übergetreten ist. Aber ihre Lebenskraft ist nur noch schwach.« Marceline hörte zu massieren auf, nahm einen großen Schluck Whisky und trank schmatzend. »Das Mädchen ist zu Tode erschöpft oder verletzt. Vielleicht krank. Pfirsich, was kann das bedeuten ... Pfirsich?«

Emer lehnte den Kopf zurück und sah an die Decke. Sie spürte, wie der Schutzwall gegen die Worte ihrer Großmutter immer niedriger wurde. Fast fühlte es sich an, als würde ihr etwas gesagt, das sie längst wusste, ja als frischte Marceline nur eine alte Fähigkeit auf.

»Du darfst nicht so kontrolliert sein. Gib einfach nach, Elfchen. Lass das Leben dich an den Ort führen, an den du willst.«

Hatte nicht Frøya genau dasselbe gesagt? Dass sie endlich loslassen solle?

»Nein.« Emer schüttelte den Kopf und spürte, wie der Widerstand erneut die Oberhand gewann. Sie hatten allen Grund, Angst zu haben.

»Du hast eine dominante maskuline Energie«, sagte Marceline mit warmer Stimme. »Und daran ist nichts falsch. Aber dass du dich wehrst, macht dich krank. Es bremst die Entwicklung deiner Seele und hindert dich daran, deiner Intuition zu folgen. Und willst du nicht eine gute Ermittlerin sein? Willst du das Mädchen nicht finden?«

»Aber wenn ich loslasse«, flüsterte Emer, »wenn ich den Halt verliere ...«

»Dann wirst du endlich deine wahre Kraft finden. Dann wirst du endlich du selbst sein und ohne diese lähmende Angst leben können. Du bremst dich jetzt schon seit Jahren aus. Die Zeit ist reif, um ...« Marceline blies die Wangen auf und flatterte mit den Armen, »mit dem Leben zu fliegen.«

Stille. Emers Augen schlossen sich, und ihr Hirn bekam eine Pause.

»Du weißt, dass die Gabe, die wir teilen, oft von einem Trauma geweckt wird«, Marcelines Stimme drang durch ihre Benommenheit. »Für mich begann das alles, als dein fantastischer Papa auf die andere Seite gegangen ist. Und du, Elfchen, hast zwei große Tragödien hinter dir. Du hast deine beiden Eltern und deine Tochter verloren.«

»Hm.«

»Und du, ich glaube, ich weiß, warum ich keine Informationen erhalte, wenn ich um Hilfe bitte, das kleine Mädchen zu finden.« Marcelines lila Augen waren feucht, als Emer ihre öffnete und ihre Großmutter studierte. »Ich denke, das ist deine Aufgabe.«

VIERTER TAG

MITTWOCH, 19. JUNI 2019

Lotte Wiig.
Tjuvholmen, Oslo

Nacht auf Mittwoch

Das Telefon gab irgendwo zwischen den Falten der Decke einen Laut von sich. Lotte hatte sie auf den Fußboden befördert, um den Geruch von Jens loszuwerden, der noch im Bett hing. Sie tastete müde nach dem Handy, aber ohne Erfolg. Jesper hatte ihr Schmerzmittel und etwas zum Schlafen dagelassen: »Nur jeweils eine Pille, du darfst sie aber erst direkt vor dem Schlafengehen nehmen!« Alex hatte die Wohnung kurz nach Murphy verlassen, woraufhin Lotte beide Pillen direkt geschluckt hatte. Wie lange war das jetzt her? Das Schlafzimmer lag im Dunkeln, es musste also Nacht sein. Sie gab die Suche nach dem Telefon auf, zog die Knie ans Kinn und schloss die Augen.

Das erste Mal hatte Jesper sie zusammengenäht, als sie mit Poppy schwanger gewesen und ins Krankenhaus eingewiesen worden war. Die Ärzte hatten damals befürchtet, dass die Plazenta sich lösen könnte. Jens war zurück in die Wohnung gefahren, nachdem er ihr voller Enthusiasmus die Fotos des Babybetts gezeigt hatte, das er zusammengebaut hatte. Er hatte sogar bereits eine Schaukel an die Decke des Kinderzimmers montiert. Sie hatte versucht, so etwas wie Erwartung oder Vorfreude in sich wachzurufen, doch es war ihr einfach nicht gelungen. Alles, was sie spürte, war

Furcht. Nachdem er endlich gegangen war, um die Kinderkleider zu waschen – »Das ist wichtig! Nicht, dass unsere Kleine von den Chemikalien oder dem Staub Allergien entwickelt« –, hatte Lotte ihre Kulturtasche genommen. Ihre Hände zitterten, und die Verzweiflung, die nach seinem Besuch aufgekommen war, raubte ihr den Atem und schnürte ihr den Hals zu. Erst als sie die Klinge an ihren Schenkel drückte, konnte sie wieder richtig atmen. Die Scham über die dunklen Gefühle floss mit dem Blut aus ihr heraus, und als sie plötzlich wieder in ihrem Körper war, den Schmerz spürte und das vollgeblutete Bettzeug sah, war die Tür aufgegangen.

»Meine Schicht auf der Säuglingsintensivstation ist gerade zu Ende gegangen.« Jesper hatte sich lächelnd dem Bett genähert. »Ich wollte doch mal sehen, wie es dir ... Oh nein!« Zuerst hatte er nur das Blut gesehen, ohne seine Herkunft zu erkennen, und war deshalb davon ausgegangen, dass genau das geschehen war, was seine Kollegen mit aller Mühe zu verhindern suchten.

»Nein, das ist nicht ...« Lotte war gezwungen gewesen, ihm die Schnitte zu zeigen.

»Drück hier drauf.« Jesper hatte eine Kompresse geholt und sie auf die Wunde gepresst. Dann war er aus dem Zimmer gelaufen und gleich darauf mit Betäubung, Nadel und schwarzem Faden zurückgekehrt. Er hatte sich ans Fußende gesetzt und effektiv und ohne Fragen zu stellen, gearbeitet.

Das erste Mal hatte sie Jesper und den Rest von Jens' Familie in deren Ferienhaus auf Hvaler getroffen. Das war kurz nach den plastischen Operationen gewesen. Lotte hatte für den Besuch eine Tasche mit weiten Kleidern gepackt, die den Sport-BH und die Bandagen an Beinen und Bauch kaschierten. Sie wusste damals nur, dass Jens seinen Bruder Jesper verabscheute und seine Tante liebte, eine exotische Schönheit mit warmer Ausstrahlung und mitreißendem Lachen. Das genaue Gegenteil ihrer Schwiegermutter. Am ersten Abend hatten sie in der Küche Muscheln gegessen, während draußen der Regen an die Scheibe getrommelt hatte. Marie hatte über Kopfschmerzen geklagt und war gleich nach dem Dessert ins Bett gegangen. Der Rest, inklusive Jens, war während des Abends verschwunden, ohne dass Lotte das bemerkt hatte. Sie war viel zu tief in einem Gespräch mit Carmen versunken, das bis in die frühen Morgenstunden gedauert hatte. Bei ihrer Hochzeit ein halbes Jahr später hatte das Ehepaar Haugen in der ersten Reihe der Kirche in Ris gesessen. Aber erst in der dreizehnten Schwangerschaftswoche – als alles über ihr zusammengestürzt war – hatte sie Carmen wirklich kennengelernt. Lotte hatte auf dem Sofa im Wohnzimmer gelegen, das Licht ausgeschaltet, als Jens' Tante mit einem Tee gegen die morgendliche Übelkeit aufgetaucht war, den sie von ihrer Mutter aus Venezuela geschickt bekommen hatte. Als wäre es die natürlichste Sache der Welt, hatte Lotte plötzlich die Füße auf Carmens Schoß gehabt und den Geschichten gelauscht, was sie als junge, hübsche Frau hatte tun müssen, um ihre Familie durchzubringen.

»Ich wurde gerettet«, hatte die Tante irgendwann gesagt, »von diesem wunderbaren Jan-Erik aus Norwegen.«

Lotte stand auf, um das Telefon aus der Decke zu schütteln. Sie spürte die Stiche an ihrem Bein und legte die Hand schützend auf ihren Schenkel. Das Brennen war eine Mahnung an all die Stunden, die seit Poppys Verschwinden vergangen waren. Und an Jens' Verrat.

Da. Das Telefon rutschte aus der Decke. Die SMS stammte von einer unterdrückten Nummer. Lotte las, verstand zuerst aber kein Wort und ließ das Handy aus der Hand gleiten. Dann las sie die Zeilen noch einmal, und plötzlich fühlte ihr Herz sich viel zu groß an. Als wollte es ihre Brust sprengen. Ihre Arme zitterten vor Erleichterung und Hoffnung, und ihre Freude äußerte sich in einem lauten Schluchzen, während sie versuchte, auf die Beine zu kommen:

> *Such im Blumenmeer vor dem Haus nach etwas, das du gernhast. Dort wirst du weitere Hinweise finden.*

Ihre Kopfhaut kribbelte, als das Handy noch einmal piepte:

> *Wenn dir an Poppys Sicherheit liegt, rate ich dir, nicht die Polizei zu kontaktieren. Du solltest diese SMS gleich löschen. Von jetzt ab werden wir auf andere Weise kommunizieren.*

Lotte rannte über die Treppe nach unten. Sie nahm drei oder vier Stufen auf einmal, als fände ihr Körper plötzlich wieder Energie. Draußen war es dunkel und still. Es musste wirklich mitten in der Nacht sein. Entweder hatten die Journalisten, die sonst immer unten warteten, aufgegeben, oder auch sie waren schließlich schlafen gegangen. Lotte sah sich hektisch um – Blumensträuße, Kuscheltiere, Ballons – was davon war ihr am meisten ans Herz gewachsen?

Ein paar Fackeln und eine Kerze brannten. Das Blut rauschte in ihren Ohren, als sie die Karte las, die um den Hals eines Teddys hing. Sie wusste nicht, nach was sie suchte, flüsterte immer nur den Namen ihrer Tochter und hoffte, dass sie auf magische Weise einfach wieder auftauchte.

Etwas, das du gernhast … weitere Hinweise … Sie starrte viel zu lange auf die Zeichnung eines Roboters und den kindlichen Versuch, Poppys Namen zu schreiben. Mit der Zeit wurde sie effektiver, schüttelte einen Plüschaffen und überflog den Text auf den Karten:

Komm zurück, Poppy.

Ihr Hals schnürte sich zu, aber sie hatte nicht die Zeit, sentimental zu werden. Lotte warf einen Strauß Lilien über ihre Schulter nach hinten und begann, die Ballons zu zerstechen – ein Einhorn mit einem Herz, drinnen steckte aber keine Nachricht, sodass nur das schlaffe Latex auf ihren Fingern zurückblieb. Sie hob die Fackeln an, aber auch auf deren Unterseite war kein Text zu finden. Nichts. Nichts. Nichts. Der plötzliche Adrenalinstoß ebbte ab, und statt der Erleichterung wuchs der Kloß in ihrem Hals wieder an. Sollte sie um Hilfe bitten? Die Polizei anrufen? Alex? Jens?

Ihr widerstrebte das, aber schließlich war er Poppys Papa. Lotte sank zu Boden, blieb in der Hocke sitzen und scannte die Balkone auf der anderen Seite des Kanals. Saß da vielleicht jemand und amüsierte sich über ihre Leichtgläubigkeit? *Das geschieht ihr recht, schließlich hat sie Poppys Leben aufs Spiel gesetzt.*

Sie sprang auf, als sie inmitten des Blumenmeers plötzlich die Puppe entdeckte, die Poppy so liebte. Sie saß auf einem Pappkarton. Wie hatte sie die übersehen können? Sie schnappte sie sich, sog Poppys Duft aus den schwarzen Haaren der Puppe ein und spürte, wie sich ein Klumpen in ihrer Brust löste. Sie war kurz davor, in sich zusammenzusinken, dachte dann aber an all die Menschen, die sie sehen könnten. So schnell sie konnte, ging sie zur Haustür, wobei sie mit den Fingern über die Puppe strich. Ein Zettel steckte im Kleidchen, eine lange ausgedruckte Nachricht:

Lotte und Jens
Gut, dann haben wir also Kontakt. Die SMS, die an Lottes Handy geschickt wurde, kann nicht zurückverfolgt werden, trotzdem müsst ihr sie löschen. Sollte die Polizei das Handy überwachen und irgendwelche Fragen stellen, sagt ihr, dass ihr die Nachricht bekommen habt, unten vor dem Haus etwas zu suchen, dass ihr aber nichts gefunden und deshalb gedacht habt, dass sich da jemand einen blöden Streich erlaubt hat. Bis morgen (Mittwoch) 14.00 Uhr überweist ihr fünf Millionen Kronen in Monero-Währung (siehe wallet-Informationen weiter unten). Drei Stunden, nachdem das Geld empfangen wurde, wird Poppy im Bygdøywald freigelassen (weit

genug von der Presse entfernt). Wenn ihr zur Polizei geht, seht ihr Poppy nie wieder.

Das Schluchzen kam vollkommen unkontrolliert, als Lotte realisierte, was dies bedeutete. Poppy war am Leben und hatte das Gegenmittel schnell genug bekommen oder vielleicht gar nicht von der Schokocreme gegessen. Die Details waren nicht wichtig. Es zählte nur, dass sie am Leben war.

Unten im Keller schlug die Tür des Müllraums zu, und gleich darauf hörte sie, wie in der Tiefgarage ein Wagen angelassen wurde. Lotte ging zurück nach oben und strich sich die Haare aus dem verschwitzten Gesicht. Dann starrte sie noch einmal auf die Nachricht, faltete sie resolut zusammen und fasste einen Entschluss. Sie wusste genau, wen sie anrufen musste.

»Was ist los?« Marie war gleich am Telefon. Ihre Stimme klang ängstlich. Noch ehe Lotte antworten konnte, wurde ihr bewusst, dass sie ihre Schwiegermutter noch nie zuvor angerufen hatte.

»Der Kidnapper hat Kontakt aufgenommen«, flüsterte sie. »Und ich kann nicht zur Polizei gehen, ich brauche …«

Sie hörte Maries Schritte, dann ein Klicken. Als sie sich wieder meldete, klang die Stimme ihrer Schwiegermutter fast freundlich. »Wie viel will er?«

Lotte kniff die Augen fest zusammen und bereitete sich auf die Reaktion vor: »Fünf Millionen in Kryptowährung. Ich habe einen Brief mit Informationen, wie man das überweisen muss. Bis zwei Uhr morgen Nachmittag.«

»Du sagst, dass meine Enkelin nach Hause zurückgebracht wird, wenn wir die Summe bezahlen?« Marie räusperte sich. »Dass das aber hinter dem Rücken der Polizei geschehen muss?«

Lotte atmete in einem langen »Ja« aus.

»Fünf Millionen sind viel Geld, aber mach dir darüber keine Gedanken, das ist ein geringer Preis, damit ...« Marie schluchzte kurz auf. »Ich rufe sofort die Bank an.«

»Aber es ist doch mitten in der Nacht«, sagte Lotte. »Und ist das sicher? Vielleicht wird jemand hellhörig, wenn die Familie Wiig fünf Millionen in Kryptowährung kauft. Die steht gerade ziemlich hoch im Kurs. Es würde mich nicht wundern, wenn die Polizei alle Konten überwacht.«

»Du hast recht«, sagte Marie überraschend freundlich. »Aber nur, was norwegische Banken angeht. Ich habe noch einen Fonds meiner Mutter auf den Kaimaninseln, von dem niemand etwas weiß. Nicht einmal Sverre. Und da löst keiner einen Alarm aus, wenn ich ...«

Lottes Herz klopfte hart, während sie hörte, wie ihre Schwiegermutter einen Schluck trank. Vermutlich Weißwein.

»Alles wird gut«, fuhr Marie fort. »Aber du hast recht, das ist ein hoher Betrag. Damit es keine Verzögerungen gibt, werde ich die gleich vorwarnen. Wie spät ist es da jetzt? Lass mich nachdenken ... Ach, ich versuche einfach, sie zu erreichen.«

»Danke, vielen, vielen Dank.« Lotte ließ sich auf die unterste Stufe der Treppe sinken und fühlte Erleichterung und Dankbarkeit. Alles würde sich regeln.

»Wie gesagt, es geht nicht ums Geld, wichtig ist jetzt

nur, Poppy gesund nach Hause zu bekommen. Ich ...« Die Schwiegermutter brachte den Satz nicht zu Ende, räusperte sich dann aber und fuhr in ihrem üblichen harschen Ton fort: »Du hast gesagt, bis zwei Uhr nachmittags? Ich werde dafür sorgen, dass das Geld dann verfügbar ist. Du musst dich aber um die Überweisung kümmern, von diesem Kryptomist verstehe ich nichts. Bring die Instruktionen mit, und sei bis spätestens ein Uhr hier, Lotte.«

Emer Murphy.
Majorstuen, Oslo

Früher Mittwochmorgen

Emer wachte in einem weichen Bett mit viel zu vielen Kissen auf. Der Geruch des Lavendelöls verriet ihr aber gleich, wo sie war. Sie richtete sich auf, rieb sich das Gesicht und versuchte, sich zu erinnern. Fabian Moen war eine Sackgasse gewesen, und Mons hatte sie ohne weitere Erklärung gebeten, sich erst einmal aus dem Präsidium fernzuhalten. Bevor sie eingeschlafen war, hatte sie das Handy eingeschaltet, zwei unbeantwortete Anrufe von Katja Wiberg ignoriert und einen Blick auf die Instagram-Accounts geworfen. Zum vierten Mal war auf @LottesGeheimnis ein kurzer Text gepostet worden:

Was für eine Mutter ist Lotte? Kann Poppy da in einem sicheren Umfeld aufwachsen?

Die zugehörigen Bilder zeigten eine offene Wunde, zur Hälfte mit einem schwarzen Faden genäht. Die Stiche erinnerten an Stacheldraht. Sie erinnerte sich, dass sie sofort an Jesper gedacht hatte, doch noch bevor sie diesem Gedanken weiter hatte folgen können, hatte der Whisky sie ausgeknockt. Jetzt nahm sie ihr Handy. Wenn der Schwager Lotte genäht hatte, warum sollte er dann Fotos davon posten? Welches Interesse hatte er daran, seine Schwägerin als instabil darzustellen? Emer googelte »Selbstverletzung«, während das Licht des Displays sich in ihre Augen schnitt. Sollte sie Marceline um eine Schmerztablette bitten? Das dritte Bild, das bei der Suche aufpoppte, entsprach dem auf Instagram geposteten Foto. Dieselbe helle Haut und der schwarze Faden. Jeder, der Lottes Hintergrund kannte und ihr Schaden zufügen wollte, hätte dieses Bild also posten können. Vielleicht war es auch Alexandra, dachte sie. Indem sie die Aufmerksamkeit auf ihren Cousin gelenkt hatte, war sie selbst aus dem Blickfeld geraten.

Zwischen ihren Augen kribbelte es. Emer massierte sich den Nasenrücken mit den Knöcheln der rechten Hand. Der Gedanke an den vergangenen Tag ließ sie fast verrückt werden. All das, was sich mit einem warmen Whisky im Bauch so natürlich angefühlt hatte, war eigentlich kompletter Blödsinn. Berauscht und zu Tode erschöpft hatte sie irgendwelchen abwegigen Konzepten zugestimmt, als ergäben sie wirklich Sinn: »Der Schwindel ist ein Anzeichen dafür, dass die Energie nicht durch dein System kommt. Du bist voller Blockaden. Wenn es uns gelingt, sie zu entfernen, wirst du Zugang zu allem bekommen, was du brauchst.«

Wie um ein Gegengewicht aufzubauen, lenkte sie ihre Gedanken auf Psychosen und Medikamente. Ihr war unwohl, und sie fühlte sich gefangen zwischen zwei extremen »Wahrheiten«. Warum konnte nicht alles wie früher sein?

Aus dem Wohnzimmer drangen Stimmen zu ihr. Vielleicht diskutierte Marceline die bevorstehenden Fernsehaufnahmen mit ihrem Assistenten. Im Forum für psychische Gesundheit waren Nutzer aufgetaucht, die Dornenroses Verhalten für lebensgefährlich hielten. Sie meinten, sie sei dazu verurteilt, eine schreckliche Bruchlandung zu machen, und sei wirklich ein »schlechter« Einfluss. Andere waren zerkratzte, teils blutige Haut und benebelte Herzen ebenso leid wie sie. Einigkeit bestand darüber, dass man die Medikamente ausschleichen musste. Aber diesen Luxus konnte Emer sich nicht leisten. In einem Punkt hat Marceline recht, dachte sie: Ich brauche meine Intuition. Jetzt.

Schritte näherten sich, und die Tür wurde einen Spaltbreit geöffnet. Marceline schob den Kopf herein und lächelte liebevoll. Trotzdem keimte in Emer Wut auf. Hättest du doch bloß den Mund gehalten und dich nicht eingemischt! Dann hätte ich, wie vorgeschrieben, die Medizin genommen. Ihr Blick bohrte sich in den ihrer Großmutter. Ich wäre nach dem Brunch im Theatercafé nach Hause gekommen und hätte diese Tage durchlebt, ohne meine Beziehung und meine Karriere an die Wand zu fahren!

»Elfchen, du hast Besuch. Er wartet im Wohnzimmer.« Damit war Marceline auch schon verschwunden. Im Zimmer hing nur noch die Wolke des Haarsprays, die sie unangenehm an Jack Iversen erinnerte. Mit einem Anflug von schlechtem Gewissen rappelte sie sich auf, sah sich nach Kleidern um und rief: »Wer?«

Es wusste niemand, dass sie mit Marceline Bandini verwandt war. Wer konnte da also aufgetaucht sein? Emer war nackt und erinnerte sich plötzlich daran, dass Marceline ihren Assistenten hatte bitten wollen, Emers Kleider in die Reinigung zu geben. Alles, was sie fand, war ein Morgenrock mit Leopardenmuster.

Sie schwankte über den langen Flur. Hatte sie noch mehr als diesen einen Whisky getrunken? Womöglich irgendein Elixier? Aus dem Wohnzimmer war leises Murmeln zu hören.

Als Emer an den Gong an der Wand im Flur stieß, zuckte sie ebenso zusammen wie die Person auf dem Sofa. Mons? Die schwarze Kapuzenjacke passte zu den Tigerstreifen. Überraschenderweise wirkte er alles andere als deplatziert.

»Wie zum ...« Sie musterte ihn mit klopfendem Herzen. Auf dem Tisch vor ihm stand eine Tasse Tee. Leer. Wie lange saß er denn schon da? Was hatte Marceline erzählt? Dass ihre Großmutter keine Hemmungen kannte, wusste sie: »Meine Enkelin braucht keine Medikamente. Sie hat eine wunderbare Gabe, die bei Ihrer Arbeit helfen kann. Sie muss nur ein bisschen loslassen ...«

Sie wollte im Gesicht ihrer Großmutter nach einer Antwort suchen, aber die war bereits aufgestanden und auf dem Weg nach unten zu ihren Arbeitszimmern.

»Woher weißt du denn, dass ich hier bin?« Emer setzte sich in einen Sessel und zog eine Decke aus Kunstpelz über ihre nackten Füße. Dann musterte sie ihren Kollegen. Die Haut rund um die braunen Augen zuckte leicht. Hatte er hinter ihrem Rücken Frøya angerufen? Und die Adresse bekommen? Aber wie auch immer er den Weg gefunden hatte – er saß jetzt hier, stumm, umgeben von Gold und Tierdrucken, und kannte damit nicht nur ihre Beziehung zur »Hexe der Nation«, sondern hatte auch noch irischen Tee mit ihr getrunken. Allein.

Und irgendetwas war anders. Er wirkte schockiert, aber irgendwie auch berauscht.

»Bist du okay?« Mons musterte sie, und seine Stimme klang so sanft, als würde er mit seiner Tochter Frida telefonieren. »Ich habe versucht, dich zu erreichen.«

»Alles gut«, sagte sie wie eine verärgerte Liebste, die nicht eingestehen wollte, wie sauer sie war. Emer kratzte sich an der Brust. Ihr Hirn suchte noch immer nach Erklärungen dafür, wie er den Weg nach Majorstuen gefunden haben konnte. Hatte Josef ihr Telefon getrackt, als sie es heute Nacht kurz eingeschaltet hatte? Es gab keine offiziellen Bilder oder Spuren, ihre Großmutter hatte sie komplett aus den Medien herausgehalten und nicht ein einziges Mal erwähnt, dass sie überhaupt eine Enkelin hatte.

»Glaubtest du wirklich, dass ich nicht wusste, dass du mit Marceline Bandini verwandt bist?«, fragte er mit schiefem Lächeln. Sie sah aber, dass sein Hirn noch immer bei dem Gespräch war, das er mit ihrer Großmutter geführt hatte. »Ich bin Ermittler, Murphy. Ich wusste das schon ein paar Stunden, nachdem ich vor zehn Jahren eine neue Partnerin zugewiesen bekommen hatte. Und noch einiges mehr.«

Emer trat die Decke weg. Noch mehr? Was hatte er denn herausgefunden?

»Warum bist du hier? Ist irgendetwas passiert?« Sie fuhr sich mit der Zunge über die trockenen Lippen.

Das Zögern ihres Kollegen ließ ihr Herz hämmern. Er räusperte sich und drehte sich erleichtert um, als Marceline mit einem Tablett zum Vorschein kam. Darauf standen der

Tee, den sie von ihrer Schwester in Kilkenny geschickt bekommen hatte, und eine Schale mit den Ingwerkeksen, die sie immer in diesen milchweißen Tee zu tunken pflegte, die aber außer ihr niemand mochte. Sie goss Mons nach, nahm die Tasse, die vor Emer stand, als sie den Lippenstiftfleck bemerkte, und holte eine saubere. All ihre Bewegungen waren unendlich langsam und von einem Lächeln begleitet.

»Vielen Dank«, sagte Mons.

Emer schwitzte und fühlte sich wie ein kleines Kind – gefangen, frustriert und ohne Kontrolle. Bevor ihre Großmutter ging, legte sie den Kopf auf die Seite und studierte sie beide, wobei ein Zucken über ihr geschminktes Gesicht ging. Etwas hatte sie überrascht.

Erst als ihre Schritte erkennen ließen, dass sie unten in ihrem Arbeitsbereich war, ergriff Mons das Wort.

»Fabian Moen behauptet, er sei unschuldig. Er gibt an, dass all das übergriffige Material automatisch auf seinen Computer gespielt worden sei, als er einen größeren legalen Download aus dem Netz gemacht habe.« Er schnaubte. »Er meint, das könne mit einem Virus zu tun haben.«

All die News über Lottes Cousin interessierten Emer nicht. Er hatte nichts mit der Entführung zu tun, sie mussten ihn hinter sich lassen und herausfinden, wer Lottes Geheimnis besser kannte als Jens und all die Informationen hatte durchsickern lassen.

»Er kann sagen, was er will, wenn sie Beweise dafür haben, dass er lügt«, fuhr Mons fort. »Die Filme waren nach konkreten Recherchen runtergeladen worden, und sie sind auch bereits geöffnet worden. Er sitzt jetzt in Bangkok in

Untersuchungshaft. Die Leute vom Kriminalamt nehmen ihn in ein paar Tagen aber wohl gleich mit nach Hause. Von jetzt an können die sich um ihn kümmern. Wir sind fertig mit ihm.«

»Was meintest du mit deiner Nachricht gestern?«, fragte Emer ungeduldig. »Warum hast du so betont, dass ich nicht ins Präsidium kommen soll?«

Mons schnitt eine Grimasse, starrte in seinen Tee und sagte: »Sie haben dich von dem Fall abgezogen.«

Sie atmete zu schnell und begann zu husten.

»Wiberg bekam einen Anruf, als wir gestern in der Besprechung saßen. Gleich danach habe ich dir die Nachricht geschickt.«

»Frøya!« Mit einem Mal war alles klar.

»Es wurden keine Namen genannt, aber ja, ich nehme an, dass sie es war.« Mons schloss die Augen, als ertrüge er Emers Enttäuschung nicht. »Anschließend hat Wiberg mich zur Seite genommen und gesagt, dass sie dich nicht erreichen kann und Grund zu der Annahme hat, dass du nicht stabil genug bist.«

Sie dachte an die überraschende Wärme, die ihre Chefin am Sonntagnachmittag auf dem Flur des Präsidiums gezeigt hatte. Katja Wiberg hatte betont, dass eine Psychose kein Todesurteil sei, und sogar ihre Schwester erwähnt. »Schlaf und Medikamente.« Doch jetzt hatte Frøya sich eingemischt: »Sie hat ihre Pillen nicht genommen und ist keinesfalls in der Lage zu arbeiten.«

Mons seufzte. »Es gibt noch mehr. Wiberg hat den Eindruck, als würdest du Poppy mit Lucia verwechseln. Dass du dir einbildest, du würdest nach deiner eigenen Tochter suchen.«

»Was?« Sie erinnerte sich, dass ihr Blick zu Lucias Zimmer gegangen war, als sie mit Frøya gesprochen hatte: *»Ich muss sie finden.«* Aber das war doch ein reiner Zufall gewesen.

»Du glaubst das doch wohl hoffentlich nicht, Mons?«

Er antwortete nicht, rieb sich das Gesicht, als wäre das Letzte, was er brauchte, eine labile Kollegin, sorry: Ex-Kollegin, mitten in einer Ermittlung. Poppy war jetzt schon seit drei langen Tagen weg, und soweit sie wusste, traten sie noch immer auf der Stelle.

»Hältst du mich für verrückt?« Sie sprang aus dem Sessel auf, blieb aber stehen. Sie wusste nicht, was sie tun wollte, und ruderte resigniert mit den Armen. »Glaubst du wirklich, dass ich zurück in die Anstalt muss?«

»Ich glaube, dass dir ein bisschen Ruhe guttun wird.« Mons starrte auf eine winzige Kristallkugel, die Marceline zum Spaß auf einem Markt in London gekauft hatte. Er bemitleidet mich, dachte sie und sackte wieder in den Sessel, wobei der Morgenrock sich etwas öffnete. Der Respekt, den er vor mir hatte, ist in Marcelines Gerede und Räucherwerk verpufft. Jetzt sitzt er da auf dem Sofa und ist überzeugt davon, dass ich nie wieder zurückkommen werde.

Ihre Augen brannten. Mons' Telefon klingelte. Allem Anschein nach war es wichtig, denn er legte die Stirn in Falten und sah sie verzweifelt an, als wüsste er nicht, was er tun sollte. Offensichtlich hatte er die Order bekommen, keine Informationen mehr mit ihr zu teilen. Mons ignorierte den Anruf, stand auf und fingerte an dem Schlüsselbund herum – eine grüne Gummikröte, die Emer ihm gekauft hatte, damit er die Schlüssel in seinen tausend Taschen leichter fand.

»Pass auf dich auf, Murphy.«

Emer Murphy.
Majorstuen, Oslo

Früher Mittwochvormittag

Emer lag auf der Seite auf Marcelines viel zu weichem Sofa und fühlte sich wie betäubt. Nach dem Besuch von Mons war sie eingeschlafen, dann wieder aufgewacht und ein weiteres Mal weggedämmert. Sie zupfte die ausgeleierten Leggings zurecht, die sie im Schrank ihrer Großmutter gefunden hatte. Tigerstreifen. Weil die Leopardenmuster sonst irgendwann zu dominant geworden wären.

Das Handy vibrierte auf dem Couchtisch, ihr Arm aber weigerte sich zuerst, es vom Tisch zu nehmen. Eine E-Mail an das gesamte Team. Emer lächelte. Sie hatten sie suspendiert, aber niemand hatte sich die Mühe gemacht, sie aus dem Verteiler zu nehmen.

Josef schrieb:

Hallo,
wir haben den Fokus auf ein paar ältere Hinweise auf ein Pädophilenforum gelegt. Konkret geht es um einen Chat aus dem Jahr 2012. Ein anonymer Nutzer empfiehlt die Dienste eines bestimmten Camgirls, und der Link führt zu einer Seite, die nicht mehr existiert. (Auch im Webarchiv taucht nichts auf.) Trotzdem herrscht wenig Zweifel daran, dass es sich dabei um die Plattform handelt, die Alexandra

Moen 2014 gelöscht hat. Lest den Chat. Wir versuchen, die Nutzer zu ermitteln, die über Charlie/Lotte Wiig reden. Wir halten euch auf dem Laufenden. J.

2012, dachte Emer, schob ein Kissen weg und richtete sich auf. Zwei Jahre, bevor Lotte Jens getroffen und als Camgirl aufgehört hatte. Sie überflog den Chat:

Vor 7 Jahren: Von Anonym:
Hier ist der Link zu der Seite, von der ich gesprochen habe. Nicht ganz billig, aber das Mädchen nimmt Wünsche entgegen. Alles live und privat. Man bezahlt in Kryptowährung, nichts kann nachverfolgt werden.

Vor 7 Jahren. Von JohnD:
Wie alt ist sie?

Vor 7 Jahren. Von Anonym:
Maximal zwölf, würde ich sagen. Die könnte aber auch erst neun sein. Und mit den Requisiten? Noch jünger. Sie ist ein Profi, die Kommunikation ist easy. Ich habe ein Paket mit diversen Sachen und Kleidern an ein Postfach geschickt. Zwei Tage später tauchte sie wieder auf dem Bildschirm auf, in exakt den Kleidern, die ich ihr geschickt hatte. Kurz gesagt: magisch.

2012 war Lotte achtzehn gewesen, und da sollte sie trotzdem als Kind durchgegangen sein? Neun? Emer spürte ein

Ziehen im Bauch und las noch einmal. *Und mit den Requisiten? Noch jünger.*

Sie versuchte, sich zu konzentrieren. Dieser Auszug bewies doch eigentlich nur, dass Pädophile auf ihrer Seite waren, weil Lotte jung aussah. Sie dachte an die durchsichtigen Plastikboxen zu Hause bei Alexandra. Lag die Aufmachung, von der hier gesprochen wurde, noch irgendwo zwischen Spitzendessous und der fleckigen Großmutterschürze, die sie bekommen hatte?

Emer war nicht entgangen, dass Lotte etwas Kindliches hatte, wie es die Nutzer in dem Chat betont hatten. Sie war jetzt fünfundzwanzig, aber mit den winzigen Füßen und Händen, dem zierlichen Körper und den großen grünen Augen könnte sie auch erst fünfzehn sein. Oder vierzehn. Es war ihr nicht ganz wohl dabei, aber sie musste mit Mons reden. Sie wollte gerade seine Nummer wählen, als ihr Telefon klingelte. Ihr Herz schlug schneller, als sie die Nummer erkannte.

»Ja?« Emer versuchte, neutral zu klingen.

»Ich habe gesehen, dass du im Verteiler warst«, sagte Mons mit gedämpfter Stimme. Im Hintergrund hörte sie Kollegen. Also stand er irgendwo im Großraumbüro. Vielleicht hatten sie gerade ein Briefing. Es war erst einen halben Tag her, trotzdem fühlte es sich so an, als wäre sie schon Wochen nicht mehr im Präsidium gewesen. Er fuhr fort: »Das muss doch Lotte beziehungsweise Charlie sein, von der die da reden, oder?« Sie stand vom Sofa auf und begann, im Zimmer herumzulaufen. Die persischen Teppiche lagen dicht an dicht, als sollten sie zusammen einen Patchworkteppich bilden. »Der Typ mit diesem magischen Erlebnis, der könnte den Blog entdeckt und sich vorgenommen haben, noch einmal zu erleben, was ihm genommen worden war, als Lotte als Camgirl verschwand?«, spekulierte Emer.

»Du denkst an eine Racheaktion?«, fragte Mons. »Oder geht es ihm nur darum ... das noch einmal zu erleben?«

Aber was noch einmal erleben?, fragte Emer sich. Wir müssen Lotte und Alex dazu bringen, sich an das exakte Szenario zu erinnern. Vielleicht wissen sie noch Details, die uns weiterhelfen oder über die wir den Typ vielleicht sogar identifizieren können. Sie schloss die Augen und stellte sich all die Sachen und Gegenstände vor, die Alexandra als Requisiten bezeichnet hatte. Um was würde ein Pädophiler bitten, damit Charlie extra jung aussah? Was hatte er für Kleider geschickt? Sicher keine Netzstrümpfe, keine Peitsche, kein Korsett, sondern etwas, das Lotte noch kindlicher machte, als sie es ohnehin schon war. Vielleicht hatte das was mit den Ballons zu tun. Vielleicht hatte Emer aber auch etwas übersehen, irgendein Spiel oder ... ein Lätzchen?

»Mons?«, sagte sie hektisch. »Was bringt jemanden dazu, wie ein Kind auszusehen? Ich meine, was ist typisch?«

»Tidemand?« Katja Wiberg war allem Anschein nach in unmittelbarer Nähe. Emer hörte, wie ihre Chefin irgendein Bonbon zerbiss, das tat sie immer, wenn sie gestresst war. Also war ihnen ohne sie noch kein Durchbruch gelungen. Mons beendete das Gespräch, ohne noch etwas zu sagen, und Emer stoppte ihre Wanderung durch das große Zimmer vor dem Schachbrett und suchte Lottes Nummer heraus. Als sie keine Antwort erhielt, versuchte sie, ihre Schwester anzurufen.

»Hier Alexandra?«

»Hallo, Murphy hier. Sind Sie noch in Tjuvholmen?«

»Nein, ich bin zu Hause.« Es hörte sich so an, als würde sie gerade aufstehen. »Gibt es etwas Neues über Fabian, waren die Informationen, die ich gefunden habe, hilfreich?«

»Absolut.« Emer redete weiter, bevor Alexandra wieder das Wort ergreifen konnte. »Ich habe eine Frage. Das kann ein sehr, sehr wichtiger Punkt sein.« Sie kniff die Augen zusammen, wollte sich richtig ausdrücken. »Wurde Lotte, also Charlie, jemals gebeten, wie ein Kind auszusehen? Zum Beispiel mit einer Saugflasche oder einem Schnuller?«

»Sie fragen sich, ob wir pädophile Kunden gehabt haben können?« Alexandra blieb ein paar Sekunden stumm.

»Oder was ist mit Windeln?« Emer war ungeduldig.

»Das ist eine ganz andere Sache«, sagte Alexandra langsam.

»Okay.« Emer sah das Foto von Lotte vor sich. Mit geschlossenen Augen. Dicke Wimpern. Aber Kinder, dachte sie, tragen doch keine Mascara? Was machen Kinder, fragte sie sich. Sie essen, weinen, machen Bäuerchen, schlafen. Kinder schlafen. Sie hörte ihr eigenes Herz schlagen. »Gab es jemanden, der Lotte instruiert hat, die Augen zu schließen? Oder so zu tun, als schliefe sie?«

»Nein.«

Irritiert starrte Emer an die Stuckdecke, sie fühlte, dass sie auf der richtigen Spur war, dass das hier wichtig war.

»Shit, verda...« Alexandra verstummte.

Emer umkreiste weiter das Sofa und hörte, wie etwas zu Boden geworfen wurde. Der Deckel einer der Kisten im Studio? Es kribbelte in ihrem Bauch, als Alexandra plötzlich rief: »Ich weiß genau, in welcher Situation das Bild mit den geschlossenen Augen entstanden ist. Können Sie herkommen?«

Emer Murphy. Gamlebyen, Oslo

Mittwochvormittag

»Lotte hat auf den Fotos, die auf Instagram gepostet wurden, nicht geschlafen«, sagte Alexandra und öffnete am Ende des Flures die Tür zum Studio, in dem der Inhalt sämtlicher Kisten jetzt über den Boden verstreut lag.

»Nicht?« Mons, der sichtlich unruhig gewesen war, seit Emer sich in Majorstuen zu ihm ins Auto gesetzt hatte, zog die Augenbrauen hoch. »Wenn sie nicht geschlafen hat, was hat sie dann ...«

»Sie hatte was genommen.«

»Drogen oder Medikamente?«

Alexandra nickte abwesend und studierte ihre Schwester. Auch Emer war die Veränderung aufgefallen. Seit sie Lotte an der Einfahrt zur Tiefgarage in Tjuvholmen abgeholt hatte, war sie ruhig und fokussiert gewesen. Jetzt musterte sie die Wohnung, die sie fünf Jahre zuvor verlassen hatte, mit scharfem Blick.

»Das war eine Anfrage von einem festen Abonnenten«, sagte Alexandra. »Wir haben damals beschlossen, dass es das Geld wert ist.«

»Was hatte sie genommen?«

»So ein Muskelentspannungsmittel. An den Namen erinnere ich mich nicht, aber die Verpackung muss hier noch irgendwo sein«, sagte sie. »Wir haben die regelmäßig ins Postfach geschickt bekommen. Da war so ein Aufkleber von einer norwegischen Apotheke drauf. Ich habe mich damals schlaugemacht und überprüft, ob die Dosis auch sicher ist.«

Emer zog eines der schwarzen Rollos hoch, und ein lauschiger Innenhof mit Lichterketten und farbigen Blumentöpfen kam zum Vorschein. Nur wenige Meter entfernt unterhielt sich eine Gruppe Jugendlicher. Mons studierte die Kameraausrüstung und begegnete ihrem Blick.

Sie nickte und glaubte, verstanden zu haben, was er sagen wollte. Lotte und Poppy waren beide im Spotlight präsentiert worden, ohne das selbst zu wollen. Alexandra deutete auf einen Berg Kleider in einer Ecke des Raums. »Die Sachen da bin ich alle schon durchgegangen.«

Ihr Blick ruhte ein paar Sekunden auf Emer, die komplett vergessen hatte, dass sie nicht ihre übliche Jeans, sondern eine Leggings mit Tierprint und einen viel zu großen, von den Brüsten ihrer Großmutter ausgeleierten Pullover trug.

»Wie haben Sie auf die Pillen reagiert?« Mons sprang zur Seite, als ein roter Spitzen-BH durch die Luft flog und vor seinen Füßen landete.

»Beim ersten Mal habe ich fast das Bewusstsein verloren.« Lotte hockte sich hin und half ihrer Schwester bei der Suche nach der Medikamentenverpackung. »Ich konnte mich nicht bewegen.«

»Wir mussten die Dosis reduzieren«, sagte Alexandra. »Aber der hat wahnsinnig gut bezahlt.«

»War das eine wöchentliche Sache?«

»Eher so einmal im Monat, oder?« Lotte sah zu ihrer Schwester, die nickend erzählte, dass der Kunde sie immer gleich für mehrere Stunden gebucht habe.

Es fiel leicht, sich die beiden geldhungrigen Teenager vorzustellen. Emer durchwühlte den Stapel beim Fenster. Latexhandschuhe, ein Stethoskop und Stiefel, die bis zur Leiste reichten. Ihre Mutlosigkeit war verschwunden, endlich hatten sie etwas Konkretes. Zwischen 2011 und 2014 hatte ein Kunde dafür bezahlt, dass Lotte sich betäubte. Er musste Screenshots gemacht und die Bilder über Jahre gespeichert haben, um sie dann, unmittelbar nach der Entführung von Poppy, auf einem neu eingerichteten Instagram-Account zu teilen. Damit stand außer Frage, dass der Hintermann von @LottesGeheimnis mit der Entführung von Poppy zu tun hatte.

»Er hat uns auch das hier geschickt«, sagte Lotte und hielt ein blaues Kleid mit Tüllrock und Schnürung im Rücken hoch.

»Und diese hier«, Alexandra zeigte auf ein paar altmodische Unterkleider mit Spitzenrand. »Er mochte es, wenn die Unterwäsche unter dem Rand des Rocks zu sehen war.«

»Ich weiß noch, dass du immer darauf gedrängt hast, dass ich nur ja so lange in die Kamera gucke, bis ich eingeschlafen bin«, sagte Lotte. »Das war wichtig für ihn. Meine Augen waren hinterher immer noch ein paar Tage gereizt.«

»Sie drücken sich immer so aus, als wäre der Kunde mit Sicherheit ein Mann«, sagte Mons. »Gibt es dafür irgendwelche Beweise?«

»Das ist nur eine Annahme. Hier. Yes!« Alexandra unterbrach sich selbst, sprang auf und schüttelte eine hellblaue Tablettenschachtel. »Da ist noch was drin.«

Lioresal 25. Baclofen. Novartis. Ein rotes Warndreieck in der oberen rechten Ecke. Das Etikett mit der Patienteninformation, auf der auch Name und Geburtsdatum standen, war weggerissen worden. Das Medikament war also rezeptpflichtig. Jemand musste es in einer Apotheke abgeholt haben.

»Sie haben gesagt, dass das ein Muskelrelaxans ist«, sagte Mons langsam. »Aber was hatte dieser Kunde davon, sie betäubt oder bewusstlos zu sehen?«

Keine der Schwestern antwortete. Alexandra schnappte sich ein Päckchen Zigaretten, das unter einer Strumpfhose lag. Emer registrierte, dass ihre Augen feucht und ihre Wangen rot wurden. Plötzlich hatte sie eine Eingebung. »Hat dieser Nutzer Sie aufgefordert, Lotte zu verletzen?«

»Was?« Mons klang irritiert, wie manchmal, wenn er nicht mitkam. Im Gegensatz zu ihr hatte er die Narben auf Lottes Brust aber auch noch nie gesehen. Jesper tippte darauf, dass sie von Zigarettenglut stammten.

»Ich hatte den Auftrag, eine Zigarette zu entzünden und sie auf ihr auszudrücken. Aber nur, wenn sie betäubt war und nichts fühlte«, sagte Alexandra entschuldigend. »Die meisten Stellen waren nach ein paar Tagen wieder weg. Einige Verbrennungen waren aber schlimmer, die sieht man heute noch.«

»Ich erinnere mich an den Geruch.« Lotte sah zu ihrer Schwester. »Und an das Geräusch. Das war ätzend.«

Alexandra senkte den Blick und schluckte. »Es ging damals echt um wahnsinnig viel Geld, müssen Sie wissen.«

Emer ließ sich von dem Lachen aus dem Innenhof ablenken. Ein Mädchen in Fahrradhose warf eine Chipstüte auf den Tisch und sagte etwas, das die anderen nur noch lauter lachen ließ. Emer sah auf ihre Tigerleggings und dachte an die Worte ihrer Großmutter: *Poppy ist verletzt. Es eilt.*

»Okay«, sagte sie laut. »Das mit der Betäubung könnte eine Art Fetisch sein.«

»Haben Sie schon mal was von Agalmatophilie gehört«, fragte Alexandra.

»Und das bedeutet?« Die Pillenschachtel wirkte in Mons' riesigen Händen geradezu winzig.

»Dieser Begriff umfasst so einiges. Von sexueller Zuneigung zu nackten Statuen bis hin zur Behandlung von lebenden Menschen wie Puppen. Dass man sie anzieht, ihnen die Haare kämmt, sie sozusagen besitzt.«

Es rauschte in Emers Ohren. Der Blick, den Mons ihr zuwarf, verriet, dass auch er den Ausdruck auf ihrem Gesicht wiedererkannte. Vermutlich sah sie wieder so aus wie in Katja Wibergs Büro, als sie von der Frau gesprochen hatte, die Poppy besitzen wollte.

»Eine Puppe ist immobil«, fuhr Alexandra fort. »Sie kann die eigenen Beine nicht bewegen.«

»Deshalb musste Lotte betäubt werden«, sagte Emer langsam.

»Ich hatte zum Beispiel den Auftrag, ihren Arm zu heben und wieder fallen zu lassen, sodass er auf den Boden klatschte. Und ja, auch Schlimmeres …« Alexandras Blick ruhte auf dem Päckchen Marlboro Gold.

»Es waren aber auch ganz unschuldige Sachen dabei«, ergänzte Lotte und nahm ein Kleid mit Puffärmeln. »Er wollte, dass Alex mir Zöpfe macht. Und dann hat er eine spezielle Creme geschickt, die ich auf die Wunden schmieren sollte.«

»Schmerz, gefolgt von Linderung und Fürsorge«, sagte Mons und begegnete Emers Blick. Der Gedanke, dass sie es mit einer labilen Person zu tun hatten, beunruhigte beide.

Lotte fuhr mit etwas gedämpfterer Stimme fort: »Es gefiel ihm auch, wenn Alex die Schnürung des Kleidchens enger zog, bis ich fast keine Luft mehr bekam.«

Das Kleid erinnerte Emer an das Puppensöckchen, das sie in Isabella Baxters Tasche gefunden hatte.

»War mit dieser Aufmachung noch irgendetwas anderes verbunden?« Sie musterte die Schwestern voller Spannung und Ungeduld. »Accessoires?«

»Haarschleifen«, sagte Lotte.

»Unterwäsche«, ergänzte Alexandra.

»Wie war es mit Söckchen?«

»Daran kann ich mich nicht erinnern, aber so schwarze flache Schuhe, wie sie bei Puppen üblich sind. Ich meine, eben noch einen gesehen zu haben …«

Die Schuhe, die Alexandra Emer reichte, hatten nichts Spezielles an sich. Es waren flache schwarze Ballerinas, wie viele Mädchen sie bei Familienfesten oder irgendwelchen anderen Feiern trugen. Genau solche hatten sie vor dem Schuhschrank in Bygdøy gesehen, nachdem Poppy sie wohl nur am Nationalfeiertag getragen hatte. War es ein Zufall, dass dieses Paar den Schuhen glich, die ihre Mutter in ihrer Rolle als Charlie getragen hatte?

»He, sind Sie okay?«, fragte Mons und hielt Lotte fest, die plötzlich ins Schwanken gekommen war.

»Ich muss ...« Sie schlug sich die Hand vor den Mund und taumelte auf den Flur. Eine Tür wurde aufgerissen, und sie hörten, wie sie sich erbrach.

Alexandra schnitt eine Grimasse. »Schlechte Erinnerungen.«

Mons klopfte die Taschen seiner Hose ab und fand schließlich den gesuchten Reißverschluss an der Seite seines rechten Knies. Emer hatte die ganze Zeit den schwarzen Schuh angestarrt, riss ihren Blick jetzt aber los und zog die Handschuhe an, die ihr Partner ihr reichte. Dann öffnete sie das Päckchen Lioresal.

»Es sind noch acht Tabletten da, von insgesamt fünfzig«, sagte sie und ließ eine Blisterpackung in den Asservatenbeutel gleiten, den Mons ihr hinhielt. Mit etwas Glück fanden sie Fingerabdrücke, die sie weiterbringen konnten, oder auch andere Spuren.

»Hm«, sagte Alexandra. »Die Schachteln waren nie voll. Ich glaube, in der Regel bekamen wir zwei so Blisterpackungen mit jeweils zehn Tabletten.«

»Der Betreffende hat die anderen dreißig also für sich behalten?« Mons zog die Augenbrauen zusammen. »Wissen Sie, wer so etwas verschrieben bekommt? Bei welchen Symptomen oder Diagnosen nimmt man die?«

Emer nahm ihr Handy, um das Medikament zu googeln.

»Kann sein, dass ich das mal gecheckt habe, aber ich erinnere mich nicht«, sagte Alexandra.

Emer scrollte durch den Beipackzettel. Das Medikament wurde genutzt, um schwerwiegende Muskelverspannungen zu lindern, wie sie bei Zerebralparese, Multipler Sklerose, zerebrovaskulären Ereignissen, Rückenmarkserkrankungen und anderen Erkrankungen des zentralen Nervensystems auftraten. Emer biss sich auf die Unterlippe, sie musste sich sammeln, konzentrieren. War der Betreffende selbst von diesem Medikament abhängig? Oder hatte er – oder sie – durch seine Arbeit Zugang dazu? Handelte es sich um einen Apotheker, einen Arzt oder jemanden, der im Krankenhaus arbeitete?

»Sie sagten, dass er Sie immer gleich für mehrere Stunden gebucht hat, etwa einmal im Monat?« Mons legte den Kopf zur Seite. »Was haben Sie für so etwas verlangt?«

Alexandra sah ungeduldig in Richtung Flur, als das Wasser abgedreht wurde. »Viel. Geld schien wirklich keine Rolle zu spielen.« Sie folgte dem Gedanken nicht weiter, als ihre Schwester auf den Flur trat. Sie war blass und hielt ein rosaweiß gestreiftes Handtuch in den Händen. »Bist du okay? Was ist passiert?«

»Nur ...« Lotte schluckte mit halb geschlossenen Augen. »Flashbacks.«

Sie setzte sich zitternd auf den Boden und presste den Rücken an die Wand. Die rechte Hand lag schützend auf ihrer Brust. Auf den Narben.

»Kann es mehr um Macht als um Sex gegangen sein?«,

fragte Mons an Alexandra gewandt. »Die Person wollte doch wohl die totale Kontrolle über Lotte und ihren Körper?«

»Wie gesagt, denke ich, dass der Abonnent sie wie einen Gegenstand besitzen wollte. Dass Lotte wie eine Puppe war, die er behandeln konnte, wie er wollte«, sagte Alexandra und hockte sich vor ihre Schwester. »Wenigstens für ein paar Stunden.«

Emer Murphy.
Vinderen, Oslo

Mittwochmittag

Ein kurzes Klopfen an der Tür. »Pizza ist da!«

»Ich komme!« Emer wrang sich die Haare aus. Sie rochen nach Mons' Minzshampoo. Einzelne Tropfen fielen auf den Schieferboden und den Rand der frei stehenden Badewanne. Sein Badezimmer war frei von jeglichem Nippes; nicht mal eine Tube Zahnpasta war zu sehen. Nur ein großer Kaktus stand im Raum, an dem sie sich gestochen hatte, als sie überprüft hatte, ob er echt war. Emer wickelte sich in das weiche Handtuch, das Mons ihr hingelegt hatte, und sah sich nach ihrer Tigerleggings um. Weg. Sie lauschte und hörte durch das Brummen der Waschmaschine im Nebenraum Schritte auf der Treppe. Mons hatte ihr einen weichen Freizeitanzug aus beiger Kaschmirwolle hingehängt, einen langärmeligen Kapuzenpulli und eine Hose mit Schnürung. Alle Sachen rochen frisch gewaschen.

Emer zögerte. Was war besser, sich Unterwäsche von Mons' Tochter leihen oder gar keine tragen? Sie zog den Pullover über, dann die Hose und schnürte sie so fest zu, wie es nur ging. Sie würde alles waschen, bevor sie es zurückgab, irgendwann musste sie ja ohnehin nach Hause, um sich Anziehsachen zu holen.

Während der Jeep die schmale Straße zum Haus in Vinderen hochgeklettert war, hatte Emer an Mons' Familie gedacht. Exakt an dem Tag, an dem 2016 das Urteil gegen den Sohn gefallen war, war Mons' damalige Frau Ulla ausgezogen. Eine große Partie Smartdrugs – rezeptpflichtige Medikamente, die man nutzte, um die Konzentration zu steigern und bessere Leistung zu bringen – war vom Zoll beschlagnahmt und dann in Verbindung mit Philip gebracht worden, der, so nahm man an, die Drogen hatte weiterverkaufen wollen. Der Junge hatte mehrere Monate im Gefängnis gesessen und war am Tag seiner Freilassung verschwunden. Das, was Mons als Abschiedsbrief bezeichnet hatte, als er ein einziges Mal darüber gesprochen hatte, war als E-Mail gekommen.

Emer schloss die Badezimmertür vorsichtig und ging zur Treppe. Sie warf einen Blick in den Raum, in dem sie das Schlafzimmer ihres Kollegen vermutete. Der große Schrank beherbergte sicher seine Sneakersammlung. Verglichen mit Marcelines überreich eingerichteter Wohnung war dieses Haus geradezu minimalistisch. Ulla hatte damals den Wunsch gehabt, ganz von vorn anzufangen: neue Wohnung, neue Kunst, neuer Mann. Die Treppenstufen waren aus Milchglas, und an der Wand hing ein großes Gemälde in Grautönen. Vermutlich stellte es ein Gesicht dar, wenn es denn überhaupt irgendetwas darstellen sollte. Emer hatte die großen Strümpfe angezogen, die unter dem Haken im Bad gelegen hatten, und bewegte sich so leise wie nur möglich. Sie mussten Mons gehören und waren mindestens sieben Nummern zu groß. Sie hatte sie ganz hochgezogen, sodass die Hacken jetzt an ihren Waden waren. Sie ging am

Esszimmer mit dem Glastisch und der Panoramaaussicht vorbei – Hausdächer und Terrassen, Baumwipfel und weit unten ein Streifen wie flüssiges Metall, der Oslofjord. Die Schiebetür zur Küche stand offen. Sie blieb stehen und studierte den breiten Rücken ihres Kollegen. Er entkorkte eine Flasche Wein und füllte zwei Gläser. Es war viele Stunden her, dass der Assistent ihrer Großmutter ihr mit Salzwasser gekochten Haferbrei mit Butter und Honig sowie einem großzügigen Schuss Whisky serviert hatte – laut Marceline die traditionelle Porridge-Variante aller Iren über zwölf Jahre. Der Geruch hatte sie an ihre Jugend erinnert, Appetit hatte sie aber trotzdem nicht gehabt.

Sie strich die Kaschmirhose glatt und musste mit einem Mal daran denken, dass sie nichts darunter trug. Mons drehte sich um.

»Kein Fleisch, dafür alles, was das Pflanzenreich zu bieten hat.« Er sah sich resigniert um und tastete die Taschen einer Jogginghose ab, die sie noch nie gesehen hatte. »Mein Handy muss noch im Schlafzimmer liegen.«

Emer setzte sich auf einen der vier Barhocker an der Kücheninsel, öffnete einen der Pizzakartons und schnappte sich eine Kirschtomate, die in die Ecke gerollt war. Ihre Gedanken wanderten zu Frøya. »*Hältst du das für deinen Fall? Hast du keine Angst, in eine richtige Psychose zu rutschen?*« Plötzlich erinnerte Emer sich an Teile der Gespräche in der Gruppentherapie. An den Typ, der acht Tage am Stück an einer Science-Fiction-Trilogie schrieb und sich für besser als Tolkien hielt – ohne Schlaf, Nahrung und Tageslicht. Nachdem es ihm wieder etwas besser gegangen war, hatte er ein Dokument auf seinem Laptop gefunden und realisiert, dass das, was er für ein revolutionäres Meisterwerk gehalten hatte, nicht mehr war als unzusammenhängendes Geschwafel. Steckte auch sie in einer solchen Illusion fest? Nein. Emer hatte keine grandiosen Gedanken über sich selbst. Sie hatte mehr als jede andere ihren Beitrag zu diesen Ermittlungen geleistet. Und dass sie einen derart persönlichen Bezug zu diesem Fall hatte, lag sicher an dem, was ihre Großmutter im Theatercafé gesagt hatte. *»Das wird keine Woche dauern. Sie brauchen dich.«*

Sie war nicht so wie die desillusionierten oder manischen Patienten aus der Gruppentherapie. Und sie lief nicht Gefahr, in eine neue Psychose zu rutschen. Schritte auf der Treppe. Mons war zurück. Er legte das Telefon auf die Anrichte und reichte ihr ein Weinglas. »Ein bisschen früh vielleicht, aber es geht ja schon auf den Nachmittag zu.«

Sie lächelte und wollte das Glas nehmen, als er es plötzlich zurückzog. »Ich hab ganz vergessen, dass du ja Medikamente nimmst. Darfst du überhaupt?«

»Alles gut.« Emer zögerte trotzdem und fragte sich, ob sie etwas sagen sollte, aber was? Sollten sie auf die Tablettenschachtel anstoßen, die sie gefunden, aber noch nicht zum ursprünglichen Besitzer zurückverfolgt hatten? Sie nahm einen Schluck und beobachtete ihn über den Rand des Glases hinweg. Irgendetwas stimmte nicht. Normalerweise hätte Mons sich auf die Pizza gestürzt und einen großen Schluck Wein getrunken. Emer sah sich beunruhigt um und erwartete beinahe, dass plötzlich jemand auftauchte – Frøya, Katja Wiberg, ihr Psychiater – und sie mit den Worten »Es ist zu deinem eigenen Besten« vom Tisch zog und zurück in die Klinik brachte, wo Menschen sinnlose Science-Fiction schrieben.

»Bevor wir essen, müssen wir über diese ... Episode reden«, sagte Mons schließlich. »Ich weiß, dass dich das quält.«

Emer unterbrach ihn. Sie war einerseits erleichtert, andererseits irritiert: »Du bezeichnest meinen Zusammenbruch als ... eine Episode?«

»Erinnerst du dich daran, dass ich dich in der Klinik besucht habe?«

»Ja, du hast ein halbes Kilo Türkisch Pfeffer mitgebracht.«

»Ich habe damals nichts gesagt, aber dieser Albtraumfall wurde aufgeklärt, während du in der Klinik warst.«

»Da niemand mehr über die Familie Olsen gesprochen hat, habe ich mir das schon gedacht.« Emer fingerte an dem Weinkorken herum, um Mons nicht ansehen zu müssen. »Du bist ganz am Anfang aufgetaucht. Da war ich gerade erst eingewiesen worden. Ihr müsst den Fall sehr schnell gelöst haben.«

Mons drückte einen Anruf weg. »Das waren nicht wir.«

»Häh?« Sie ließ den Korken überrascht in ihr Glas fallen, wo er liegen lieb. »Habt ihr Hilfe von außen bekommen? Hat Wiberg das wirklich ernst gemeint, als sie gesagt hat, dass sie die Schweden um Hilfe bitten will?«

»Du hast den Fall gelöst.«

Emer verstand gar nichts mehr. »Ich hab doch stillgelegt

in der geschlossenen Abteilung gesteckt? Du warst doch selbst da.«

Mons lächelte schief, und Emer musste an die Besprechung bei ihrer Chefin denken. Wie sehr sie den Fokus auf den Instinkt gelegt hatte.

»Erinnerst du dich, was passiert ist, bevor du ... bevor für dich alles schwarz wurde?«

Sie starrte auf die Anrichte. »In meinem Kopf hat es gekocht, vielleicht war ich ein bisschen benommen, aber das war alles.«

»Sicher?«

Ihr Puls pochte in der Stirn. Emer stellte sich vor, dass sie geschrien hatte, dass sie die Kontrolle verloren und irgendetwas gesagt hatte, das sie niemals hätte sagen sollen. Über wen oder worüber? Ein voller Besprechungsraum. Sie rieb sich mit den Knöcheln fest über die Augen. Situationen wie diese waren dafür verantwortlich, dass sie Menschen nie richtig nahekam. Seit sie ein Kind war, hatte sie potenzielle Freunde immer mit Informationen verschreckt, die sie eigentlich gar nicht haben konnte. »Was habe ich gesagt?«, fragte sie.

»Nichts. Es war so, als wärst du irgendwie in dir zusammengebrochen. Ich bekam keinen Kontakt zu dir. Und dann bist du mit total leerem Blick, als wärst du längst an einem komplett anderen Ort, zum Whiteboard gekrochen und hast den Stift genommen.«

Emer zog sich den weichen Pullover über die Hände. »Wie ...«

»Du hast etwas geschrieben. Eine Menge an Details mit

uns geteilt, die uns direkt zum Tatort geführt haben.« Mons' Stimme war ganz ruhig. »Nachdem der Rettungswagen dich geholt hatte, konnten wir den Täter in weniger als einer Stunde finden. Alles aufgrund deiner Notizen. Wir mussten sogar dein Alibi checken.«

»Ihr habt mich verdächtigt?«

»Du hattest zu viele Informationen, um nicht selbst beteiligt gewesen zu sein. Dann stellte sich aber heraus, dass das alles passiert ist, während du und ich an dem Fall in Lillehammer gearbeitet haben. Du weißt schon, die Tage, bevor wir diesen Albtraum in die Finger bekamen. Und wir fanden keine Verbindung zwischen dir und dem Opfer.«

»Und welche Schlüsse habt ihr daraus gezogen?« Sie wich seinem Blick noch immer aus.

»Es hat sich herausgestellt, dass Gjert Olsen der Täter war. Er sitzt noch in U-Haft und wartet auf sein Verfahren.« Mons holte tief Luft. »Und was deine Rolle angeht? Nichts. Es gibt keine Erklärung. Die anderen ziehen es vor, nicht darüber zu reden.«

Emer senkte den Kopf. *»No shit.«*

Das ist doch Wahnsinn, dachte sie, aber es erklärte, wie Mons und Katja Wiberg mit ihr umgingen. Sie warteten beinahe verzweifelt darauf, dass sie irgendetwas von sich gab, das sie auf magische Weise zu Poppy führte.

»Ich habe keine Ahnung, ob das relevant ist, aber ich kann das nicht einfach übergehen.« Mons schob den leeren Teller in die Mitte des Tisches. »Als du nach dem Gespräch mit Bangkok ohnmächtig geworden bist, hast du ein Geräusch gemacht.«

Emer schüttelte den Kopf. Sie war doch nur zwei Sekunden weg gewesen. Danach war sie aufgestanden und hatte gesagt, dass sie nach Hause wolle, um sich auszuruhen. Und das war's.

»Mmh«, sagte Mons.

»Mmh?« Sie äffte ihn nach. »Sagt man so etwas nicht, wenn es einem nicht so gut geht? Immerhin war ich ohnmächtig.«

Mons seufzte. »Vielleicht. Aber kann das nicht auch etwas anderes bedeuten?«

Emer antwortete nicht. Die Sache wurde ihr zu dumm. Demonstrativ öffnete sie den Pizzakarton und nahm ein großes Stück. Nach einem Bissen sah sie zu Mons und brummte übertrieben: »Mmh, lecker.«

Er lachte, nahm sein Glas und wechselte das Thema.

»Was denkst du über Jesper? Er taucht immer wieder auf, oder?«

»Von Anfang an, ja«, sagte sie mit einem Nicken.

»Mit einer ziemlichen Überdosis an Beruhigungsmitteln«, erwiderte Mons.

»Er ist ziemlich fokussiert auf seine Schwägerin«, sagte Emer.

»Und er ist Arzt mit Zugang zu Medikamenten.«

Emer nahm ihr Telefon und suchte noch einmal die Informationen über Lioresal heraus. Den letzten Teil las sie laut vor:

»Häufig treten Nebenwirkungen wie Müdigkeit, Benommenheit und Atembeschwerden auf. Vereinzelt wurde ein Verlust der Muskelkontrolle beobachtet. Bei zu hoher Dosierung – die wir bei Lotte vermuten können, da sie ja extreme Nebenwirkungen gezeigt hat – kommt es zu Muskelschlaffheit, unnormal niedriger Körpertemperatur und Bewusstlosigkeit.«

Mons zog die Stirn in Falten. »Und Lotte wurde dieser Tortur einmal im Monat ausgesetzt?«

»Jemand mit Zugang zu Medikamenten.«

Ihnen war von Kollegen aus der Kinderklinik bestätigt worden, dass Jesper an dem Sonntag, an dem Poppy entführt worden war, Dienst hatte. Ein Pfleger hatte ihn gegen ein Uhr gesehen. Andere hatten nur per Telefon mit Dr. Wiig kommuniziert, aber das war ein normales Vorgehen. Vermutlich hatte er eine Art Bereitschaftsdienst gehabt.

»Was denkst du?« Mons hatte sein drittes Stück Pizza gegessen, wischte sich die Hände an einer Serviette ab und sah auf sein Handy, das neben dem Teller vibrierte. »Sollen wir Jesper Wiig zu einer offiziellen Vernehmung laden?«

Emer nickte, während er das Gespräch entgegennahm.

»Stell ihn durch«, sagte Mons und schaltete den Lautsprecher ein. Ein Mann mit warmer, angenehmer Stimme präsentierte sich als Frode Jansen und erklärte, dass er gerade im Haus seiner Mutter in Skillebekk angekommen sei. Es sei sein erster Besuch nach einem zweimonatigen Arbeitsaufenthalt in Tromsø.

»Sie hatte sich hübsch gemacht, als ich kam, und ... einen Moment bitte.« Er versuchte, jemanden im Hintergrund zum Schweigen zu bringen. »Mutter, bitte.«

Mons stand auf, schob das Weinglas weg und sah zu Emer, während Frode Jansen sich ein weiteres Mal entschuldigte. Er erklärte, seine Mutter leide an Demenz. »Trotzdem hat sie sich daran erinnert, dass ich heute komme, und sich, wie gesagt, hübsch gemacht.« Er holte tief Luft. »Mit einem etwas zu kleinen Krönchen. Ich habe diesen Baxter-Fall verfolgt. Mutter wohnt nur ein paar Straßen von den Baxters entfernt, und deshalb frage ich mich jetzt, ob das Isabellas Krönchen sein könnte?«

Auszug aus dem Pädophilenform, Darknet:

Vor 19 Minuten. Von XxX:

Ich weiß, ihr wartet auf ein Lebenszeichen von mir, und ja, ihr habt recht, ich war an diesem Tag in dem Garten in Bygdøy, aber verdammt, ich habe nichts mit dieser Entführung zu tun! Ich war nur da, um Fotos zu machen. Und ich habe dabei etwas aufgenommen. Rein zufällig. Ich weiß, dass ich die Polizei kontaktieren sollte, aber ich kann es mir nicht leisten, irgendetwas zu riskieren!

Vor 12 Minuten. Von Anonym:

Da bist du ja wieder, @XxX! Ich hatte schon Angst, sie hätten dich weggesperrt. Was konkret hast du denn? Ein Bild vom Kidnapper?

Vor 9 Minuten. Von XxX:

Nein, ich glaube nicht, es ist eine Frau. In einem Kleid. MÖGLICH, dass sie etwas in den Armen hält. Was soll ich tun?

Vor 8 Minuten. Von Tigerstad:

Etwas ... oder jemanden?

Vor 6 Minuten. Von Anonym:

@XxX: Ist doch klar, was du tust. Du hältst deinen verdammten Mund!

Vor 4 Minuten. Von Tigerstad:
Reiß dich zusammen, Anonym. Da steht ein Leben auf dem Spiel! Die Frau auf dem Bild kann mit der Entführung zu tun haben. Du solltest das Bild an die Eltern des Mädchens schicken, oder direkt an die Polizei, @XxX. Ohne deinen Namen zu nennen.

Vor 1 Minute. Von Anonym:
Sei doch nicht so verflucht naiv. Die spüren dich auf, glaub mir. Und wenn sie dich finden, finden sie auch den Rest von uns. Und verdammt, ich habe Frau und Kinder. @XxX: Lösch dieses Foto!

Emer Murphy. Vinderen, Oslo

Früher Mittwochnachmittag

Als ein Streifenwagen mit Katja Wiberg auf dem Beifahrersitz in der Einfahrt des Hauses hielt, war Mons nach draußen gelaufen. Er hatte Emer versprochen, ihr aus Skillebekk regelmäßig Updates zu geben. Der Anruf lag erst wenige Minuten zurück, trotzdem stand Emer gedankenverloren vor dem Fenster. Sollte sie den Rest der Ermittlungen wirklich nur von der Seitenlinie verfolgen können? Sie fischte die Korkkrümel aus ihrem Weinglas und leerte es.

Die Nachmittagssonne blendete sie, als sie wieder zur Kücheninsel ging. Isabellas Krönchen war bei einer dementen alten Dame aufgetaucht, die unweit der Baxters wohnte. Hatte die Vierjährige einen Spaziergang gemacht, während ihre Großmutter die Likes auf Instagram gecheckt hatte, und war dabei zufällig bei Frau Jansen gelandet? War sie dort eingeschlafen, um dann zwölf Stunden später nach Hause zu laufen? Aber war das wahrscheinlich?

Ihr Handy vibrierte. Eine SMS. Frøya. Die Verräterin, die Katja Wiberg auf eine Idee gebracht hatte, die Emer vielleicht ihre Karriere kostete. Ihren Job. Und Poppy vielleicht noch mehr!

»Ich werde sie finden!«, flüsterte Emer und fragte sich, ob sie die SMS ungelesen löschen sollte. Dann öffnete sie

sie aber doch und realisierte schnaubend, dass der Text lang wie ein Essay war:

> Ich weiß, dass du dich hintergangen fühlst, aber du musst verstehen, dass ich nicht die Verantwortung für eine Person übernehmen kann, die nicht einmal akzeptiert, dass sie krank ist. Ich mache mir Sorgen! Ich nehme an, dass du bei Marceline bist, und wage mir nicht einmal vorzustellen, von was sie dich zu überzeugen versucht. Du hast immer mehr auf sie als auf mich gehört, und ich habe nicht die Kraft, mich gegen sie zu stellen. Eines musst du aber wissen, Emer: Du brauchst die Antipsychotika, und du brauchst Stabilität. Auf die eine oder andere Weise wirst du auch noch selbst zu diesem Schluss kommen: entweder durch deine Vernunft oder indem du komplett zusammenbrichst.

Nur ein Emoji, das mit dem blauen Gesicht, das den Mund öffnet, die Augen aufreißt und die Hände an die Wangen legt, genau wie in Munchs »Schrei«. Platziert war es hinter dem Satz, in dem Frøya ihre Befürchtung äußerte, was Marceline ihr einreden könnte. Ihre Lebensgefährtin war verdammt gut darin, andere dazu zu manipulieren, ihre Sichtweise einzunehmen. *Komplett zusammenbrichst.* Nichts fürchtete Emer mehr. Wenn es irgendetwas gab, das diese hoffnungslose Situation noch hoffnungsloser machen könnte, dann eine neue Psychose, gefolgt von einer Einweisung.

Dornenrose! Emer nahm ein Haargummi aus einer Schale auf der Anrichte. Es musste Mons' Tochter gehören. Sie band sich ihre nassen Haare zu einem Pferdeschwanz zusammen und öffnete das Forum für psychische Gesundheit. Und da, endlich, wartete die Antwort auf die Frage, die sie als EM123 gestellt hatte:

Darf ich fragen, wie es dir heute geht? Kommst du noch immer ohne Medikamente aus?

Emer schaffte es nicht, ruhig sitzen zu bleiben, sondern rannte durch das große Esszimmer, während sie die Antwort las:

Wie es mir heute geht, @Em123? Nun, nachdem ich mir eingebildet habe, die beste Anwältin der Welt zu sein, und für eine Kollegin vor Gericht eingesprungen bin (ich war noch krankgeschrieben, kannte den Fall eigentlich nicht, und das alles vor fünfundachtzig Zuschauern), tauchte plötzlich ein Rettungswagen auf. Zwangseinweisung. Mein Psychiater spricht von übersteigerter Selbstwahrnehmung und hat mir die alten Medikamente verordnet, nur höher dosiert.

Verdammt! Emer warf das Telefon weg. Es war gerade erst

auf dem orangen Sessel gelandet, als es erneut piepte. Der Raum drehte sich. Eine weitere Nachricht von Frøya:

> *Ich mache mir einfach verdammte Sorgen, Emer. Was hättest du denn in meiner Situation getan? Können wir uns nicht treffen? Lass deinen Stolz nicht alles kaputt machen, was dir wichtig ist und was du magst. Ich will nicht, dass das zwischen uns steht. Gemeinsam schaffen wir das! Komm nach Hause.*

Ja. Sie sackte auf den wollenen Bezug des Sessels. Vielleicht wäre das wirklich das Beste. Vielleicht betrog sie sich selbst und war auf direktem Weg in die nächste Psychose. Emer las den Schluss von Dornenroses Nachricht noch einmal:

> *Nur höher dosiert.*

Mit heißen Wangen erinnerte sie sich an ihre Gedanken, welch seriöse Konsequenzen ihre Suspendierung für den Fall und für Poppy haben könnte. Ein neues Piepen. Dieses Mal eine E-Mail. Eine Nachricht von Josef an das ganze Team und an sie. Mit einem Anhang:

> *Das kam gerade von einem anonymen Absender. Aufgenommen in Bygdøy, Sonntag um 17.25 Uhr.*

Exakt zwanzig Minuten, nachdem Samuel Dahlberg von der

Überwachungskamera eingefangen worden war. Genau der Zeitraum, in dem Poppy verschwunden sein musste.

Das Bild zeigte eine Person vor Wiigs Garage, aufgenommen vom unteren Teil des Gartens aus, vielleicht direkt vom Fjordufer. Es kribbelte in ihrer Brust, als sie in das Foto hineinzoomte. Eine Frau lief hinter Wiigs Garage in Richtung Straße. Vermied sie bewusst den Aufnahmebereich der Kamera? Ihre Arme streckten sich nach unten, aber der Gegenstand, den sie trug, war durch die Rosenbüsche nicht zu erkennen.

Anonymer Absender. In diesem Fall hatten sie es wirklich ständig mit Profilen, Konten und Webseiten zu tun, die nicht aufzuspüren waren. Der Aufnahmewinkel ließ vermuten, dass der Fotograf genau dort gestanden hatte, wo Samuel Dahlberg das Blinken bemerkt hatte. Es musste eine Spiegelung auf der Kameralinse gewesen sein.

Die Frau auf dem Foto konnte die Täterin oder eine Zeugin sein. Aber wer hatte das Foto anonym an die Polizei geschickt? Mehrere Tage, nachdem er es aufgenommen hatte?

»Da spielt jemand mit uns«, murmelte Emer. Sie ließ ihren Blick über die Stadt gleiten, die plötzlich unter einem dunkleren Himmel lag. Die Sonne war hinter den Wolken verschwunden. Oder er fürchtet, in die Sache hineingezogen zu werden, und hat deshalb so lange gezögert.

Mons rief mit eingeschalteter Kamera an. Zuerst sah Emer nur seine Nasenlöcher. »Ich will dir nur kurz ein Update geben, während Wiberg draußen telefoniert«, sagte er hektisch. »Agnes Jansens kleine Wohnung liegt im Erdgeschoss mit einer Terrasse zu einem gemeinsamen Garten, unweit von den Baxters. Sie wohnt allein, kriegt aber Unterstützung von einer häuslichen Pflegekraft.«

Mons berichtete weiter, dass die Frau nicht wirklich verlässlich sei, aber behaupte, das Krönchen – das sie noch immer trug – an dem Morgen auf ihrem Sofa gefunden zu haben, an dem Isabella Baxter zu ihren Eltern zurückkam. Agnes Jansen bezeichnete Isabella lächelnd als »eine Freundin«, als ihr ein Bild der Vierjährigen gezeigt wurde.

Mons sah sich kurz um, bevor er hinzufügte: »Jansen ist in diesem Viertel aufgewachsen und scheint sich hier auch noch frei zu bewegen. Kann sie Isabella getroffen und mit zu sich nach Hause genommen haben?«

»Wahrscheinlich.« Emer nickte, enttäuscht darüber, dass der Durchbruch im Baxter-Fall sie Poppy vermutlich keinen Schritt näher brachte.

»Ich zeig dir mal die Wohnung.« Emer starrte auf das Display, während Mons an Kriminaltechnikern vorbeiging, die in der Hocke saßen. Sie sah einen Kühlschrank, ein gelb gestrichenes Wohnzimmer mit rostrotem Sofa, eine grüne Zimmerpflanze, die entweder verdammt gut gepflegt oder künstlich war, ein Regal mit einem alten Teddy, etwas, das wie eine altmodische Spieldose aussah, und …

»Stopp!«, rief Emer. »Geh einen Schritt zurück, Mons!«

Mitten zwischen anderen Spielsachen saß eine blasse Porzellanpuppe mit dicken Wimpern. Sie trug ein helles Kleid mit rosa Verzierungen und Puffärmeln.

»Was?«, fragte Mons.

»Die Puppe …«, konnte sie noch sagen, ehe eine bekannte Stimme Mons' Namen rief und der Bildschirm schwarz wurde. Katja Wiberg war aufgetaucht, sodass Emer den Rest des Satzes in Richtung Stadt sprach, über der sich der Himmel nun noch mehr verdunkelt hatte. » … der fehlt ein Söckchen.«

Frustriert schloss sie die Augen. Wie lange sollte sie außen vor gehalten werden?

Das Telefon piepte, und sie erwartete eine kurze Nachricht von Mons, dass er sie gleich zurückrufen würde. Doch auf dem Display stand Lottes Name. Emer musste die SMS zweimal lesen, bevor sie den Inhalt verstand. War das ein Witz? Sie versuchte, Lotte anzurufen, wurde aber gleich an die Mailbox weitergeleitet. Als sie auch Mons nicht erreichen konnte, dachte sie, dass er sicher dieselbe Nachricht bekommen hatte:

Poppy sollte jetzt auf dem Weg nach Bygdøy sein.

Mit hämmerndem Herzen öffnete Emer die TaxiApp und bestellte einen Wagen.

Aus dem Twitteraccount der Polizei:

Dieses Foto wurde in Bygdøy vor dem Haus aufgenommen, in dem Poppy Wiig sich am Sonntagnachmittag aufhielt. Wir bitten die abgebildete Person, sich zu melden. Wenn Sie Angaben zu der Person auf dem Foto machen können, nehmen Sie bitte Kontakt mit uns auf.

Marie Wiig.
Bygdøy, Oslo

Früher Mittwochnachmittag

Marie presste sich zwei Fingerkuppen an die Seite des Halses und maß ihren Puls. Lotte war erst kurz vor der vereinbarten Zeit um ein Uhr aufgetaucht. Aber sie war nicht allein gekommen. Ihre Schwiegertochter saß hinten auf einem Motorrad, die Arme fest um die Taille einer wildfremden Frau gelegt, die die schönen Züge ihrer Enkelin teilte. »Das ist meine Schwester Alexandra. Sie wird uns bei diesen Kryptosachen helfen.«

Gekleidet in einen vollkommen unpassenden Kapuzenpullover mit der Aufschrift *Trust me, I'm a hacker*, war sie einfach in die Halle gelaufen und dann, ohne zu grüßen oder gar zu fragen, in die Küche gegangen. Marie war kein Fan von Lotte, aber es stand außer Frage, welcher der beiden Schwestern der Charme zugeteilt worden war. Alexandra brachte eine unangenehme Unruhe mit, irgendetwas stimmte mit dieser Frau nicht.

Der Puls klopfte gegen ihre Finger, 98, 99, 100. Die beiden Frauen beugten sich auf der anderen Seite der Kücheninsel über Maries Laptop, wobei diese Alexandra wirklich zu wissen schien, was sie tat. Das Mädel hämmerte auf der Tastatur herum, als wäre es das Einfachste von der Welt. Was es nicht war, auf jeden Fall nicht für Marie, die die Anweisungen bereits am Montagnachmittag erst schriftlich und dann auch noch per Telefon erhalten hatte, ohne auch nur irgendetwas zu verstehen. Keiner der Ausdrücke, die Alexandra ganz beiläufig von sich gab – *fiat, exchange, wallet* –, sagte ihr etwas. All die Versuche, die Millionen, die sie schon vor zwei Wochen verfügbar gemacht hatte, zu konvertieren und dann zu überweisen, waren bei ihr in Panik geendet. Und um Hilfe hatte sie nicht bitten können, ohne dabei zu verraten, dass sie in diesen Albtraum verwickelt war.

»Hätte ich gewusst, dass es durch diese einfache Aufgabe zu Verzögerungen kommt, hätte ich das schon vorbereitet. Im Grunde ist das total simpel …« Als Marie zu weinen begann, wurde Alexandras Stimme etwas milder. »Beruhigen Sie sich, ich finde schon eine Lösung.«

Als Lotte am Abend zuvor angerufen und von der Lösegeldforderung berichtet hatte, war eine Welle der Erleichterung durch ihren Körper gespült. Und so skeptisch Marie auch war, was diese Frau hinter dem Laptop anging, beruhigte es sie, dass nun eine kompetente Person die Kontrolle übernommen hatte.

»Ich habe den *exchange* von *fiat* nach Monero durchgeführt. Also von gewöhnlichem Geld in die Kryptowährung.« Alexandra trank einen Schluck Limo, natürlich aus der Flasche, bevor sie sich wieder auf den Bildschirm konzentrierte: »Jetzt muss ich die Summe nur noch auf Ihr *wallet* überweisen und dann weiter auf das Konto des …«

Ihr Puls war bei 112. Marie ließ die Finger sinken und studierte ihre Schwiegertochter. Als sie Lotte das letzte Mal gesehen hatte, war sie ein halb nacktes Wrack gewesen.

»Verdammt, hast du die Anweisungen nicht gelesen?« Auch Alexandra mischte sich ein und redete mit Jens, als wäre er irgendein frecher Bengel. »Begreifst du nicht, dass er Poppy etwas antut, wenn wir zur Polizei gehen?«

Jens starrte hilflos zu Marie und flehte um Unterstützung, sie kam ihm aber nicht entgegen, sondern sagte stattdessen: »Je schneller wir zahlen, desto schneller ist Poppy wieder zu Hause.« Sie nickte der schwarzhaarigen Frau zu, die eine Taste drückte und ein paar Sekunden später den Laptop zuklappte. »*Done*. Die fünf Millionen sind jetzt unterwegs.«

»Und was machen wir jetzt?« Jens vergrub seine Nase in den Haaren der Puppe. »Sollen wir nach draußen gehen und warten? Sie soll irgendwo im Bygdøywald freigelassen werden.«

»Lotte und ich fahren mit dem Motorrad auf die andere Seite des Waldes und suchen von da aus«, sagte Alexandra. »Wenn die Journalisten uns zu Fuß sehen, folgen die uns nur mit ihren Kameras. Wir sollten unnötigen Aufruhr in jedem Fall vermeiden, sonst ruft noch jemand die Polizei, und dann haut dieser Arsch ab, ohne uns Poppy zu geben.«

»Hat er sein Geld jetzt schon bekommen?«, fragte Marie.

Alexandra zögerte ein paar Sekunden, ehe sie den Kopf schüttelte, ein Gummi mit neonroten Perlen aus ihren Haaren zog – billiger Mist, der zum Rest ihrer Kleider passte – und um ihr Handgelenk schob. »Nicht, wenn der Betrag so hoch ist. Ich denke, das wird ein paar Stunden dauern.«

»Ist denn nicht der Clou an dieser Kryptowährung, dass …«

Jens wurde von Lotte unterbrochen.

»Wir müssen fahren«, sagte sie und zog ihre Schwester am Arm. Gleich darauf waren die beiden durch die Tür verschwunden.

Marie wischte sich diskret den Schweiß von der Oberlippe. Sie spürte Jens' Blick auf sich, wagte es aber nicht, ihm zu begegnen, da ihr Sohn sonst bemerken würde, dass da irgendetwas nicht stimmte. Sie hatte nicht alles gesagt. Vor dem Haus hörte sie plötzlich Stimmen. Das müssen die Reporter sein, dachte sie, doch dann erkannte sie Jesper, der durch das Brummen des Motors nach Lotte rief. Marie tastete ihre Taschen ab, um sich zu vergewissern, dass sie beide Telefone hatte.

Mit einem Mal flog die Haustür auf. Sie fasste sich an die Brust und wich ein paar Schritte zurück, denn ihr älterer Sohn kam nicht allein ins Haus. Er stützte seinen Vater, der auf unsicheren Beinen in die Halle taumelte, und führte ihn zu einem Sessel. Während Marie zu verstehen versuchte, was ihr Mann zu Hause verloren hatte, fühlte es sich an, als wollte das Zittern ihr Gesicht entzweireißen.

»Papa wird ein paar Stunden hier bei uns verbringen. Ich werde ihn natürlich im Auge behalten«, sagte Jesper mit seiner irritierenden Arztstimme. »Zeit in gewohnter Umgebung zu verbringen hilft der Erinnerung manchmal auf die Sprünge.«

Aus Sverres Mundwinkel rann Speichel, sein Blick war aber scharf. Zu scharf. Und er suchte Marie.

»Es ist sicher das Beste für ihn, wenn du ihn wieder in

die Klinik bringst.« Sie versuchte, souverän zu klingen, aber ihre Stimme zitterte. »Wir müssen Papa nicht zwingen, sich an irgendetwas zu erinnern, Poppy ist bereits unterwegs.«

»Sie ist was?«

Während Jens Jesper die Geschichte von der Lösegeldforderung erzählte, starrte Marie Sverre mit klopfendem Herzen an. Sein Blick ließ sie nicht los, und er versuchte, irgendwelche Worte zu formen. Zum Glück ohne Erfolg. Am liebsten hätte sie die Hand auf seinen feuchten Mund gelegt und eine Warnung geflüstert, aber es vibrierte an ihrer linken Hüfte. Das zweite Handy.

Wo bleibt das Geld?

Marie zog sich etwas zurück und tippte schnell eine Antwort, ohne Sverre aus den Augen zu lassen: *Gerade überwiesen. Es kann ein paar Stunden dauern, bis du es siehst, aber es kommt. Setzt euch ins Auto und kommt!* Dann drückte sie auf Senden. Zu früh, denn ein wichtiges Detail hatte sie noch vergessen. *Denk an das Eis. Ohne Nüsse.* Jesper und Jens verschwanden in die Küche, sodass Marie endlich mit ihrem Mann allein war. Sie hockte sich vor den Sessel, legte das Telefon weg und nahm seine Hände, die sich irgendwie kleiner und schwächer anfühlten.

»Sverre, Liebling«, flüsterte sie inständig. »Was du am Sonntag gehört hast, musst du für dich behalten, verstehst du? Es ist kompliziert, und im Augenblick habe ich nicht die Zeit, dir das zu erklären, aber du musst mir glauben, dass es zum Besten für unsere Familie ist.«

Ihr Mann schüttelte den Kopf und öffnete gurgelnd den Mund. Vielleicht versuchte er, nach den Jungen zu rufen. Marie sah sich um. Im Schrank bei Poppys Ballerinas sah sie die Tasche, die sie gerne auf Reisen mitnahm. Eine Prada aus robustem Leder. Wenn sie sich nicht irrte, lagen die Schlaftabletten, die Jesper ihr vor ein paar Jahren vor dem Flug nach Singapur verschrieben hatte, noch in der kleinen Reißverschlusstasche. Wie viele hatte sie noch? Es mussten mindestens fünf sein. Sie lauschte dem Gemurmel der Jungen in der Küche und spürte, wie wohl ihr das tat – die beiden waren schon dabei, sich zusammenzuraufen –, doch dann trieb ihre Panik sie zum Schrank. Mein armer Mann, er begreift den Zusammenhang nicht, dachte sie, hockte sich vor den Schrank und öffnete den Reißverschluss. Er versteht nicht, welche Konsequenzen es für uns hat, wenn er preisgibt, was er am Sonntag gesehen hat.

Die Packung war noch fast voll. Wie viele Tabletten konnte sie Sverre in seinem aktuellen Zustand geben, und wie lange würde es dauern, bis die Wirkung einsetzte? Marie drückte die Pillen mit zitternden Fingern aus der Packung. Erst drei, dann vier und schließlich noch eine fünfte. Die nächsten Stunden waren kritisch. Es war entscheidend, dass Sverre den Mund hielt.

Emer Murphy. Von Majorstuen nach Bygdøy

Mittwochnachmittag

»Sie können ruhig ein bisschen schneller fahren.« Emer beugte sich zwischen den Sitzen des Taxis vor, als sie am Eingang des Freilichtmuseums auf Bygdøy vorbeifuhren. Es ging einfach nicht schnell genug.

»Das sind schmale Straßen, Fräulein.« Der Fahrer drehte sich um und lächelte sie mit perfekt weißen Zähnen an. »Außerdem habe ich ja keine Garantie dafür, dass Sie wirklich von der Polizei sind. Da kann ich nicht einfach durch ein Wohngebiet rasen.«

Ihr Blick ging zu den weißen Häusern mit den noch weißeren Zäunen. Hinter den weitläufigen Gärten war immer wieder das Glitzern des Meeres zu sehen. Nach zwei Versuchen hatte sie es aufgegeben, Lotte zu erreichen. Sie wusste nicht mehr, als in der SMS stand. Poppy sollte auf dem Weg nach Bygdøy sein.

»Sorry!«, sagte der Fahrer lachend, nachdem er zu schnell über eine Bremsschwelle in der Straße gefahren war. »Die Gehirnerschütterung müssen Sie dann aber auf Ihre Kappe nehmen.«

»Schon klar.« Emer rieb sich den Hinterkopf und bat den Taxifahrer, ein paar Häuser vor dem Anwesen der Wiigs zu halten. Sie erwartete, dass Mons bereits mit einem Team vor Ort war, und wollte sich erst einen Überblick verschaffen, um nicht gleich Katja Wiberg in die Arme zu laufen. Der Himmel hatte sich nun ganz zugezogen. Ein Gewitter lag in der Luft. Emer zuckte zusammen, als ein schwarzer Tesla mit hoher Geschwindigkeit an ihr vorbeifuhr, um dann direkt vor der versammelten Presse zu stoppen. Der Fahrer hupte aggressiv, und die Reporter wichen zur Seite. War das Jesper? War er in Eile? Doch dann sah sie, dass auf dem Fahrersitz ein älterer Mann saß. Sie ging am Garten der Hammers vorbei. Das Fest hatte nie stattgefunden, die Apfelbäume waren aber noch immer geschmückt. Emer erreichte das Ende der Hecke zwischen dem Hofplatz der Wiigs und der Straße – und blieb stehen. Wo waren die Streifenwagen? Wo war die Kröte?

Während sie sich an den Journalisten vorbeidrückte, wählte sie Mons' Nummer.

»Wiberg hat gerade zu einer Krisensitzung geladen, ich rufe zurück, sobald es geht«, flüsterte er und war gleich darauf wieder weg.

Krisensitzung? Was konnte eiliger sein als das hier? Hatte er Lottes Nachricht denn nicht erhalten? Wusste er nicht, dass Poppy unterwegs war? Eine rothaarige Frau in weißem Krankenhauskittel stieß die Beifahrertür des Tesla auf und stieg aus. Sofort begannen die Kameras zu klicken. Ihr blasses Gesicht wurde rot, und sie senkte den Blick, als sie an den Kofferraum trat, der sich automatisch öffnete, und einen Rollstuhl heraushob.

»Verdammt, Mons«, zischte Emer, obwohl er sie nicht mehr hören konnte. Dann wurde ihr plötzlich alles klar. Der

Mann im Auto musste Sverres Bruder sein. Nach dem Gespräch mit Jan-Erik Haugen in Slemdal hatte Mons gesagt, der Mann habe einen Unfall gehabt. Dass er gelähmt war, hatte er allerdings nicht gesagt.

Während Emer zum Wagen lief, versuchte sie, sich daran zu erinnern, was sie über die Muskelrelaxanzien gelesen hatte, die sie im Camgirl-Studio gefunden hatten. Da war von neurologischen Leiden die Rede gewesen, darunter fielen auch Lähmungen.

»Jan-Erik Haugen?« Sie stellte sich als Kollegin von Mons Tidemand vor und kam direkt zur Sache: »Nehmen Sie oder haben Sie ein Medikament namens Lioresal genommen?«

»Ich bin hergekommen, um meinen Bruder zu begrüßen, der gerade aus dem Krankenhaus nach Hause gekommen ist. Ich habe jetzt wirklich nicht den Kopf für derart intime Fragen und werde darauf auch keine Antwort geben«, antwortete er brüsk.

»Es ist wichtig«, betonte Emer, und Haugen räumte widerwillig ein, dass ihm der Name bekannt vorkomme, dass er aber keine Übersicht über die Medikamente habe, die er nehme. Seine Pflegekraft bestätigte dann aber, dass sie ihm jeden Morgen eine Dosis Lioresal gebe. Wie es zuvor seine Frau getan hatte, dachte Emer.

»Können Sie mir sagen, wo Carmen Haugen sich in diesem Moment befindet?«

»Ich habe wirklich nicht die geringste Ahnung«, sagte er verärgert.

»Hatten Sie in der letzten Zeit Kontakt zu ihr?«

»Nein. Ich habe versucht, Kontakt aufzunehmen, weil ich ihr ein paar ihrer Sachen zukommen lassen wollte, aber ohne Erfolg«, erwiderte Haugen und strich sich über die Haare.

Emer spürte, wie ihr Puls stieg. Vor weniger als zwei Tagen hatte sie in Frogner nur einen halben Meter entfernt von Carmen gesessen. Sie hatte Rotwein getrunken und angegeben, nach der anstrengenden Extraschicht total fertig zu sein. Aber hatte sie den Dienstag wirklich bei ihren Patienten verbracht? Konnte Carmen die blaue Uniform übergestreift und Poppy für ein paar Stunden verlassen haben, um ihr eigenes Alibi zu stärken? Und wie verhielt es sich mit dem Zeitpunkt der Entführung? War sie da wirklich, wie angegeben, auf der Arbeit gewesen?

Emer tippte rasch eine Nachricht an Josef: *Ihr müsst checken, ob Carmen Haugen am Sonntag, als Poppy verschwand, tatsächlich eine Extraschicht gemacht hat.* Sie senkte den Blick, ohne die Nachricht abzuschicken, denn plötzlich war ihr in den Sinn gekommen, dass Carmen ja als *ambulante Pflegekraft* arbeitete. War Carmen womöglich die Verbindung zwischen den beiden Fällen? Emer schloss die Nachricht mit einer weiteren Frage ab: *Ist Agnes Jansen eine von CHs Patientinnen?* Senden.

Sie atmete tief durch und steckte das Handy weg. Falls es Carmen war, die Lotte und Alexandra die Muskelrelaxanzien geschickt hatte, bedeutete das, dass sie auch für die Camgirl-Dienste bezahlt hatte.

»Wissen Sie zufällig, ob Ihre Frau in den letzten Jahren Kryptowährung gekauft hat?«, fragte sie Jan-Erik Haugen.

Der Mann zögerte ein paar Sekunden und erzählte dann, dass bei Carmens Mutter 2011 Krebs diagnostiziert worden sei.

»Sie wohnt in Venezuela, einem Land mit einem korrupten Gesundheitswesen, sodass Carmen erst durch monatliche Zahlungen an einen Arzt sicherstellen konnte, dass die Operation ihrer Mutter an den Wartelisten vorbei priorisiert wurde. Der Arzt wollte natürlich, dass die Zahlungen nicht zurückverfolgt werden können, und hat deshalb eine Kryptowährung vorgeschlagen.«

Emer nickte langsam. Es gab also eine monatliche Zahlung, nur dass diese nicht notwendigerweise nach Venezuela gegangen sein musste. Vielleicht waren auch Lotte und Alexandra die Empfängerinnen gewesen. Bis die Plattform 2014 stillgelegt worden war.

»Hat die Operation geholfen?« fragte Emer. »Ist die Mutter wieder gesund geworden?«

Haugen nickte. »Vor etwa fünf Jahren.«

»Und dann haben die Überweisungen aufgehört?«

»Ja-aa?« Er zog das »a« in die Länge und wurde langsam skeptisch. Offensichtlich verstand er nicht, worauf sie hinauswollte.

Carmen hatte vor fünf Jahren die Überweisungen gestoppt, weil es nichts mehr zu bezahlen gegeben hatte. Ihr Telefon piepte, und Emer musste schlucken, als sie Josefs Nachricht las:

Carmen Haugen wurde vor neun Wochen bei dem ambulanten Pflegedienst eingestellt. Sie hat sich am Donnerstagvormittag krankgemeldet. Grippe. Seitdem hat sie nicht mehr gearbeitet. Agnes Jansen ist eine ihrer Patientinnen. Shit, Murphy, bist du wieder dabei?

Es war wirklich an der Zeit, Mons anzurufen und darauf zu bestehen, dass er ihr zuhörte. Emer nickte Jan-Erik Haugen zu und zog sich etwas zurück.

»Murphy, ich …«, meldete Mons sich, bevor sie ihm ins Wort fiel: »Hör mir zu! Carmen Haugen hat Sonntagnachmittag nicht gearbeitet, wie sie es behauptet hat. Ich glaube, sie steht hinter der Entführung, Mons! Und sie hat Kontakt mit Lotte aufgenommen – vermutlich anonym – und gesagt, dass Poppy jetzt gerade auf dem Weg nach Bygdøy ist!«

Emer hielt die Luft an, während er die Neuigkeiten verdaute. »Was meinst du mit ›jetzt‹?«, fragte er.

»Du musst nach Bygdøy kommen«, sagte Emer, zögerte ein paar Sekunden und bat ihn dann, die weißen Pillen aus der unteren Schublade in ihrem Büro mitzubringen. Sie konnte es sich nicht leisten, jetzt zu crashen.

»Okay.«

Mons war weg. Ebenso Jan-Erik Haugen. Die Pflegekraft hatte sich wieder in den Wagen gesetzt und fingerte an ihrem Handy herum. Die Haustür stand offen, und Emer ging hinein, erstarrte aber mitten in der Halle, als sie sah, was Jens sich da gerade an die Brust drückte.

»Das ist doch Poppys Puppe«, platzte sie heraus und sah sich um. »Ist sie schon zurück?«

»Noch nicht«, sagte Jesper, der mit einem Glas in der Hand aus der Küche kam. Lotte habe Instruktionen erhalten, Geld an den Kidnapper zu überweisen, erzählte er, und Alexandra habe ihr dabei geholfen.

»Wo sind sie jetzt?«

»In der Nachricht hieß es, dass Poppy irgendwo im Bygdøywald freigelassen wird«, sagte Jens. »Die beiden warten dort auf sie.«

Ein Handy meldete sich, aber niemand reagierte.

»War die Puppe ein Geschenk von Carmen?«, fragte Emer. »Ja«, bestätigte Jens. »Tante Carmen hat sie ihr zum ersten Geburtstag geschenkt.«

»Ich weiß, dass die Frage merkwürdig ist«, warnte sie ihn vor, »aber hat Carmen ein spezielles Verhältnis zu Puppen?«

»Was meinen Sie mit ›speziellem Verhältnis‹?« Jan-Erik starrte sie skeptisch an. »Was wollen Sie damit andeuten?«

»Hat sie, zum Beispiel, eine größere Sammlung?«

»Ich verstehe nicht, warum das relevant sein sollte. Außerdem folgen Ihre Fragen keinerlei Logik.« Haugen schob seinen Rollstuhl ans Ende der Treppe, die nach oben führte, nahm einen Pappkarton und reichte Emer ein Foto. »Das ist Felicia, Carmens Schwester und Augenstern. Im Alter von zwei Jahren hatte sie einen Unfall und musste den Rest ihres kurzen Lebens in einem Körper zubringen, der ihr nicht mehr gehorchte. Sie konnte nur die Augen bewegen.«

Emer betrachtete das Foto eines Mädchens, das umgeben von Porzellanpuppen in Kleidern mit Puffärmeln im Bett lag. Felicia starrte direkt in die Kamera. Ihre dunklen

Augen drückten tiefe Verzweiflung aus. Carmens eigene Puppe?

»Wie groß war der Altersunterschied zwischen den beiden?«

»Zehn Jahre. Felicia starb schon im Alter von drei Jahren. Carmen war damals dreizehn«, sagte Haugen. »Sie hat ihre kleine Schwester über Monate gepflegt, die Schule geschwänzt und ganze Nächte auf einer Matratze neben dem Krankenbett verbracht.«

Emer dachte an das, was Alexandra im Studio gesagt hatte. Die Requisiten sollten die seltsamsten sexuellen Fantasien befriedigen. Hatte die erst dreizehnjährige Carmen, im Rausch der Hormone, ihre eigene Sexualität umgeben von ihrer Schwester und Porzellanpuppen als stumme Zeugen entdeckt und dieses Szenario mit dem Camgirldienst rekonstruieren wollen? Und war dies auch das Ziel der Entführung von Poppy gewesen?

»Ich muss Sie bitten, jetzt scharf nachzudenken«, ihre Stimme war hart und ungeduldig. »Wo kann Carmen sich in diesem Moment aufhalten?«

»Also ehrlich, Sie glauben doch wohl nicht, dass …?«

Emer unterbrach ihn und begegnete Haugens grauem durchdringenden Blick: »Haben Sie vielleicht ein Ferienhaus?«

»Auf Tjøme«, sagte er. »Aber das soll verkauft werden. Wir bereiten es gerade für die Besichtigung vor. Da draußen sind viele Leute.«

Emer hörte Polizeisirenen. Sie riskierte, in ein paar Minuten von ihrer Chefin weggeschickt zu werden und Poppy dann nicht mehr retten zu können. Wenn Haugen noch etwas zu sagen hatte, musste er das jetzt tun. Er schien nachzudenken.

»Wissen Sie«, sagte er plötzlich in einem Tonfall, der Emer Hoffnung gab. »Als ich den Makler getroffen habe, wirkte das Haus bewohnt. Auf der Anrichte standen sogar ein paar Teller. Ich habe daraus den Schluss gezogen, dass nach unserer letzten Abreise nicht richtig geputzt worden ist. Aber vielleicht ...«

Waren Carmen und Poppy auf Tjøme gewesen – und hatten fluchtartig das Weite gesucht, nachdem jemand sie vor dem Besuch des Maklers gewarnt hatte? Emer räusperte sich: »Haben Sie Carmen erzählt, dass Sie das Haus verkaufen wollen?«

»Nein, wir hatten keinen Kontakt, das habe ich Ihnen doch schon gesagt.«

»Oder jemand anderem?«

»Nein, das war eine impulsive Entscheidung. Ich will nicht ins Detail gehen, aber nicht alle Erinnerungen an dieses Haus sind gute Erinnerungen.«

Das neuerliche Piepen eines Handys lenkte Haugen ab, und er warf einen Blick auf sein Telefon. Jens und Jesper taten dasselbe, um die Handys dann wieder in ihre Hosentaschen gleiten zu lassen. Kam das Geräusch aus dem Sessel in der Ecke?

Emer hob das Kissen an und fand ein älteres iPhone. »Wem gehört das?«

Die drei Männer sahen sich schweigend an. Sie versuchte, das Handy zu öffnen, es war aber mit einem PIN-

Code gesichert. Nur die letzte empfangene Nachricht war sichtbar:

> *Überwiesen, sagst du? Ich habe nichts bekommen. Und bei Kryptowährung sollte das eigentlich innerhalb von Sekunden gehen!*

Ihr Herz hämmerte. Carmen kommunizierte mit einer Person hier im Haus.

»Das heißt, ich glaube, ich habe doch mit einer Person über den Verkauf des Ferienhauses gesprochen«, sagte Haugen. Emer hörte draußen eine Autotür ins Schloss fallen.

»Mit meiner Schwägerin, Marie. Ich war gerade hier zu Besuch, als der Makler angerufen hat.«

Marie Wiig.
Bygdøy, Oslo

Später Mittwochnachmittag

»Möchten Sie etwas zu trinken?« Es war die weißhaarige Polizistin, diese Murphy, die ihr die Frage stellte.

Marie saß auf dem Daybed im Wohnzimmer und schüttelte den Kopf, obwohl sie ganz durcheinander war und gerne ein Glas Wasser getrunken hätte. Es fühlte sich an, als schwebte sie außerhalb ihres eigenen Körpers, ihr Hirn war ebenso betäubt wie ihre Finger, auf denen noch der Abdruck der Zähne ihres Mannes zu erkennen war. Die Tür zur Bibliothek war verschlossen, und am Fenster zur Fliederhecke standen Tidemand und eine blonde Frau, die sich als Dezernatsleiterin Katja Wiberg vorgestellt hatte. Murphy, die auf einem der zwei Sessel gegenüber des Daybeds Platz genommen hatte, war deutlich weniger elegant gekleidet als ihre Chefin. Sie trug eine Art Hausanzug. Nur wenige Minuten, nachdem Marie die fünfte Pille in Sverres Mund gedrückt hatte, war die Polizistin plötzlich in der Küchentür aufgetaucht und hatte mit dem Handy herumgewedelt, das eigentlich in ihrer, Maries, linken Tasche hätte stecken sollen. Sie hatte keine andere Wahl gehabt, sie musste den Code eintippen und der Polizei Zugang zu den SMS gewähren, die sie mit ihrer Schwägerin ausgetauscht hatte.

In der Ecke des Zimmers standen noch weitere Polizisten und redeten mit gedämpften Stimmen über Carmen. Marie musste sich konzentrieren, um alle Details mitzubekommen. Irgendjemand namens Ibrahim hatte Carmens neue Nummer ermittelt, über die sie in den letzten Tagen kommuniziert hatten. Dieses Handy befand sich noch immer auf Hvaler und hatte bisher nicht den Standort gewechselt.

Sie schluckte, sie hatte einen unangenehm säuerlichen Geschmack im Mund. Warum hatte Carmen sich noch nicht ins Auto gesetzt und war losgefahren? Das Geld war doch unterwegs.

»In welcher Weise sind Sie in das Verschwinden von Isabella Baxter verwickelt?«, fragte Tidemand und setzte sich auf den Sessel neben Murphy.

»Verwickelt?« Ihre Stimme überschlug sich fast. »Wir haben das wie alle anderen in den Nachrichten verfolgt!«

»Aber Sie haben den Vermisstenfall von Skillebekk kopiert?«, fragte Murphy.

Marie schämte sich dafür, musste es aber eingestehen. Carmen hatte vorausgesehen, dass die Polizei viele Ressourcen für die Suche nach einem Zusammenhang investieren würde, den es nicht gab. »Sie werden den Fokus nicht auf uns richten, bis Poppy, schwups, vollkommen unverletzt wieder da ist«, hatte sie gesagt. »Ich sorge dafür, dass Jens ein Gratisaufenthalt im Spa angeboten wird und dass unsere Kleine Eis gegessen hat, bevor ich sie sicher wieder nach Hause bringe.«

Wie hatten sie nur so naiv, so dumm sein können? Natürlich hatten sie bei diesem Essen reichlich getrunken, aber jetzt, im Nachhinein, wirkte ihr ganzes Gespräch absurd. Es hatte damit begonnen, dass ihre Schwägerin ihr erzählt hatte, dass ihre Mutter neue Tumore habe. Der Krebs habe gestreut, trotzdem wollte sie sich nicht selbst demütigen und Jan-Erik um finanzielle Hilfe bitten. »Das geht jetzt einfach nicht mehr.«

»Ich zahle die Behandlung und deinen Aufenthalt, wenn du nach Venezuela fliegen willst, Carmen«, hatte sie gesagt. Weil ihre eigene Mutter an derselben schrecklichen Krankheit gestorben war, spendete sie Jahr für Jahr hohe Beträge an die Krebsforschung. Und warum sollte sie zu Fremden großzügiger sein als zu ihren Nächsten?

Wäre es doch nur dabei geblieben, dachte sie jetzt. Doch leider hatte das Gespräch eine überraschende Wendung genommen, als Carmen, die kein Wohltätigkeitsprojekt sein, sondern ihre Schulden bezahlen wollte, gesagt hatte, dass auch Marie Hilfe nötig habe. »Dringender, als du es weißt«, hatte die Schwägerin gesagt und die schockierenden Fotos von ihrer Schwiegertochter als Camgirl auf den Tisch gelegt. Darunter Fotos, die noch viel plastischer waren als jene, die sie auf @LottesGeheimnins gepostet hatte. Marie hatte ihr Weinglas geleert und dem Plan gelauscht, unsicher, ob es sich nur um einen Scherz handelte: »Ich nehme Poppy mit ins Ferienhaus auf Tjøme und streue ein paar Informationen über Lottes ekelhafte Vergangenheit. Dann wird es keinen Zweifel mehr geben, wem das Sorgerecht zugesprochen wird, wenn das Kind nach einem Tag wieder unverletzt auftaucht. Maximal zwei Tage.« Carmen hatte ihr direkt in die Augen gesehen und geschlossen: »Der Blog wird stillgelegt werden, und dein Großmutterherz wird stolz darauf sein, dass du eingeschritten bist, als es am nötigsten war, und Poppy gerettet hast.«

Der Schock hatte ein fremd klingendes Lachen über Maries Lippen kommen lassen: »Hast du sie noch alle?« Doch nachdem sie nachgedacht hatte, waren ihr die Vorteile bewusst geworden. Die Kernfamilie würde wieder zur Ruhe kommen: Sverre, Jesper, Jens und Poppy. Gemeinsam mit ihrem Mann würde sie wieder ein gern gesehener Gast bei jedem Brunch, Hafenfest oder Barbecue sein. Sie hatte noch ein paar weitere Gläser getrunken, während Carmen ausgemalt hatte, was die Zeitungen schreiben würden:

Genau wie Isabella Baxter tauchte auch Poppy Wiig unverletzt und mit Eiscreme im Gesicht wieder zu Hause auf. Da das Mädchen noch nicht sprechen kann, wissen wir nicht, was wirklich geschehen ist. Und vielleicht werden wir das auch nie erfahren. Der schreckliche Fall hat uns aber deutlich vor Augen geführt, was passieren kann, wenn unschuldige Kinder in den sozialen Medien exponiert werden. Damit muss endlich Schluss sein.

Es klang nach einer Win-win-Situation für alle Beteiligten. Und jetzt? Marie verstand nicht recht, wie sie an diesem Punkt hatten enden können. Sie starrte auf den taubenblauen Seidenteppich. Draußen hörte sie Jens immer wieder vor Verzweiflung aufschluchzen, er musste irgendwo im Esszimmer oder der Küche sein. Was hatten ihre Söhne von der Polizei erfahren? Und wann würde sie die Gelegenheit erhalten, mit ihnen zu reden und ihnen zu erklären, was wirklich geschehen war?

Die Angst, dass noch immer alles schiefgehen konnte,

überwältigte sie. Sie fasste sich ans Herz, das sich plötzlich klein und schwach anfühlte und zu zittern schien: Warum war Carmen noch immer auf Hvaler?

»Während des Lunchs bei Guro Jørgensen am Sonntag haben Sie Sverre mehrmals angerufen.« Murphy redete ruhig, als hätte sie alle Zeit der Welt. »Unter anderem exakt um vier Uhr. War das mit Carmen so besprochen?«

»Ja.«

»Sie sollten Ihren Mann ablenken, damit sie Poppy aus dem Haus locken konnte? Aber Sverre ist nicht ans Telefon gegangen, und Sie sind nervös geworden.«

Es hörte sich so an, als wüsste die Ermittlerin längst Bescheid. Ja, als wäre sie dabei gewesen, als Marie sich zum Lächeln gezwungen und die Unbeschwerte gespielt hatte, obwohl sie am liebsten aus dem Haus gestürmt wäre, um direkt nach Bygdøy zu fahren.

»Etwa zwanzig Minuten später haben Sie einen Anruf von Carmen erhalten«, fuhr Murphy fort. »Sie war hysterisch, weil sie Poppy ohnmächtig am Boden gefunden hatte.«

Marie war bewusst, dass sie sich zusammenreißen musste. Wenn irgendetwas schiefgegangen war, musste sie ihrer Enkelin zur Seite stehen und die Fragen der Polizei beantworten, so gut es ging. Um ihre Stimme ruhig zu halten, tat sie so, als erzählte sie etwas, das sie in den Nachrichten gesehen hatte und das sie gar nicht betraf. »Ja, Carmen hat angerufen. Poppy hatte einen schwachen Puls. Wir dachten, Sverre wäre losgelaufen, um Hilfe zu holen. Ich habe sie gebeten, mir die Küche zu beschreiben und mir zu sagen, was auf der Anrichte steht. Als sie die Schokocreme erwähnte, wusste ich, dass Sverre nicht die Liste der Zutaten durchgegangen war.«

Murphy übernahm, noch ehe Marie ausreden konnte. »Sie haben Carmen gebeten, den EpiPen zu holen, der zu diesem Zeitpunkt noch in der Schublade lag. Als Jens Sie damit konfrontiert hat, haben Sie dann behauptet, ihn weggeworfen zu haben.«

»Ja.« Sie schloss die Augen und erinnerte sich im Detail an den Anruf: »Poppy atmet nicht!« Um von Guro und Bente nicht entlarvt zu werden, die auf der anderen Seite der Schiebetür miteinander plauderten, hatte sie Carmen flüsternd ihre Instruktionen gegeben: »Oberste Schublade direkt neben dem Herd. Ein Zylinder. Stich den in ihren Oberschenkel, etwa in der Mitte. Schnell!«

Dann hatte sie Poppy gehört, die plötzlich nach Luft geschnappt hatte. Das gurgelnde Fauchen würde sie niemals mehr vergessen. Gemeinsam hatten sie das Leben ihrer Enkelin gerettet. Ohne ihren Entführungsplan hätte Poppy es vielleicht nicht geschafft, so ironisch das klingen mochte.

Ohne zu registrieren, dass Sverre nur wenige Meter entfernt bewusstlos hinter der Kücheninsel gelegen hatte, hatte Carmen das Mädchen zu ihrem Auto geschleift. Sie selbst hatte weiche Knie bekommen und war bei Guro auf den Küchenboden gesackt. Sie hatte dem Lachen der Freundinnen gelauscht, ehe sie zu ihrem Platz zurückgekehrt war und so getan hatte, als sei nichts passiert.

»Carmen hat Poppy zum Ferienhaus der Haugens auf Hvaler mitgenommen und von dort den Instagram-Account

@LottesGeheimnis bearbeitet?« Murphy beugte sich vor und stemmte die Ellenbogen auf die Oberschenkel. »Oder stehen Sie hinter diesem Profil?«

»Nein, nein, das war Carmen. Das war ein Teil unserer Abmachung. Sobald Poppy wieder auftauchte, wäre es für alle klar und deutlich, dass Lotte als Mutter versagt hatte und das Sorgerecht verlieren würde. Aber dann ...« Sie schüttelte den Kopf. Tränen rannen ihr über die Wangen.

»Wie hat sie die Informationen über Lotte erhalten?« Tidemand mischte sich ein und fuhr sich ungeduldig über das unrasierte Kinn. »Die Operationen? Ihre Tätigkeit als Camgirl? Die Selbstverletzungen?«

»Das weiß ich nicht. Internet?« Ihre Stimme war dünn und unsicher, denn diese Frage hatte sie ihrer Schwägerin wirklich nie gestellt. »Carmen ist gut darin ... ich weiß nicht ... so Dinge im Netz zu suchen.«

Murphy warf Katja Wiberg einen Blick zu, die bis jetzt geschwiegen hatte. Sie öffnete den Mund, als wollte sie etwas fragen, schloss ihn dann aber wieder. Die Haustür fiel ein weiteres Mal ins Schloss, und Marie glaubte, Jespers Stimme auf dem Vorplatz zu hören. Er sagte etwas über Sverre, und eine deutlich höhere Stimme antwortete ihm. Gleich darauf war eine Sirene zu hören. Der Rettungswagen trieb jetzt sicher die Reporter zur Seite und brachte Sverre zurück ins Krankenhaus. Plötzlich fiel ihr das Atmen schwer.

»Carmen sollte also fünf Millionen bekommen. Aber wie ist das mit Ihnen? Was haben Sie davon, Ihr eigenes Enkelkind zu entführen?«, fragte Tidemand.

»Es sollte endlich Schluss mit diesem Blog sein. Jens sollte das alleinige Sorgerecht bekommen und dieses Flittchen loswerden, das er gegen besseres Wissen geheiratet hat. Poppy soll in Sicherheit aufwachsen. Und wir ...«, Marie schluckte, »wir, die echte Familie Wiig, wir würden wieder zueinanderfinden.«

Den sozialen Aspekt erwähnte sie mit keiner Silbe. Den Klang ihres Namens und die Gerüchte. Die Freundinnen und die Gesellschaften. Ein Blick zu den Ermittlern zeigte ihr, dass sie nicht verstanden, in welcher Gefahr Poppy sich mit einer Mutter wie Lotte befand und warum Marie als Großmutter zu extremen Mitteln hatte greifen müssen, um für die Sicherheit ihrer Enkelin zu sorgen.

Es klopfte an der Tür. Der Mann mit den dunkelbraunen Augen, der ihnen am Sonntagnachmittag die Bilder der Überwachungskamera gezeigt hatte, flüsterte Tidemand etwas zu, reichte ihm ein Paar Latexhandschuhe und dann das Extrahandy, das sie von Carmen erhalten hatte. Hatte ihre Schwägerin endlich die SMS beantwortet? Marie sprang vom Daybed auf. »Gibt es Neuigkeiten? Haben Sie sie gefunden?«

Ihre Fragen wurden ignoriert.

Tidemand zog die Handschuhe an und las leise etwas. Vermutlich eine lange SMS. Dann richtete er sich an sie und wiederholte den Text noch einmal laut: »Wo bleibt das Geld? Seit Montag eierst du jetzt damit rum. Ich bin ein Wahnsinnsrisiko eingegangen, als ich die Puppe mit den Instruktionen bei Lotte platziert habe. Und alles nur, damit du einen Vorwand hast, um bei der Überweisung um Hilfe zu bitten, damit du nicht entlarvt wirst! Wenn Jens zu besoffen ist, um dir zu helfen, frag doch Jesper! Das Ganze sollte nur einen Tag dauern, und jetzt sind es schon drei! Das kann doch nicht so schwer sein!«

Marie spürte die Blicke der anderen auf sich, während ihr die Bedeutung der Worte langsam bewusst wurde.

»Das ergibt doch keinen Sinn! Ich habe die Bestätigung der Überweisung von meiner Bank auf den Kaimaninseln doch längst erhalten«, rief sie. »Ich habe für fünf Millionen Kronen Monero gekauft.«

Murphy hatte ihr eigenes Telefon hervorgeholt und konzentrierte sich darauf, und Tidemand schien eine Antwort in Maries Namen zu schreiben. Ein paar Sekunden später meldete das Handy sich erneut. Die breiten Lippen bewegten sich, als der Ermittler las. Dann nickte er Wiberg zu und sagte: »Haugen ist bis auf Weiteres noch auf Hvaler.«

»Die lokalen Beamten sollten bald vor Ort sein. Ich habe Befehl gegeben, dass sie sich dem Haus mit Vorsicht nähern«, sagte sie und ergänzte etwas über Kontrollen auf der E6 in beiden Richtungen. »Du fährst mit Murphy dahin, wenn wir hier fertig sind.«

»Ja.« Tidemand gab dem Mann das Handy zurück, der daraufhin den Raum verließ.

Murphy hatte auf ihrem Handy gefunden, was sie suchte, und zeigte Marie das Display. »Ich will, dass Sie sich das ansehen.«

Verwirrt blickte sie auf den leuchtenden Bildschirm. Instagram.

@LottesGeheimnis. Lotte als Camgirl mit geschlossenen Augen. Die Bilder waren für sie weder neu noch schockierend. Die Fotos, die Carmen ihr im Restaurant gezeigt hatte, *die* waren schockierend gewesen: Darauf hatte ihre Schwiegertochter mit geschlossenen Augen auf der Seite gelegen. In einem Kleid mit straffer Schnürung im Rücken, wie ein Korsett. Überall auf der Brust waren kleine, kreisrunde, leuchtend rote Wundmale zu sehen gewesen.

Marie verstand nicht, auf was die Ermittlerin hinauswollte.

»Wissen Sie, wer das Szenario bestellt hat, das hier abgebildet wird?«

Sie schüttelte den Kopf. Wiberg warf Tidemand einen fragenden Blick zu. Der zuckte mit den Schultern.

»Eine Person, die auf Kinder abfährt.« Murphy redete übertrieben langsam. Der Ton beunruhigte Marie. »Kinder, schön wie Puppen. Eine Person, die es liebt, sie regungslos zu sehen, sie zu besitzen.«

Es kribbelte unangenehm an ihrem Haaransatz im Nacken. Sie starrte das Foto so intensiv an, dass die Züge ihrer Schwiegertochter verschwammen und zu Poppys wurden. Die Ermittlerin redete weiter, und ihre lila Augen bohrten sich in Marie.

»Carmen Haugen. Sie haben Ihr Enkelkind direkt in die Arme einer pädophilen Frau getrieben.«

Carmen Haugen.
Hvaler

Früher Mittwochabend

Carmen kniete vor dem Schafsfell, das vor dem Kamin in der Küche lag, und sog den süßen Kinderatem ein. Er war schwächer geworden. Der kleine, herzförmige Mund stand offen. Ihre Lippen berührten Poppys Ohr, als sie ihr etwas zuflüsterte. Keine Reaktion. Ihre Finger spielten mit der Schnürung am Rücken, dann zog sie kräftig an den losen Bändern, und der kleine Körper hob sich ein paar Zentimeter. Als das Mädchen für einen Moment die grünen Augen öffnete und nach Luft rang, verspürte sie ein Kribbeln im Bauch. Sie riss an dem Ausschnitt des Kleides, entblößte die Brust und nickte zufrieden. Die Creme half effektiv gegen die Verbrennungen, einige der kreisrunden Wunden waren bereits verblasst. Dann drückte sie einen Kuss auf die kalte Stirn der Kleinen.

Am Dienstagmorgen hatte Marie ihr die Warnung geschickt, dass Jan-Erik mit einem Makler auf dem Weg nach Tjøme war, weil er das Haus zum Verkauf anbieten wolle. Carmen hatte das Mädchen ins Auto gepackt und war hierher nach Hvaler gefahren, wo sie nach Aussage ihrer Schwägerin in Sicherheit sein sollten, da die Polizei das Haus bereits abgesucht hatte.

Maries Unfähigkeit, was Technik anging, hatte zu ernsthaften Verzögerungen geführt, aber die letzte SMS hatte sie beruhigt:

Hilfe ist unterwegs, Jesper wird in ein paar Minuten da sein. Er meint, die Überweisung würde höchstens eine Viertelstunde dauern.

Draußen vor dem Fenster peitschte der Regen Leben und Schönheit aus dem Rosenstrauch.

Carmen richtete ihren Blick voller Zärtlichkeit auf die schlafende Puppe. Nicht alle Kinder waren gleich schön, dachte sie und nahm das Zigarettenpäckchen vom Kaminsims. Ihr standen noch anstrengende Tage bevor, aber das Ziel der Reise, die vor vier Wochen begonnen hatte, als sie den Einkauf in Frau Jansens Schränke geräumt hatte, war mittlerweile klar auszumachen. Während die demente Frau mit dem Teddy gekuschelt hatte, den sie seit ihrer Kindheit hatte, hatte Carmen Eis in den Gefrierschrank geräumt. Eigentlich gab es Anweisungen, was man für die Patienten kaufen sollte, aber nachdem die alte Frau das »ausgewogene« Essen mehrfach auf den Boden gekippt hatte, hatte sie sich selbst einen Gefallen getan und die Einkaufsliste auf einige wenige Sachen und eine große Packung Eis reduziert. Immer wieder hatte sie genau nach diesem Eis verlangt, und wichtig war letztlich nur, dass ihr alter Körper überhaupt etwas zu essen bekam. Carmen war mit ihrer Schicht fertig und auf dem Weg zur Bushaltestelle gewesen, als ihr das Mädchen im Garten aufgefallen war. Allein.

Einem Impuls folgend, hatte sie sich über den Zaun gebeugt und die Kleine lächelnd gefragt, ob sie ein Eis möge. Der Enthusiasmus des Kindes verriet ihr, dass sie das nicht jeden Tag bekam. Das Mädchen war bereitwillig mitgekommen und hatte sie auf dem ganzen Weg zurück zu Frau Jansen vertrauensvoll an der Hand gehalten.

Carmen ging durch den hellen Wintergarten des großen Ferienhauses, öffnete die Terrassentür und zündete sich die Zigarette an. Das Wetter war komplett umgeschlagen. Die Wellen hatten jetzt weiße Schaumkronen und schlugen über den Bootssteg.

In Gesellschaft des Mädchens war Frau Jansen wieder zum Kind geworden. Sie hatte die Kleine sogar als Freundin bezeichnet und ihr voller Stolz ihre Spielsachen gezeigt. Dann war sie ins Bad gelaufen, um eine Bürste zu holen, in der lauter graue Haare steckten. Als die Alte das glitzernde Krönchen der Kleinen ausborgen durfte, war ihr Glück vollkommen gewesen.

Während Carmen in dem gut gefüllten Apothekenschrank ein paar Schlaftabletten geholt hatte, hatten die beiden abwechselnd die blonden Locken der Porzellanpuppe gekämmt. Das Mädchen hatte alle Vernunft und Furcht abgelegt und immer wieder nach dem versprochenen Eis gefragt. Der nörgelnd fordernde Ton war ihr wirklich auf die Nerven gegangen: »Du hast gesagt, dass ich Eis kriege …« Carmen zermörserte die Pillen und mischte sie in die Marmelade zwischen der Waffel und dem Sahneeis: eine kleine Dosis für das Mädchen und eine etwas zu große für die Alte.

Sie sog den Rauch tief in ihre Lungen und stellte sich

vor, wie Marie jetzt unter dem Kronleuchter der Eingangshalle ihre Kreise drehte und auf Jesper wartete. Ein Blick auf die Uhr. In wenigen Minuten sollte er da sein, die Überweisung selbst würde dann nur einen Augenblick dauern. Sobald das Geld auf ihrem Konto war, wollte sie Poppy auf den Rücksitz legen, eine Decke über sie breiten und mit dem fertig gepackten Auto über die schwedische Grenze fahren. Der erste Teil ihrer langen Heimreise. Der Pilot hatte ihr versichert, wie vereinbart ab Mitternacht auf dem verlassenen Flugplatz bereitzustehen. Bei der Buchung hatte die Privatjetgesellschaft um eine Kopie der Pässe gebeten, der *neuen* Pässe. Sie hatte ihm die Scans mit klopfendem Herzen geschickt, es war aber alles glatt über die Bühne gegangen. Der Privatjet sollte außerhalb von Porto landen, von wo aus sie zu dem zwanzig Kilometer entfernten, internationalen Flughafen gefahren werden sollte. In weniger als vierundzwanzig Stunden würden sie im Flieger nach Caracas sitzen. Beim Gedanken an all das Wunderbare, das zu Hause auf sie wartete, wurde ihr ganz warm ums Herz. Als ihre Mutter 2012 nur wenige Monate nach dem Vater gestorben war, auch sie durch einen Herzinfarkt, hatte Carmen ihr Elternhaus geerbt. Doch statt es zu verkaufen, hatte sie einen Anwalt engagiert, der Personal eingestellt hatte, das Haus und den Garten in Schuss hielt. Alles sollte so bleiben, wie es war. Nichts sollte verändert werden. Die Puppen mit ihren blanken Augen waren noch immer in Felicias Zimmer. Und ihr kleines Bett wartete auf Poppy.

Ein Donner rollte über sie. Sie starrte zum dunklen

Himmel und spürte die ersten Regentropfen auf den Wangen.

Das Mädchen mit dem spitzen Gesicht und der niedrigen Stirn war überraschend schnell eingeschlafen. Sie hatte geschnarcht, während ihr das Vanilleeis aus dem Mundwinkel gelaufen war. Als sie das Kleid anhob und der Kleinen über die Beine streichelte, spürte sie nicht das erwartete Kribbeln. Sie hatte den kleinen tauben Körper weggeschoben und das Mädchen voller Abscheu studiert. Unter einem Auge hatte sie Reste von Dreck bemerkt, und die schwarzen Ränder unter den Nägeln waren nicht zu übersehen. Sie war keine Puppe, keine Charlie. Keine ... Poppy.

Carmen hatte das schlafende Schmuddelmädchen hinter der nur angelehnten Terrassentür zurückgelassen und war auf dem Rückweg zum Bus an einem Streifenwagen vorbeigekommen, der vor ihrem Elternhaus gestanden hatte. Ein paar Tage später hatte sie mit ihrer höchst naiven Schwägerin zu Mittag gegessen, und von da an war alles Schlag auf Schlag gegangen.

Sie drehte den Kopf in Richtung Straße und fragte sich, ob sie nicht ein Motorengeräusch gehört hatte, aber der Himmel hatte sich jetzt geöffnet, und die Sicht war extrem schlecht. Nach Maries Aussage sollte das moderne, großzügige Ferienhaus aus Stein und Glas den ganzen Juni leer stehen. Vielleicht hatte sie auch ein Boot gehört, andererseits ... bei diesem Unwetter? Carmen ließ die Zigarettenkippe zwischen die Dielen der Terrasse fallen und ging zurück in den Wintergarten.

Das Geräusch des Regens erinnerte sie daran, dass ihr

Jens' Freundin exakt an diesem Ort zum ersten Mal vorgestellt worden war. Auch damals vor fünf Jahren hatte es ein Gewitter gegeben. Jan-Erik und sie, Sverre und Marie hatten in den tiefen Sesseln vor dem Kamin Wein getrunken, als die jungen Leute mit roten Wangen und nassen Haaren lachend ins Haus gestolpert waren. Carmen hatte die Blondine angestarrt und gleich das Gefühl gehabt, sie zu kennen. Aber erst beim Dessert war der Groschen gefallen: *Charlie?* Den Blick fest auf die kreisrunden Narben am Schlüsselbein geheftet, hatte sie den ersten Bissen Pavlova gegessen, ohne auch nur irgendetwas zu schmecken. Nachdem das Camgirl ohne Vorwarnung verschwunden war, waren die wildesten Gerüchte in Umlauf gewesen: *Charlie ist tot.* Es war komplett surreal, plötzlich nur einen Meter von dem Mädchen entfernt zu sitzen – oder jedenfalls einer Version von ihr. Diese Lotte hatte das bezaubernde Puppengesicht nämlich irgendwie zerstört. Sie hatte alles Fett aus dem wunderbaren Körper gesaugt und sich stattdessen Silikon einsetzen lassen, wo vorher alles flach gewesen war. Sie hatte Charlie das Leben genommen, konstatierte Carmen. Und dafür musste sie bestraft werden.

Wenig überraschend war es leicht gewesen, mit der angeschlagenen Freundin ihres Neffen in Kontakt zu kommen. »Tante Carmen« hatte schnell eine Art Mutterrolle eingenommen, ihr gegenüber hatte die junge Frau sich öffnen, mit ihr hatte sie ihre Geheimnisse teilen können. Genau wie es ihr gelungen war, Marie davon zu überzeugen, dass ihre Freundinnen von ihr erwarteten, dass sie die Enkelin rettete und dieser »rücksichtslosen Exponierung« ein Ende machte, hatte sie Lotte davon überzeugen können, dass die ganze Wiig-Familie über ihre beschämende Geschichte Bescheid wisse: »Deren Anwalte schnüffeln überall herum, auch in deiner Vergangenheit«, hatte Carmen ihr erzählt, als sie Poppy durch den Frognerpark geschoben hatten. »Marie hat mir ein paar Fotos gezeigt und gemeint, das seiest du. Erst wollte ich ihr nicht glauben, du siehst jetzt so anders aus, aber dann ... weißt du, wovon ich spreche?«

Lotte hatte sie mit ihren schönen, großen Augen angestarrt und war zusammengebrochen. Dann hatte sie eingeräumt, dass Jens schon länger versuche, sie aus dem Geschäft zu drängen. Dass die Wiigs ihre Anwälte auf sie hetzen würden, sei also gut möglich. Als sie während der Schwangerschaft mit schweren Depressionen im Krankenhaus gelegen hatte, war ihr Mann erschienen und hatte ihr angeblich unwichtige Papiere zur Unterschrift vorgelegt. Und sie hatte unterzeichnet, ohne zu wissen, dass sie Jens damit die Firma *LottesLooks* überschrieb.

Der arme Jens, der seine Frau über alles liebte, hatte eine solche Angst gehabt, sie verlieren zu können, dass er sie finanziell abhängig gemacht hatte. Ein trauriger Versuch, sie daran zu hindern, ihn zu verlassen. Für Carmen war Lottes berechtigte Wut auf ihren Ehemann eine willkommene Überraschung gewesen. Es war dadurch so viel einfacher gewesen, sie von dem zu überzeugen, was schließlich getan werden musste.

»Und jetzt werden sie versuchen, mir mithilfe ihrer blöden Anwälte Poppy zu nehmen. Habe ich das richtig verstanden? Ich bin am Arsch!« Lotte war wütend gewesen.

»Du musst mir ganz genau sagen, was sie vorhaben, Tante Carmen!«

»Jens will das alleinige Sorgerecht«, hatte sie mit betont ruhiger Stimme gesagt. »Und solange die Wiigs Beweise dafür sammeln, dass du ein ausschweifendes, instabiles Leben geführt hast, tun sie so, als wäre alles in bester Ordnung.«

Die Lüge hatte plausibel geklungen.

Carmen zuckte zusammen, als ein Blitz das Auto aufleuchten ließ, das sie aus dem Versteck im Wald direkt ans Haus gefahren hatte, damit sie schnell loskamen. Sie zählte bis drei, dann brach auch schon der Donner los.

»Marie hat mich immer gehasst«, hatte Lotte gesagt. »Diese scheinheiligen Arschlöcher!«

»Ich habe eine Lösung. Wir könnten in meinem Heimatland neu anfangen. Nur wir drei.«

Anfangs war Lotte skeptisch gewesen. Ironischerweise war es dann Jens' idiotischer PR-Stunt, der sie in den Plan hatte einwilligen lassen. Lotte war klug genug, um zu wissen, dass diese Stalkeraffäre nur Wasser auf die Mühlen der Anwälte war – *die ständige Nutzung der sozialen Medien durch die Mutter bringt Poppy in konkrete Gefahr; die Zweijährige wird verfolgt und direkt bedroht* –, und hatte eingesehen, dass sie zwischen einem von zwei Übeln wählen musste. Sie musste der Familie Wiig ihre Enkelin und Tochter wegnehmen, wollte sie nicht Gefahr laufen, selbst das Sorgerecht für Poppy zu verlieren.

Lotte hatte die richtige Entscheidung getroffen. »Die praktischen Details musst du aber für dich behalten, Tante Carmen. Wenn ich genau wüsste, wie das alles ablaufen soll, würde ich mich nur verraten.« Deshalb hatte sie Lotte nicht in das eingeweiht, was dann an ihrem Geburtstag geschehen war. Die letzte Nachricht, die sie ihr am Sonntagnachmittag von ihrer üblichen Nummer geschickt hatte, bevor sie den Akku aus dem Handy genommen hatte, enthielt nur Luftballons und Glückwünsche. Nichts, das die Polizei stutzig machen würde, sollten sie Lottes Telefon überprüfen. So gesehen war der allergische Schock der Kleinen ein Geschenk gewesen, dachte sie. Lotte konnte nicht wissen, ob ihre Tochter rechtzeitig das Gegenmittel bekommen hatte, und musste die besorgte Mutter gar nicht spielen, ihre Sorgen waren echt gewesen. Bis sie die Puppe mit den Instruktionen gefunden und verstanden hatte, dass alles nach Plan lief, hatte sie in Angst gelebt.

Inzwischen waren mindestens fünfundzwanzig Minuten vergangen. Jesper hatte jetzt wirklich genug Zeit gehabt. Carmen ging in die Küche, zog das Ladegerät aus dem Laptop und nahm ihn mit zum Tisch. Sie holte tief Luft und bereitete sich darauf vor, ihren Kontostand zu checken. Bald würde sie mit fünf Millionen auf dem Rückweg sein, bereit für einen Neuanfang in ihrem Elternhaus – ohne Felicia, aber mit Poppy. Während der Laptop hochfuhr, nahm sie die Salbe zur Hand, es konnte nicht schaden, die Wunden des Mädchens noch einmal einzucremen. Carmen stand auf, drehte sich zum Kamin und blieb nach wenigen Schritten wie erstarrt stehen.

Das Fell, auf dem Poppy gelegen hatte, war leer.

Emer Murphy.
Von Bygdøy nach Hvaler

Früher Mittwochabend

»Ich hätte an Jan-Erik Haugen denken müssen, als wir den Beipackzettel von diesem Lioresal gelesen haben.« Mons' Stimme war hart, er drängte einen Toyota von der Überholspur und raste weiter. »Carmen hatte freien Zugang zu dem Medikament.«

Der Himmel war schmutzig rosa, am Horizont türmten sich bedrohlich dunkle Wolken auf. Auf Hvaler sollte es bereits kräftig regnen. Die lokale Polizei hatte das Haupthaus durchsucht und überprüfte jetzt die Gästehäuser und den Schuppen. Als sie an Wiigs Anwesen angekommen waren, hatte Carmen Haugens Golf auf dem Platz vor dem Haus gestanden. Im Kofferraum lagen fertig gepackte Taschen, und in der Küche hatten sie zwei Pässe mit neuen Identitäten in einer Tasche gefunden. Offensichtlich hatte Carmen alles für ihre Flucht vorbereitet – bis ihr irgendetwas oder -jemand in die Quere gekommen war.

Zum vierten Mal las Emer die SMS, die sie von Marceline erhalten hatte, während ihr Kollege rückwärts vom Grundstück der Wiigs gefahren war, ohne Rücksicht auf die wartenden Journalisten zu nehmen.

Das Schicksal des Mädchens liegt in deinen Händen.

Emer las aus den Worten, dass *sie* Poppy finden musste.

Würde Mons nicht bereits viel zu schnell über die E6 nach Süden rasen, würde sie ihn bitten, noch mehr Gas zu geben. Bei der Vernehmung von Marie Wiig hatte Katja Wiberg sich im Hintergrund gehalten. Sie hatte Emer ignoriert, als wäre sie gar nicht anwesend – vielleicht, um sie nicht wegschicken zu müssen. Doch als sie Carmen Haugen als pädophil entlarvt hatte, hatte ihre Chefin ganz offensichtlich ihre Meinung geändert und gesagt: »Murphy, du fährst mit Tidemand nach Hvaler. Ich bringe Wiig ins Präsidium und komme dann nach.«

Emer sah den Tower des stillgelegten Flughafens Rygge. Das Navi sagte, dass sie noch neunundvierzig Minuten bis zu ihrem Ziel brauchten, aber bei Mons' Tempo würden sie sicher eine Viertelstunde früher dort sein. Als die ersten Regentropfen auf die Windschutzscheibe klatschten, war das fast wie eine Erleichterung. Sie fuhren an einer Bushaltestelle vorbei, und Emer nahm eine Gestalt wahr, die genauso gekrümmt dasaß wie Lotte, nachdem ihr in Alexandras Wohnung schlecht geworden war. Irgendetwas an dieser Episode störte sie, irgendein Detail, das sie aber noch nicht klar benennen konnte.

»Ich habe noch nicht erzählt, was wir bei der Besprechung erfahren haben, bei der du mich angerufen hast«, sagte Mons und stellte die Scheibenwischer schneller. »Es wird dir gefallen, Murphy!«

»Gefallen?«

»Ibrahim hat die Person aufgespürt, die uns die E-Mail mit der Fotografie von Carmen Haugen geschickt hat«, fuhr

Mons fort. »Er heißt Ludvig Bjørklund und ist im Polizeiregister als Pädophiler vermerkt.«

»Und der befand sich Sonntagnachmittag im Garten der Wiigs in Bygdøy?« Emer rümpfte die Nase. »Warum sollte mir das gefallen?

»Es hat sich herausgestellt, dass er unter zwei Namen operiert«, sagte Mons. »Den Behörden gegenüber nutzt er den Namen, mit dem er offiziell gemeldet ist, Ludvig Bjørklund. Da ist auch verzeichnet, dass er als Programmierer bei irgendeiner anerkannten Gesellschaft arbeitet. Den Namen habe ich vergessen.«

Emer hatte eine Ahnung, worauf er hinauswollte.

»Das entspricht alles auch irgendwie den Tatsachen«, fuhr Mons fort. »Zusätzlich arbeitet er aber auch noch als freier Journalist, unter anderem für die VG.«

Natürlich. »Jack Iversen.«

»Der Garten der Wiigs war ihm zum Spannen empfohlen worden, schließlich grenzt der ja direkt an den FKK-Strand. In erster Linie hat er sich aber für Poppy interessiert.« Mons beschleunigte. »Er hatte den letzten Instagram-Eintrag gelesen und wartete wohl darauf, dass sie zum Baden nach unten an den Strand kam. In der Zwischenzeit hat er ein neues Objektiv getestet. Dass er dabei Carmen Haugen eingefangen hat, war wohl ein Zufall.«

Emer hielt sich fest, als der Wagen für einen kurzen Moment ins Rutschen kam. »Ich nehme an, dass er eine Vorstrafe hat, sonst wäre er kaum registriert. Außerdem diese beiden Namen?«

»Richtig, verurteilt wegen Besitz von unerlaubtem pornografischen Material. Sein Weblog zeigt, dass er Lottes Blog gelesen hat und in denselben Foren unterwegs ist wie dieser Fabian Moen«, bestätigte Mons.

»Als er an der Hecke entlanggeschlichen ist und seine Kollegen gesehen hat, hat er da so getan, als wäre er bei der Arbeit? Der war also nicht versehentlich auf die andere Seite der Absperrung geraten ...«, murmelte sie und erinnerte sich an die Nervosität des Mannes, die ihre Unruhe geweckt hatte.

»Stimmt«, sagte Mons, als sie in einen Tunnel fuhren.

»Aber wir haben doch die Fotos in seiner Kamera überprüft. Da war nicht ein einziges Bild vom Grundstück der Wiigs«, platzte Emer heraus. »Wie ... hat er die Speicherkarte getauscht, bevor wir ihn gefasst haben?«

Als Mons bestätigte, dass der Journalist genau das getan hatte, breitete sich eine kribbelnde Wärme in ihrer Brust aus. Iversen war bei Poppys Verschwinden in Wiigs Garten gewesen. Plötzlich erinnerte sie sich an den schwachen Rauchgeruch, den sie durch das Haarspray wahrgenommen hatte, als sie Iversen in der Redaktion befragt hatten. Die Kippen unten am Meer. Ihre Finger fanden den Weg zu dem Schorf auf ihrer Wange, und schließlich musste sie lächeln. Hätten die Kollegen auf sie gehört und ihn härter unter Druck gesetzt, hätten sie auch die andere Speicherkarte gefunden und auf den Bildern erkannt, dass Carmen hinter alldem steckte. Jens und Jesper hätten ihre Tante erkannt und Haugens Ferienhaus auf Tjøme als mögliches Versteck genannt. Und dort hätten sie Poppy gefunden, bevor sie in Gefahr geraten wäre.

Der Wagen schoss aus dem Tunnel. Sie kamen drei lange Tage zu spät auf der Insel Hvaler an.

Das Navi führte sie auf einen schmalen, unbefestigten Weg. Mons schaltete das Blaulicht aus und musste langsamer fahren. Sie passierten ein Haus aus Glas, Holz und Natursteinen, das in der Landschaft kaum zu erkennen war. Mittlerweile waren sie nur noch Minuten entfernt, und Emer wurde warm. Diskret legte sie sich die Hand auf die Stirn und zuckte zusammen, als sie spürte, dass sie genauso heiß war wie neulich im Präsidium. Die Medikamente! Wie hatte sie die nur vergessen können?

»Hast du eigentlich diese Pillen in meiner Schublade gefunden, Mons?«

Er seufzte, als hätte er gehofft, sie würde sie nicht erwähnen.

»Sie sind in irgendeiner Tasche, aber ... Verdammt!« Mons unterbrach sich selbst und wäre fast in einen orangen Sonnenschirm gefahren, der auf den Weg geweht worden war. Er umkurvte das Hindernis und fragte:

»Bist du dir denn wirklich sicher, dass du die brauchst?«

»Wie meinst du das?« Emer sah ihn fragend an, nie zuvor hatte sie Mons rot werden sehen.

»Nur weil ...«

»Marceline?« Es musste einfach mit dem Gespräch zusammenhängen, das er mit ihr geführt hatte. »Was zum Henker hat sie dir gesagt?«

Mons schüttelte nur den Kopf und fuhr schweigend weiter, bis er plötzlich hinter einem Kombi anhielt. Emer wurde von einer kräftigen Taschenlampe geblendet, wandte sich ab und versuchte, sich einen Überblick zu verschaffen. Sie zählte drei Streifenwagen und fünf weiß gestrichene Häuser rund um einen Hofplatz mit einer leeren Fahnenstange in der Mitte. Ein Stück entfernt in Richtung Wasser standen zwei Rettungswagen, und auf dem langen Anleger saßen drei oder vier zusammengekauerte Gestalten. Die Taucher prüften sicher gerade, ob es vertretbar war, mitten im Gewitter mit der Suche zu starten. Eine Person in Regenklamotten folgte einem Belgischen Schäferhund mit rotem Halsband. Das Tier hatte die Ohren aufgestellt, die Zunge hing ihm aus dem Maul. Er schien auf der Fährte von irgendwem zu sein.

»Hier.« Mons nahm die Blisterpackung aus einer Tasche an seinem linken Bein und begegnete ihrem Blick. »Deine Entscheidung.«

»Entscheidung, wie meinst du das?« Emer sah ihm verwirrt nach, als er die Tür öffnete und im Regen verschwand. Sie wog die Pillen in der Hand und dachte an Dornenrose, die nach dem Absetzen der Medikamente in der Psychiatrie gelandet war. Und an Frøyas Worte:

Du brauchst die Antipsychotika, und du brauchst Stabilität. Auf die eine oder andere Weise wirst du auch noch selbst zu diesem Schluss kommen: entweder durch deine Vernunft oder indem du komplett zusammenbrichst.

»Das ist keine Entscheidung, Mons«, flüsterte Emer, den Tränen plötzlich sehr nahe, während ihre Gedanken zu ihrer Großmutter wanderten. Im Gegensatz zu Frøya hatte Marceline sie noch nie hintergangen. *»Du hast eine Gabe.«*

Sie blinzelte wie gelähmt durch die beschlagene Frontscheibe. Der Hund suchte herum, vielleicht verwirrt von Regen und Wind, ehe er Kurs auf den Wald nahm, wo sie einen Pfad erkennen konnte.

Im Spiegel sah Emer, dass unten am Anleger plötzlich mehrere kräftige Scheinwerfer eingeschaltet wurden. Mons rannte zum Wasser.

Ihr Herz schlug viel zu hart, sie musste aus dem Auto heraus. Hatten die Taucher etwas gefunden? Ihr Daumen lag auf einer der weißen Pillen, bereit, sie aus der Packung zu drücken und zu teilen, wie sie es vorgehabt hatte. Halbe Dosis. Aber etwas in ihr protestierte. Einem plötzlichen Instinkt folgend, warf sie die silberne Packung weg und stemmte sich gegen die Tür, die der Wind gleich wieder zudrücken wollte. Die kalte Luft erleichterte ihr das Atmen. Emers Kopf war vollkommen klar, als sie Mons hinterherrannte.

Emer Murphy.
Hvaler

Mittwochabend

Emer rutschte auf dem nassen Boden aus und stieß gegen Mons, der mit den vier Rettungssanitätern unten am Wasser stand.

»Die Taucher haben etwas gefunden!«, rief er. »Ich meine, jemanden, die haben *jemanden* gefunden.«

»Wen?«, fragte sie und starrte ihn an. Im Licht der Scheinwerfer wirkte sein Gesicht blass und ernst. Er hatte die Augenbrauen zusammengezogen und den Blick aufs Wasser geheftet.

»Ich weiß es nicht«, sagte er.

Zwei der Rettungssanitäter ließen sich plötzlich auf die Knie fallen. Emer versuchte, über ihre Schultern irgendetwas zu erkennen, den Rand des Bootsanlegers sah sie aber nicht. Gleich darauf beugte Mons sich vor und brüllte so laut, dass es in ihrem Ohr schmerzte: »Das ist nicht Poppy!«

Mons schob Emer nach vorn, während die anderen sich etwas zurückzogen.

Eine wohlproportionierte Frau lag mit dem Rücken auf dem Sand. Die Haare, die bei dem Lunch bei Guro Jørgensen noch gelockt gewesen waren, klebten jetzt glatt an ihrem Gesicht. Die braunen Augen blinzelten den Regen nicht weg, sie starrten leer gen Himmel.

»Das ist Carmen Haugen«, sagte Emer und wandte sich erleichtert ab. Trotzdem hatte sie das Gefühl, sich übergeben zu müssen. Es gab keinen Zweifel, dass hier irgendwas total aus dem Ruder gelaufen war. Wo war Poppy?

Sie rannte zurück zum Platz vor dem weitläufigen Ferienanwesen. Der lehmige Boden war von Reifenspuren und Schuhabdrücken in allen Größen übersät. Drinnen, in der Küche des Hauses, waren Kriminaltechniker bei der Arbeit. Es mussten die Kollegen aus Oslo sein.

»Mal vom Wetter abgesehen, sieht es hier aus wie in Bygdøy«, rief Mons, der ihr gefolgt war und die Arme ausbreitete. »Wald, Garten, Meer, ein Bootsanleger und eine vermisste Zweijährige. Und *keine* Spuren!«

Emer nickte frustriert, starrte lange auf den schwarzen Waldrand und schloss die Augen. Konzentrierte sich. *Das Schicksal des Mädchens liegt in deinen Händen.*

Okay, dachte sie: Carmen Haugen sitzt drinnen im Haus und wartet auf die Überweisung von Marie. Das Auto ist gepackt, aber das Geld kommt nicht. Sie ist gestresst, wütend. Was zwingt sie, aus dem Haus zu gehen, hinein ins Unwetter? Kann Poppy es irgendwie aus eigener Kraft aus dem Haus geschafft haben? Ist Carmen nach draußen gerannt, um sie zu suchen?

Emer schlug die Augen auf, als einer der Rettungswagen langsam wegfuhr. Ihr Blick ging noch einmal zum Ufer, wo die Taucher noch immer das Wasser absuchten und die Scheinwerfer auf die großen Wellen richteten. Wenn der Wind und die Wellen Carmen ins Wasser gestoßen hatten, konnte ein Kind diesen Kräften sicher nicht widerstehen.

»Aber Poppy muss nicht da unten gewesen sein«, flüsterte Emer sich selbst zu.

Etwas entfernt bellte ein Hund. Sie versuchte, das Geräusch zu lokalisieren, ließ sich aber von der Fahnenstange in der Mitte des Platzes ablenken. Emer ging darauf zu, rutschte in den lehmigen Fahrspuren weg, hielt sich aber auf den Beinen. Vor ihr lag etwas im Gras. Ein Stein? Die ganze Zeit über drang mal laut, mal leise ein Chor von Stimmen an ihr Ohr: »Poppy! Poppy! *Poppy!*«

»Verdammt.« Emer hob einen Kinderschuh auf. Wenn sie sich nicht irrte, war er identisch mit den Ballerinas, die Poppy in Bygdøy vergessen hatte. Hatte das Mädchen auf seiner Flucht den Schuh absichtlich abgestreift? Emer kippte das Wasser aus und leuchtete mit der Taschenlampe den Boden ab. In dem lehmverschmierten Gras waren keine Spuren von Kinderfüßen zu erkennen. Mit dem Schuh in der Hand war es aber plötzlich so, als fielen ein paar Puzzlesteinchen an die richtigen Plätze. Details aus dem Camgirl-Studio, die vage durch ihr Bewusstsein getrieben waren, wurden endlich deutlich. Auf der Suche nach dem Medikament hatte Alexandra einen vergleichbaren Schuh in die Höhe gehalten, und *exakt* in diesem Moment war Lotte auf die Toilette gestürzt. Bei ihrer Rückkehr hatte sie dann behauptet, der Anblick all der Sachen hätte schlechte Erinnerungen getriggert. Das war aber sicher nur die halbe Wahrheit. Lotte hatte sich erbrochen, weil ihr erst in diesem Moment bewusst geworden war, dass diejenige Person, die solche Ballerinas für Poppy gekauft hatte, dieselbe war, die ihnen Jahre zuvor diese Schuhe als Requisiten geschickt hatte. Die Person, die Charlie bewusstlos hatte sehen wollen, war jetzt mit ihrer Tochter allein. Lottes Hand war zu ihrer Brust gezuckt und hatte sich schützend auf die Narben gelegt. Vielleicht hatte sie sich in diesem Moment auch vorgestellt, wie eine glühende Zigarette auf die Haut ihrer Tochter gedrückt wurde. Großer Gott.

Emer verlor das Gleichgewicht und spürte die Nässe durch ihre Kaschmirhose dringen.

Poppys Mutter war nicht das Opfer, sie war von Anfang an beteiligt: Sie hatte eine Vereinbarung mit einer Person getroffen, der sie vertraute, Tante Carmen. Dass sie betrogen worden war, hatte sie aber erst im Studio realisiert, als Emer und Mons zugegen waren. Warum hatte Lotte nichts gesagt? Sie musste gewusst haben, wo Poppy und Carmen sich aufhielten. Sie hätte Alarm schlagen können.

Emer wandte das Gesicht zum Himmel und ließ sich vom Regen die heiße Stirn kühlen, spuckte das Wasser, das ihr in den Mund lief, aber gleich wieder aus. Vermutlich hatte Lotte sich nichts anmerken lassen, weil sie die Rolle, die sie bei der »Entführung« ihrer Tochter gespielt hatte, nicht preisgeben wollte. Sie wollte nicht bestraft werden und Jens das Sorgerecht für Poppy überlassen.

Mons stand etwa zehn Meter entfernt an Carmens Golf. Die geöffnete Heckklappe schützte ihn vor dem Regen. Ein Techniker kletterte gerade auf den Rücksitz. Mons hatte sich das Handy ans Ohr gedrückt und hielt sich mit zwei Fingern der anderen Hand das freie Ohr zu. Er beugte sich vor. Sein aggressives Stampfen deutete darauf hin, dass er mit Katja Wiberg redete, die sicher auf dem Weg zu ihnen war. Der Wind trug Worte mit sich, die Emer zusammensetzte: »Starke Strömungen im Meer.« Mons fürchtete, dass Poppy dasselbe Schicksal erlitten hatte wie Carmen Haugen. Er irrte sich.

Sie rief, so laut sie konnte. »Lotte war daran beteiligt! Carmen hat auch sie betrogen!« Wie laut sie aber auch brüllte, ihre Stimme erreichte ihn nicht.

Emer lief zu Mons, die Haare peitschten ihr ins Gesicht, und die Gedanken wanderten zurück zu dem Sonntagnachmittag, als alles begonnen hatte: der Augenblick, als Poppys Eltern in den Morgenmänteln des *Samana Spa* in Bygdøy aus dem Auto taumelten. Lotte hatte beinahe übertrieben hysterisch gewirkt, oder täuschte sie sich da? Auf jeden Fall war sie erst in dem Moment in Schockstarre verfallen, als sie die Schokocreme gesehen hatte. Bis dahin hatte sie geglaubt, dass Poppy bei Carmen in Sicherheit war. Doch dann war plötzlich die Angst gekommen. Nicht vor dem »Kidnapper«, sondern davor, dass Poppy das Antiallergikum nicht bekommen hatte und tot war.

Emer erreichte den Golf. Aber wo war Mons? Sie blickte sich um – gut zehn Personen und vier Hunde suchten Meter für Meter das weitläufige Gelände ab –, die Zweijährige war verschwunden. Aber wie war das möglich?

Sie leuchtete mit der Taschenlampe den Boden ab und bemerkte auf einmal etwas Rotes. In der Hocke sitzend grub sie kleine rote Glasperlen aus dem Schlamm. Ihr stockte der Atem. Konnten das die Perlen von Alexandras Haargummi sein?

Sie drehte sich um und sah zu dem Weg, der am Meer

entlangführte, als wartete sie darauf, dass plötzlich das Licht des schwarzen Motorrads auftauchen würde. Mmh. Der Leiter der Kita hatte über Poppys späte Sprachentwicklung gesprochen und gesagt, sie gäbe aber immer wieder einen Laut von sich, der vielleicht ein Versuch sei, »Mama« zu sagen. Ein langes »Mmm«. Es kribbelte auf ihrer Haut. Sie waren zu spät, ja. Emer drehte sich zum Wald. Poppy lag nicht verletzt unter einem Baum, und sie trieb auch nicht leblos im Wasser. Ihre Mama hatte sie bereits abgeholt. Und Carmen Haugen, die möglicherweise geglaubt hatte, dass Poppy weggelaufen war, hatte im Unwetter unten am Ufer nach dem Kind gesucht und war ins Wasser gefallen.

Ein Streifenwagen hielt am Ende der langen Fahrzeugreihe. Die Beifahrertür ging auf, und Katja Wiberg stieg in weißen Turnschuhen aus. Bø, die den Wagen gefahren hatte, rannte mit einem schwarzen Regenschirm zu ihr, der genau zwei Sekunden aufgespannt blieb, bis der Wind ihn umklappte. Die Chefin schob den Schirm irritiert weg und hielt sich die Hand schützend über die Augen. Als sie Mons im Gespräch mit den Tauchern unten am Anleger sah, zog sie ihren schmalen Rock hoch und stapfte nach unten. Die Gewissheit, dass sie ihr folgen und wichtige Hinweise geben konnte, erfüllte Emer mit kribbelnder Erwartung: »In diesem Moment sitzt Poppy auf dem schwarzen Motocrossrad eingeklemmt zwischen Mutter und Tante. Den süßen Pfirsichduft des mütterlichen Parfüms in der Nase und mit einem viel zu großen Helm auf dem Kopf.«

Lotte hatte Emer in ihrer SMS mitgeteilt, dass Poppy auf dem Weg nach Bygdøy sei, und so dafür gesorgt, dass die

Polizei dorthin aufbrach, während sie die Zweijährige hier auf Hvaler abgeholt hatten. Die Schwestern hatten sich einen Vorsprung verschafft.

Carmen behauptete, das Geld nicht bekommen zu haben, hatte Marie Wiig gesagt, und Emer verstand jetzt auch, warum: Mit Alexandras Hilfe hatte Lotte dafür gesorgt, dass Maries Geld Carmens Konto nie erreichte. Die Schwestern mussten den Monero-Betrag auf ein eigenes Konto überwiesen haben. Sie hatten jetzt fünf Millionen Kronen in Kryptowährung, die nicht aufgespürt werden konnten, und Alexandra – *Trust me, I'm a hacker* – hatte die notwendigen Kontakte, um falsche Papiere zu bekommen, mit denen sie quer durch Europa reisen konnten. Wenn nicht noch weiter. Lottes Schwester hatte von einem Luxusleben in wärmeren Gefilden geträumt. Emer stellte sich Poppy in einem Pool vor. Sie platschte lachend herum, ohne Kameras oder anderes Publikum als ihre Mutter und ihre Tante. Der Gedanke ließ sie lächeln. Was würde passieren, wenn sie gestoppt wurden? Lotte, die ja an der Entführung beteiligt war, würde das Sorgerecht verlieren. Jens riskierte dasselbe, nachdem er sich als Stalker ausgegeben und Frau und Tochter bedroht hatte. Marie Wiig musste mit einer Gefängnisstrafe rechnen, und ihr Mann würde nie mehr in der Lage sein, sich um die Enkelin zu kümmern. Würde Poppy in einem Kinderheim landen? Plötzlich ergab Marcelines SMS Sinn. *Das Schicksal des Mädchens liegt in deinen Händen.*

Sie hörte Mons rufen und sah, dass er näher gekommen war. Neben ihm stand Katja Wiberg. Bø kämpfte ein paar Schritte hinter ihnen mit dem widerspenstigen Regenschirm. Emers Herz schlug schneller. Es ging jetzt um mehr als nur ihre eigene Karriere. Und auch die Aufklärungsrate des Dezernats durfte jetzt keine Rolle spielen. Was wäre das Beste für die Zweijährige?

»Hast du mich eben gerufen, Murphy?« Mons blieb vor ihr stehen.

Er hatte eine regendichte Uniformjacke übergezogen und reichte auch ihr eine. Katja Wiberg hatte Mascara unter und über den Augen.

»Ich habe da vorne diesen Schuh gefunden«, sagte sie und zeigte in Richtung Fahnenstange.

»Poppy kann in Richtung Wald gelaufen sein«, schlug Mons vor, während er den Schuh in einen Beweisbeutel gleiten ließ. Er legte den Kopf zur Seite und studierte sie. Er kannte Emer und wusste, dass sie etwas zurückhielt. Und weiter?, fragten seine braunen Augen.

Verdammt. Wenn sie all das sagte, was sie in den letzten Minuten gedacht hatte, würde das Motorrad mit den dreien auf dem Weg nach Süden gestoppt werden. Lotte würde wie Marie vor Gericht enden und Poppy als Phänomen aufwachsen: das Mädchen, das von ihrer eigenen Familie gekidnappt wurde. Sollte das ihr Schicksal sein?

»Und?«, fragte Mons ungeduldig.

Katja Wiberg trat einen Schritt vor.

Emer schüttelte den Kopf. »Nichts.«

Sie warf einen Blick auf ihr Handy. Es war exakt halb neun. Sie wollte Lotte und Alexandra noch ein bisschen Zeit geben. In einer Stunde könnte Emer dann die roten Perlen »entdecken«, die sie im Schlamm liegen gelassen hatte, ihre

Chefin und ihren Kollegen rufen und erklären, wie das alles möglicherweise zusammenhing: Carmen hat Lotte betrogen, die wiederum Carmen hinters Licht geführt hat – und jetzt mit Alexandra und Poppy auf dem Weg nach Süden ist. In der Folge würde es Straßensperren geben, und sicher würde auch international nach den beiden gefahndet werden. Aber nicht vor halb zehn. Emer stellte den Timer und gab den beiden jungen Frau noch etwas mehr Vorsprung. Und dann sollte das Schicksal entscheiden, ob eine Stunde genug war.

EINE WOCHE SPÄTER

MITTWOCH, 26. JUNI 2019

Lotte Wiig.
Málaga, Spanien

Später Mittwochabend

»Ich habe die Adresse in Marrakesch in dein Navi eingespeichert«, sagte Alex. »Und diese Villa ist nicht wie die anderen Orte, wo wir in den letzten Tagen gewohnt haben, sie ist ... eigentlich musst du das selbst sehen.«

Lotte nahm das Telefon entgegen und loggte sich in das Airbnb-Konto des Kontakts ihrer Schwester ein – eines der vielen, die es ihnen ermöglicht hatten, ohne Spuren zu hinterlassen, durch Europa zu reisen. Das Bild zeigte ein kleines arabisches Schloss. Es lag am Ende einer Allee mit beleuchteten Palmen. Der Preis war geradezu unverschämt: dreitausend Euro pro Nacht.

»Ich weiß, das ist mondän«, sagte Alex, »aber wenn wir es erst geschafft haben, aus Europa rauszukommen, müssen wir feiern. Dann haben wir uns ein bisschen Luxus verdient, oder?« Voller Erwartung erzählte sie, dass sie das Haus bereits vor einer Woche reserviert hatte und der Wachschutz inklusive sei, schließlich müssten sie doch auch auf ihre Sicherheit achten.

»Ich kann es kaum erwarten, dass Poppy den Pool sieht«, schloss Alex und schaute durch die Fensterscheibe ins Innere des Leihwagens, den Lotte fahren sollte. Poppy schlief angeschnallt auf dem Rücksitz. Alex fasste sich dramatisch ans Herz und flüsterte: »Mein Gott, ist das denn möglich. Jedes Mal, wenn ich sie anschaue, ist sie noch hübscher geworden!«

Lotte hatte sich noch nicht an Poppys blondierte Haare und den etwas zu langen Pony gewöhnt, der ihr bis in die grünen Augen hing. Die Wange lag auf dem Teddy, der die Puppe ersetzt hatte, die sie von Carmen bekommen hatte. Jetzt hatte sie etwas von Mama.

»Die Fährtickets habe ich an deine neue E-Mail-Adresse geschickt. Denk daran, dass die Kreditkarte, die ich dir gegeben habe, auf denselben Namen registriert ist wie dein Pass. Und für die Mautstationen hast du Bargeld, oder?« Alex ging zu dem schwarzen Cabriolet, das sie selbst fahren wollte. »Und mach einen Bogen um die bemannten Mauthäuschen, wie wir es schon auf der ganzen Fahrt gemacht haben.«

Sie legte ihre Tasche in den Kofferraum und wiederholte, wie genial Lottes Idee sei, das letzte Stück der Reise mit zwei verschiedenen Autos zu machen. An Bord der Fähre nach Marokko würden sie ihre Pässe zeigen müssen, und in zwei unterschiedlichen Autos würden sie dann deutlich weniger Aufmerksamkeit erregen. Polizei und Interpol fahndeten nach zwei Frauen und einem Kind.

»Sollen wir los?« Lotte war ungeduldig, aber Alex hatte noch eine Sache auf dem Herzen:

»Mach dir keine Sorgen, wenn wir jetzt am Anfang viel Geld verbrauchen«, sagte sie. »Das haben wir schnell wieder verdient.«

Lotte blieb stehen und starrte noch lange, nachdem die Rücklichter des Cabriolets verschwunden waren, in die Dunkelheit. Es näherte sich Mitternacht, als sie sich ins Auto setzte. Es war der vierte Wagen im Laufe weniger Tage. Sie stellte den Sitz ein, sodass sie die Pedale besser erreichte, ließ den Motor an, und das rosa Gebäude mit der Airbnb-Wohnung verschwand im Rückspiegel. In den letzten zwei Nächten hatten sie viel zu dicht aneinandergelegen, zu dritt in einem schmalen Doppelbett. Lotte hatte nicht geschlafen. Vor einer Woche hatten sie die Grenze zwischen Malmö und Kopenhagen passiert – und noch immer war ihr Kopf voller heulender Sirenen, sobald sie die Augen schloss. Vier oder fünf Streifenwagen waren ihnen von der dänischen Seite aus entgegengekommen, und später hatten sie in den Nachrichten erfahren, dass alle Motorräder gründlich kontrolliert worden waren. Wären sie nur Minuten später dort gewesen, hätte man sie gestoppt und ... Lotte verdrängte den Gedanken, was dann passiert wäre.

Das Motorrad hatten sie an einem Waldrand in Jütland stehen lassen, wo sie von einem Mann eingesammelt worden waren, den Alex aus dem Internet kannte. Lotte hatte dem Gespräch entnommen, dass er ihr einen Gefallen schuldete, und kaum dass sie in seiner Wohnung gewesen waren, hatte er ihr zwei volle Einkaufstaschen gereicht: »Da ist alles drin, was du haben wolltest. Ich hoffe, dass ich mich nicht mit den Größen geirrt habe.« Sie hatten trockene Kleider und eine breite Auswahl an Haarfärbemitteln ausgepackt. Nach einem schnellen Haarschnitt mit der Küchenschere hatten sie sich vor eine weiße Wand gestellt, um Fotos für die neuen Pässe zu schießen. Schon am nächsten Morgen waren sie dann weiter nach Süden gefahren. Mit fünftausend Euro in bar und einem Wagen, der auf den Namen des Mannes gemietet war.

Das Navi forderte Lotte auf, nach links abzubiegen. Sie blieb an dem Stoppschild am Ende einer steil abfallenden Straße stehen und beugte sich vor, um an der gelben Wand vorbeischauen zu können. Es waren keine Autos zu sehen. Sie bog schnell nach links ab und beschleunigte.

Am Abend zuvor hatten sie auf dem Balkon gesessen, während Poppy drinnen in der Wohnung geschlafen hatte. Lotte hatte den süßen Duft der Feigenbäume eingesogen und sich davon zu überzeugen versucht, dass doch noch alles gut gehen konnte.

»Schmeckt dir der Wein nicht?«, hatte ihre Schwester gefragt und sie damit aufgefordert, mehr zu trinken. Sie hatte einen Schluck genommen, um sich weiteres Genörgel zu ersparen, und an den ersten Abend in ihrer Wohnung in Oslo gedacht. Damals war sie gerade sechzehn gewesen. Alex hatte feiern wollen, dass sie endlich aus Tønsberg weg waren und jetzt tun und lassen konnten, was sie wollten. Damals hatten sie Wodka-Shots getrunken. Nachdem Lotte eingewilligt hatte, Camgirl zu werden, hatte sie an die sich plötzlich drehende Zimmerdecke gestarrt, während ihre Schwester sie gefragt hatte: »Was hältst du von dem Namen *Charlie*?«

Das Schild *Autopista* tauchte auf, und die Frauenstimme mit dem britischen Akzent wies sie mechanisch an, die Autobahnauffahrt zu nehmen. Auch hier floss der Verkehr ruhig. Lotte öffnete beide Fenster und genoss die warme, feuchte Luft, die sofort den Wagen erfüllte.

»Ich habe eine Idee, guck mal hier«, hatte Alex am Vorabend gesagt und den Laptop nach draußen auf den Balkon geholt. Lotte hatte den Wein runtergewürgt, der wieder hochwollte, während ihre Schwester ihr erzählte, dass alles, inklusive des Bezahlportals, bereits installiert und nichts davon zurückverfolgbar sei. »Mit den Preisen, die wir verlangen können, werden wir nicht viel arbeiten müssen. Höchstens ein paar Stunden in der Woche.«

Lotte hatte plötzlich verstanden, was ihre Schwester im Sinn hatte, und den Rücken fest an die Lehne des Stuhls gepresst. »Was hältst du von dem Namen *Anastacia*?«, hatte Alex gefragt.

Eine neue Plattform. Und ein neues Camgirl.

Die fast manische Besessenheit ihrer Schwester für Poppys Schönheit ergab auf einmal Sinn: »Du willst Poppy vor die Kamera setzen?«

»Fünf Millionen reichen nicht ewig, und mit ihr verdienen wir viel mehr Geld, als wenn *du* eine neue Figur erschaffst. Cheers!«

Vergiss nicht, wer hier die Kontakte hat, warnten ihre Augen. Wer hier das Sagen hat. Lotte hatte eine schnelle Entscheidung treffen müssen und schließlich mit steifem Lächeln das Glas erhoben. »Cheers!«

»Mein Gott, *we're back*!«, lachte Alex. »Ab jetzt heißt es wieder: wir gegen den Rest der Welt!«

Ihre ganze Jugendzeit lang hatte Alex sie davon überzeugt, dass sie beiden nur einander brauchten. Aber jetzt waren sie erwachsen und Lotte längst Teil eines anderen »wir«.

»Noch ein Glas?« Zum ersten Mal war sie es, die ihrer Schwester nachschenkte. Als Alex gegen vier Uhr eingeschlafen war, hatte sie den Laptop genommen und alle Schritte kopiert, die ihre Schwester in der Küche ihrer Schwiegereltern gemacht hatte. Es war überraschend einfach, Monero für fünf Millionen Kronen von ihrem gemeinsamen Konto auf ein neues zu überweisen, von dem Alex nichts wusste. Eines, zu dem sie niemals Zugang bekommen sollte.

Die Stimme des Navis forderte sie auf, die nächste Ausfahrt zu nehmen. Als Lotte bewusst weiterfuhr und gleichzeitig beschleunigte, meldete die Stimme sich gleich wieder und forderte sie auf, die nächste Ausfahrt zu nehmen und zurückzufahren. Lotte ignorierte die Instruktionen, lockerte den Griff um das Lenkrad, wohl wissend, dass sie im Begriff war, ihr Leben zum ersten Mal selbst in die Hand zu nehmen. Niemand würde sich einmischen, wohin sie fuhr oder wo sie anhielt. Kein Fabian. Kein Jens. Keine Carmen. Keine Alex.

Sie schaltete das Navi ab und das Radio ein. »Promises« lief, ein Song von Badly Drawn Boy: *I promised you everything, To protect you wherever you go.*

»Genau das habe ich dir immer versprochen, Poppy«, flüsterte Lotte. »Wohin du auch gehst, ich werde auf dich aufpassen.« Im Spiegel sah sie, dass ihre Tochter wach geworden war und den Kopf zur Musik bewegte: *Sometimes you just have to walk away*. Sie drehte die Musik lauter, und zum ersten Mal seit Monaten legte sich ein Lächeln auf ihre Lippen, das wirklich von Herzen kam. Sie hatte nicht vor, die nächste Ausfahrt zu nehmen und umzukehren. Gemeinsam mit Poppy wollte sie immer weiter der Nase nach fahren. Dem Weg folgen, der vor ihnen lag.

Eiskalte Hochspannung bis zur letzten Seite

In Helsingborg an der schwedischen Westküste wird ein Auto aus dem Hafenbecken geborgen. Eigentlich wäre der Fall klar: ein Unfall. Doch bei der Obduktion stellt sich heraus, dass der Fahrer schon lange tot war, als das Auto ins Wasser stürzte. Kommissar Fabian Risk und seine Kollegen untersuchen den mysteriösen Todesfall. Jemand glaubt, den Toten erst letzte Woche gesehen zu haben. Wie ist das möglich? Risk hat einen Verdacht, aber der ist so absurd und grauenvoll, dass er ihn zunächst selbst nicht glauben will.

»Mit Stefan Ahnhem ist eindlich ein Erbe für Stieg Larsson da.« NDR

Stefan Ahnhem
Minus 18 Grad
Kriminalroman

Aus dem Schwedischen von Katrin Frey
Taschenbuch
Auch als E-Book erhältlich
www.ullstein.de